SHADOWMARK

DIE RAVEN CURSED-SERIE
BUCH VIER

MCKENZIE HUNTER

Übersetzt von
ANNA DRAGO

McKenzie Hunter

Shadowmark

McKenzieHunter@McKenzieHunter.com

Covergestaltung: Orina Kafe

Übersetzung: Anna Drago

Lektorat (Deutsch): Katrin Dolle

ISBN: 978-1-946457-45-5

DANKSAGUNG

Mit jeder Veröffentlichung bin ich meinen Lesern dankbarer dafür, dass sie das alles möglich machen. Vielen Dank, dass Sie meine Bücher lesen und Erin auf ihrem Abenteuer begleitet haben.

Jedes Buch ist das Ergebnis vieler wunderbarer Menschen, die mir helfen, die beste Geschichte zu erzählen. Meine Herausgeber: Meredith Tennant und Therin Knite. Meine Beta-Leser: Elizabeth Bracker, Márcia Alexandra, Robyn Mather, Sherrie Simpson Clark, Stacey Mann. Die Coverkünstlerin: Orina. Ich muss nicht erwähnen, dass meiner Familie und meinen Freunden Dank gebührt für ihre Unterstützung und ihr Bemühen, mich dazu zu bringen, meine Schreibhöhle zu verlassen.

Meinetwegen lag Arius im Sterben oder was auch immer gerade mit seinem Körper passierte.

Seine rötliche Haut war aschfahl. Die Spitze des Pfeils steckte in seinem Leib und ließ sich, trotz der verschiedenen Zaubersprüche, die Elizabeth und Nolan versuchten, nicht entfernen. Die Wunde wollte nicht heilen. Nachdem wir die Pfeilspitze aus Corys Schulter entfernt hatten, ging es ihm viel besser, und die Wunde reagierte auf seine Heilmagie.

„Die Immortalis", sagte Elizabeth und senkte die Lippen zu einem schmerzhaft finsteren Ausdruck.

„Glaubst du, dass sie das getan haben?", fragte ich.

„Da waren zwei. Wir dachten, sie würden beide versuchen, den Schutzzauber zu durchbrechen, aber die Magie der Frau war auf Arius gerichtet, nicht auf den Schutzzauber. Es war eine Ablenkung. Sie wussten, dass sie an einem Schutz, den Nolan oder ich errichtet hatten, nicht vorbeikommen würden. Aber sobald der Pfeil in Arius war, mussten sie den Schutzzauber nicht mehr überwinden, um ihren Zauber zu beschwören." Ihr Blick wanderte zu Cory und seinem blutbefleckten Hemd. „Wenn sie mich hineinziehen wollten, mussten sie Arius verletzen. Du bist mir egal. Ob du lebst oder stirbst, spielt für mich keine Rolle. Aber Arius liegt mir am Herzen. Das hat sie also gegen mich eingesetzt."

Cory zuckte angesichts ihrer schonungslosen Ehrlichkeit zusammen. Ich verdrehte die Augen; sie machte es einem nicht leicht, Mitgefühl für sie zu empfinden.

Elizabeth achtete genau auf das seltene und flache Heben und Senken von Arius' Brust.

„In fünfzig Jahren habe ich einige Dinge gelernt", sagte Elizabeth und wiederholte damit Malifics Abschiedsworte. „Was hat sie gelernt? Das ist mit nichts zu vergleichen, was ich je gesehen habe." Sie sah zu Nolan auf. „Gehen ihre Fähigkeiten und Kenntnisse über meine hinaus?"

Nolan sah niedergeschlagen aus.

„Es tut mir leid", sagte er. Es war das Einzige, was er sagte, aber es klang wie eine Beileidsbekundung und fachte Elizabeths Zorn an.

„Zu viele Entschuldigungen und nicht genug Taten. Das ist deine Schuld!" Sie stand auf, ließ den Schutzschild fallen, der uns von Malific getrennt hatte, und hob das blau leuchtende, rautenförmige Stück Metall, das meine Mutter als Visitenkarte hinterlassen hatte, auf.

„Elizabeth", blaffte Nolan. Seine Stimme war scharf und tadelnd, als er zu ihrer Sprache wechselte.

Sie antwortete auf Englisch, scheinbar um dafür zu sorgen, dass ich jedes Wort mithörte. „Ich werde das Leben von Malifics Tochter nicht über sein Leben stellen. Bitte mich nicht darum."

Selbst als Nolan wieder in ihrer Sprache zischte, antwortete sie so, dass ich sie verstehen konnte.

„Du willst, dass ich den Pharus loswerde?" Sie hob die blaue Visitenkarte hoch. „Finde einen Weg, Arius zu heilen, denn wenn du es nicht tust, werde ich ihn nutzen. Bitte mich nicht, mich um Malifics Tochter zu kümmern, denn das, Bruder, ist mehr, als unsere Liebe verkraften kann."

Cory drückte seine Hand auf meinen Rücken und

lächelte mich sanft und unterstützend an. Madison starrte wütend auf Elizabeth. Ich konnte sehen, dass sie über Elizabeths Reaktion nachdachte und ihr Blick feindselig und rachsüchtig wurde. Sie ärgerte sich über Elizabeths ungerechtfertigten Groll, doch ich hatte nicht länger die Energie, mich davon stören zu lassen. Nach dem anfänglichen Anflug von Ärger schien Cory in der Lage zu sein, Elizabeths Beleidigungen auf die gleiche Art und Weise an sich abprallen zu lassen, wie ich es tat. Madison fiel es schwer, das auch zu tun.

Cory zuckte bei der kleinsten Bewegung seines verletzten Arms zusammen. Seine Verletzung reagierte nicht wie eine typische Wunde und öffnete sich immer wieder. Jeder Heilzauber hatte nur einen Bruchteil der Wirkung, die wir gewohnt waren; bei diesem Tempo würde es Tage dauern, bis sein Arm vollständig wiederhergestellt wäre, und er konnte nicht ständig Zaubersprüche wirken, ohne davon erheblich geschwächt zu werden.

Ich sah Elizabeth an. „Ich kann weder Malifics Unrecht wiedergutmachen, noch werde ich mich zu deinem fehlgeleiteten Groll äußern. Aber ich werde alles tun, um zu helfen, Arius am Leben zu erhalten", versprach ich.

Elizabeth hob herausfordernd das Kinn.

„Ich mache das nicht für dich", stellte ich klar. „Ich möchte nur nicht, dass Malific noch einen Sieg erringt."

Ich ignorierte Elizabeths finsteren Blick und wandte ihr den Rücken zu. Ich nahm mein Handy aus der Tasche und ging meine Kontakte durch den Riss im Display durch, der entstanden sein musste, als ich zu Boden gegangen war, um nicht vom Pfeil des Attentäters getroffen zu werden.

„Erin", antwortete Mephisto schnell, als er den Anruf beim ersten Klingeln annahm. „Ist alles in Ordnung?"

„Nein", gab ich zu. „Die Situation ist scheiße." Ich erzählte ihm die ungekürzte Version dessen, was passiert war: das Attentat des Wandlers, meine Mutter, die den Wandler für sein Versagen getötet hatte, und den Deal mit Elizabeth, Arius zu heilen, als Gegenleistung dafür, dass sie mich tötete.

„Ich brauche deine Hilfe", fügte ich hinzu.

„Glaubst du, dass Elizabeth trotz ihrer Bindung mit ihrem Bruder den Pharus benutzen wird?"

Ich drehte mich halb um und warf Elizabeth einen verstohlenen Blick zu. In ihren Augen lag etwas viel Dunkleres als die dicke Schicht Mascara auf ihren Wimpern. Verzweiflung und Wut leuchteten in ihnen.

„Auf jeden Fall", sagte ich. „Malific sagte, sie habe einige neue Tricks gelernt, aber ich bin mir nicht sicher, ob sie neu oder einfach unentdeckt waren. Ich hoffe, du kannst helfen."

Es folgte langes Schweigen. Ich dachte nicht, dass er ablehnen würde, aber ich fragte mich, was ihm durch den Kopf ging. Mephisto war pragmatisch; vielleicht überlegte er, ob Arius' Tod für ihn und die Jäger von Nutzen sein würde. Würde Elizabeths Kummer zu einer wertvollen Verbündeten führen?

„Wir kommen", sagte er schließlich, bevor ich vorschlagen konnte, dass er das Mystic Souls mitbrachte. „Ich werde alles mitbringen, was meiner Meinung nach helfen könnte."

Während wir warteten, überlegten wir weiter andere Lösungsansätze. Cory war ein guter Zauberweber, doch es war ihm nicht gelungen, etwas zu weben, das dem aktiven Zauber entgegenwirkte. Hin und wieder warf die Sorge einen Schatten auf sein Gesicht. Hatte er das Gefühl, dass mit seiner Magie etwas nicht stimmte? Oder vielleicht machte er sich Sorgen, dass die Wunde nicht heilen würde.

Madison und ich richteten unseren Blick von Cory auf die Jäger, die mit ihrem anmutigen, entschlossenen Gang und dem unbezwingbaren Blick von Kriegern auf uns zukamen. Eine Welle der Magie begleitete sie. Mephisto hatte seinen Anzug gegen dunkle Jeans, ein schwarzes T-Shirt und Stiefel eingetauscht. Die anderen waren ähnlich gekleidet, als wäre es ihre inoffizielle Uniform. Sie warfen einen Blick auf den enthaupteten Körper des Falkenwandler-Attentäters, als sie daran vorbeigingen. Es schien sie nicht zu stören. Seitdem es passiert war, hatte ich es vermieden, in diese Richtung zu schauen.

„Ich wäre nicht glücklich, wenn sie kommen würden, um sich mich vorzuknöpfen", sagte Madison und nahm mir die Worte aus dem Mund, während wir zusahen, wie die dunklen Krieger näherkamen. Meine Aufmerksamkeit wanderte zu Benton, der neben Kai ging. *Was würde der schlechteste Angestellte der Welt tun? Kaffee schlürfen und ein Buch lesen, während die anderen arbeiten?*

Mephistos Lippen verzogen sich zu einem schiefen Lächeln, als ich Benton fragend ansah. Ich hatte es nicht laut ausgesprochen, aber mein Gesicht sagte es auf jeden Fall: *im Ernst, dieser Typ?*

Als wir uns gegenüberstanden, beugte sich Mephisto zu mir herunter, sein Atem war warm an meinem Ohr, während er sprach. „Ich habe gesagt, ich würde mitbringen, wovon ich dachte, dass es helfen würde, und das habe ich auch getan."

Wie könnte der faulste Hausangestellte aller Zeiten helfen? Ich antwortete leise: „Ich glaube nicht, dass Kaffee helfen wird." In meiner Stimme lag der dringend benötigte Humor, aber es trug nichts zur Verbesserung meiner Stimmung bei.

Seine Hände fielen auf meine und streichelten sie. „Er ist ein Druide und war unser Berater im Schleier. Sein Wissen ist umfassend und unserem weit überlegen."

Berater? Er schien nicht alt genug zu sein, um fünfzig Jahre auf der Erde gelebt zu haben und sie während der Zeit, in der sie im Schleier gewesen waren, beraten zu haben.

„Er ist unser Berater", wiederholte Mephisto so, dass es Bedeutung hatte und dennoch etwas fehlte. Ich dachte über alles nach, woran ich mich über Druiden erinnern konnte, fand aber nichts, was Bentons Unsterblichkeit rechtfertigen würde. Er musste unsterblich sein, da er aussah, als sei er bestenfalls Mitte vierzig, jedoch sowohl hier als auch im

Schleier bei den Jägern gewesen. Wie bei den Elfen gab es keine umfassenden Kenntnisse oder Berichte über die Existenz der Druiden, abgesehen davon, dass sie als Lehrer, Beschützer schädlicher und zerstörerischer Magie und Berater bekannt waren. Ihnen wurden viele Zauberbücher zugeschrieben. Man ging davon aus, dass Druiden ebenso wie Elfen nicht mehr existierten oder zumindest nicht mehr praktizierten.

Wenn in einer Welt der Magie die eigene Magie begrenzt ist, wird man leicht als irrelevant angesehen.

Ich sah zu Benton hinüber, der Simeon, Kai und Clayton zu Arius gefolgt war. Clays Aufmerksamkeit galt mir, Mephisto und Benton, der Arius' Verletzungen untersuchte. Abgelenkt durch die neuen Informationen versuchte ich, Bentons Erscheinung mit meiner Vorstellung eines Druiden in Einklang zu bringen.

„Ich habe noch nie einen Druiden getroffen", gab ich zu.

„Ich bin mir sicher, dass du es getan hast, ihn aber nicht als solchen erkannt hast", erklärte Mephisto. „Sie haben hier keinen Platz. Ihr habt die STF, die eure gefährlichsten magischen Objekte verwaltet. Die Magie hier ist nur ein Bruchteil unserer Magie, daher sind Druiden hier nicht so nützlich. Ich vermute, dass sie auf dieser Seite des Schleiers eine menschliche Existenz führen. Benton ist unser geschworener Berater. Obwohl seine Magie schwächer ist, ist sein Wissen den Schwur wert, den wir mit ihm teilen. Wenn er seine Rolle nicht mehr spielen will oder kann, wird der Schwur aufgehoben."

Als Antwort auf meinen fragenden Blick fügte er hinzu: „Ihr Schwur ist mit unserer Magie und unserer Unsterblichkeit verbunden. Wenn sie nicht bereit sind, ihren Schwur einzuhalten, werden sie beigesetzt. Weil die meisten von ihnen über die sterbliche Lebensspanne hinaus gelebt haben. Aber ich bin mir sicher, dass Benton auch bei den nächsten Jägern bleiben wird. Für den Moment ist er uns verpflichtet, weshalb er uns gefunden hat, als er ins Exil gegangen ist, und seitdem ist er bei uns. Er ist von unschätzbarem Wert. Weißt du, dass Druiden das Metall Praseodym entdeckt haben, das zur Herstellung von Obitus-Klingen verwendet wird?"

„Ist es das Metall oder sind die Symbole darauf mit einem Zauber versehen, der Götter für die Obitus-Klinge verletzlich macht?", fragte ich.

Ein bescheidenes Grinsen erreichte seinen Höhepunkt und verschwand, bevor seine Zunge über seine Lippen glitt und er auf seine Unterlippe biss. *Komm schon, das ist nicht die Zeit, Informationen zurückzuhalten.*

„Was ist es?", drängte ich.

„Die Symbole, die normalerweise auf der Klinge oder dem Griff zu finden sind, verraten nur, dass es sich um eine Obitus-Klinge handelt. Es ist das Metall, das tötet. Die Symbole sind nur eine Bezeichnung. Ob diese Klinge uns töten kann, würden wir gerne wissen."

Was zum Teufel?

Wenn ich jemals eine Obitus-Klinge in die Hände bekommen würde, würde ich nicht wollen, dass sie erkennbar ist. Das Überraschungselement, dachte ich, senkte den Blick auf den Boden und hoffte, dass sich meine Gedanken nicht auf meinem Gesicht abzeichnen würden. Doch als ich aufblickte, musterte Mephisto mich.

„So unbestreitbar Erin. Du stehst dazu, dass du schmutzig kämpfst", sagte er leise, ohne die Spur eines Urteils. Vielleicht war es eine Ehre, zuzugeben, dass jemand alles tun würde, um mit dem Leben davonzukommen. Obwohl er kein Urteil gefällt hatte, tat ich es. Wo war die Grenze zwischen dem Wunsch, zu überleben, und dem Verstoß gegen die Regeln des Kampfes, für die Malific berüchtigt war?

Die Sonne ging gerade unter und Benton musste sie ins Haus geschickt haben, denn Simeon hob das riesige Wesen Arius mit einer Leichtigkeit hoch, als würde er ein kleines Kind hochheben. Elizabeth blickte böse in meine Richtung.

Selbst die angebotene Hilfe der Jäger und eines Druiden reichte ihr nicht. Ihr unversöhnlicher Blick wurde schärfer und wanderte zwischen mir und Nolan hin und her. Bei ihm wurde er sanfter und zeigte eine bedingungslose geschwisterliche Zuneigung mit Spuren von Mitgefühl und Liebe. Für mich hatte sie keines dieser Gefühle.

Mephistos Kiefer spannte sich an, als er ihr einen missbilligenden Blick zuwarf.

Sie schnaubte. „Jäger, sei nicht so besitzergreifend, was Malifics Tochter angeht. Sie besitzt die Gabe ihrer Mutter und ihre Kraft der Verlockung. Du bist nicht der Einzige, den sie verzaubert."

Wir folgten ihrem Blick zu Asher, dem eine kleine, aber bedrohlich aussehende Armee von Wandlern folgte. Asher scannte die Gegend und sah Elizabeth an, dann den Leichnam des Attentäters, den wir nicht bewegt hatten, und den blutgetränkten Boden. Er hob sein Gesicht und atmete tief ein. Angesichts seines Gesichtsausdrucks nahm ich an, dass er den Kern dessen, was passiert war, erfasst hatte.

Der kampflustige Blick, den Asher Mephisto zuwarf, veranlasste mich, schnell zu ihm zu gehen, bevor er zu uns kommen konnte.

„Was geht hier vor?", fragte ich und zählte kurz die Wandler, die bei ihm waren. Fünfundzwanzig.

„Was hier vorgeht? Ich habe angerufen, und dein Handy wurde auf Voicemail umgeleitet."

„Der Akku muss leer gewesen sein", sagte ich. Als ich Mephisto angerufen hatte, war der Akku fast leer gewesen, und das gesprungene Display hatte wahrscheinlich auch nicht geholfen.

„Es gab Berichte, dass du aufgewühlt ausgesehen hast, als du deine Wohnung verlassen hast. Du bist schon seit Stunden hier. Ich habe mir Sorgen gemacht." Er blickte zurück auf die Leiche.

„Wenn man sich Sorgen macht, bringt man eine Person

mit, vielleicht zwei." Ich trat näher und hoffte, dass nur er es hören konnte, und flüsterte: „Fünfundzwanzig Wandler ist verdammt aggressiv." Ich versuchte, mit Humor die Spannung zu lindern, die so dick und schwer war, dass sie erdrückend war.

Ashers Blick richtete sich auf Mephisto. „Ich fühle mich verdammt aggressiv. Erin, was ist los? Der Geruch von Blut ist überwältigend, und die fremde Magie lässt sich kaum ignorieren." Er warf einen weiteren Blick in Mephistos Richtung, bevor er sich umdrehte, um erneut die Leiche anzustarren. Seine Aufmerksamkeit richtete sich schließlich auf Nolan, der ein paar Meter von Elizabeth entfernt stand.

„Dein Herz rast und du stinkst nach Angst", bemerkte er.

„Hör auf, überall zu riechen. Hör auf, *mich* zu riechen. Hast du eine Vorstellung davon, wie unangenehm das ist?"

„Weißt du, wie beunruhigend es ist, sich auf diese Dinge verlassen zu müssen, um zu wissen, ob du in Schwierigkeiten bist, weil du mich im Dunkeln tappen lässt?" Angst und Schmerz drangen in seine Stimme ein und zeigten sich noch deutlicher in der Art, wie er mich ansah.

„Du kennst die ganze schmutzige Geschichte, Asher. Meine Mutter ist eine Erzgottheit. Ich bin das Ergebnis eines Plans, meinen Tod zu nutzen, um sie aus ihrem Gefängnis zu befreien. Mein Vater wollte mich benutzen, um sie zu schwächen, als Strafe dafür, dass sie sein Volk getötet hat. Und jetzt ist sie frei." Die Situation zusammenzufassen hinterließ einen schalen Geschmack in meinem Mund.

„Wie ist sie freigekommen, Erin?"

Ich runzelte die Stirn und wischte mir mit den Händen das Gesicht. Er ergriff sie, führte sie an seine Lippen und küsste meine Fingerspitzen, dann legte er sie an seine Brust.

Warum zum Teufel hat er eine so beruhigende Wirkung auf mich? Ich war davon überzeugt, dass hinter ihrer Magie mehr steckte als nur Wandeln.

„Wie ist sie freigekommen?", fragte er noch einmal. Zuvor

hatte er akzeptiert, dass es vertraulich war und ich nicht darüber reden konnte, aber jetzt verriet sein Ton, dass das keine akzeptable Antwort mehr war.

„Es ist kompliziert."

„Ich habe Zeit."

„Ich nicht."

Frustration zeichnete sich auf seinem Gesicht ab, und er kam so nah an mich heran, dass ich dachte, er würde mich küssen. Ich war bereit, mich abzuwenden. Aber Ashers Konzentration richtete sich auf die Person hinter mir. Aus Ashers böser Miene schloss ich, wer es war: Mephisto.

„Erin, ich bin im Haus, wenn du irgendwas brauchst", sagte Mephisto hinter mir.

Ich nickte. Aber er rührte sich nicht, bis ich antwortete.

Die von Mephisto provozierte finstere Miene blieb auf Ashers Gesicht. „Erin, nur ein paar Meter von uns entfernt liegt eine Leiche."

„Sie hat ihn getötet", platzte ich heraus. Ich hasste es, dass meine Stimme dabei brach. Und ich hasste es, dass der Gedanke, dass Malific mir dasselbe antun würde, mir so viel Angst einflößte. Wütende Tränen stiegen mir in die Augen, und der Drang nach Vergeltung gegen Malific loderte in mir hoch.

Asher wartete geduldig darauf, dass ich fortfuhr, und ich erzählte ihm von Malifics Abschiedsworte an Elizabeth.

„Ich muss bleiben, um sicherzugehen, dass es Arius gutgeht."

„Und wenn nicht?"

„Ich weiß nicht."

Asher nickte. „Genau", sagte er. „Wenn du mit mir kommst, verspreche ich dir, dass Malific dir nichts tun wird. Niemand wird dir was tun." Er sagte es so ernst, dass ich wusste, dass er es wirklich glaubte.

„Das hier ist meinetwegen passiert. Ich muss bleiben und es wieder ins Lot bringen."

„Nein, das war deine soziopathische Mutter und die fehlgeleitete Rachemission deines Vaters. Du schuldest niemandem außer dir selbst irgendwas. Hol Cory und Madison und lass uns gehen."

Ich warf ihm einen fragenden Blick zu. Woher wusste er, dass sie hier waren? Sie waren Simeon ins Haus gefolgt, bevor er aufgetaucht war.

Er warf mir ein eigensinniges Grinsen zu.

„Gerochen?", fragte ich.

Er nickte.

„Cory ist auch verletzt. Nichts Lebensbedrohliches. Der Pfeil hat seine Schulter getroffen. Sie heilt nur nicht richtig." Er musste wissen, dass ich alles tun würde, um dafür zu sorgen, dass es Cory gutging.

„Komm, wir werden eine Lösung finden."

„Mit Mephisto habe ich bessere Chancen, das zu tun."

Asher zuckte zusammen, als hätte ich ihn geohrfeigt, und ein Teil von mir fühlte sich, als hätte ich es getan.

„Weil er wie deine Mutter ist?"

Ich schwieg und bemühte mich, nicht zuzulassen, dass meine Körpersprache mich

verriet. „Frag ihn!"

„Das muss ich nicht." Asher trat zurück. Trotz meiner Bemühungen hatte ich ihm scheinbar die Information gegeben. Er befeuchtete seine Lippen, und es vergingen mehrere Sekunden, bevor er sprach.

„Ich werde nicht zulassen, dass du wegen unangebrachter Schuldgefühle getötet wirst. Du hast vierundzwanzig Stunden Zeit, das Problem zu beheben …" Der Befehl hing in der Luft.

„Hör zu, Asher. Wir haben das gleiche Ziel. Unser beider Mission ist, mich am Leben zu erhalten." Meine Frustration war unangebracht, und ich wusste es, aber es hielt mich nicht davon ab, zu reagieren. „Du sagst mir nicht, was ich zu tun oder zu lassen habe. Ich gehöre nicht zu deinem Rudel. Ich folge deinen Befehlen nicht."

„Diesen wirst du befolgen", antwortete er mit einem leisen, bedrohlichen Flüstern.

„Im Ernst? Also habe ich vierundzwanzig Stunden und dann was? Willst du mich zwingen, mit dir zu gehen?" Es kam hitzig heraus, bevor ich meine Frustration unterdrücken konnte. In dem Moment, als es aus mir heraussprudelte, wünschte ich, ich hätte es besser formuliert. Es war eine Herausforderung, die an seinem Wolf nagen musste. Fordere niemals einen Wolf heraus und schon gar nicht einen Alpha.

Er wandte sich seiner kleine, Armee zu.

„Ja", sagte er mit einem Selbstbewusstsein, das mir keinen Zweifel ließ, dass er es tun würde. Er sprach mit der Selbstsicherheit eines Mannes, der Hunderte befehligte und bei Bedarf die Hilfe der Katzenwandler in Anspruch nehmen konnte.

„Wir sind immun gegen Magie. Das haben wir dir zu verdanken. Ich bin dir zu Dank verpflichtet." Dann zuckte er mit den Schultern. „Es ist nicht nur die Schuld. Ich mag es, dich in meiner Nähe zu haben, und habe die feste Absicht, dich am Leben zu erhalten, weil es das ist, was ich will. Bevor du überhaupt fragst: Ja, mein Wunsch wiegt schwerer als das, was du willst." Mit einer kaum merklichen Bewegung seines Kopfes drehten sich die Wandler um und gingen.

Ich wollte ihm unbedingt meine Meinung sagen, weil er wieder einmal seine Alpha-Nummer abgezogen hatte. Seine Art von Zuneigung und sein Eingreifen gingen mir auf die Nerven. Er musste wissen, dass er es falsch anging. Ich stand brodelnd hinter ihm.

„Nun, das war dramatisch", sagte Cory, als er neben mir stehen blieb.

Ich blies die Haarsträhnen weg, die mir ins Gesicht fielen. Als das nicht funktionierte, wischte ich sie mir aus dem Gesicht.

„Er ist so stur! So verdammt fordernd", beschwerte ich mich. „Ich schätze seine Hilfe und sein Interesse, aber das ist alles so Asher. Warum muss er so dominant und arrogant sein? Es ist so frustrierend!"

„Frustrierend? Spar dir deine Frustration für das Unerwartete auf. So ist er nunmal. Er hat es dir gezeigt, also glaub' ihm. Du tust so, als wäre es das erste Mal, dass du dich mit ihm streitest. Er ist einfach Asher. Entweder du akzeptierst es, oder du tust es nicht."

„Ich kann mich nicht erinnern, dass er so nervig war", sagte ich. Das war nicht die Wahrheit. Was anders war, war, dass meine Toleranz geringer war. Normalerweise lehnte ich seine Befehle einfach ab, wenn er sie mit dem Selbstbewusstsein eines Alphas aussprach, zu dem nie jemand „Nein" gesagt hatte. Cory hatte recht. Asher war nicht anders. Ich war es. Da alles so schnell außer Kontrolle geriet, versuchte ich, mich an das zu klammern, was ich bewältigen konnte.

„Wie läuft's da drin? Schon irgendwelche Erfolge?", fragte ich, als wir zum Haus gingen und mir bewusst wurde, dass die Asher-Uhr tickte.

„Nein. Benton hat einen Zauber gewirkt, und es ist ihnen gelungen, Arius in seine Koboldform zurückzubringen. Er hat gehofft, es würde neutralisieren, was auch immer mit ihm passiert ist."

Der Steifheit in Corys Stimme nach zu urteilen, hatte es nicht funktioniert. Ich legte eine Hand auf seinen Arm, um ihn am Gehen zu hindern, und untersuchte seine Verletzung. Sie sah besser aus als zuvor.

„Simeon hat es geschafft, sie weiter zu schließen, aber sie ist immer noch in einem fragilen Zustand. Benton sagt, die Pfeile sind mit Bane behandelt, einem Gift, das die Heilung verlangsamt, insbesondere wenn derjenige, den sie treffen, nicht die Fähigkeit besitzt, auf magische Weise zu heilen. Es ist also besser, dass er mich getroffen hat als Madison. Aber selbst ich konnte die Wunde nicht vollständig heilen. Erin, der Pfeil war für dich bestimmt. Ein weniger erfahrener Zauberweber hätte das nicht heilen können."

Was noch grausamer war, denn der Pfeil hinterließ eine Verletzung, die nicht heilen wollte.

„Glaubst du, dass es ganz verheilen wird?", fragte ich, als wir weiter zum Haus gingen.

Bevor er antworten konnte, sah ich Arius' kleinen, blassen Körper auf dem Sofa liegen. Die Wunde war immer noch offen. Seine Atmung war angestrengt und unregelmäßig. Elizabeth hielt seine Hände, als wollte sie sich von ihm verabschieden. Ihre traurigen Augen begegneten meinen, und meine Brust schnürte sich vor Schuldgefühlen zu. Es war nicht meine Schuld, aber ich konnte die Last nicht abschütteln.

2

Benton stand in der Küche und studierte die verschiedenen Bücher, die vor mir lagen, darunter das Mystic Souls. Gelegentlich untersuchte er die Spitzen der Pfeile, die Cory und Arius getroffen hatten. Mit vor Konzentration angespanntem Gesicht schien Benton in den Stunden, die er dort verbracht hatte, um Jahre gealtert zu sein.

Elizabeth stand auf und ging auf Benton zu, überlegte es sich anders und ging durch die Hintertür hinaus. Die Jäger saßen in der Ecke und unterhielten sich; gelegentlich konnte ich ihre Blicke auf mir spüren. Madison saß Arius gegenüber auf dem Sofa und teilte ihre Aufmerksamkeit zwischen Benton, Cory und Arius. Ihr teilnahmsloser Gesichtsausdruck machte es mir schwer, ihre Gedanken zu lesen. Hatte sie Angst vor dem, was Elizabeth tun würde, wenn Arius starb? Oder dachte sie an Malific? Als sie meinen Blick erwischte, versuchte sie ein beruhigendes Lächeln, doch es verstummte und verschwand.

Die Hilflosigkeit, nichts tun zu können, veranlasste mich, Elizabeth durch die verschiedenen Fenster zu beobachten, als sie langsam im Kreis um das Haus ging. Ihr gesenkter Kopf und die hängenden Schultern machten es mir unmöglich, den Hass, den sie für mich empfand, zu erwidern. Nachdem ich ihr etwas Zeit allein gelassen hatte, ging ich ihr nach. Sie war hinter dem Haus, in der Nähe des Gartens, und starrte auf das Brachland, das ich geschaffen hatte, als ich herausgefunden hatte, dass sie den Hexen des Lunar Marked-Zirkels das Amber Crocus gestohlen hatte – eine Pflanze, die Vampire töten konnte. Sie hatten das Amber Crocus gezüchtet und die Vampire erpresst, es ihnen abzukaufen.

„Was Arius passiert ist, tut mir leid", flüsterte ich.

Sie musterte mein Gesicht und ließ dann ihren Blick auf das zerstörte Land fallen. „Tut dir leid? Ich wusste, dass deine Geburt Konsequenzen haben würde, ich hätte nur nie erwartet, dass sie sich in dieser Weise auf mich auswirken würde." Sie zwang sich zu einem matten Lächeln. „Es gibt Spuren meines Bruders in dir, aber wie viel von dem, was du bist, muss Malific zugeschrieben werden?"

„Nichts. Weil mich weder er noch sie großgezogen hat. Ich bin ein Produkt der Leute, die es getan haben."

Sie gab ein leises Geräusch von sich. „Ja, sie haben dich großgezogen. Deine Magie ist elbisch und göttlich. Egal, was du glaubst, Malific und Nolan sind dein Fundament. Deine Magie. Und du bist der Grund, warum Arius sterben könnte." Sie kam langsam näher, wobei sich ihr lebhaftes Interesse mit Belustigung und Faszination vermischte. „Wo deine Mutter Gewalt einsetzt, um Einfluss zu nehmen, ist deine Art und Weise ganz anders. Du hast die Kalten und Harten bezaubert." Ich nahm an, dass sie von den Jägern sprach. „Und den Wolf gezähmt, wodurch du Zugang zu einem sehr mächtigen Rudel hast." *Den Wolf gezähmt? Asher?* Hatte sie auch nur die Spur einer Ahnung, was gezähmt bedeutete?

Ihr Blick wanderte träge über mein Gesicht und schätzte mich ab. Es war, als würde sie Schichten von mir sehen und versuchen, sie wegzuziehen. Nicht, um Tiefe zu sehen; im Gegenteil, sie schien nach etwas zu suchen, das unterstützte, was ihr durch den Kopf ging. Ich wandte meinen Blick wieder von ihrem intensiven ab. Es war eine Erleichterung zu sehen, als Nolan die Hintertür öffnete.

Er runzelte die Stirn. „Alles in Ordnung?", fragte er.

Ausdruckslos nickte Elizabeth. „Es wird." Sie flüsterte etwas in ihrer Elfensprache und Nolan wurde zurück ins Haus geschleudert. Eine Welle Patina umhüllte das Haus wie ein Kokon. Ich rannte darauf zu und schlug gegen das Feld. Als ich die blassgelbe Substanz bemerkte, die das Haus umgab, wurde mir klar, dass ihr Spaziergang nicht den Zweck hatte, den Kopf freizubekommen, um in Stille zu trauern, sondern um die anderen darin einzusperren. Ich ließ mich auf die Knie nieder und versuchte, das Muster zu durchbrechen, doch da der Schutzzauber errichtet war, blieb er im Boden verankert. Die zarte Magie, die Nolan zuvor auf mich angewendet hatte, begann, sich um mich zu schlingen und mich in den Schlaf zu locken.

Mit einer abrupten Bewegung stand ich auf, hielt mir die Ohren zu und errichtete meinen eigenen Schutzzauber.

„Erin, es sind nicht die Worte, die dich bezaubern, es ist die Beschwörung. Halt dir die Ohren zu, wenn du musst, aber es wird den Zauber nicht aufhalten", erklärte Elizabeth, während sie um meinen Schutzzauber herumging.

„Elizabeth!", schrie Nolan und hämmerte auf das magische Gefängnis ein. Er schoss mehrere scharfe Worte in ihrer Sprache auf sie ab, und sie erwiderte sie, wobei ihre Stimme genauso hart war wie seine.

Mein sengender, wütender Blick hatte wenig Wirkung auf sie. Ihre Lippen verzogen sich zu einem schmalen Strich, und sie schüttelte den Kopf, als sie Nolan ansah. „Deine Rache wurde zu deiner Schuld, deine Menschlichkeit zu deiner Schwäche, besonders wenn es um Magie geht. Deine Magie ist noch nie so stark gewesen wie meine."

Mephisto war zu Nolan an der Tür getreten, ihre

Gesichter waren vor Anstrengung verzerrt, als sie versuchten, den Schutzwall zu durchbrechen.

„Erin, du musst mir nachsprechen!", schrie Nolan und sagte Worte in seiner Sprache vor. Ich versuchte, sie zu wiederholen, während ich Elizabeth im Auge behielt, die ihren Weg um den Kreis meines Schutzzaubers wieder aufgenommen hatte. Ich war zuversichtlich, dass sie es nicht schaffen würde, bis sie ihren Zauber fortsetzte, was es schwierig machte, mich auf Nolans Worte zu konzentrieren.

„Du hast die Arroganz deiner Mutter", schnaubte sie. Mein Schutzzauber fiel. Eine schwere Decke aus Magie hüllte mich ein. Ich hatte mich geirrt; es war nicht der bezaubernde Schlaf, in den mich mein Vater eingelullt hatte. Sein Zauber war ein Schlaflied. Dieser hier war ein magischer Schlag, der mich traf und mich mit einem dumpfen Schlag zu Boden warf.

3

Als ich aufwachte, war es fast dunkel, nur das schwindende Licht eines Leuchtstabs sorgte für etwas Licht. Zu meinen Füßen lagen mehrere inaktive Leuchtstäbe. Ich wedelte mit der Hand und versuchte, sie mit Magie zu mir zu rufen. Nichts. Mein Magen drehte sich vor Angst. Ich hatte keine Magie und war mir sicher, dass es mit den Fesseln an meinen Armen zu tun hatte. Ich tastete nach meinem Handy. Es war weg und meine Waffen auch. Als ich einen der Leuchtstäbe in die Hand nahm, konnte ich erkennen, dass eine der Handschellen wie Palladium aussah, und ich war bereit zu wetten, dass die andere die göttliche Magie einschränkte. Ich zerrte bis zur Erschöpfung am Metall, als könnte ich mir die Handschellen vom Leib reißen. Ich gab auf und sackte zusammen.

Aber ich weigerte mich, hilflos zu sein.

„Ich werde dich verdammt nochmal umbringen!", schrie ich so laut ich konnte, bezweifelte jedoch, dass meine Mutter oder meine Tante es hören konnten. Aber es war ein Versprechen, das ich nicht brechen wollte. Ich nahm die Leuchtstäbe und dachte über die vielen Möglichkeiten nach, wie ich das machen könnte. Ich war in einem Schuppen. Vielleicht in der Nähe eines Bauernhofs. Ich überlegte, ob der Geruch vielleicht Kompost war, aber der Gestank war zu beißend. Es gab nichts außer dem groben Sperrholzboden und einem kleinen Fenster, das meiner Schätzung nach etwa zweieinhalb Meter über mir lag. Selbst wenn ich es erreichen könnte, könnte ich nicht dadurch entkommen.

Ich schnupperte noch einmal. Der Geruch war nicht Kompost; es war Crenin, was verwendet wurde, um den Geruchsinn eines Wandlers zu stören. Ein Produkt, das ich auf meine Liste der überbewerteten Legenden gesetzt hatte. Crenin war wirksam, löste sich jedoch schnell auf und verzögerte das Auffinden eines Objekts bestenfalls um eine halbe Stunde. Vielleicht rechnete Elizabeth damit, denn ich hatte eine Decke, vier große Flaschen Wasser und eine Tüte Studentenfutter. Sonst nichts. Vielleicht erwartete sie, dass ich gefunden wurde, bis ich es aufgebraucht hatte.

Würde Asher nach mir suchen? Er hatte mir vierundzwanzig Stunden gegeben. Würde jemand anrufen, um ihn wissen zu lassen, was passiert war? Cory würde es tun, selbst wenn er es durch Alex tun müsste.

Ich schrie lauter, hämmerte gegen die Tür, zerrte daran, aber sie gab nicht nach.

Ich klopfte dagegen und überlegte, wie dick sie war. Und trat zu. Nichts. Ich trat erneut. Nichts. Ich trat fester zu, getrieben von einer Wut, die mich verzehrte. Als ich fertig war, war da nur eine kleine Delle. Ich trat noch einmal zu, diesmal härter. Die Tür wollte nicht nachgeben.

Tritt nicht einfach wild um dich, Erin. Du musst gezielt angreifen.

Ich trat immer wieder auf die gleiche Stelle, bis meine Ferse schmerzte und meine Muskeln sich verkrampften. Ich ging in die Ecke, in der sich der Proviant befand, öffnete eine Wasserflasche, zählte meine begrenzten Vorräte und versuchte erneut, einen Fluchtweg zu finden.

Ich setzte mich auf den Boden und trank einen Schluck aus einer der Flaschen, als sich die Tür öffnete, Staub aufwirbelte und eine Brise starker Magie in den Raum eindrang. Es überraschte mich nicht im Geringsten, von einer Barriere eingeschlossen zu werden.

Elizabeth schlenderte herein und betrachtete das Gefängnis, in dem sie mich untergebracht hatte.

Als sie schließlich sprach, war ihre Stimme ein kaum hörbares Flüstern. „Arius geht's gut. Nolan hat es bestätigt. Aber ich habe mir die Jäger zum Feind gemacht, oder vielmehr den, der sich Mephisto nennt. Ich konnte seine Drohungen am Telefon hören." Sie seufzte. „Ich nehme an, wenn ich mir einen zum Feind gemacht habe, dann die anderen auch." Sie blickte finster drein, während sie müßig auf und ab ging. „Ich bin schon länger mit Arius befreundet, als du lebst. Er ist mir hierher gefolgt, als ich es nicht länger ertragen konnte, im Schleier zu sein und die Schrecken der Ermordung von Leuten wie mir erneut zu durchleben. Es ist, als hätte die Erde etwas an sich, das die Erinnerung daran im Boden, in der Luft bewahrt. Der Schmerz liegt im Wind. Also bin ich hier. Und lebe so sehr, wie ich es in dieser Welt kann."

Ihr Blick wurde finsterer. Niemand, der den Schleier erlebt hatte, schien gern auf dieser Seite zu leben. Ich wusste von seiner Schönheit. Mephisto hatte mir geholfen, sie zu sehen, aber er hatte mir auch von den Schrecken erzählt, die im Schleier existierten. Doch die Schrecken schienen nicht schlimm genug zu sein, um die Sehnsucht der früheren Bewohner zu dämpfen.

Elizabeth hörte auf, auf- und abzugehen, und neigte den Kopf, während sie mich musterte. „Ich sehe den Reiz nicht. Du bist attraktiv, aber keine Schönheit. Ich habe die Art von ätherischer Schönheit gesehen, die Männer derart verzaubert, dass sie um ihretwillen bereit waren, Städte zu zerstören. Eine solche Schönheit besitzt du nicht." Sie kam noch näher an die Barriere heran. „Vielleicht finden einige dein Verhalten charmant, was durch die Tatsache bewiesen wird, dass du sowohl Mephisto als auch Asher verführt hast. Ich finde dich ungeschliffen, und dir fehlt das gewisse Etwas, das dich auch nur ansatzweise faszinierend machen würde. Ich sehe den Reiz einfach nicht. Du wirst für deinen Einfallsreichtum und deine Hartnäckigkeit gelobt, aber sind das nicht Eigenschaften, die Ungeziefer auch hat?"

Ihr Blick wanderte von meinen Füßen zurück zu meinen Augen, wo sie meinem Blick kalt standhielt. „Ich wünschte, ich könnte sehen, was sie so fasziniert. Ich sehe nichts anderes als eine Frau, die zu großer Gewalt fähig ist. Ein reizendes Tier."

„Na ja, zumindest bin ich reizend." Ich grinste und genoss die Verärgerung, die über ihr Gesicht huschte.

Sie schnaubte. „In deinem Humor ist keine Finesse."

Ich spürte jedes Pfund ihres Urteils, als sie zurückwich.

„Ich nehme an, dass du eine Hingabe besitzt, die bewundernswert sein kann, und die Fähigkeit, intensiv zu lieben. Aber dazu ist jedes Monster fähig. Malific hat einst geliebt, doch das Monster in ihr konnte sie nie zähmen. Es hat sie zu einem Schrecken gemacht, der es geschafft hat, es im Umgang mit anderen zu unterdrücken." Sie schüttelte langsam den Kopf. „Nolan ist überzeugt, dass du viel mehr bist als das. Ich würde es gern sehen, aber ich tue es nicht."

„Bist du fertig?", fragte ich, nachdem sie eine Weile geschwiegen hatte. Ich interpretierte ihre kühle Reaktion als ein implizites Ja. „Du bist ein Miststück. Und das sage ich mit all der mangelnden Finesse und Ungeschliffenheit, die ich besitze. Du hast vielleicht nicht die Dinge getan, die Malific getan hat, aber du hast weitaus Schlimmeres getan, als *ich* es jemals tun werde. Du übergibst mich ihr in dem Wissen, dass sie zu ihren alten Gewohnheiten zurückkehren wird, sobald sie ihre volle Kraft erlangt hat. Du hast ein Leben auf Grausamkeit und Schwindel aufgebaut und hilfst einem nur, wenn er einen dummen Deal eingeht, der ihn in Situationen bringt, die viel schlimmer sind als nötig, und das alles zu deiner barbarischen Befriedigung. An deinem Verhalten ist nichts Cleveres oder Bemerkenswertes. Du bist nur ein Trickbetrüger", schnaubte ich. „Du kannst in deiner exzentrischen Verkleidung herumtänzeln, aber du bist nichts weiter als eine Wilde im Abendkleid." Anschließend zählte ich jedes Gerücht auf, das ich über sie gehört hatte, jedes Beispiel ihrer Grausamkeit.

Während sie zuhörte, hüllte eine düstere Ruhe sie ein, und der Ansatz eines Lächelns umspielte ihre Lippen.

„Da du das Bedürfnis verspürt hast, mich anzugreifen, möchte ich dir sagen, dass du ein selbstgefälliges Gör mit einem unverdienten Selbstvertrauen und Anspruchsgefühl bist. Wir haben alle Dinge durchgemacht. Ich bin ein lebendes Beispiel dafür. Dennoch urteilst du über mich. Da ich ziemlich wütend bin und mich außergewöhnlich kleinlich fühle, möchte ich dir auch Folgendes sagen: Im falschen Licht bist du selbst kein Hauptgewinn. Unter den Hobbits aus *Der Herr der Ringe* wärst du nicht fehl am Platz. Yogahosen stehen nicht jedem, besonders wenn man einen Pfannkuchenhintern hat."

Okay, der letzte Teil ließ mich gerade ziemlich kindisch erscheinen, aber das war mir egal. Ihre Beleidigungen gingen mir so auf die Nerven, dass ich wütend war.

Sie schnaubte. „Wie ich bereits sagte, unkultiviert und derb. Zu deiner Information, meine dumme und schlecht informierte Nichte, es sind keine Tricks und Fallstricke. Es ist Gerechtigkeit. Wenn sie zu mir kommen, um eine Schuld gegenüber einem Dämon zu umgehen, tilge ich die Schuld, aber ich hinterlasse ein unauslöschliches Zeichen, um andere über ihren Verstoß zu informieren. Jemand bittet mich um Hilfe bei einem gescheiterten oder wirkungslosen Liebeszauber, ich erfülle ihm den Wunsch, lasse ihn aber verzaubert, unfähig, die Schönheit der anderen Person zu sehen. Wenn er sie ansieht, sieht er eine abscheuliche Kreatur, die ihn jetzt liebt. Er hat versucht, dieser Person den freien Willen zu nehmen, also nehme ich ihm etwas weg. Ich bin mehr als die Frau in Schwarz. Ich bin die Gerechtigkeit, die Balance, die in einer Welt nötig ist, in der Magie existiert."

Ich deutete mit der Hand auf den Käfig, in dem sie mich gefangen hielt. „Wie ist das bitte gerecht und ausgewogen?"

„Ich werde es ausgewogen machen, nicht für dich, sondern für meinen Bruder. Es ist seine Zuneigung, die meine Entscheidung antreibt, nicht Malifics Tochter. Wir haben viel zu viel Zeit verschwendet, also musst du mir zuhören. Ich werde dir die Handschellen abnehmen." Die harte Kälte in Elizabeths Blick blieb bestehen. „Du, Tochter von Malific" – ich schauderte angesichts des Vorwurfs und der Verachtung, die mit dem Namen einhergingen, den sie mir gab – „du hast zwei Möglichkeiten. Du kannst gegen mich kämpfen, was deine natürliche Neigung sein wird, oder du kannst mir erlauben, dir zu helfen, und mir eine Gelegenheit geben, das mit Nolan in Ordnung zu bringen."

Ich wandte mich von ihr ab und weigerte mich, ihrem traurigen Blick zu erlauben, den Zorn und die Wut, die ich ihr gegenüber empfand, zu dämpfen.

„Wenn sie herkommt, werde ich deine Fesseln entfernen." Sie warf ein Messer zu Boden, das, das sie mir wohl zuvor abgenommen hatte. „Merke' dir, wo es ist, denn du wirst es schnell brauchen." Dann hielt sie ein Stück Papier vor die Barriere. „Lies!"

Die vier Wörter darauf waren mir nicht bekannt. Ich nahm an, dass es Elbisch war, und las sie einfach phonetisch vor.

„Nochmal." Sie korrigierte die Aussprache eines der Worte, und nachdem ich es zu ihrer Zufriedenheit gesagt hatte, ließ sie das Papier neben das Messer fallen. Sie flüsterte schnell einen Zauber, und das Messer und das Papier wurden unsichtbar.

„Ich muss meinen Teil des Schwurs einhalten, der darin besteht, dich ihr zu geben. Wenn ich es dir sage, stich dir in den Finger, sprich den Zauberspruch, und du wirst unsichtbar." Sie bückte sich, und ich sah zu, wie sie schnell Sigillen vor mir zeichnete. „Merk dir die Position des Messers und den Zauber", sagte sie noch einmal.

Ich musterte sie und wünschte, ich hätte die Fähigkeit, Unehrlichkeit zu erkennen. Sollte ich ihr vertrauen? Ich erinnerte mich an die vielen Blicke, die sie und Nolan ausgetauscht hatten. Sie liebten einander. Ich konnte ihre Trauer über die Erkenntnis, dass sie ihrer Beziehung möglicherweise irreparablen Schaden zugefügt hatte, nicht ignorieren.

„Vertrau mir oder nicht, zumindest werde ich wissen, dass ich versucht habe, dir zu helfen." Ihre Lippen verzogen sich zu einer schmalen, trotzigen Linie.

„Ich vertraue dir nicht, aber ich habe nicht viele Alternativen."

„Ich glaube nicht, dass du es wert bist, gerettet zu werden", fauchte sie zurück.

„Solch Feindseligkeit meiner Tochter gegenüber." Malifics melodische Stimme klang amüsiert. „Hast du deinen Hass auf mich auf sie umgelenkt?"

Elizabeth scannte den Bereich hinter sich. „Du bist allein?"

„Wie du es gewünscht hast. Dieses Maß an Misstrauen kann nicht gut für dich sein."

„Wenn man einer Viper vertraut, kann man es ihr nicht verdenken, wenn sie zuschlägt."

„Ich nehme keinen Anstoß daran. Am meisten gefürchtet ist der Biss der Viper. Dieser Biss gibt ihr Macht. Erzählungen darüber gehen ihr voraus und dienen als Warnung. Eine Viper benötigt nie eine Erklärung für ihr Handeln oder entschuldigt sich für das, was sie ist. Und ich entschuldige mich nicht für das, was ich bin."

„Natürlich nicht. Aber ich habe das Meine beschützt; das ist alles, was mir wichtig ist."

In diesem Moment war es schwer, Elizabeth zu hassen.

Ihre Worte erinnerten mich daran, was ich zu unternehmen bereit war, um die Meinen zu beschützen.

Malific schwebte zu meinem magischen Käfig und musterte mich mit derselben Aufmerksamkeit wie eine Ameise, die mit einem Stück Essen über den Bürgersteig eilt. Sie zog ihr Schwert mit einer Leidenschaftslosigkeit aus der Scheide, die den Eindruck vermittelte, als besäße sie keine Menschlichkeit. Die gewaltsüchtige, machtgierige, gefühllose Hülle einer Person. Wie konnte eine Mutter so wenig für ihr Kind empfinden? Als sie mich ansah, war nicht die Spur von Mitgefühl zu erkennen. Konnte sie nicht auch nur einen Hauch von sich selbst in mir sehen oder sich daran erinnern, dass ich das Kind war, das sie getragen und zur Welt gebracht hatte?

„Du *bist* das Monster, vor dem sie mich gewarnt haben", blaffte ich und blickte auf das Schwert. Sie hatte vor, mich zu töten, während ich wehrlos vor ihr stand. Hass reichte nicht aus, um das zu beschreiben, was ich für sie empfand.

„Du bist alt genug, um zu verstehen, dass man der König unter den Löwen sein muss. Im Schleier überwiegen die Löwen, und wenn du nicht dafür sorgst, dass du der König bist, wirst du zur Beute. Wenn du den Jägern so nahestehst, wie mir glauben gemacht wurde, weißt du sicher, wovon ich spreche. Sie haben alles getan, was möglich war, um dafür zu sorgen, dass sie Raubtiere und niemals Beute waren."

„Sie haben es getan, weil es ihr Job war."

Ihr Lächeln war grausam und ihr Blick herablassend. „Wenn jemand in seinem Job so gut ist, liegt das nicht daran, dass er Gerechtigkeit liebt, sondern daran, dass er die Dominanz genießt. Der Nervenkitzel der Jagd und der Ruhm des Tötens. Gleiches Raubtier, anderes Label."

Die Enttäuschung zu verbergen war schwierig, und es war mühsam für mich, es zu tun. Ich war es leid, dass die dunkle Komplexität des Schleiers in mein Leben eindrang.

Elizabeth stellte sich zwischen mich und Malific.

„Du wirst sie nicht kaltblütig ermorden, wie du es mit den Wandlern getan hast und …" Sie ließ die Elfen unausgesprochen, aber der Schmerz in ihrer Stimme machte sehr deutlich, was sie meinte.

Elizabeth ließ die Barriere fallen, bewegte sich näher an mich heran und baute sie dann mit beneidenswerter Entschlossenheit und Geschwindigkeit wieder auf. Ich fragte mich, ob dieses Niveau der Geschicklichkeit darauf zurückzuführen war, dass sie jederzeit das Gefühl haben musste, geschützt zu sein. Sie nahm mir mit aufmerksam zusammengekniffenen Augen die Handschellen ab, als rechnete sie damit, dass ich angreifen würde. Dann wich sie zurück.

„Ich nehme das Feld runter", verkündete sie. Als sie es tat, strömte die eingeschränkte Magie durch mich hindurch. Ich stieß sie in meinen Schutzwall.

„Das ist nicht unser Deal. Du hast sie mir nicht gegeben, wenn das zwischen uns ist", zischte Malific und deutete mit der Hand auf das Schutzfeld. Sie steckte ihr Schwert in die Scheide und drückte ihre Hände dagegen. Ihr Gesicht war angespannt vor Anstrengung. Die Wand bewegte sich, und am Rand bildeten sich zahlreiche kleine Blasen, aber sie hielt.

Es war ein schlechter Zeitpunkt, sie zu verspotten, aber wie gern hätte ich es getan! Am Rand meines Sichtfelds konnte ich sehen, wie Elizabeth mir zunickte. Ihre Hand drückte gegen meine schützende Blase und ließ sie in Splitter zerspringen, die wie Trümmer in der Luft schwebten. Ich griff zum Messer, schnitt mir in die Hand und rezitierte den Zauberspruch. Die schlafende Schlange, die sich um Elizabeths Arm wand, erwachte zum Leben, schoss auf Malifics Arm und hinterließ eine Blutspur, als Worte über Elizabeths Lippen strömten.

Ich bewegte mich, da ich dachte, Malific würde mich nicht sehen. Ihre grausamen Augen schossen in meine Richtung und folgten jeder meiner Bewegungen, wie ein Raubtier, das bereit ist, sich auf sein Opfer zu stürzen. Elizabeth hatte gelogen. Ich war nicht unsichtbar. Malific zog ihr Schwert. Magie hing in der Luft und bildete eine schwere Decke. Ich konnte die magischen Ranken, die ein Netz zwischen mir und meiner liebsten Mutter bildeten, nicht sehen, aber ich konnte sie spüren. Malifics Gesicht wurde rot; sie fletschte die Zähne und wirbelte herum. Ihre Wut war explosiv.

„Du hinterlistiges Miststück!" Ihr Durst nach Gewalt und Rache war greifbar, als sie zum Schlag ausholte, nur um durch ihren magischen Schwur eingeschränkt zu werden. Da Elizabeth ihren Teil der Vereinbarung erfüllt hatte, konnte sie sie nicht mehr verletzen. Ich vermutete, dass die Vereinbarung darin bestanden hatte, dass sie mich an Malific übergeben musste, was Elizabeth getan hatte.

Elizabeth überwand die winzige Distanz zwischen ihnen, ihr Gesicht strahlend vor Zufriedenheit. „Man muss den Biss der Viper nur einmal spüren, bevor man erkennt, dass der einzige Schutz gegen sie darin besteht, ihr Spiegelbild zu werden. Nur zu, töte deine Tochter." Sie drehte Malific, die sie böse anstarrte, den Rücken zu. „Eine Klappe, zwei Fliegen. Ihr zwei seid jetzt eins. Wenn sie stirbt, stirbst du auch. Wenn sie Schmerzen leidet, leidest du auch."

Malific schloss die Augen, und ihre Gesichtszüge wurden hart. „Ich schwöre, einen Weg zu finden, meinen Schwur dir gegenüber aufzuheben, und wenn ich das tue, werden genau die, die du beschützen wolltest, meinen Zorn zu spüren bekommen. Jeder, der auch nur eine Spur Elfenblut besitzt, wird für deinen Verrat bezahlen. Und Nolan wird der Erste sein. Ich werde ihn vor deinen Augen töten. Du wirst die einzige Überlebende sein. Du wirst gezwungen sein, die Last ihres Todes zu tragen, und wissen, dass du schuld daran bist."

Elizabeth schnaubte. „Lerne deine Tochter kennen. Du hattest recht, was sie angeht; sie ist eine kluge Frau. Und ihre Begabung für Gewalt und Chaos ist mit deiner vergleichbar. Ich vermute, dass sie einen Weg finden wird, die Bindung an dich zu lösen, bevor du einen Ausweg aus deinem Schwur findest. Und wenn sie es tut, muss ich mir nicht lange Sorgen um deinen Zorn machen. Und wenn sie es nicht tut, werden die Jäger das tun, was sie am besten können. Du wirst nicht lange genug leben, um von Bedeutung zu sein." Damit drückte sie ihre Hand auf einen Stein, der an einer Kette um ihren Hals hing, und verschwand in einem Wirbel aus Magie.

Ich steckte das Messer in die Scheide, die ich an der Hüfte trug, und machte mich ebenfalls auf den Weg aus dem Schuppen. Malific versperrte mir den Weg.

Ermutigt durch die neue Situation sagte ich: „Aus dem Weg!"

„Glaubst du allen Ernstes, dass du die Oberhand hast, Mädchen?", knurrte sie.

„Ich glaube nicht, dass du mich töten wirst. Du willst es, ich kann es in deinen Augen sehen, aber du wirst es nicht tun. Also geh mir verdammt nochmal aus dem Weg."

Malific holte scharf Luft und riss das Messer aus meiner Scheide. Sie stieß es in ihre Hand und starrte mir in die Augen. Vor Schmerz hätten fast meine Beine unter mir nachgegeben. Ich sah meine Hand an und entdeckte eine offene Wunde. Blut quoll hervor und lief über meine Finger. Mein Magen drehte sich. Ich schluckte die Galle hinunter, die in meinem Hals aufstieg. Der Schmerz trieb mir Tränen in die Augen. Ich hätte mich unmöglich auf diese Aktion vorbereiten können. Auf ihre Grausamkeit. Die scheinbar symbiotische Beziehung, die sie mit Schmerz hatte. Sie sah ihn als Mittel zum Zweck.

Ich beugte mich vornüber und schluckte, bevor ich ein paarmal zittrig durchatmete und der Schmerz genug nachließ, damit ich die Wunde heilen konnte. Ich heilte meine Hand, und im selben Moment reparierte die Magie auch ihre. Ich war mir nicht sicher, ob Elizabeth mir einen Gefallen getan oder mich für die Sünde, Malifics Tochter zu sein, bestraft hatte.

„Finde einen Weg, die Bindung zwischen uns zu lösen", zischte Malific. „Du bist nichts als ein Anfänger in der Kunst des Krieges. Ich bin ein Meister. Zwing mich nicht, dir die vielen Arten zu demonstrieren, auf die ich dich besiegen kann."

Sie packte mein Haar, riss mich an sich und küsste meine Stirn. Bevor ich mit dem Schlag, den sie so verdient hatte, reagieren konnte, war sie verschwunden.

4

Ich ließ mich auf den Boden fallen und saß da, während mir alles, was im Laufe des Tages passiert war, durch den Kopf ging und meinen Willen mit Füßen trat. Entkräftet und emotional erschöpft, fehlte mir die Motivation, zu gehen.

Elizabeths Prophezeiung, dass ich meine Mutter töten würde, verspottete mich. Mein Leben in vielen Grautönen hatte nur bestätigt, wofür sie mich hielt. Es war überwältigend ironisch, dass Elizabeth mich in eine Situation gezwungen hatte, in der ich genauso grausam und rücksichtslos wie Malific sein musste, um sie zu besiegen.

So unrealistisch es auch war, ich wollte mich nur zurücklehnen und mein Leben einfacher machen. Stattdessen saß ich da und ruhte mein Gesicht in meiner hohlen Hand.

Erin, du kannst nicht hierbleiben, lockte ich.

Ich wusste das, aber wohin sollte ich von hier aus gehen?

Ich zwang mich aufzustehen, meine Beine zitterten vor Müdigkeit, dann stapfte ich aus dem Schuppen und sah mich um. Ich hatte keine Ahnung, wo ich war. Etwa zwanzig Meter entfernt konnte ich ein kleines Haus erkennen, aber da das hohe Gras und die vielen Bäume ungepflegt waren, war ich nicht geneigt, dorthin zu gehen. Ich war mir sicher, dass ich, wenn ich lange genug lief, auf eine Straße stoßen würde und mich dann besser orientieren könnte. Die Sonne stand noch am Himmel, und da ich nicht wusste, wo ich war, ging ich nach Osten.

Ich musste mich zwingen, schneller zu werden. Jeder Schritt fühlte sich wie ein Todesmarsch an und zwang mich, mich langsam wie durch Melasse zu bewegen. Ich redete mir gut zu. *Du kannst es schaffen, Erin. Es ist in Ordnung, Du hast weitaus Schlimmeres als Malific gesehen und überwunden. Sobald du nach Hause kommst, wirst du einen Plan ausarbeiten, und alles wird wieder gut.*

Ich redete mir puren Blödsinn ein. Normalerweise sah ich mir das Potenzial für eine Niederlage an, zeigte ihr den Mittelfinger, und machte weiter. Ich war mir nicht sicher, ob das diesmal möglich war. Ich hatte noch nie mit jemandem zu tun gehabt, der auch nur annähernd so schlimm war wie Malific, die durchs Feuer gehen konnte, als glitt sie durch einen Wasserfall, und ein Messer durch ihre eigene Hand stechen konnte, ohne mit der Wimper zu zucken. Wenn ich nach Hause kam, was würde auf wundersame Weise passieren, um alles gut und machbar zu machen?

Die aufmunternden Worte funktionierten nicht, und ich geriet ins Straucheln. Ich würde Dr. Sumner anrufen, sobald ich nach Hause kam. Während ich ging und umsetzbare Pläne machte, verdunkelte sich die helle Melonenfarbe der Sonne. Ein Schatten fiel über mich. Ich drehte mich um. Große, himmelblaue Flügel beherrschten den Himmel und mischten sich mit den verschiedenen Blautönen, sodass sie ombré wirkten. Kai ging in den Sinkflug. Sobald er landete, schnappten seine Flügel weg.

„Ich habe dich gefunden."

Okay, lass uns einfach das Offensichtliche sagen: Du hast wunderschöne blaue Flügel und ein engelsgleiches Gesicht.

„Hi", sagte ich. „Du ignorierst nur die Regeln und fliegst

über der Stadt herum, was?" Es war ein misslungener Versuch von Ungezwungenheit meinerseits.

Er machte mit. „Wir verstoßen immer gegen die Regeln, wenn es um dich geht." Da seine Stimme neutral und sein Gesicht nicht lesbar war, wusste ich nicht, was ich von seiner Bemerkung halten sollte.

„Tut mir leid."

Er zuckte mit den Schultern. „Du siehst nicht gut aus. Ich sollte dich nach Hause bringen."

„Mir geht's gut. Bin nur müde und hungrig", sagte ich und speiste ihn mit einer Halbwahrheit ab. Mir ging es nicht gut. Meine Hand tat immer noch weh, obwohl sie geheilt war; ich musste lernen, Schmerzen zu lindern, wie Mephisto es konnte. „Müde" war eine Untertreibung, denn ich raste der Erschöpfung entgegen. Das Gefühl, überfordert und leer zu sein, gefiel mir nicht.

„Lass mich dich hier wegbringen", schlug Kai vor.

„Der Grund, warum du normalerweise nicht fliegst, ist, dass du nicht entdeckt werden willst, oder?"

Er nickte. An seinem Profil konnte ich die schmerzliche Sehnsucht erkennen. War das der Grund, warum sie sich Sorgen um ihn machten? Waren geflügelte Wesen wie er überwiegend am Himmel unterwegs, und war zum Gehen gezwungen zu sein für ihn ein erbärmliches, banales Dasein?

„Ich weiß es zu schätzen, dass du mich gefunden hast, aber wir sollten zu Fuß gehen. Ruf Madison oder Cory an. Sie werden uns abholen."

„Nicht nötig. Die anderen werden kommen." Er ging schneller. Es war eine Herausforderung, mit ihm Schritt zu halten. In regelmäßigen Abständen blickte er zurück, und schließlich, als ich zu weit zurückgefallen war, bewegte er sich auf die furchteinflößende Art und Weise, wie sie es taten, und stand plötzlich vor mir. Er hob mich in seine Arme.

Ich würde meinen Tag nicht damit beenden, dass ich von

einem ätherisch aussehenden geflügelten Gott wie eine Jung-
frau in Not zur Hauptstraße getragen wurde, damit jeder sie
sehen konnte. Es fühlte sich an, als hätte ich mich Malific
ergeben.

„Lass mich runter!"

„Du bist müde und bewegst dich langsam. Es hält mich
zurück. Und mir gefällt dieser Ausdruck auf deinem Gesicht
nicht."

„Herzlichen Dank. Tut mir leid, dass mein Gesichtsausdruck so unangenehm ist", schoss ich zurück und wand mich
aus seinem Griff.

„Du hast eine Grimasse gezogen. Da du in einem Dreckloch lebst, weiß ich, dass es nicht viel gibt, was dich stört,
also weiß ich, dass mit dir was nicht stimmt."

*Dreckloch? Warum schweigen wir nicht ein bisschen? Du
behältst deine Beleidigungen für dich, und ich verspreche, dich
nicht zu schlagen.*

„Wenn du mich so trägst, fühle ich mich –" Meine
Stimme brach. „Ich würde gerne laufen."

Er setzte mich schnell ab und trat zurück. Die Schwere
seiner Einschätzung brachte mich dazu, den Blick abzuwenden. Er drehte sich um. „Du kannst jetzt weinen."

„Mach es nicht seltsam, Kai." Ich ging los und schnell an
ihm vorbei. Trotz war ein guter Motivator, und als er mich
hochgehoben und in seine Arme genommen hatte, war ich
entschlossen, mich nicht von Elizabeth oder Malific darauf
reduzieren zu lassen.

Bald fiel ich wieder hinter ihn zurück und sah zu, wie er
sich mit seiner erdgebundenen Anmut durch das unebene
Gelände bewegte, eine Erinnerung daran, dass er zum Gehen
gezwungen war, wo er normalerweise in der Luft schwebte.
Wir gingen den kaum erkennbaren Weg entlang zu einer
einspurigen Straße, wo uns vier Autos erwarteten.

Mit Mephisto in einem mattschwarzen Range Rover
hatte ich gerechnet. Clayton saß auf dem Beifahrersitz. Auf

der gegenüberliegenden Straßenseite standen drei Autos voller Wandler, ganz vorn Ashers 911er.

Anstatt sie anzusehen, konzentrierte ich mich auf Simeon auf der anderen Straßenseite, teilweise sichtbar im Dickicht der Bäume, wo er mit einer Rehfamilie herumhing. Ich wollte Zeit mit Bambi und ihrer Familie und einem Tierflüsterer-Gott verbringen.

Als ich die Straße überquerte, winkte ich kurz allen zu und spürte die Intensität von Ashers Blick, als würde er mich durch ein Zielfernrohr anstarren. Mephistos Blick war hart und durchdringend. Es war nicht so, dass ich keine Entscheidung treffen wollte, ich hatte einfach keine Ahnung, welche.

Als ich im Schuppen eingesperrt gewesen war und Angst gehabt hatte, war mir als erstes Asher in den Sinn gekommen. Er befehligte Hunderte Wandler, die gegen Magie immun waren.

Mephisto, ein Gott, hatte gegen ihre etablierten Regeln und Praktiken verstoßen, indem er Kai zum zweiten Mal erlaubt hatte zu fliegen, um mich zu finden.

Ich konnte mich nicht für den einen entscheiden, ohne den anderen zu beleidigen.

Anstatt das Problem anzusprechen, interessierte ich mich mehr und überwältigend für die Rehfamilie und dafür, ob ich mit ihnen kommunizieren könnte. Es war einfach magisch. Ich könnte mich in eine Katze verwandeln; war es zu weit hergeholt anzunehmen, dass ich mit Tieren sprechen könnte?

Als ich mich näherte, blickte das kleinste Reh der Dreiergruppe mit großen, ängstlichen Augen auf, bereit, davonzulaufen, bis Simeon etwas sagte. Es beobachtete mich weiter, rollte sich jedoch wieder zusammen und legte sich auf den Boden.

„Streichle ihn", schlug Simeon vor. „Sanft." Er legte seine Hand auf meine und zeigte mir den richtigen Druck und die richtige Technik. Für Tiere, die im Wald lebten und Blätter aßen, waren sie ziemlich wählerisch, was die Art und Weise anging, wie sie berührt wurden.

Aus dem Augenwinkel sah ich, dass Asher ein Zeichen gab und die Reihe der hinter ihm geparkten Autos verschwand. Er blieb.

„Welcher Zauber erlaubt dir, mit ihnen zu sprechen?"

Simeon dachte darüber nach, als wäre das, was er tat, so mit seiner Magie verwoben, dass es absurd war, es auf einen Zauber zurückzuführen.

„Es ist wie Wynden und Glamourzauber. Entweder man kann es oder nicht. Ich möchte mit ihnen sprechen, und ich kann es."

Cool. Ich wollte mit Bambi sprechen, weil es so verdammt bezaubernd war und ... Nichts. Eine ganze Menge Nichts.

Wir saßen lange Zeit schweigend da, und ich wünschte mir nichts mehr, als ein Gespräch mit Bambi zu führen.

„Sprichst du Englisch?", fragte ich.

„Welche Sprache auch immer ich wähle, sie verstehen sie."

Ich wünschte es mir noch einmal und sagte dann: „Hi Kleines, willst du für mich aufstehen?"

Schwarze Marmoraugen sahen mich an, und das Kitz bewegte sich nicht, aber ich hatte das deutliche Gefühl, dass sich die Art und Weise, wie ich es streichelte, veränderte, weil ich mich so sehr auf den Versuch konzentrierte, mit ihm zu kommunizieren, und dass ihm das nicht gefiel.

Großartig, mein Kitz war wählerisch. Wie waren Mama und Papa Reh? Vielleicht wären sie nicht so kritisch, was meine Streicheleinheiten anging.

„Vielleicht solltest du mehr üben", schlug Simeon vor.

Einige Augenblicke später lief meine Motivation auf Grund. Und während ich weiter versuchte, mit meinem wählerischen Diva-Kitz zu kommunizieren, konnte ich Simeons vernichtenden Blick nicht ignorieren.

„Ich glaube nicht, dass ich es kann", sagte ich.

„Und doch hast du dein Ziel erreicht. Du hast die Entscheidung hinausgezögert."

Es war nicht so, dass ich glaubte, mein Verhalten sei nicht so durchsichtig wie Glas, aber musste Mr. Aufmerksam mich auf das Offensichtliche hinweisen?

„Ich bin neugierig auf meine Fähigkeiten", erwiderte ich.

„Vielleicht, aber die Entdeckung dieser hier war für dein wahres Ziel nur zweitrangig."

Er richtete seine Aufmerksamkeit wieder auf die Rehfamilie und sagte etwas in einer Sprache, die ich als die kannte, die Mephisto mit seiner Anwältin gesprochen hatte. Die Familie stand auf und verabschiedete sich, indem sie ihn mit den Nasen anstupste, bevor sie in den Wald ging.

„Wähle den Alpha-Wolf", schlug Simeon vor, stand auf und klopfte sich den Schmutz von der Hose. Ich beobachtete ihn.

„Ist es das, was du willst oder was du für das Beste hältst?"

„Beides." Mr. Aufmerksam neigte dazu, unglaublich taktlos und brutal ehrlich zu sein. Schließlich stand ich auf. Sein Vorschlag machte die Entscheidung nur schwieriger. Menschen haben diesen kleinen, sturen Querulanten, der tief in ihrem Inneren wohnt: Wenn jemand darauf besteht, nach links zu gehen, löst das in einem den Wunsch aus, nach rechts zu gehen. Mein Querulant war ein streitsüchtiges Biest und drängte mich, direkt zu Mephisto zu rennen, allein, um Simeon zu ärgern.

Bevor ich nach dem fragen konnte, was mich wirklich beunruhigte, warum die Jäger so sehr darauf bedacht waren, mich und Mephisto auseinanderzuhalten, sah ich, wie mein Auto die Straße hinauffuhr. Madison fuhr, und Cory saß auf dem Beifahrersitz. Als es zwischen Asher und Mephisto anhielt, bemühte ich mich, das Grinsen zu unterdrücken, das sich auf meinem Gesicht ausbreiten wollte. Und schaffte es sogar, es zu beherrschen, als ich sah, wie Cory die Augenbrauen hochzog und seine Augen zwischen den beiden

Männern hin- und herwanderten, die aus ihren Autos gestiegen waren und daran lehnten.

Die Männer verfolgten meine Bewegung mit unverminderter Konzentration. Ich blickte einmal in ihre Richtung, nachdem ich gespürt hatte, wie das Gewicht ihrer Blicke auf mir lastete.

Sogar Madison warf den beiden einen flüchtigen Blick zu, bevor sie losfuhr. „Das war krass", gab sie zu.

„Noch krasser als der Moment, als Elizabeth uns endlich aus dem Zauber gelassen hat?", fragte Cory.

„Nein, das war scheiße. Gewaltversprechen, Magie und Wut."

„Was ist passiert?"

Cory schnaubte. „Elizabeth hatte die Dreistigkeit, zurückzukommen und Arius zu holen, nachdem er geheilt war. Benton hatte sich einen Zauber ausgedacht und hat ihn mich, Nolan und Mephisto ausprobieren lassen. Dabei ist ein metallischer Rauch aus Arius aufgestiegen. Seine Wunden und die an meiner Schulter sind vollständig geheilt. Er hat sich aufgesetzt und uns einen seiner missbilligenden, selbstgefälligen Blicke zugeworfen. Weißt du, dieser herablassende Blick, mit dem er einen gern ansieht? Dann, eine Stunde später, kam Elizabeth ins Haus geschwebt, als hätte sie dich nicht entführt und eingesperrt. Sie hatte wahrscheinlich einen von Malifics Handlangern bei sich. Ich glaube nicht, dass es ein Immortalis war. Er hat Arius hinausbegleitet, und Mephisto hat zu Elizabeth gesagt, sie solle sich von ihm und Nolan verabschieden, weil sie sie wahrscheinlich nie wieder sehen würde." Cory kratzte sich an den hellen Stoppeln an seinem Kinn. „Ich dachte, er wollte damit andeuten, dass Malific sie verraten würde. Doch das hat er nicht gemeint. Er sah verdammt furchteinflößend aus."

Mein Mund blieb offenstehen. Es fiel mir schwer, mir vorzustellen, dass er das sagen würde. Oder doch? Sie hatten die Immortalis getötet, und die Leute im Schleier fürchteten sich vor ihnen. War es also unmöglich zu glauben, dass er eine Drohung ausstoßen und es dann nicht wahr machen würde? Als ich mich an Malifics Bemerkungen zu den Jägern erinnerte, war ich mir nicht sicher.

„Sind wir sicher, dass sie im Schleier die Guten waren?", fragte Madison.

Ich antwortete nicht, und sie bemerkte es.

„Ich dachte wirklich, er würde Simeons Schwert nehmen und ihr den Kopf abschlagen. Ich bin mir nicht sicher, dass er es nicht getan hätte, wenn die anderen nicht dazwischen gewesen wären."

Es fiel mir schwer, ein Problem mit den Drohungen gegen sie zu haben, besonders wenn ich mich an ihre endlosen Beleidigungen erinnerte.

„Sie hat zu Mephisto gesagt, sie hoffe, dass seine letzten Worte an dich gut waren, denn wenn er sie anfassen würde, müsste er sich keine Sorgen machen, dass Malific dich töten würde, denn sie würde es tun. So, wie sie das gesagt hat, scheint Elizabeth vorgehabt zu haben, dich nach Hause zurückzubringen. Das hat die Drohungen im Keim erstickt und alle warten lassen. Dann hat sie Nolan gesagt, dass sie ihn und dich beschützt habe und dass er ihr vertrauen müsse", sagte Cory.

„Nachdem wir durch ihre Magie im Haus eingesperrt waren", fügte Madison hinzu, als Cory innehielt, „waren wir nicht gerade scharf darauf, ihr zu vertrauen, aber Nolan schien ihr zu glauben. Es hat etwas von der Spannung gelindert. Sie haben etwas gesagt, das wir nicht verstanden haben, und dann hat er ihr zum Abschied gesagt, sie solle auf sich aufpassen."

„Sie war weg, bevor jemand etwas sagen konnte. Mephisto hat versucht zu wynden, aber ihr Zauber hat ihn davon abgehalten. Wir haben noch etwas mehr als eine Stunde eingesperrt verbracht", fügte Cory hinzu. „Dann fiel der Zauber. Ich ging davon aus, dass es passiert ist, sobald die

Sache mit dir erledigt war. Nachdem wir freigelassen wurden, habe ich Alex angerufen und ihm gesagt, er solle Asher sagen, dass du verschwunden bist. Ich habe gehofft, dass er dich erreichen würde, bevor Elizabeth es konnte. Ich vertraue ihm viel mehr als Elizabeth. Aber da du hier bist, denke ich, dass sie aufrichtig war."

„Wie man's nimmt. Technisch gesehen hat sie mich Malific übergeben, um den Schwur zu erfüllen, aber dann hat sie uns aneinandergebunden." Ich erzählte ihnen weiter von Malifics Wutanfall, ihrem Versprechen, den Schwur zu brechen, und ihrer Drohung, jeden zu töten, in dem Elfenblut floss. Ich bin nicht näher auf die Bindung eingegangen, das wollte ich für später aufheben. Sie musste eingehend untersucht werden, und ich wollte gerade nicht noch einmal an Elizabeths Täuschung in diesem Moment denken.

„Verdammte blutrünstige Psychopathin", knurrte Madison.

„Und Sadistin. Sie hat sich ein Messer in die Hand gerammt, nur um mir Schmerzen zu bereiten. Um mir zu zeigen, dass es sie nicht so sehr stört, wie es mich stören würde."

Madison trat auf die Bremse, fuhr an den Straßenrand und stellte den Wagen in den Parkmodus. Sie zwängte sich zwischen den Sitzen hindurch und starrte auf meine Hand.

„Erin, nein." Ihre Augen glitzerten, und sie blinzelte mehrmals. „Es tut mir leid. Wir haben versucht, den Zauber zu durchbrechen, um dich zu suchen." Sie blickte auf meine geheilte Hand und runzelte fragend die Stirn.

„Ich habe meine eigene Magie, erinnerst du dich?" Ich hatte so lange ohne gelebt, dass sie vergessen haben musste, dass ich sie jetzt hatte. Und dass sie sich keine Sorgen machen mussten, dass ich darum kämpfen würde, auch nur ein bisschen Magie zu bekommen. Aber leider war die Tatsache, dass ich Magie hatte, mit Malific-Problemen verbunden. „Mir geht's gut, Maddie."

All das Mitgefühl und die fehlgeleiteten und unnötigen Schuldgefühle hielten sie nicht davon ab, mich wegen des Namens wütend anzustarren.

„Was tun wir jetzt?", fragte Cory.

„Ich bin an sie gebunden, was bedeutet, dass Malific mich nicht töten wird. Wahrscheinlich würde sie mich eher beschützen. Aber nach unserer *Unterhaltung* habe ich das Gefühl, dass sie, wenn ich getötet werde, es selbst machen will."

Madison war wieder losgefahren. Ich legte viel Nonchalance in mein Achselzucken, konnte aber an ihren Gesichtern erkennen, dass sie den Ernst der Lage verstanden.

5

Da Madisons Lieblingspizza mit Käse und schwarzen Oliven Cory aufregte, dachte ich, dass die sichere Wahl Burger wären. Ich hatte mich so an die Art und Weise gewöhnt, wie sie ihre Burger aß, dass ich nicht bemerkte, wie seltsam das war, bis Cory verblüfft beobachtete, wie sie das obere Brötchen entfernte und ein ordentliches Gitter aus Pommes auf den Burger legte, bevor sie ihn wieder mit dem Brötchen zudeckte. Ich schmunzelte, als Corys Lippen sich verzogen und er gegen den Drang ankämpfte, eine Bemerkung zu machen. Madison, die seinen Blick auf sich spürte, hob ihren Blick, um ihn anzusehen, während sie herzhaft hineinbiss.

Cory hatte mir seine Pommes gegeben und sich für einen mit Salat umwickelten Burger entschieden. Einen Burger. Eingewickelt. In Salat. Und er hatte die Kühnheit, über Madison zu urteilen. Von einem Attentäter verletzt zu werden, zuzusehen, wie meine Mutter den Attentäter enthauptet hatte, weil er seine Arbeit nicht getan hatte, und von meiner Tante eingesperrt zu werden, war nicht Grund genug, seine Diät für einen Tag auszusetzen?

„Niemand isst seine Pommes so!", sagte er schließlich.

„Das ist nachweislich falsch. Ich tue es. Und als ich das letzte Mal nachgesehen habe, war ich *jemand*", erwiderte Madison mit einer süßlichen Stimme, die ihn nur noch mehr irritierte. Es schien eine stillschweigende Vereinbarung zu sein, dass wir beim Essen einen Moment der Ruhe genießen und nicht über den Tag sprechen würden, daher war unser Gespräch so oberflächlich, wie es nur sein konnte.

Nachdem der Tisch abgeräumt war, gingen wir umher und zögerten das Unvermeidliche hinaus. Erst, als Madison von der Küche ins Wohnzimmer ging und sich setzte, kamen Cory und ich zu ihr ins Zimmer.

„Was passiert jetzt?", fragte Madison und faltete ihre Beine unter sich auf dem Sofa. Cory war zu aufgedreht und konnte nicht sitzen. Wenige Minuten, nachdem er Platz genommen hatte, stand er wieder auf, ging durch den Raum und rückte die Bilder zurecht.

„Was ist mit der Bindung passiert? Ich muss alles wissen", sagte er.

Ich ging alles noch einmal durch und beobachtete, wie ihre Mienen immer grimmiger wurden.

„Du hast bei dem Zauber geholfen?", fragte Madison.

„Nicht wissentlich. Ich dachte, es wäre ein Unsichtbarkeitszauber. Stattdessen habe ich ihr geholfen, mich an Malific zu binden."

„Erinnerst du dich an den Zauber?", fragte Cory.

Ich schüttelte den Kopf, zog das Papier heraus und legte es auf den Sofatisch. „Das war mein Teil. Ich habe den Zauber, den sie gewirkt hat, nicht verstanden."

Sowohl Madison als auch Cory starrten auf das Blatt Papier. Madison runzelte langsam die Stirn, als sie versuchte, die Worte zu verstehen. Nachdem sie sie ein paar Minuten lang studiert hatte, zuckte sie mit den Schultern.

„Elbisch", sagte ich. Etwas, das ich nicht übersetzen konnte, aber ich kannte zwei Leute, die es konnten. Es zwang mich, die Frage zu stellen, über die ich nachgedacht hatte, seit sie mich abgeholt hatten. „Nolan wollte nicht mit euch kommen?"

„Nein", sagte Cory. „Er gibt sich selbst die Schuld an dem, was Elizabeth getan hat, und hat nicht geglaubt, dass du mitkommen würdest, wenn er dabei wäre."

Cory warf mir ein schiefes, freudloses Lächeln zu, setzte sich neben mich und legte seine Hand auf mein Bein. „Ich weiß, dass das, was er getan hat, ziemlich scheiße war, aber ich glaube nicht, dass er ein schlechter Mensch ist. Rache, Trauer und Wut können jeden blenden. Manchmal lassen Leute ihre Handlungen davon bestimmen. Es spiegelt nicht wider, wer sie wirklich sind. Das musst du wissen."

Es war nicht schwer zu erkennen, dass er seine gewalttätige Reaktion auf Harrisons Versuch, mich einem Dämon auszuliefern, einbezog. Aber es zeigte, wie Cory war. Er war in der Lage, gewalttätig zu sein, wenn er wütend war.

Ein Teil von mir wollte Nolan vergeben und die Vergangenheit vergessen. Wenn es nur so einfach wäre. Ich hatte mein Leben damit verbracht, mich nach Magie zu sehnen und sie zu brauchen. Mein Erwachsenenleben habe ich damit verbracht, zu glauben, ich sei zu Mord fähig, und konnte mich nicht einen wichtigen Teil der Nacht des *Vorfalls* erinnern. Nicht, dass ich in der Lage gewesen wäre, mit irgendjemandem darüber zu reden. Und das Wissen, dass meine Geburt nichts weiter als ein kalkulierter Rachezug von Nolan war, war unverzeihlich. Wie konnte ich reinen Tisch machen und so tun, als wäre das nie passiert? Oder ihn trotzdem in meinem Leben haben?

Als Reaktion auf Corys Blick nickte ich ihm unverbindlich zu.

„Glaubst du, wir können diesen Zauber anwenden und ‚rescindo' hinzufügen, um ihn umzukehren?"

Ich zuckte mit den Schultern. „Woher würden wir wissen, dass es funktioniert hat? Ich glaube nicht, dass wir hinsichtlich eines Zaubers, der diese Bindung löst, irgendwelche Unklarheiten wollen."

„Dann musst du mit deinem Vater reden. Er kann vielleicht helfen."

„Nolan", korrigierte ich. Cory presste die Lippen aufeinander. „Ich werde ihn nicht Vater nennen. Ich habe einen."

„Du hast zwei", korrigierte Cory. Er warf mir einen schiefen Blick zu, als ich nicht antwortete.

„Ich werde versuchen, morgen Kontakt zu ihm aufzunehmen." Es war eine halbherzige Zusage. Nolan war weg, und ich hatte keine Möglichkeit, Kontakt zu ihm aufzunehmen, und aus irgendeinem Grund schien er mir nicht der Typ zu sein, den ich auf Social Media finden konnte. Morgen würde ich meine eigenen Nachforschungen anstellen. Vielleicht würde ich einen Weg finden, Kontakt zu ihm aufzunehmen, vielleicht eine Art globalen Kommunikationszauber.

„Kann ich ein paar Tage bei dir übernachten?", fragte ich Madison, stand auf, streckte mich und wandte meinen Blick von ihnen ab. Ohne ihre Gesichter zu sehen, wusste ich, dass sie fassungslose Blicke tauschten.

„Natürlich. Aber willst du mir sagen, vor wem du dich versteckst? Mephisto oder Asher?"

„Malific." Es war eine Bullshit-Antwort, aber ich war bereit, sie als Sündenbock zu benutzen. „Wenn sie noch einmal zuschlägt, möchte ich jemanden bei mir haben." Ich hatte die Lüge zu weit getrieben. Als ich Cory und Madison ansah, verzogen sich die Gesichter zu einem ungläubigen, finsteren Blick.

„Das glaubst du doch selbst nicht", sagte Madison.

Nein, das tat ich nicht. Malific benutzte Schockwirkung und Effekthascherei. Eine gewalttätige Virtuosin. Ihr Genuss bestand darin, die Reaktion anderer auf ihre Gewalt zu sehen und ihre eigene Schmerztoleranz zu demonstrieren. Sie trug sie wie ein Ehrenabzeichen. Und ein Publikum war eine Art Bezahlung für die Show. Sie würde mir nicht wehtun, ohne dass andere Zeugen davon wurden, wie unberührt sie von dem Schmerz war, der meine Reaktion auslöste.

„Warum willst du wirklich bei mir übernachten?", fragte Madison.

Ein schiefes Grinsen hob Corys Mundwinkel.

Ihre prüfenden Blicke verfolgten die kleinste meiner Bewegungen.

„Hat es irgendwas damit zu tun, dass der Alpha und der Gott vorhin auf dich gewartet haben und wie unglaublich glücklich du ausgesehen hast, als du uns hast vorfahren sehen?", überlegte Cory laut.

Eine verirrte Haarsträhne wegzuschieben, bot nicht annähernd genug Ablenkung. „Nein", log ich.

„Wenn du müde bist, bist du eine grottenschlechte Lügnerin", neckte Madison.

„Es liegt nicht nur an ihnen. Sie sind eine Ablenkung –"

Cory strahlte. „Ja, das sind sie", sagte er mit heiserer Stimme.

„Sei nicht stolz darauf", schalt ich ihn. „Ich weiß nicht, was ich tun soll, und die Wahrscheinlichkeit, dass sie hier auftauchen, ist geringer. Ich werde ein bisschen Ruhe haben", gab ich zu. „Und wir können die Malific-Situation ungestört angehen."

„Oh mein Gott, sowohl ein Gott mit scheinbar grenzenloser Macht und Ressourcen als auch ein Werwolf-Alpha, der immun gegen Magie ist und über beeindruckende Verbindungen und Macht in dieser Stadt verfügt, wollen mich beschützen und mischen sich in meinen Kram?", jammerte Cory mit dramatischer, hoher Stimme. „Was soll ich nur tun?" Er warf seinen Kopf gegen die Rückenlehne des Sofas zurück und legte seinen Arm über seine Stirn, auf die übertrieben theatralische Art und Weise, wie es manche Frauen in alten Schwarz-Weiß-Filmen taten, wenn sie auf einer Chaiselongue ohnmächtig wurden.

„Niemand findet dich lustig", bellte ich trotz Madisons

prustendem Lachen. „Ich habe nicht gesagt, dass es ein Problem ist. Es ist kompliziert. Ist Mephistos Interesse selbstlos? Malific ist der Grund, warum sie hier sind. Asher und sein Rudel sind immun gegen Magie, aber das sind die Wandler im Schleier auch. Bevor ich sie einbeziehe, möchte ich ein klares Ziel vor Augen haben."

Es war eine gute Ausrede und nah genug an der Wahrheit dran. Ich wollte zwar ein klares Ziel, aber ich hatte das Gefühl, dass Nolan und Elizabeth ein wichtiger Teil des Plans sein würden, nicht Asher und Mephisto. Tatsächlich könnten sie eher behindern als helfen.

„Spielt es eine Rolle, ob Mephisto Hintergedanken hat? Er ist ein mächtiger Gott, der Zugang zu drei anderen mächtigen Göttern hat. Ich sehe das Problem nicht", sagte Cory.

„Es gibt kein Problem. Ich muss nur einen Plan haben. Und diese Bindung wurde mit Elfenmagie gewirkt. Was können sie dagegen tun?"

„Sie haben das Mystic Souls-Buch. Vielleicht steht da was drin", schlug er vor, aber ich hatte das Gefühl, Cory wollte das Buch einfach noch einmal in die Hände bekommen, um noch ein paar Zaubersprüche abzuschreiben. Sogar Wesen, die keine dunkle Magie nutzten oder sich an die stillschweigenden Vereinbarungen zwischen Zirkeln und Magieanwendern hielten, wollten den Vorteil haben.

Ob sie meine Antwort für bare Münze nahmen oder nicht, ihre Gesichter verrieten es nicht. Ohne weitere Fragen ging ich in die Garage, um meine Reisetasche aus dem Kofferraum zu holen, und dann schnell ins Gästezimmer, um zu duschen. Ich war mir sicher, dass ich, egal, wie müde ich war, nicht schlafen würde.

Ich saß auf dem Bett und beschloss, schnell auf Facebook nach Nolan zu suchen, was nutzlos war, weil ich seinen Nachnamen nicht wusste. Ein leises Klopfen an der Tür verkündete Cory. Ich legte mein Handy auf den Nachttisch und lud ihn ein, hereinzukommen. Er zögerte zunächst, seine Lippen waren zur Seite verzogen, als er mit tief nachdenklichem Gesichtsausdruck in der Tür stand.

„Wir haben dir diese Entscheidung erspart, aber irgendwann wirst du sie treffen müssen, Erin", sagte er schließlich, als er den Raum betrat und die Tür hinter sich schloss.

„Was?"

„Oh, komm schon. Ich habe die Erleichterung auf deinem Gesicht gesehen, und es hatte nichts damit zu tun, dass du in diesem Schuppen eingesperrt warst."

Ich legte mich wieder aufs Bett zurück, und er kletterte darauf und legte sich neben mich.

Ich starrte an die Decke. „Ich möchte nicht mehr hineininterpretieren, als da ist. Ich weiß, was Mephisto will, aber Asher … ist es wirklich mehr, als dass er dankbar ist, dass ich ihm mit diesem Animantenfeenmann geholfen habe?"

Dass Cory sich die Zeit nahm, über meine Frage nachzudenken, bestätigte mir, dass meine Skepsis nicht lächerlich war. Asher und ich hatten jahrelang zusammengearbeitet und gelegentlich geflirtet, aber Asher war dafür bekannt, mit jeder Frau zu flirten, die bei drei nicht auf dem Baum war. Ich konnte nicht leugnen, dass Wandler etwas Ursprüngliches und Faszinierendes hatten, das nicht greifbar war. Es machte die Leute um sie herum vorsichtig. Die Ambivalenz der Wandler und ihre Fähigkeit, sowohl zu locken als auch abzustoßen, machten den Umgang mit ihnen kompliziert. Es war nicht irrational, in Frage zu stellen, was auch immer zwischen mir und Asher existierte.

„Ich glaube nicht, dass es etwas mit dieser Fee zu tun hat", sagte Cory schließlich. „Wenn dem so wäre, würde er dich einfach bezahlen und wäre damit fertig. Die Panik, dass du vermisst wirst, war mehr als nur die von jemandem, der für einen Gefallen dankbar ist. Und dann ist da noch M."

„Ich glaube, Clayton ist der Einzige, der ihn so nennen darf."

Cory schnaubte. „Er ist nicht hier. Ich nenne ihn M, wenn

ich will." Aber ich wusste, dass er es sich sehr gut überlegen würde, einen Gott wegen eines Namens zu verärgern. „Es ist sehr offensichtlich, wie er sich fühlt, aber das alles spielt keine Rolle, denn es geht um dich."

Ich schnaubte. Es gab dringendere Dinge, auf die ich mich konzentrieren musste.

„Oder", begann Cory langsam, als er sich auf die Seite drehte, um mich anzusehen, „du triffst keine Entscheidung. Du könntest Polyamorie ansprechen und sehen, was sie dazu sagen."

Selbst ich hatte nicht damit gerechnet, dass mein Lachen prustend enden würde.

„Okay, du Puritanerin", sagte er.

Ich rollte mich auf die Seite, um ihn anzusehen. „Du weißt, dass meine Ansichten alles andere als puritanisch sind."

Cory und ich hatten nur sehr wenige Geheimnisse voreinander, und Grenzen gab es zwischen uns nicht. Wenn man für eine gewisse Zeit einen Vampir datet, werden alle Grenzen, die man vielleicht hatte, aufgehoben. Da ich ein Adrenalin-Junkie war, um mich von meiner Magiesucht abzulenken, wurden meine Abenteuer mit Grayson schlüpfrig, sogar ziemlich kinky.

„Du kennst die beiden, oder?", fragte ich rhetorisch. „Was glaubst du, wie eine ‚Hey, lasst uns eine Ménage-à trois-versuchen'-Diskussion ablaufen wird?"

„Das kommt von der Frau, die nach dem Glauben lebt, dass man die Antwort nie weiß, bevor man die Frage gestellt hat."

„In diesem Fall kenne ich die Antwort." Er auch. „Außerdem besteht eine Ménage-à-trois aus drei Leuten, die einander daten. Ich habe Asher und Mephisto zusammen gesehen und kann dir versichern, dass sie keine Lust auf ein Date haben. Ich glaube nicht, dass sie bi sind."

Cory schlug sich auf die Stirn. „Natürlich sind sie nicht

schwul oder bi. Sie kennen mich, und wer will dich noch, wenn er mich kennengelernt hat?"

Wenn ich mich nur davon überzeugen könnte, dass das ein Scherz war.

Ich starrte ihn finster an und verdrehte dann die Augen. „Nun, meine Bescheidenheit spricht für mich. Du wärst überrascht zu sehen, wie viele Menschen das attraktiv finden."

„Das ist nicht wahr. Das ist eine Unwahrheit, die dem abgedroschenen Klischee entspricht, dass Selbstvertrauen sexy sei. Ja, Selbstvertrauen ist bei einer durchschnittlichen oder attraktiven Person sexy. Selbstvertrauen bei jemandem, der wie ein Troll aussieht, ist nur verwirrend. Man kommt nicht umhin, sich zu fragen, was dieser Person dieses Selbstvertrauen gibt." Er grinste mich an.

„Schönheit verblasst. Was wirst du tun, wenn dein selbstdefiniertes Model-Aussehen verwelkt?", neckte ich ihn.

„Im Ernst? Wir reden hier von einem Gesamtpaket. Augen, Gesicht, Persönlichkeit. Ich werde noch mit neunzig attraktiv sein." Er hob sein Hemd und zeigte den definierten Sixpack seiner Bauchmuskeln. Und warf mir einen Blick zu, der in mir den Wunsch weckte, es aus reiner Boshaftigkeit zu bestreiten. Dann zwinkerte er. „Du versuchst, das Thema zu wechseln", tadelte er. „Also wer?"

Ich schloss die Augen, konnte mir aber weder Mephisto noch Asher vorstellen. Meine Gedanken wanderten zu Malific und dem Moment, als sie sich das Messer in die Hand gerammt hatte. Wie sollte ich über etwas so Triviales wie Männer nachdenken, während ich an sie gebunden war?

Mit einem strahlenden Lächeln küsste ich seine Nasenspitze. „Ich wähle dich."

„Ich bin ganz klar die beste Wahl. Aber keine Option. Beantworte die Frage, Erin."

„Ich weiß es nicht und bin nicht sicher, ob ich in der Lage

bin, diese Entscheidung zu treffen", gab ich flüsternd zu und spürte, wie sich die Schwere des Tages auf mich legte.

Cory lächelte mich angespannt an, nickte, und ich schloss meine Augen. Ich spürte, wie das Bett sich bewegte, als er aufstand, und hörte sein leises „Gute Nacht" als er die Tür schloss.

6

Als ich am nächsten Morgen die Treppe hinunterging, hörte ich leises Gemurmel. Ich erkannte Madisons Lachen, aber nicht die andere Stimme und war überrascht, sie und Clayton an ihrem Küchentisch sitzen zu sehen, eine Gebäckschachtel in der Mitte. Kai saß in der Ecke und wischte das neu aufgestellte Bücherregal ab. Madison aß einen gebackenen Donut mit Zucker.

Liebes Schicksal, lass nicht alles gebackene Donuts sein.

„Morgen", sagte ich, öffnete die Schachtel und sah sofort eine Zimtschnecke. „Ist das für alle gedacht?", fragte ich und betrachte den großen Karton. Das wäre genug für uns und die Nachbarn.

„Natürlich." Claytons Lächeln war angespannt und obligatorisch höflich. Er ging auf Madison zu und fragte, ob er ein Stück ihres Donuts probieren könne.

Komm schon. Es ist ein gebackener Donut mit Zucker. Der langweiligste und einfallsloseste aller Donuts. Es ist der Donut der letzten Wahl, wenn alle glasierten und gefüllten weg sind. Niemand muss den kosten. Stell dir einfach einen nicht wirklich süßen, langweiligen Teig vor. Gern geschehen.

Während ich mir eine Tasse Kaffee eingoss, brach Clay

ein Stück ab und machte das Essen des einfallslosesten Donuts viel interessanter. Er steckte es in seinen Mund, seine Zunge glitt über seine geschmeidige Unterlippe und leckte alles, was von seinem Daumen übrig war. Madisons Versuch, den Blick von ihm abzuwenden, dauerte ganze drei Sekunden.

„Wie war's?" Sie schaffte es, mit einem heiseren Krächzen davonzukommen.

Wie war's? Es sieht so aus, als solltet ihr beide euch auf die Seite drehen und Löffelchen machen. So war's!

Clayton beugte sich gerade vor, um ein weiteres Stück von ihrem Donut abzubrechen, als ich mich zwischen sie drängte und in die Schachtel spähte. „Oh, sieht aus, als gäbe es hier noch vier mit Zucker. Bitte schön." Ich nahm eine Serviette, wählte einen aus und legte ihn vor ihn.

„Danke, Erin." Seinem Grinsen nach zu urteilen, wusste er, dass er das Opfer seiner Eskapaden geworden war.

Er biss ein kleines Stück ab und aß es ganz anders als die Donut-Verführung, die er für Madison aufgeführt hatte. Es war gut, dass ich eingegriffen hatte, denn ihre Nase und Wangen glühten, wie sie es immer taten, wenn ihr etwas peinlich war. Ihr Blick wanderte zurück zu ihm. Da er seine langen Locken zurückgebunden hatte, hatte sie einen ungehinderten Blick auf leuchtend kastanienbraune Augen, ansprechende, messerscharfe Wangen und einen kantigen Kiefer. Madison musste ihre Aufmerksamkeit immer wieder von seinen geschwungenen, vollen Lippen losreißen.

Erinnerst du dich an die Donut-Verführung oder was? Hör auf, ihn anzusehen.

Erst als sie mich dabei ertappte, dass ich sie beobachtete, beschloss sie, sich einen frischen Kaffee zu holen.

Spritz dir auch eine Ladung kaltes Wasser ins Gesicht, Maddie.

„Hier hast du dich versteckt", sagte Clayton und musterte mich. „M war heute ein bisschen gereizt, und ich vermute, das liegt daran, dass der Rabe verschwunden ist."

„Ich bin nicht verschwunden. Ich wollte nur Zeit mit Madison verbringen."

Madisons Gesicht wurde ausdruckslos, als er sie ansah.

„Wie lange willst du bleiben?", erkundigte Clayton sich.

Ich zuckte mit den Schultern.

„Ruf ihn an", drängte Kai.

Ob es ihn interessierte, konnte ich nicht sagen. Sein Ton war so beiläufig neutral, dass es wie ein Nebengedanke wirkte. Während er vor Madisons neuem Bücherregal stand, bewunderte er seine Arbeit. Es *war* wunderschön. Moderne Zierleisten oben und unten, Einbauleuchten und Nickelbeschläge, die zu ihrer Einrichtung passten. Es war maßgeschneidert für Madison und ihr Zuhause, und ich konnte mir nicht vorstellen, dass sie eines hätte finden können, das besser gepasst hätte. Es war so beeindruckend, dass ich darüber nachdachte, meine Wohnung aufzuräumen, in der Hoffnung, dass Kai sie auch eines schönen Bücherregals würdig finden würde.

Madison schaffte es, den Blick von Clayton abzuwenden. Mit einer Zimtschnecke in der einen und Kaffee in der anderen Hand ging ich zu Kai hinüber, Madison dicht dahinter.

Er warf meiner Hand mit der Zimtschnecke einen scharfen, missbilligenden Blick zu. *Ich denke nicht, dass ich ein hübsches neues Bücherregal bekommen werde.*

„Gefällt es dir?", fragte er Madison und sah sie über seine Schulter an.

Madison stand neben ihm. „Ich liebe es. Ich kann nicht glauben, dass du es so schnell gemacht hast", sagte sie und ließ ihre Finger über die Details gleiten.

Während sie die Handwerkskunst schätzte, sah sich Kai um, als wäre er auf der Suche nach einem anderen Projekt. Das war sein Ventil. Wäre es so schlimm, wenn er öfter fliegen könnte?

Sowohl Claytons als auch Kais Augen fielen auf die Tür,

als jemand klopfte. War es Mephisto? Hatten sie ihn benachrichtigt? Die Idee irritierte mich. Ich war erleichterter, als ich zugeben wollte, als Madison die Tür öffnete und Cory hereinkam, eine Tasche voller Bücher und mehrere Blatt Papier in der Hand.

Cory stand in der Mitte des Raumes, schätzte schweigend die Situation ein und überlegte, wie ich vermutete, ob er den Grund für seinen Besuch und alles, was auf dem Papier stand, erklären sollte. Als die Sekunden verstrichen, wurde es immer unbehaglicher.

Kai und Clayton verstanden den Wink und packten ihre Sachen zusammen. Bevor sie gehen konnten, ergriff Madison Kais Hand. „Danke für das Bücherregal. Es ist wunderschön. Ich finde es schrecklich, dass ich dich dafür nicht bezahlen darf."

„Es war mir ein Vergnügen." Seine Hand legte sich auf ihre, und die Stille wurde unter Claytons scharfer Beobachtung spürbar unangenehm.

Clayton brach das Schweigen und sagte: „Wir überlassen euch …" Er verstummte, als er diskret die Seiten in Corys Hand betrachtete. Cory steckte sie in die Tasche.

„Wir weben nur Zauber", erklärte Cory, eine teilweise Wahrheit. Das war mein Ziel: herauszufinden, wie ich die Bindung lösen konnte.

Kai, der an allem, was nicht Holz – und vielleicht Madison – war, desinteressiert zu sein schien, warf mir einen scharfen, ungläubigen Blick zu, als sie gingen.

7

Cory betrachtete die große Schachtel mit Gebäck und sah mich dann stirnrunzelnd an, als ich mir, nachdem ich die Zimtschnecke aufgegessen hatte, einen Donut in den Mund schob. Dann warf er Madison, die zum Tisch zurückgekehrt war und an ihrem Donut knabberte, einen finsteren Blick zu.

„Was! Warum hast du immer ein Problem mit dem Essen, das ich zu mir nehme?", schimpfte sie, biss ein Stück ab und machte deutlich, dass sie das seinetwegen tat.

„Weil alles, was du isst, unnötig seltsam ist. Im Ernst, wer isst eine Pizza nur mit schwarzen Oliven? Und niemand unter siebzig isst gebackene Donuts. Es ist eine Verschwendung von Kohlenhydraten."

Madison presste ihre Lippen herausfordernd zusammen. „Ich bin unter siebzig", sagte sie und schob sich einen großen Bissen in den Mund.

Er grinste, beugte sich vor und küsste sie auf den Kopf. „Sei froh, dass du dieses Disney-Prinzessinnen-Ding hast, sonst wärest du furchterregend", sagte er.

Er tat meinen Blick mit einem Augenzwinkern ab. Er wusste, wo er sie schlagen musste. Mit ihrem runden Gesicht, der Stupsnase, den runden Augen mit den schweren

Lidern und dem Porzellanteint war sie unbestreitbar das, was die Leute für süß hielten. Eine Beschreibung, die sie hasste.

Ihr Aussehen machte es nicht leichter, als Abteilungsleiterin ernst genommen zu werden. Aus diesem Grund hatte sie ihre langen rotbraunen Locken abgeschnitten, die jedoch schnell nachwuchsen. Sie neigte dazu, das auszugleichen, indem sie absichtlich streng dreinblickte. Ein Quasi-Resting Bitch Face, wenn nötig begleitet von einem grausamen Lächeln.

Er hatte einen Nerv getroffen. Sie starrte ihn böse an, als er sich eine Tasse Kaffee holte und ihr zuprostete. Ein gebackener Donut flog durch den Raum und traf ihn am Kopf. Erst dann erwiderte sie seinen Gruß und prostete ihm mit ihrer Tasse zu.

Ihre spielerisch zänkische Beziehung wäre wahrscheinlich nicht so verspielt, wäre da nicht ihre gemeinsame Zuneigung zu mir und die Anstrengungen, die sie zu unternehmen bereit waren, um mich zu beschützen. Madison tat es, weil sie mich wie eine Schwester liebte und genau genommen, nach allem, was wir herausgefunden hatten, meine Schwester hätte sein sollen. Und sie wusste es zu schätzen, dass Cory sein Leben riskiert hatte, indem er mir Magie geliehen hatte, um dafür zu sorgen, dass ich sie nie jemand anderem nehmen würde.

Nachdem er einen langen Schluck von seinem Kaffee getrunken hatte, platzte es aus Cory heraus: „Wandler.“

„Was?“, fragten Madison und ich gleichzeitig, offensichtlich nicht eingeweiht in die Gedankengänge, die zu dem Ausbruch geführt hatten.

„Wandler sind immun gegen Magie und können keine Magie wirken. Das Einzige, was sie tun können, ist wandeln.“

„Was hat das damit zu tun?“, fragte ich.

„Wenn du und Malific zu Wandlern werden würdet, würde das nicht die Bindung zerstören?“

Ich dachte darüber nach. Wie einfach war es, jemanden in einen Wandler zu verwandeln? Ich war mir sicher, dass ein Biss involviert wäre, aber es musste mehr sein, sonst würde es öfter praktiziert. Asher hatte angeboten, mich zu einem zu machen, aber der Vorgang war ebenso mysteriös wie die meisten Dinge, die das Rudel betrafen. Die Alphas arbeiteten als Netzwerk und verhinderten, dass mehr als das absolute Minimum an Informationen über sie bekannt wurde. Ich habe mich immer gefragt, ob das der Grund dafür war, dass ihr Coming-out nicht so gut aufgenommen worden war wie das anderer übernatürlicher Wesen. Es war schwer, einer solch heimlichtuerischen Gruppe zu vertrauen.

War die Verwandlung eines Wandlers genauso, wie die eines Vampirs, wo der physische Körper starb und man als Vampir wiedergeboren wurde?

Nach einer langen spannungsgeladenen Stille sagte Madison: „Das ist keine ganz schlechte Idee. Wenn ein Gott verändert werden kann, könnten wir erfolgreich die Bindung lösen und Malific ihrer Magie berauben."

„Die Frage ist: Kann ein Gott verändert werden? Kann ein magisches Wesen verändert werden? Vampire können nur Menschen verändern. Was, wenn es bei Wandlern genauso ist?", konterte ich. „Sagen wir mal, wir machen das, und es schlägt fehl. Was passiert mit den Wandlern? Sie würden wieder Malifics Ziel werden. Was, wenn die Bindung dadurch nicht gelöst wird und sie stirbt?", dachte ich laut nach.

Nachdem Cory die Idee mit den Wandlern auf Eis gelegt hatte, holte er die Unterlagen heraus, die er in seiner Tasche verstaut hatte. „Ich habe mir den Zauber nochmal angesehen, den du mir gegeben hast. Es ergibt einfach keinen Sinn. In meinen Büchern gibt es keinen Hinweis darauf, dass wir ihn lösen können. Aber wenn wir Zauberbücher haben, dann bin ich sicher, dass die Elfen auch welche haben. Wir müssen mit Nolan sprechen oder jemanden finden, der diesen Zauberspruch übersetzen kann, und dann können wir eine lateinische oder englische Alternative finden. Oder einen Zauber weben." Er verzog das Gesicht. „Ich bin mir nicht sicher, ob es einen Umkehrzauber gibt, den man allein durchführen kann. Ich vermute, dass du einen weiteren Elfen brauchst, der dir dabei hilft. Deshalb hat Elizabeth dich dazu manipuliert, deinen Teil des Zaubers zu sagen. Für den Bindungszauber braucht man mehr Elfenmagie, als sie besitzt." Er stieß einen tiefen Seufzer aus. „Wie sollen wir mehr Elfen finden, wenn die allgemeine Annahme lautet, dass ihr alle ausgestorben seid?" Cory begann auf- und abzugehen und dachte laut nach. „Wie finden wir mehr Elfen und ihre Zauberbücher?"

„Nolan und Elizabeth." Madison sagte, was wir zu vermeiden versuchten.

„Was, wenn Nolan es auch nicht kann?", argumentierte ich. „Der Grund, warum Elizabeth die *Frau-in-Schwarz*-Nummer abziehen konnte, war, dass ihre Magie nicht mit der anderer vergleichbar war. Was, wenn für den Bindungszauber Elfen- und Feenmagie nötig ist und sie deshalb meine Hilfe gebraucht hat?"

„Oder eine Kombination. Wenn ich mir deine Magie und die von Elizabeth ansehe, deckt ihr beide viel davon ab."

Er hatte recht. Und wenn es ein gewobener Zauber war, müssten wir einen Gegenzauber erfinden.

Um alle Möglichkeiten auszuschöpfen, gingen wir jedes Zauberbuch durch, das Madison besaß und die, die Cory mitgebracht hatte, und kamen zu dem offensichtlichen Schluss, dass wir jemanden brauchten, der sich gut mit Elfenmagie auskannte, wenn wir etwas erreichen wollten. Wir brauchten Nolan.

Ich dachte, ich würde eher auf dem gefrorenen Eis in der Hölle Schlittschuh laufen, bevor ich noch einmal Elizabeths Haus besuchte, aber da waren wir und liefen durch das Labyrinth aus Bäumen, das uns am Eingang ihres Hauses ausspie. Wir konnten die Brücke ungehindert überqueren. Die Fische mit den scharfen Zähnen waren verschwunden und der penible Arius stand nicht Wache, um mit einem seiner Rätsel zu bewerten, ob jemand es wert war, sich mit der Frau in Schwarz zu treffen. Aus dem Haus kamen keinerlei Geräusche. Die Tür war verschlossen, aber mit einem kleinen magischen Impuls öffneten wir sie. Ich hatte erwartet, dass ein Schutzzauber uns fernhalten würde, aber da war nichts. Es gab Lücken im Bücherregal, wo Bücher entfernt worden waren. Magie lag in der Luft, zusammen mit Spuren von Ingwer, Tannin, Fenchel und anderen weniger erkennbaren Düften. Aber alles andere war so wie beim ersten Mal, als ich dort gewesen war, mit Ausnahme des aufgeblasenen und nervigen Elf-Fee-Mischlings Arius.

Ich ließ Madison und Cory im Haus, während ich draußen suchte. Draußen fiel mein Blick auf das brachliegende Stück Land, das einst ein Garten gewesen war. Da ich nicht wusste, wonach ich suchte, betrachtete ich alles aufmerksam. Das blassgelbe Pulver, das um das Haus verstreut gewesen war, war verschwunden. Es gab keine Spur von Magie. Da ich nichts Interessantes fand, machte ich mich auf den Weg zurück zum Haus, erhaschte dabei jedoch einen flüchtigen Blick auf einen grünen Spiralblock, der aus der trockenen, toten Erde ragte. Ich zog ihn heraus und las das Gekritzel. „Tarnzauber", „Mirra", „Adligatura, ein Neutralisierungszauber", die hastig geschrieben worden waren. Unter den Zaubersprüchen stand ein „Ich weiß nicht, wie man –", doch das endete abrupt. Und er hatte es mit N unterschrieben.

Er musste es in Eile geschrieben haben. Aber warum? War er gezwungen worden zu gehen? Wenn ja, von Elizabeth? Malific? Wie gründlich und schützend war der Schwur?

Nolan kannte mich gut genug, dass er den Block in den Garten gelegt hatte, damit ich ihn finden konnte. Ich drückte ihn an meine Brust und dankte ihm still. Ihm zu vergeben schien gar nicht so unrealistisch zu sein. Er gab sich Mühe.

Ich wäre beinahe mit Cory und Madison zusammengestoßen, als ich zurück ins Haus eilte und dabei noch einmal die Elfenzauber las.

„Was ist das?", fragte Madison.

„Zauber. Nolan hat sie für mich hinterlassen."

Es war unverkennbar, dass Corys „Ich hab's dir doch gesagt"-Ausdruck dauerhaft in sein Gesicht graviert war. Jedes Mal, wenn ich vom Rücksitz aufblickte, war er da. Selbst nachdem ich mein Knie in die Rückenlehne seines Sitzes gerammt hatte.

„Es funktioniert, hör auf!", forderte Cory, der in der Mitte des Kreises stand, den ich gezeichnet hatte, ähnlich dem Kreis, in den Elizabeth mich gesetzt hatte, um sicherzustellen, dass ich mir ihre Magie nicht ausleihen konnte. Wir standen auf dem kleinen Betonabsatz hinter Madisons Haus und zeichneten die Sigillen nach, die Nolan für mich geschrieben hatte. Ich hatte den Zauber beschworen und Cory damit die Magie entzogen.

Sein Atem wurde immer schwerer, als er versuchte, den Kreis zu verlassen oder seine Magie einzusetzen. Die Einschränkung seiner Magie versetzte ihn in Panik. Ich musste ihn bald freilassen. Es war, als würde man einer Hexe eine Iridium-Manschette anlegen. Die Manschette selbst bedeutete nichts; es war der Verlust ihrer Magie, der sie störte. Magie war so eng mit ihrer Existenz verwoben, dass es sich anfühlte, als würde man ihnen einen Teil wegnehmen, wenn man sie ihnen nahm. Sie war ihr Atem, ihr Herzschlag und die Fähigkeit, sich aus eigenem Antrieb zu bewegen.

Ich ließ die Magie aus dem Kreis und blickte in Madisons Richtung. Sie schien nicht so unglücklich zu sein wie Cory. Wieder beschwor ich meine Magie. Sie durchströmte mich, zusammen mit dem Hochgefühl, Magie einzusetzen. Elfenmagie. Etwas, das ich noch nie erlebt hatte. Selbst wenn ich mir Magie geliehen hatte und nachdem meine Beschränkungen aufgehoben worden waren, hatte ich universelle, generische Magie benutzt – Magie, die von allen Magieanwendern geteilt wurde. Aber diese hier war ausschließlich meine. Die Magie pulsierte, die Sigillen leuchteten orange, bevor sie verschwanden, und Madison stand in der Mitte des Kreises und unternahm vergebliche Versuche, ihre Magie einzusetzen. Sogar die Anfängerfähigkeit, ein einfaches Objekt zu bewegen, war verschwunden.

Madison und Cory versuchten beide, Zauber zu wirken, um den Kreis anzurufen und ihn zu neutralisieren. Nichts.

„Aber wird das bei einer Göttin funktionieren?", fragte Madison und verließ den Kreis, nachdem ich den Zauber aufgehoben hatte.

„Mephisto sagt, dass Elfenmagie die einzige Magie ist, die mit ihrer Macht vergleichbar und zugleich ganz anders ist", sagte ich und wiederholte seine Bemerkung wortwörtlich, denn das war der Grund, aus dem Malific die Elfen vernichtet hatte, als sie sich nicht mit ihr verbünden wollten.

„Du solltest es an Mephisto testen", schlug Cory vor.

„Das werde ich." Ich konzentrierte mich wieder auf den Notizblock, doch mir entging nicht der Blick, den Madison und Cory wechselten. Ich verdrehte die Augen und sagte: „Ich verstecke mich vor niemandem und distanziere mich nicht. Kann ich das einfach machen? Meine Magie ohne die dauernde Erinnerung an Malific erkunden?" Da war es. Ich hatte das Geständnis laut abgelegt. Mephisto, Asher, Nolan – sie alle erinnerten mich an Malifics Grausamkeit. Der Grund, warum Elizabeth mich für eine Abscheulichkeit hielt. Ich wollte eine Pause davon.

Madison warf mir ein mitfühlendes Lächeln zu, und Cory setzte sich neben mich und drückte meine Hand. „Was kommt als Nächstes?", fragte er.

„Tarnzauber."

Es war offensichtlich, dass er funktionierte. In dem Moment, als ich den Zauber beschwor, legte sich eine schwere Magie wie eine Decke über mich, und ich bewegte mich unbemerkt durch den Raum. Um ihn zu benutzen, war kein Blut erforderlich, wie Elizabeth mich glauben gemacht hatte. Aber während der Zauber aktiv war, schränkte er meine Fähigkeit ein, andere Magie auszuführen.

Cory unternahm mehrere erfolglose Versuche, mich zu finden. Meine Schutzzauber und der Tarnzauber waren also meine beste Verteidigung gegen Malific. Für den Moment.

Beim Üben des Mirra wurden wir durch ein Klopfen an der Tür unterbrochen. Madison öffnete, machte ein überraschtes Gesicht und formte lautlos mit den Lippen, dass es Alex sei, Corys Freund. In der einen Hand hatte er eine Tüte Essen und in der anderen zwei Flaschen Wein. Cory eilte zu ihm, drückte ihm einen Kuss auf die Wange und half ihm, alles in die Küche zu bringen.

„Was machst du hier?", fragte Cory, nahm das Essen aus der Tüte und stellte es auf die Arbeitsfläche. Der Geruch von Oregano, Käse, Tomatensauce und Knoblauch wehte durch das Haus und erinnerte mich daran, dass wir seit dem Morgen nichts mehr gegessen hatten und das Frühstück aus Donuts und anderem süßen Gebäck bestanden hatte.

Alex zuckte mit den Schultern. „Du hast nur sporadisch auf meine SMS geantwortet, und ich wusste, dass ihr arbeitet, also dachte ich, ihr hättet noch keine Gelegenheit gehabt, was zu essen." Er ließ den Blick durch den Raum schweifen.

„Entschuldige den Saustall. Wir haben gearbeitet, und ich hatte keine Zeit aufzuräumen", sagte Madison und beschäftigte sich damit, zerdrückte Kissen aufzuschütteln und die weggeworfenen Seiten einzusammeln, auf denen Cory gewobene Zaubersprüche notiert hatte. Ich sah mir den „Saustall" an, für den sie sich entschuldigte. Es war ordentlicher, als ich es normalerweise in meinem Zuhause schaffte.

Kein Wunder, dass sie dachten, meine Wohnung sei ein Dreckloch. Ich war von Putzteufeln umgeben.

Unordnung störte mich nicht, aber ich hatte den Eindruck, dass sie Alex stören könnte. Ich studierte sein sorgfältig gepflegtes Aussehen. Sein dunkelbraunes Haar war ordentlich geschnitten, keine Strähne tanzte aus der Reihe, und sogar sein Nachmittagsstoppelbart sah gepflegt aus. Die Manschetten seines frischen, cremefarbenen Hemdes waren wie mit dem Lineal genau bis zur Mitte seiner Unterarme gefaltet. Und seine Schuhe waren poliert. Ich ging davon aus, dass sein Zuhause genauso sorgfältig gepflegt wurde.

„Danke für das Essen", sagte ich. Seine Augen glitzerten, als er die Flaschen hob. „Und den Wein", ergänzte ich.

„Macht eine Pause und esst zu Abend. Ich habe noch mehr im Auto."

Bevor er ging, gab er Cory einen langen Kuss, und für einen Moment glaube ich, dass sie vergessen hatten, dass wir da waren, oder es ihnen einfach egal war. Cory senkte den Blick, und seine Ohren wurden rot.

Anstatt Cory berechtigterweise wegen seiner öffentlichen körperlichen Zuneigungsbekundung aufzuziehen – etwas, wogegen er sich immer strikt ausgesprochen hatte, obwohl ich vermutete, dass er seine Meinung geändert hatte, da es jetzt um *ihn* und seinen heißen Wandler-Freund ging – konnte ich nicht anders, als Alex' Aussehen misstrauisch zu betrachten. War es Zufall? Immerhin war er der Vierte des Nordwest-Rudels. War Alex der aufmerksame Partner, oder betrieb er Aufklärungsarbeit für einen gewissen neugierigen Alpha?

Alex war länger weg, als es hätte dauern sollen, um eine weitere kleine Tüte Essen und ein paar Dosen Sprite zu holen. Mein Magen knurrte beim Anblick des Essens, aber mein Misstrauen war zu groß, um es zu essen. Ich entschuldigte mich mit meinem Handy in der Hand, ging ins Gästezimmer und rief Asher an. Überzeugt, dass ich so erkennen

könnte, ob er ehrlich war oder nicht, benutzte ich die Video-
funktion.

„Erin", sagte Asher mit leiser, heiserer Stimme. „Welchem
Umstand verdanke ich dieses Vergnügen?" Er ließ ein
Lächeln aufblitzen, das es schaffte, schelmisch und charmant
zugleich zu sein. Und ich ließ mich nicht davon beein-
drucken.

„Jetzt spioniert Alex mich aus?"

Seine Brauen rückten einen Zentimeter zusammen, und
er sah aufrichtig überrascht aus. „Alex ist bei dir?"

„Nicht bei *mir*. Ich bin bei Madison, und er ist mit Abendessen vorbeigekommen."

„Nun, das war nett von ihm, findest du nicht? Oder rufst
du an, weil meine Wölfe zu höflich sind? Diese Beschwerde
wäre was Neues."

„Es ist schön, wenn er nicht für dich spioniert. Sei ehrlich
zu mir, okay?"

„Natürlich. War ich das jemals nicht?"

„Darf ich dich an den Salemstein erinnern?"

„Habe ich dich darüber angelogen, oder habe ich ihn dir
vor der Nase weggeschnappt? Ich habe dir tatsächlich zuge-
winkt, als wir aneinander vorbeigefahren sind, nachdem ich
ihn in meinem Besitz hatte, oder?"

Er musste mich nicht daran erinnern. Dieser Tag hatte
sich in meine Erinnerungen eingebrannt. Sein selbstgefälliges Lächeln, als er die Höhle in South Dakota verlassen
hatte, in der sich der Stein befinden sollte. Ich hatte festgestellt, dass der Salemstein nicht dort war, und hatte mich wie
ein wütender Troll gefühlt.

Ich starrte ihn böse an. „Ich möchte, dass du aufrichtig zu
mir bist. Bitte. Ich brauche das einfach, okay?"

Er nickte, die Stirn immer noch gerunzelt. „War ich das
nicht immer? Wenn es um Rudelangelegenheiten geht, sage
ich dir, dass ich es dir aus diesem Grund nicht sagen kann.
Als ich dich habe verfolgen lassen, haben sie es vor aller

Augen getan. Glaubst du auch nur einen Moment, dass ich dich nicht beschatten lassen könnte, ohne dass du es mitbekommst?"

Dieser Typ! Ugh, und auf das selbstgefällige Grinsen hätte ich auch gut verzichten können.

„Miss Harp?" Ich sah ihn herausfordernd an.

„Ich habe sie nie gebeten, dich auszuspionieren." Sein Lächeln wurde breiter. „Ich halte sie nur nicht davon ab, Informationen an mich weiterzugeben. Du hast ihre Technik gesehen. Sie ist bei allem, was sie tut, weder geschickt noch verstohlen. Ich würde sogar so weit gehen zu sagen, dass sie nicht einmal sehr geschickt ist. Sie schnüffelt für alle sichtbar herum. Der Stock? Das angebliche Hörgerät? Die gebrechliche kleine alte Lady? Jeder, der sie ein paar Minuten kennt, weiß, dass sie den Gehstock nicht braucht. Niemand hat jemals das angebliche Hörgerät gesehen. Und der gebrechlichen kleinen alten Lady, die sie gern spielt, wann immer es ihr gefällt, fehlt jede Finesse. Sie ist definitiv keine Spionin. Sie ist unverschämt, neugierig und ein Fan von mir. Sie gibt mir Informationen, weil sie es möchte, und weil sie weiß, dass mir dein Wohlergehen wichtig ist. Also, nein, Erin, ich spioniere dir nicht nach." Er zwinkerte. „Aber danke, dass du mich wissen lässt, wo du bist. Miss Harp hat erwähnt, dass du seit zwei Tagen nicht nach Hause gekommen bist. Ich weiß es wirklich zu schätzen, dass du mich auf dem Laufenden hältst. Und jetzt geh und iss dein Abendessen, es wird kalt."

Die Arroganz schlug mir aus dem Display entgegen, und das zufriedene Funkeln in seinen Augen ließ nicht nach, egal, wie sehr ich ihn anstarrte.

„Das war der Zweck meines Anrufs. Ich wollte dich wissen lassen, dass es mir gutgeht", beteuerte ich und versuchte, einen Anschein von Kontrolle über die Situation zu bekommen. Ich machte jedoch niemandem etwas vor, und schon gar nicht Asher.

„Natürlich", sagte er.

Ich schnaubte. „Bye."

„Bye, Erin." Mein Name rollte wie ein leises Schnurren von seiner Zunge. Was, war er jetzt eine Katze? Ich warf im Vorbeigehen einen kurzen Blick in den Spiegel und hoffte, dass sich die Scham nicht auf meinem Gesicht abzeichnete. Ich war etwas gerötet, aber ich glaube, das war nur die übliche Asher-Wut. Ich wusste, dass er selbstbewusst sein musste, um als Alpha erfolgreich zu sein, aber war diese Hybris notwendig? Ich schnaubte noch einmal und kehrte dann, als meine Frustration nachließ, in die Küche zurück, um zu essen.

9

Ich hatte zwei Tage bei Madison verbracht und geübt. Den Tarnzauber konnte ich jetzt mühelos anwenden. Den Neutralisierungszauber konnte ich nicht als Verteidigungsoption in Betracht ziehen, sondern nur als letzten Ausweg. Er war nicht so passiv, wie Elizabeth ihn hatte wirken lassen, und zog während der gesamten Zeit, die er aufrecht blieb, an meiner Magie. Wenn ich damit fertig war, war ich erschöpft, und es machte den Tarnzauber so schwierig, dass ich nicht genug Energie hatte, um ihn auszuführen und mich durch den Raum zu bewegen.

Einen Mirra zu erschaffen war der schwierigste Zauber. Mein Mirra sah aus wie das, das Elizabeth errichtet hatte, um Malific aufzuhalten, aber weder Madison noch Cory waren bereit, hindurchzugehen und mir zu sagen, wie es sich anfühlte. Wir konnten alle die Hitze spüren, die davon ausging. Jedes Mal, wenn ich versuchte, meine Hand hineinzustecken, fiel der Mirra. Ich war nicht in der Lage, ihn aufrechtzuerhalten und gleichzeitig durchzugehen. Oder vielleicht war es eine Sicherheitsmaßnahme für jemanden, der dumm genug war, einen zu errichten und dann hindurchgehen zu wollen.

Trotz des neuen Arsenals an Zaubersprüchen, die mir zur Verfügung standen, schaffte ich es nicht, mich zu entspannen, da ich wusste, dass ein Sadist die Entscheidung in der Hand hatte, ob ich Schmerzen litt oder nicht. Allein zu Hause tröstete mich das Wissen, dass sie Publikum mochte, nicht genug, denn es waren zwei Tage vergangen, und ich hatte nichts von ihr gehört. Schweigen war bei solchen Leuten nicht gut. Die Leichtigkeit, mit der sie sich selbst das Messer in die Hand gerammt hatte, war erschreckend, und sie hatte den Schmerz hingenommen, als würde sie an einem heißen Tag in kaltes Wasser springen. Auch die Ähnlichkeiten in unserem Aussehen schreckten sie scheinbar nicht ab. Warum störte sie das nicht?

Anstatt mir den Kopf über Malific zu zerbrechen, übte ich ununterbrochen meine Magie. Es sah aus, als sollte Wynden für mich einfach nicht passieren. Ich würde mir einen Leistenbruch oder Hypoxie zuziehen, wenn ich nicht aufhörte, mich anzustrengen, um Flügel wachsen zu lassen. Ich konnte nicht wynden wie Mephisto, mit Tieren reden wie Simeon oder Flügel ausbreiten wie Kai. Anders als bei Clayton reagierte das Wetter auf keinen meiner Versuche, nicht einmal auf die mit einer bunten Litanei von Schimpfwörtern. Und „Regen, verdammt nochmal" war nicht wirklich Zauberspruch. Dass ich den Wind mit vierbuchstabigen Worten beschimpfte, führte nicht dazu, dass er meinen Befehlen gehorchte.

Der Versuch, einen Glamourzauber zu wirken, ließ mich aussehen, als hätte ich eine neurologische Episode erlitten und benötige dringend medizinische Hilfe. Die Gesichter, die ich erschuf, würden nichts Gutes erreichen. Fast alle Zaubersprüche in den Hexenbüchern beherrschte ich. Ich könnte einer Hexe, einem Magier oder einer Fee in den Arsch treten. Aber wie würde ich mich gegen einen Gott oder eine Elfe schlagen?

Bei dieser Erkenntnis erwachte ein vertrauter Schmerz,

der sich schnell in Frustration verwandelte, weil ich keine Möglichkeit hatte, Kontakt zu Nolan aufzunehmen. Ich brauchte mehr.

Es überraschte mich nicht, dass die Person an der Tür, die meine Gedanken unterbrach, Mephisto war. Er hatte mir zwei SMS geschrieben, um sich zu erkundigen, wie es mir ging, und ich hatte geantwortet und ihm gesagt, dass es mir gut ging, doch als er anrief, hatte ich den Anruf ignoriert.

Ich begrüßte ihn mit einem schwachen Lächeln. Sein Körper berührte meinen, als er meine Wohnung betrat. Sein stahlgrauer Anzug und sein obsidianschwarzes Hemd passten zu der kühlen Dunkelheit in seinen Augen, die mein Gesicht musterten, während er Abstand zwischen uns hielt.

„Du bist mir aus dem Weg gegangen.“

„Nein, ich war nur beschäftigt.“ Ich gestikulierte zu den Büchern, Notizblöcken und zerknitterten Seiten, die von meinen Bemühungen, Zaubersprüche zu weben, herrührten.

Seine Aufmerksamkeit schweifte über sie hinweg, bevor sie zu mir zurückkehrte.

„Elizabeth und Arius sind untergetaucht. Ich glaube, dein Vater –“

„Nolan.“

„Nolan ist bei ihnen, aber ich glaube nicht, dass er freiwillig mitgegangen ist.“

Das hatte ich mir gedacht, als ich die Zauber gesehen hatte, die er in Eile aufgeschrieben zu haben schien. Er hatte noch nicht einmal mit seinem vollständigen Namen unterschrieben. Da Elizabeth mächtiger war, hatte sie ihn wahrscheinlich auf die gleiche Art und Weise überwältigt wie mich.

Mephisto schluckte die Distanz zwischen uns mit einer blitzschnellen Bewegung, etwas, woran ich noch arbeitete. Ich schaffte es, meine Bewegung zu beschleunigen, dachte ich, oder vielleicht war es keine Zauberei; es war auf jeden

Fall unbeeindruckend genug, um kaum mehr als ein Sprint zu sein.

„Was hat sie mit dir gemacht? Wie hast du es überlebt, dass sie dich Malific übergeben hat?"

„Ich bin mir nicht sicher, ob ich wirklich überlebt habe. Ich wurde wieder einmal als Werkzeug benutzt."

Ich erzählte ihm alles, abgesehen von Elizabeths Beleidigungen und meiner Pfannkuchenhintern-Gegenbeleidigung, auf die ich seltsam stolz war.

Er nahm meine Hände in seine, streichelte ihren Rücken, drehte sie dann mit den Handflächen nach oben und drückte seine warmen Lippen darauf. Ich holte tief Luft, bevor er meine Lippen mit der gleichen Zärtlichkeit berührte. Zögernde, weiche Lippen drückten sich forschend und bezaubernd auf meine. Seine Zunge glitt sanft über meine Unterlippe, als er mich zurück zur Wand schob und mich dagegen drückte. Seine Küsse wurden leidenschaftlicher, als er meinen Mund erkundete und unsere Zungen einander streichelten.

„Meiner Halbgöttin geht's gut." Er hauchte die Worte mit solcher Ehrfurcht aus, dass sie wie ein Gebet wirkten.

Er ließ seine Hand unter mein Top gleiten, strich damit über meinen Rücken und ließ mich erschauern, als seine Nägel über meine Haut streiften. Ich schmiegte mich an ihn und seufzte. Die Wärme seines Körpers hüllte mich ein; die Intensität seiner Berührung sprach von einer Sehnsucht, die eindeutig Mephisto galt. Seine Härte drückte gegen mich. Er nahm seine Hand von meinem Rücken und fuhr mit seinen Fingern durch mein Haar. Mit einem Ruck entblößte er meinen Hals, küsste ihn und knabberte daran.

Mir stockte der Atem, als sein Finger meine harten Brustwarzen berührte. Die Küsse wurden immer leidenschaftlicher. Und selbst der winzige Abstand zwischen uns schien zu groß zu sein. Verlangen flammte in mir auf. Keuchend zerrte ich an seinem Hemd, zog es aus seiner Hose und ließ meine

Finger über seine definierten Bauchmuskeln und das V seiner Taille gleiten. Gerade, als ich anfing, seine Hose zu öffnen, fielen mir Elizabeths Worte ein – ihr Schmerz ist mein Schmerz – aber was ist mit Vergnügen? Malific hatte sich ein Messer durch die Hand gerammt, und ich hatte es gefühlt, als wäre es mir passiert. Würde sie … nun ja, Mephisto und was auch immer er mich spüren ließ, fühlen?

Ich stieß ihn weg. Seine glühenden Augen musterten mich.

„Ich bin an Malific gebunden", erinnerte ich ihn. „Ich fühle, was sie fühlt. Sie hat sich ein Messer in ihre Hand gerammt, und ich habe es gespürt. Und geblutet."

Er nahm meine Hand, streichelte einen der Finger mit seiner Zunge, bevor er sich an mich lehnte und einen weiteren harten, leidenschaftlichen Kuss auf meine Lippen drückte, wobei er mit seinen Fingern über die harten Spitzen meiner Brustwarzen fuhr. „Wo sie dir Schmerzen bereitet, werde ich dir nichts als Vergnügen bereiten."

Er zeigte es mir, indem er seinen Unterkörper an mich drückte. Wieder wütete das Verlangen in mir. Ich wollte vergessen, dass ich mit Malific verbunden war, aber es gelang mir nicht. Ich stieß ihn wieder weg. „Ich bin mit ihr verbunden."

Seine Lippen verzogen sich zu einem sündigen Lächeln. „In ein paar Minuten wirst du nicht mehr an sie denken", sagte er. Zerzaustes Haar, nackte Bauchmuskeln, nachdem ich mehrere Knöpfe geöffnet hatte, und der Umriss dessen, was sich unter seiner Hose abzeichnete, ließen Malific in weite Ferne rücken. Aber ich riss die Bilder von ihr zurück, und als er versuchte, weiterzumachen, streckte ich meine Hand aus, um etwas Abstand zwischen uns zu halten.

„Wenn wir das tun, glaube ich nicht, dass es nur wir sein werden." Ich verzog das Gesicht bei dem Gedanken, dass Malific alles spüren würde, was ich tat. *Yuck.*

Als Mephisto etwas näherkam, schüttelte ich den Kopf.

„Schau, meine Toleranz ist ziemlich hoch, aber ich werde keinen Dreier mit dir und meiner Mutter haben.”

Mephisto hob eine Augenbraue und lächelte mich verschmitzt an. „Ist sie das?”, fragte er mit tiefem Knurren, und seine Zunge bewegte sich langsam über seine Lippen.

„Ich habe davor noch viele andere Dinge gesagt. Dinge, die wirklich wichtig sind.”

„Ich denke, jetzt ist ein guter Zeitpunkt, dich darauf hinzuweisen, dass wir hier draußen sind”, sagte Claytons Stimme von der anderen Seite der Tür.

Gnädiges Schicksal, lass sie das nicht mitgehört haben. Bitte! Aber dem amüsierten Ton in Claytons Stimme nach zu urteilen, hatten sie. Wenn ich für einen Moment so tat, als hätten sie es nicht gehört, bestätigte Claytons Grinsen das Gegenteil. Simeons Blick war unleserlich, und Kai war vom Zustand meiner Wohnung zu sehr abgelenkt, als dass er sich dafür interessiert hätte. Kais ausdrucksstarker Blick wanderte zu dem Stapel Bücher, dem zusammengeknüllten Papier, der Pizza und deren Krümel auf dem Tisch, und dem Rest der Kruste, die ebenfalls auf dem Tisch lag. Dann kehrten sie langsam zu mir zurück. Von dem engelsgleichen Mann mit den bezaubernden Flügeln beurteilt zu werden, traf mich eine Spur härter.

Ich räumte die Decken auf dem Sofa und machte Clayton Platz, damit er den Rucksack abstellen konnte, den er trug. Er konzentrierte sich sofort auf Mephisto.

„Als wir dich nicht zu Hause gefunden haben, M, wusste ich, dass hier der nächste Ort war, an dem ich nachsehen sollte.”

Sie tauschten einen Blick und möglicherweise stumme Worte aus, denn der intensive Blickkontakt hielt zu lange an, und Kai und Simeon beobachteten sie auf eine Art und Weise, wie man es tat, wenn man einem Streit zusah.

Clay warf Mephisto einen weiteren scharfen Blick zu, dann drehte er sich zu mir um, und war wieder entspannt.

„Malific ist frei und will deinen Tod. Wir sollten es ihr nicht leicht machen", sagte Clay.

„Sie kann sie nicht töten", sagte Mephisto zu ihnen, zog seinen Blazer aus und legte ihn über das Sofa, bevor er zu mir kam, seine Hand auf meinen Rücken legte und mich drängte, ihnen den Grund zu erklären.

Als ich die Situation noch einmal zusammenfasste, beobachtete ich, wie ihre Mienen von neutral zu geschockt und schließlich zu vorsichtiger Frustration wechselten.

„Wenn du stirbst, stirbt auch Malifics Zauber, und der Laes-Zauber wird gebrochen", betonte Clay.

Eine schwere, trübe Wolke von Anspannung drängte sich in den Raum, als die Jäger einander verstohlene Blicke zuwarfen. Lebensspanne, einschließlich Unsterblichkeit, war mit Magie verbunden. Götter starben nicht einfach, aber sie konnten getötet werden, genauso wie Vampire. Hexen und Magier lebten länger als Menschen, starben aber schließlich doch. Das Gleiche galt für Wandler, aber ihre Lebenserwartung war etwa doppelt so lang wie die der meisten Menschen; manche wurden fast zweihundert Jahre alt. Die Bücher, die ich über Elfen studiert hatte, berichteten von einer ähnlichen Lebenserwartung wie die der Wandler, und einige wurden sogar bis zu dreihundert Jahre alt. Aber was hatte ich, ein Viertel Mensch, ein Viertel Elf und halb Göttin, zu erwarten?

Die verstohlenen Blicke, die weiter in meine Richtung schossen, hätten mich abschrecken sollen, taten es aber nicht.

„Ich bin wahrscheinlich nicht unsterblich, oder?"

„Nein, du bist ein Mensch. Sie haben die Kürze der menschlichen Existenz geerbt. Obwohl ich vermute, dass du deutlich länger leben wirst als die meisten", fügte Mephisto hinzu.

Genau wie bevor ich meine Magie bekommen hatte, konnte ich genauso leicht mit einem normalen Messer getötet werden.

„Aber du hast Elfenmagie, und das verschafft dir einen Vorteil gegenüber uns und Malific. Also lass uns sehen, was du kannst", schlug Clayton vor. Er sprach mit mir, behielt jedoch Mephisto und die Aufmerksamkeit, die der mir schenkte, vorsichtig im Auge.

Ich zählte jeden Zauber auf, den ich ausführen konnte, eine extrem lange Liste, und schloss damit, dass ich mir sicher war, dass ich keine Flügel hatte, nicht mit Tieren sprechen konnte und dass ich mich, wenn ich versuchte, zu wynden, einfach in eine Katze verwandelte. Das führte dazu, dass sie mich alle mit dem WTF-Blick ansahen.

„Hybridmagie ist kompliziert. Wenn es ein Menschenhybride ist, ist es einfach; die Magie ist normalerweise weniger stark, aber bei anderen Übernatürlichen kann es so oder so ausgehen", erklärte Mephisto. Was nicht unbedingt stimmte. Wandlergene waren dominant. Miss Harp schien die einzige Ausnahme zu sein.

„Ist telepathische Kommunikation etwas, das ihr nur untereinander tut, oder ist es eine Gabe, die alle Götter besitzen?", fragte ich.

Alle Augen richteten sich auf mich und weiteten sich.

„Man muss kein Genie sein, um das herauszufinden", erklärte ich. „Ihr habt alle diese intensiven Blicke, und ich spüre einfach, dass da gerade ein Gespräch stattfindet. Und" – ich wandte mich Mephisto zu – „du hast sie einmal kontaktiert, ohne ein Telefon zu benutzen." Ich verschränkte die Arme vor der Brust und hob die Brauen. „Also, wie komme ich in diesen Gruppenchat?"

„So einfach ist das nicht", erklärte Kai und faltete eine der Decken zusammen, die er vom Boden aufgehoben hatte. „Das liegt nicht daran, dass wir Götter sind, sondern an anderen Dingen."

Obwohl ich wusste, was sie waren, schienen sie nicht bereit zu sein, es zuzugeben, als ob es Blasphemie wäre, sich außerhalb des Schleiers Jäger zu nennen.

Für Clayton schien das Thema ihrer besonderen Kommunikationsfähigkeiten abgehakt, und er stellte Fragen zu meinen magischen Fähigkeiten, während er Bücher aus seinem Rucksack holte. Als ich ihm antwortete, wurde ich mir der besorgten Blicke, die sie Kai immer wieder zuwarfen, und der langsamen, angespannten Art und Weise, wie er durch den Raum schlich, deutlich bewusst. Mephisto wirkte zunehmend besorgt, blieb immer zwischen mir und Kai und fixierte ihn mit einem scharfen, missbilligenden Blick, bis Kai stehen blieb und sich auf der anderen Seite des Raumes in die Nähe der Tür stellte.

Der eindringliche Blickwechsel verriet mir, dass sie ein weiteres Gespräch führten, in das ich nicht eingeweiht war. Kais härter werdende Gesichtszüge und der stählerne Blick, als er mich ansah, machten mir deutlich, dass mein Tod es den Jägern ermöglichen würde, in den Schleier zurückzukehren. Es bestand kein Zweifel, dass Kai darüber nachdachte.

Ich sah mich um und überlegte, wie lange es dauern würde, um an meine Waffen zu kommen, obwohl es ein zum Scheitern verurteilter Plan war. Meine Geschwindigkeit war ihrer nicht gewachsen. Magie. Wir alle besaßen sie, und meine einzige Option war mein Schutzwall. Konnte ich ihn nach all der Übung errichten, bevor er zuschlug?

Es schmerzte, dass Kai, der geflügelte Jäger mit der Holzbesessenheit und dem engelhaften Aussehen, darüber nachdachte, wie viel besser es ihm gehen würde, wenn ich tot wäre.

Mein Selbsterhaltungstrieb brachte mich dazu, mich von allen zurückzuziehen, während ich so tat, als würde ich eines der Bücher lesen.

Mit resigniertem Blick fragte Kai: „Was passiert jetzt?"

„Ich muss einen Weg finden, die Verbindung mit Malific zu trennen. In den letzten zwei Tagen war es ruhig um sie, aber das wird nicht von Dauer sein. Sie will mehr als ich,

dass die Verbindung gelöst wird." Ich ignorierte die unangenehme Stille und sagte: „Ich weiß, wie man einen Tarnzauber
und einen Neutralisierungszauber ausführt, aber ich muss
herausfinden, ob ich mit ihrer Magie mithalten kann." Ich
wusste, dass sie Elfenzauber nicht rückgängig machen konnten, aber konnten sie göttliche Magie dagegen benutzen?
Würde ein Neutralisierungszauber überhaupt bei einer
Göttin funktionieren?

Mephisto trat zuerst vor, aber Clayton stellte sich
zwischen uns. „Ich stehe dir zur Verfügung."

*Wenn du und Madison das nächste Mal zusammen seid,
kommst du keinen Zentimeter an sie heran.*

Claytons verwegenes Grinsen ließ mich fragen, ob ich
meine Drohung laut ausgesprochen hatte. „Nur zu. Den
Tarnzauber zuerst."

Dank meines unermüdlichen Übens sprach ich die Worte
für den Zauber wie von selbst. Clayton behielt mich
aufmerksam im Auge. Als ich mich nach rechts bewegte,
verfolgte mich sein Blick nicht und auch der der anderen
nicht. Claytons Lippen bewegten sich kaum merklich,
während er die Magie über mich und durch die Luft
schickte, aber seine Augen suchten den Raum nach mir ab.
Ich war zu sicher, dass meine Bewegung unentdeckt bleiben
würde, als Kai blitzartig direkt vor mir auftauchte. Seine
Hand packte meinen Hals. Angesichts seiner plötzlichen
Bewegung stockte mir der Atem, und ich blieb stehen, mir
sehr wohl bewusst, dass sein Griff fester und tödlicher
werden könnte. Er nahm mir nicht den Atem und war auch
nicht bedrohlich, aber der Ausdruck in seinen gehetzten
dunklen Augen erinnerte mich daran, was mein Tod für ihn
bedeutete.

Alle im Raum standen regungslos.

„Wir können dich immer noch hören. Wenn du dich
bewegst, tu es leise. Tarnung nützt nichts, wenn andere dich

hören können", sagte er. Seine Stimme war leise und rau, und der Druck seiner Berührung nahm merklich zu.

Ich konnte mich vielleicht nicht ganz lautlos bewegen, aber ich hatte einen leichten Schritt. Leider hatte Kai ein außergewöhnliches Gehör. Beide Male, als ich verschwunden war, hatten sie ihn geschickt, um mich zu finden, und jetzt war mir klar, dass es nicht nur daran lag, dass er fliegen konnte. Ich ließ den Tarnzauber fallen und im selben Moment bewegte sich Kai zur Tür. Das leise Zischen des kollektiven Aufatmens von Mephisto, Clayton und Simeon erfüllte den Raum.

Das harte Klopfen an der Tür sorgte für die nötige Ablenkung, aber ich bewegte mich nicht darauf zu, bis Kai etwas Abstand zwischen uns gebracht hatte.

Miss Harp strahlte zum Spion auf.

„Hi, was gibt's?", fragte ich durch den kleinen Spalt, den ich geöffnet hatte, und erlaubte ihr nur einen Blick auf mich.

„Nichts", zwitscherte sie und drückte mit der Hüfte gegen die Tür, um sich den Weg in meine Wohnung zu bahnen. „Mir ist aufgefallen, dass Sie Besuch haben, also dachte ich, ich bringe ein paar Kekse rüber."

Ich blickte auf die ungeöffnete Tüte von Keksen aus dem Laden. Sie zeigte nicht den geringsten Anstand, hatte sich nicht einmal die Mühe gemacht, sie auf einen Teller zu legen und für ein paar Sekunden in die Mikrowelle zu stellen, um sie als hausgemacht auszugeben.

Sie drückte mir die Packung gegen die Brust und sagte: „Wenn Sie sie in die Mikrowelle legen, werden sie warm und lecker frisch schmecken." Dann rauschte sie an mir vorbei und musterte schnell alles und jeden.

Nein. Sie hat das nicht gerade gemacht.

Mephisto wurde mit einem finsteren Blick aus zusammengekniffenen Augen begrüßt.

Clayton bewegte sich, und sein massiver Körperbau

hinderte Miss Harp daran, zu sehen, was auf dem Tisch lag oder was hinter ihm war.

Ihr herzliches Lächeln verzog sich zu einem schmallippigen.

„Miss Evelyn Harp, das sind Clayton, Simeon, Kai, und Mephisto kennen Sie ja schon."

Miss Harp wiederholte jeden ihrer Namen und prägte sie sich zweifellos ein, damit sie Asher einen vollständigen Bericht erstatten konnte.

Die Jäger begrüßten sie mit ungezwungener Unbeschwertheit. Mephistos Augen flackerten vor Belustigung, und seine Lippen zuckten, während er sich bemühte, nicht über die frustrierte Miss Harp zu lachen, die versuchte, unauffällig hinter die menschliche Mauer zu blicken, und dabei scheiterte.

„Scheint, als wären Sie beschäftigt", bemerkte sie und wich zurück. „Gibt es irgendwas, wobei ich helfen kann?"

„Nein, wir kommen schon klar", sagte ich.

Sie sah sich noch einmal um und nahm mir dann die Kekse aus der Hand. „Dafür werden Sie wahrscheinlich zu beschäftigt sein", sagte sie, während sie zur Tür tänzelte.

„Es ist schön zu sehen, dass Sie so gut ohne Ihren Gehstock zurechtkommen", sagte ich, mein Schmunzeln so breit, dass ich es nicht hätte verbergen können, wenn ich gewollt hätte.

Sie warf mir ein fröhliches, falsches Lächeln zu, das mir verriet, dass sie nichts Gutes im Sinn hatte.

„Ja. Asher" – sie rief seinen Namen laut, als wäre es ein Machtwort – „hat vorgeschlagen, dass ich versuchen soll, ohne auszukommen." Sie schwang ihr Bein aus, und mir ging jedes Mal, wenn sie mit ihrem Stock herumgehumpelt war, den sie nicht brauchte, durch den Kopf, während sie auf einem Bein stand, als würde sie gerade in einer Ballettstunde eine Passé demonstrieren. „Er hatte recht. Ich weiß nicht, warum ich jemals an ihm gezweifelt habe." Sie wandte sich von mir ab und warf Mephisto einen harten Blick zu. „Er hat in so vielen Dingen recht."

Und damit zog sie ab, nachdem sie uns einen ihrer geübten unschuldigen Blicke zugeworfen hatte, während sie eine kleine Granate Ärger zurückließ.

„Sie ist … interessant?", sagte Clayton und setzte sich, nachdem sie gegangen war.

„Sie ist *etwas*. Ich bin mir nur nicht sicher, ob interessant das richtige Wort ist", fügte ich hinzu.

Die Unterbrechung durch Miss Harp lenkte uns nur für einen Moment von dem unbestreitbaren Problem ab, das weiterhin bestand und das Kai deutlich in seinem Gesicht, in seinen Bewegungen und in der Intensität seines Blicks zeigte, der immer wieder in meine Richtung wanderte.

„Ich glaube nicht, dass ich hier sein muss. Ihr habt alles im Griff, oder?", fragte Kai schließlich.

Mephisto entspannte sich und nickte ihm zu. Simeon machte sich nicht die Mühe, etwas zu sagen, sondern folgte Kai mit einem Blick über die Schulter hinaus, wobei seine Aufmerksamkeit zu Mephisto schweifte, bevor sie bei mir landete.

„Die Tarnung hat bei uns funktioniert, aber wird sie auch bei Wandlern funktionieren? Das ist etwas, das du herausfinden solltest. Vielleicht kann dir dieser Alpha dabei helfen. Wenn deine Mutter schon einmal Wandler benutzt hat, wird sie es wahrscheinlich wieder tun. Es ist besser, die Grenzen deiner Magie zu kennen."

Simeon entging der scharfe Blick, den Mephisto in seine Richtung warf, Clayton jedoch nicht.

„Jetzt *adligatura*", schlug Clayton vor und stand auf.

Neutralisierungszauber, Klugscheißer. Die schwarze Kreide war dunkel genug, um die notwendigen Markierungen für den Zauber zu zeichnen. Da ich damit nicht so sicher war wie mit dem Tarnzauber, musste ich immer wieder auf

Nolans Notizen zurückgreifen. Nachdem sich der Kreis geschlossen hatte, trat Mephisto hinein.

Ich nahm mir vor, ihn beim nächsten Mal größer zu machen. Als ich vor ihm stand, beugte er sich zu mir vor. „Die Rollen werden vertauscht, und ich werde derjenige ohne Magie sein", bemerkte er schmunzelnd. Ich spürte die warme Brise seines Atems und lehnte mich an ihn. Unsere Lippen berührten sich fast, als Clayton ihn zurückschob.

„Du musst im Kreis sein. Deine Zehen sind über der Linie."

Es wurden definitiv Worte gewechselt, und den scharfen Blicken nach zu urteilen, handelte es sich dabei nicht um Worte der Liebe und Zuneigung.

Ich beschwor den Zauber, und Mephisto versuchte erfolglos zu zaubern. Aber er konnte einfach aus dem Kreis treten, was Cory und Madison nicht gelungen war. Nachdem sich der Kreis geschlossen hatte, hatte sie um sie herum eine Wand erhoben, durch die sie nicht gehen konnten. Die Jäger ließen sich damit jedoch nicht aufhalten. Es war gut, das zu wissen.

„Mach es nochmal", forderte Clayton. Nachdem der Zauber mit Mephisto in der Mitte des Kreises gewirkt wurde, versuchte Clayton, ihn zu entschärfen. Er konnte es nicht. Mächtige Magie strömte durch den Raum, ausgehend von den Zaubersprüchen und der Magie, die er benutzte. Nichts funktionierte.

Er lächelte. „Gut."

„Nicht großartig, wenn er einfach rausspazieren kann." Aber wenn ich den Kreis groß genug machen würde, könnte ich mir einen Vorteil verschaffen. Ich tat es noch einmal und stellte fest, dass die Belastung für mich und meine Magie umso größer war, je größer der Kreis war. Als wir fertig waren, brauchte ich eine Pause. Ich setzte mich auf den Stuhl und wünschte, ich hätte Miss Harps Packung Kekse.

Stunden waren vergangen und ich hatte es immer noch nicht geschafft, den Neutralisierungszauber zu ändern, um Mephisto oder Clayton daran zu hindern, den Kreis zu verlassen. Ich hätte nie gedacht, dass ich durch den Einsatz von Magie erschöpft sein oder keine Lust mehr darauf verspüren könnte. Aber ich hatte diesen Punkt erreicht. Das Wandeln zu einer Katze während eines weiteren Versuchs zu wynden weckte Claytons Neugier auf diese Fähigkeit. Ich sah keinen Nutzen im Wandeln, es sei denn, ich wollte durch die Luft springen und jemandem die Augen auskratzen. Ich setzte das auf die Liste der letzten Mittel.

Der Tarnzauber wirkte gegen die Jäger: ein Punkt für Elfenmagie. Der Neutralisierungszauber funktionierte bei Göttern nicht, und ihn zu errichten, war zu zeitaufwändig. Aber ich war froh, das herausgefunden zu haben, bevor ich ihn in meinen Köcher mit Waffen gegen Malific stecken konnte. Clayton wies mich darauf hin, dass meine Magie gegen „geringere magische Wesen" am wirksamsten zu sein schien. Ich lächelte schief darüber; weder Cory noch Madison würden sich freuen zu hören, dass die Jäger sie als geringere Wesen betrachteten.

Ich konnte die magischen Schutzzauber der Götter brechen, aber es war anstrengend. Ich lag am Boden, zusammengesunken an der Wand, und ruhte mich aus, nachdem ich Claytons Wall zum Einsturz gebracht hatte. Es fühlte sich an, als hätte ich mit einem Vorschlaghammer eine Mauer zerschmettert.

Clayton hatte seine Sachen gepackt und stand an der Tür. „Ich warte auf dich, M", sagte er, als Mephisto sich nicht von seinem Platz an der Wand wegbewegte.

Mephisto begegnete seinem Blick, sagte aber nichts.

Clayton lachte freudlos und flüsterte etwas. Es wäre unterhaltsam gewesen, ihren *Nicht-Kampf* und die Freundlichkeit zu beobachten, wenn ich eine Ahnung gehabt hätte, was sie sagten. Doch wenn ich mir ihre feindselige Haltung und Körpersprache ansah, brauchte ich das vielleicht nicht.

„Stell die Verbindung wieder her!", befahl Mephisto laut.

„Nein, ich will dich nicht in meinem Kopf toben hören. Wenn du unhöflich sein willst, sag es vor Erin." Claytons Grinsen wurde ansteckend. Ich hatte Mephisto noch nie nervös erlebt; Clayton war offenbar talentiert darin, ihm unter die Haut zu gehen.

„Wir sollten gehen. Ich bin mir sicher, dass Erin sich über ein bisschen Ruhe freuen würde."

„Ich werde dafür sorgen, dass sie die Ruhe bekommt, die sie braucht", antwortete Mephisto.

„Cool, wir machen einen Abend daraus." Clayton ließ den Rucksack von seiner Schulter rutschen und stellte ihn ab.

Ich brauchte einen Moment ohne die Jäger und wollte auf keinen Fall noch mehr Stunden mit ihren unterdrückten Diskussionen, ihrem aufgesetzten Lächeln während ihrer lautlosen Auseinandersetzungen oder Clayton als Anstands-wauwau aus der Hölle verbringen, der sich jedes Mal einmischte, wenn Mephisto auf einen halben Meter an mich herankam.

„Ruh dich aus", sagte Mephisto und zögerte, bevor er auf mich zukam. Der Kuss, den er auf meine Wange drückte, war so keusch, dass er genauso gut unter Geschwistern hätte passiert sein können. Eine kontrollierte, gefühllose Berüh-rung. Klinisch. Obwohl seine Finger, die über meine Wange strichen, mir einen Schauer über den Rücken jagten, eine Erinnerung an die Art und Weise, wie er mich zuvor berührt hatte.

Er blickte weder zu mir noch zu Clayton zurück, als er an ihm vorbeiging, um zu gehen.

Bevor Clayton gehen konnte, hielt ich ihn auf.

„Ja?"

„Können wir reden?"

10

Claytons lockere Art und sein warmes Lächeln machten es schwierig, wütend auf ihn zu sein. Die harte Entschlossenheit in seinen Augen machte es einfacher. Er schob seine langen Dreadlocks aus dem Gesicht, bevor er sich mit vor der Brust verschränkten Armen an die Tür lehnte.

„Was ist dein Problem mit mir?", fragte ich.

Er zuckte mit den Schultern. „Ich habe kein Problem mit Erin Katherine Jensen. Ich habe auch kein Problem mit dir als Todesmagierin, *Naut* oder jemandem, der durch den Schleier navigieren und das Laes finden könnte, um aufzuheben, was uns an der Rückkehr hindert. Diese Erin ist okay, und ob sie und M nackt Matratzentango tanzen wollen, ist mir egal. Es ist die Tatsache, dass M mit Malifics Tochter zusammen ist, die mich stört. Die Tochter der Frau, die uns dazu verdammt hat, mehr als fünfzig Jahre hier zu sein. Die Oedeus getötet hat, dann ein ganzes Rudel Wandler ermordet und eine Armee erschaffen hat, mit dem alleinigen Ziel, Tod und Zerstörung zu verbreiten. Deine Mutter hat uns hierher gebracht."

Er wandte den Kopf ab, aber nicht, bevor ich denselben

Ausdruck sah, den ich bei Kai gesehen hatte. Mein Tod könnte sie befreien.

Als er seinen Blick wieder hob, um meinem zu begegnen, sah ich mehr als nur Entschlossenheit: da waren Sorge, Frustration, Schmerz. „Unsere Anonymität hat uns gute Dienste geleistet. Simeon spricht vor Menschen nicht mit Tieren, ich kontrolliere das Wetter nicht und mache an Stränden und Seen keine bizarren Dinge mit Wasser, und Kai" – ja, da war definitiv Schmerz – „fliegt nicht. Etwas, das er vorher täglich gemacht hat. Er ist nicht für den Boden gemacht. Und das einzige Mal, dass diese Einschränkungen aufgehoben wurden, war, um dich zu finden. Früher war M ganz und gar unserer Anonymität verpflichtet und wollte dieses Leben führen, bis wir in den Schleier zurückkehren konnten. Bis du aufgetaucht bist. Die Vorsichtsmaßnahmen, die wir getroffen haben, um uns selbst zu schützen, wurden deinetwegen so weit verbogen, dass sie nicht mehr wiederzuerkennen sind und nur noch an einem seidenen Faden hängen."

„Jeder macht mich für Dinge verantwortlich, auf die ich keinen Einfluss habe. Ich hatte keinen Einfluss darauf, geboren zu werden oder wer meine Mutter ist. Ich bin genauso eine Schachfigur wie ihr alle. Glaubst du, mir macht es Spaß, mit ihr verbunden zu sein und zu wissen, dass das das Einzige ist, was mich am Leben hält? Glaubst du, ich wollte eine Tante, die mich hasst und versucht, euch alle dazu zu bringen, mich loszuwerden?

„Das denke ich nicht. Du hast eine Frage gestellt, und ich denke, du verdienst die Wahrheit. Wir gehören nicht unter Leute, die für den Schleier nicht geeignet sind." Zumindest nannte er uns nicht ‚nicht bemerkenswert‘, wie Mephisto die Menschen auf dieser Seite des Schleiers beschrieb. „Stell dir vor, wir würden entdeckt. Götter, die unter den Massen leben, die immun gegen deine Magie sind und nur mit einer Obitus-Klinge getötet werden können. Ich glaube nicht, dass sie uns verehren würden. Tatsächlich würden sie uns fürchten. Wir sind nur zu viert. Mit der Stadt können wir klarkommen. Mit der Welt? Das bezweifle ich."

Moment! Deutete er an, dass die vier es mit einer Stadt aufnehmen könnten? Vielleicht sprach er nicht aus Arroganz, sondern aus Erfahrung.

„Die Vampire sind unsterblich und auch nicht leicht zu töten, und die Menschen haben kein Problem mit ihnen. Sie sind vielleicht keine Götter, aber ihre Egos sind sicherlich genauso groß."

Er lachte. „Du, wir haben große Egos?"

Ich dachte lange darüber nach. „So mächtig ihr alle auch seid, ihr seid bescheidener, als ich erwartet hätte." Ich machte eine Pause. „Ich bin immer noch ein *Naut*. Ich werde in den Schleier gehen und das Laes finden."

„Es wird nichts nutzen. Ich vermute, dass Malific es hat. Als sie eingesperrt war, hätten wir es finden können. Diese Chance haben wir jetzt verpasst."

Ich schluckte und konnte meine nächsten Worte erst glauben, als sie aus meinem Mund gekommen waren. „Du hast einen Nekro-Beschwörerzauber benutzt, um mich zu retten, als ich gestorben bin. Kannst du diesen Zauber oder etwas Ähnliches nutzen, um zurück in den Schleier zu gelangen?"

„Nicht, wenn M etwas dazu zu sagen hat. Ich habe das heute vorgeschlagen, aber die Wahrscheinlichkeit, ein weiteres Tactu Mortem zu finden, ist gering. Ich habe andere Zaubersprüche vorgeschlagen, aber er wollte keinen davon in Betracht ziehen, weil er befürchtet, dass sie zu gefährlich für dich sind."

Während ich also in Zauberbüchern geblättert und geübt hatte, hatten sie wahrscheinlich diskutiert und Kai beruhigt.

„Wir werden einen Weg finden", sagte ich und klang weitaus optimistischer, als ich mich fühlte.

„Ich kann sehen, warum M von dir fasziniert ist. Du bist sehr …" Er lächelte und schien nach dem richtigen Wort zu suchen.

„Unbestreitbar Erin", sagte ich mit einem schiefen Lächeln.

„Ja", sagte er leise und rieb sich mit den Händen übers Gesicht. „Du bist wie ein Chihuahua unter Wölfen und scheinst es nicht zu bemerken."

Mit einem kleinen, schlecht gelaunten Köter mit aufbrausendem Temperament verglichen zu werden, war nicht unbedingt eine Beleidigung, aber auf keinen Fall ein Kompliment.

„Ich bin eine Halbgöttin", sagte ich etwas zu selbstbewusst. Es schien eine falsche Bescheidenheit zu sein.

Belustigung zeichnete sich auf seinem Gesicht ab. „Und ich bin ein Gott", konterte er viel weniger begeistert. Tatsächlich war es eine sehr emotionslose Bemerkung. Sie erinnerte mich an ein Zitat über einen Löwen, der einem nie sagen muss, dass er ein Löwe ist.

Vielleicht war mein Stolz verletzt. Es wurde auf Schritt und Tritt geprügelt und getreten, und ich hatte es satt. Ich trat auf ihn zu und errichtete das Schutzfeld um uns herum. „Nur einer von uns kann hier raus", betonte ich.

„Wohl wahr." Er beugte sich vor, bis er seine Stirn an meine drückte. Seine großen Hände ruhten auf meiner geballten Faust, eine Erinnerung an seine Größe. Er drückte, seine Berührung sanft; ich würde sogar so weit gehen zu sagen, dass sie tröstend war. „Schließ dich niemals mit einer Schlange zusammen, ohne zu wissen, ob du es mit einer Gartenschlange oder einer Schwarzen Mamba zu tun hast", flüsterte er. Ich hob meinen Kopf und lehnte mich ein wenig zurück, um ihm in die Augen zu schauen. Seine kastanienbraunen Augen hatten einen milden, erdigen Ton angenommen, der im Kontrast zu dem bedrohlichen Unterton seiner Stimme stand. Alles, was die Leute über die Jäger sagten –

die Warnungen, Elizabeths Zuversicht, dass sie mich töten würden, sobald sie von meiner Existenz erfuhren –, war sehr real. So waren sie.

Seine beruhigenden Augen und seine tröstende Berührung und der Ruf der Jäger schienen diametral entgegengesetzt zu sein. Etwas Unheilvolles schien durch sein Verhalten hindurch, und ich wurde mit der Dichotomie der Götter konfrontiert. Wurde ich getäuscht? In die Passivität gelockt? Ein Löwe mochte sanft erscheinen, aber machte das seine Krallen weniger gefährlich?

Ich ließ den Wall fallen und spürte den Hauch von Magie, der mich daran erinnerte, wie intensiv ihre Magie auf mich wirkte.

„Das hätte ich nicht tun sollen." Es war eine unnötige Machtdemonstration, der seinen Standpunkt nur bewies. Ich war eine Halbgöttin unter Göttern. Ich besaß Elfenmagie, aber bis ich sie beherrschen konnte, war sie nutzlos. Ich hatte zwei Salontricks: einen Schutzzauber, den die Götter nicht brechen konnten, und die Fähigkeit, mich unsichtbar zu machen. Sie schützten mich vor Schaden, aber es waren nichts weiter als Defensivtaktiken. Den Tarnzauber könnte ich offensiv einsetzen, aber wie effizient wäre er gegen Clayton? „Wir sind im selben Team", erinnerte ich ihn. „Ich werde tun, was ich kann, um zu helfen."

Sein Blick verwandelte sich in eine Grimasse. „Kleiner Rabe, wir sind nicht im selben Team, oder? Kannst du ehrlich sagen, dass unsere Interessen übereinstimmen? Sie laufen wegen M zusammen."

„Okay, genug mit der Wahrheit. Ich hatte heute schon genug unverblümter Ehrlichkeit und Offenheit. Du kannst jetzt anfangen, mich anzulügen", sagte ich und versuchte, die Stimmung aufzulockern, etwas, was ich dringend brauchte.

„Okay." Er lachte. „Diese Situation ist überhaupt nicht kompliziert. Es ist ein Kinderspiel. Es passiert ständig. Wir müssen uns absolut keine Sorgen machen. Go Team!" Die

Mühe, die er darauf verwendet hatte, sich unbeschwert
anzuhören, versiegte auf halbem Weg.

Er nickte. „Nacht, Erin."

Es war noch nicht ganz Nacht, und ich war froh, dass er
nicht gute Nacht gesagt hatte, weil es nichts Gutes daran
geben würde.

11

Am nächsten Tag dachte ich immer noch über mein Gespräch mit Clayton und Simeons Empfehlung nach, herauszufinden, ob der Tarnzauber gegen Wandler wirkte. Schutzzauber taten es nicht. Ich fischte eine der drei Packungen Kekse heraus, die ich am Morgen gekauft hatte. Eine Einkaufstüte auf meiner Küchentheke war mit Keksen und Speck gefüllt, in der anderen waren drei Flaschen Kahlua. Miss Harp hatte eine gute Idee gehabt, Kahlua anstatt Sahne in ihrem Kaffee zu verwenden. Also hatte ich eine Flasche für mich und zwei für sie besorgt.

Sie machte kein Geheimnis aus ihrer Neugier, ihrer Rolle als Präsidentin des Asher-Fanclubs oder ihrer Absicht, alles zu melden, was sie zu wissen glaubte, und ich war auch nicht gerade gerissen. Das Kahlua war reine Bestechung: „Hey, neugierige alte Dame, halt dich aus meinen Angelegenheiten raus, und dir wird nie dein Lieblingskaffeeweißer ausgehen." Aber so, wie ich sie kannte, würde sie mit einer Hand den Kahlua nehmen und mit der anderen Asher rufen, um Bericht zu erstatten. Es war einen Versuch wert. Ich erwartete, dass das leise Klopfen an der Tür sie war, als Antwort auf meine Nachricht, in der ich ihr mitgeteilt hatte, was ich für sie mitgebracht hatte.

Doch sie war es nicht.

„Was?"

„Erin", sagte Landon. „Du klingst feindselig."

„Weil ich mich so fühle", sagte ich durch die Tür.

„Wir müssen reden."

„Ich habe dir gesagt, dass ich nicht mehr für dich arbeite."

„Oh, ich hoffe aufrichtig, dass wir das in Zukunft besprechen können. Aber hier geht es um einen unerledigten Job."

„Welchen unerledigten Job?", sagte ich und riss die Tür auf. Er wirkte in dem tristen Gang meines Apartmenthauses deplatziert, in seinem marineblauen maßgeschneiderten italienischen Anzug, dem weißen Hemd und der Seidenkrawatte in einem ein paar Nuancen helleren Blau. Er stand da, die Hände in den Hosentaschen, gestylt und frisiert, selbstsicher und strahlte ein Maß an Selbstgefälligkeit und Arroganz aus, das seinesgleichen suchte.

„Immer so liebenswürdig", sagte er mit einem sinnlichen Knurren, das der Gipfel der Verführung war.

Ich war nicht in der Stimmung.

„Hör auf!"

„Oh, Erin." Er seufzte. „Willst du den Vögeln verbieten zu fliegen?"

„Das würde ich, wenn sie versuchen würden, mich mit ihren Flügeln zu verführen."

„Wenn meine bloße Anwesenheit dazu führt, dass du dich verführt oder verlockt fühlst, bin ich dann nicht das Opfer?"

Ich starrte ihn böse an. Er beugte sich mit einem Lächeln auf den Lippen vor und wartete auf eine Einladung in die Wohnung. Ein weiteres Missverständnis der Menschen war, dass Vampire eine Einladung brauchten. Dem war nicht so. Es war einfach ein Gebot der Höflichkeit, an das sie sich hielten ... wenn es ihnen in den Kram passte.

Bevor ich ihn hereinbitten und ihn fragen konnte, was es

mit dem angeblich unvollendeten Job auf sich hatte, schnellte sein Kopf in Richtung von Miss Harps Wohnung.

„Na, hallo", schnurrte er. *Sie ist über siebzig, sie will dich nicht!* Oder vielleicht wollte sie ihn. Wer war ich, sie daran zu hindern, Spaß zu haben? „Habe ich Ihr Interesse geweckt?" In Landons Stimme schwang Freude mit, als er Miss Harp ein schiefes Lächeln zuwarf. Landons gesamte Erscheinung war ein Beweis für seine Liebe zur Kunst: übermäßig dramatisch in der Präsentation und gleichzeitig hypnotisch.

Miss Harps Wangen wurden rot, und ich fragte mich, ob aus Verlegenheit oder aus Interesse. Nein, es war Irritation. Sie war es gewohnt, dass ich sie nicht zur Rede stellte, und jetzt rieb ihr jemand anderes ihre Neugier unter die Nase, und das passte ihr nicht. Sie tat, was sie am besten konnte: Sie legte einen Auftritt hin, der ihr eine Oscar-Nominierung einbringen könnte. Als sie über die Schwelle trat, sah ich, dass sie ihre Requisiten benutzte. Mit dem Stock in der Hand schaffte sie es sogar, ihn auf dem Weg zu uns zweimal auf den Boden aufzusetzen.

„Kümmern Sie sich nicht um mich. Ich habe nur ein Geräusch gehört und bin rausgekommen, um nachzusehen. Erin und ich passen aufeinander auf."

Ach so? Oder sind Sie auf der Suche nach Informationen?

„Es ist so nett von ihr, sich Zeit zu nehmen, auf mich alte Frau aufzupassen. Ich bin mir sicher, dass das manchmal lästig sein kann."

Überhaupt nicht, diese schauspielerischen Darbietungen sind umwerfend.

„Ich bin sicher, Sie sind überhaupt nicht lästig", sagte Landon mit einer Stimme, die so honigsüß war, dass ich Gefahr lief, Karies davon zu bekommen. Ich konnte das Augenrollen unterdrücken, aber es war sehr anstrengend.

Mit der Geschmeidigkeit eines Aals bewegte er sich an ihre Seite und legte ihre freie Hand in seine Armbeuge. Miss Harp hatte sich voll und ganz ihrer Rolle als gebrechliche

Siebzigjährige verschrieben und spielte sie gut. Ich warf ihr einen „Das soll wohl ein Witz sein"-Blick zu.

Ihre Selbstgefälligkeit hatte ich erwartet, aber das herablassende Augenrollen, das sie mir zuwarf, war einfach unangebracht.

„Wohin soll ich Sie begleiten?"

Nirgendwohin. Sie will dich nur beaugapfeln, und in 1,5 Sekunden wird sie zu ihrer Wohnung sprinten, wobei sie wahrscheinlich den Stock über ihren Kopf hält, als wäre sie in einer Montage aus einem Rocky- oder Creed-Film.

„Oh, nirgendwohin. Ich wollte nur nach Erin sehen, aber sie scheint in guten Händen zu sein. Da ich schon hier bin, wollte ich nur das Päckchen abholen, das sie für mich hat. Sie ist zu gut zu mir. Sie hat Sahne für mich mitgebracht. Ohne kann ich meinen Kaffee nicht trinken. Asher Sullivan bringt mir auch immer welche mit, wenn er sie besuchen kommt. Kennen Sie ihn? Jeder scheint zu wissen, wer er ist, wenn ich ihn erwähne. Ich glaube nicht, dass mir dieser Bekanntheitsgrad gefallen würde."

Doch das würde er, weswegen Sie, wann immer Sie können, seinen Namen erwähnen. Aber bitte, lassen Sie sich von mir nicht stören.

„Ah ja, der Alpha des Nordwest-Rudels", sagte Landon. Sein Ton verlor für den Bruchteil einer Sekunde seine Wärme und nahm die gleiche Kühle an, die die verschiedenen Arten an den Tag legten, wenn sie miteinander umgingen. Sie mussten immer die Gewässer der Macht testen.

Sie verzog das Gesicht. „Ich vergesse oft, dass er der Alpha ist, wenn er bei uns ist. Es ist etwas, das man einfach vergisst, finden Sie nicht auch, Erin?"

„Definitiv. Es ist, als hätte man es mit einem flauschigen Welpen zu tun", antwortete ich, und Sarkasmus breitete sich auf meinem Gesicht aus.

Ich war mir sicher, dass ihre *Sahne* wahrscheinlich zur

Neige ging. Ich öffnete die Tür weiter, um beide hereinzulassen. Landon setzte sich auf das Sofa im Wohnzimmer, als hätte er Angst, ich würde ihn hinauswerfen, wenn sie ging. Ich nahm die Tüte mit dem Kahlua vom Tresen und reichte sie ihr.

Sie überprüfte demonstrativ das Gewicht. „Das ist ziemlich schwer." Sie sah Landon an. „Macht es Ihnen etwas aus, das bei mir vorbeizubringen, wenn Sie gehen?"

„Ich kann es jetzt rüberbringen", bot er an.

„Nein, nein, ich will Sie nicht stören."

Das ist eine dreiste Lüge. Aber ich wusste genau, was sie tat, und ich ließ es sie spüren, als wir uns ansahen. Wenn er beim Gehen etwas bei ihr abgab, wüsste sie, wie lange sein Besuch gedauert hatte, und wenn er zu lange blieb, würde sie zurückkommen.

Guter Schachzug, Miss Harp. Wirklich guter Schachzug.

Sie machte langsame, vorsichtige Schritte mit ihrem Stock, als sie zur Tür ging. Zu jeder anderen Zeit sah sie aus, als würde sie ihre Version des Moonwalk machen, aber jetzt wickelte sie Landon um ihren Finger.

„Bis später, Erin", sagte sie und wandte sich dann Landon zu. „Und wir sehen uns …" Sie wartete darauf, dass er seinen Namen ergänzte.

„Landon."

„Landon. Bis bald, und wenn ich nicht aufmache, lassen Sie es einfach an meiner Tür."

Sie wird nicht aufmachen, weil sie keine Gäste mag, aber sie liebt es, herumzuschnüffeln.

Nachdem Miss Harp außer Hörweite war, verschränkte ich die Arme vor der Brust und blieb in der Nähe der Küche. Sie war näher am Ausgang als am Wohnzimmer, und ich hoffte, dass Landons Neigung, angemessene soziale Distanz zu ignorieren, zu meinem Vorteil wirken würde. Er wäre näher an der Tür und daher leichter rauszuschmeißen.

„Was willst du?", fragte ich.

Er stand mit einer schwungvollen Bewegung auf. Ich atmete scharf aus, als er nur einen Zentimeter von mir entfernt stehenblieb. Ich legte beide Hände an seine Brust und schob ihn zurück. Es waren nur ein paar Zentimeter Abstand zwischen uns, aber es reichte.

Seine Lippen verzogen sich zu einem hochmütigen Grinsen. „Ich habe dich für den Job bei den Hexen ziemlich gut bezahlt, aber du hast es nicht geschafft, ihn zu Ende zu bringen."

„Du hast gut bezahlt, weil du für einen kurzen Moment einen Funken Selbsterkenntnis hattest und festgestellt hast, dass du eine Nervensäge bist. Dafür hast du mich bezahlt."

Ich erinnerte mich, wie schnell er mir bei einer unserer Begegnungen die Waffen abgenommen hatte. Ich besaß jetzt Magie, aber sobald andere das wussten, verlor ich das Überraschungsmoment. In diesem Moment wollte ich meine Hand nicht ausspielen. Als ich den Raum nach einer Verteidigungsstrategie durchsuchte, kam ich zu dem Schluss, dass ich mich, falls er angriff, auf die Knie fallen lassen und ihm in die Kronjuwelen schlagen würde. Es war weder kultiviert noch hübsch, und in manchen Kreisen galt es als geschmacklos. Das habe ich noch nie verstanden. Wenn es ums Überleben ging, gab es keine Verhaltensregeln. Die einzige Regel war ÜBERLEBEN.

Viele Gegner hatten versucht, mich dafür an den Pranger zu stellen, dass es eine Waffe in meinem Köcher war, aber das hatte nie funktioniert. Es gab einen Unterschied zwischen Sparring, bei dem ich solche Taktiken auch für verwerflich halten würde, und dem Kampf ums nackte Überleben.

„Du musst den Job zu Ende bringen", informierte Landon mich. Er hob die Hand, ich vermutete, um meine Wange zu streicheln, aber ich stieß sie weg.

Die Dynamik zwischen uns hatte sich verändert, und es war seltsam. Nachdem man einem Vampir den wahren Tod gezeigt hatte, hält er sich normalerweise von einem fern, es sei denn, er war auf Rache aus. Es war eine Demütigung für sie, mit der sich die meisten nicht wohlfühlten. Ein Unsterblicher, der fast stirbt? Nicht jedoch diese jahrhundertealte Freakshow. Die laszive Art, wie sein Blick auf meinen Lippen ruhte, die dunkle Anziehungskraft, die von ihm ausging, und die anzügliche Art, wie er sich vorbeugte und den Kopf neigte, waren vampirische Verführung pur.

„Lass den Scheiß!", verlangte ich.

„Ich glaube nicht, dass wir Gefahr laufen, dass du von irgendetwas, das ich tue, angelockt wirst."

„Du hast recht, aber du solltest die guten Sachen für jemanden aufheben, bei dem du eine Chance hast."

„Wenn du die Angelegenheit mit den Hexen abgeschlossen hast, können wir vielleicht den Abschluss des Auftrags feiern, mit –"

„Nein."

„Du hast mich nicht ausreden lassen."

„Das ist nicht nötig. Selbst wenn du mich zum Abendessen nach Paris einladen würdest, würde ich ablehnen." Ein Besuch in Paris stand auf meiner Wunschliste ziemlich weit oben.

„Ein Abendessen in Paris ist ein Nein, aber das ist nur ein Ausgangspunkt für Verhandlungen. Was kann ich tun, um dich einen Abend lang zu unterhalten?"

Sei normal. Es wäre für ihn eine solche Anstrengung, dass es mich wirklich unterhalten würde. Ich antwortete nicht.

„Ich schweife ab", sagte er, nachdem er akzeptiert hatte, dass er keine Antwort bekommen würde. „Unser letztes Treffen hat uns keine Gelegenheit gelassen, über den Abschluss des Auftrags zu sprechen."

„Du meinst, als ich gezwungen war, dich zu durchbohren, weil du dich wie ein Arsch aufgeführt hast?"

„Und dich genauso geneigt gefühlt hast, mich trinken zu lassen und so dafür zu sorgen, dass ich nicht sterbe." Seine

Zunge glitt träge über seine Unterlippe, und ich war mir wirklich nicht sicher, was ihn mehr reizte: dass ich einen Pflock in ihn gerammt hatte oder ihn hatte trinken lassen.

„Welcher Teil meiner Arbeit bei den Hexen ist deiner Meinung nach nicht erledigt?"

„Die Vereinbarung sah vor, dass das Land zerstört wird. Mir wurde mitgeteilt, dass es noch intakt ist und dass sie die Kühnheit hatten, auf meinem Land zu pflanzen."

„Es ist nicht dein Land", korrigierte ich. „Ihr Haus, ihr Land."

„Ein Teil des Zwei-Millionen-Dollar-Deals war, dass es zerstört wird. Wenn du mich fragst, gehört es mir, und es darf nichts darauf angebaut werden."

Als ich die Augen verdrehte, wusste ich, dass er nicht mit sich reden lassen würde. Er übte ein Maß an Kontrolle, Selbstgefälligkeit und Macht aus, von dem er annahm, dass er dazu berechtigt sei, und teilte dabei meisterlich Triviali-täten aus.

„Sie haben zugestimmt, niemals Amber Crocus anzu-bauen …", begann ich, ihn zu erinnern.

„Nein, sie haben nicht *freiwillig* zugestimmt. Es ist unter Eid passiert, und es wurde vereinbart, dass das Land zerstört werden würde. Ich erwarte, dass das durchgesetzt wird."

Stimmt, das war Teil der Vereinbarung gewesen, und wenn dadurch der Job zu seiner Zufriedenheit abgeschlossen und mir jede weitere Interaktion mit ihm erspart werden würde, würde ich es tun und ihn loswerden. Wenn nicht, würde es ihm einen Grund geben, immer wieder zurückzu-kommen. Ich wollte, dass Landon aus meinem Leben verschwand.

„Gut, ich kümmere mich darum. Als Bestätigung bekommst du Fotos. Ich melde mich. Und wenn das erledigt ist, sind wir fertig. Verstehst du? Ich will nichts mehr mit dir oder irgendjemandem in deinem Lager zu tun haben, ist das klar?"

Ich ging davon aus, dass der Abschluss des Auftrags ein hohes Maß an Diplomatie erfordern würde, und nachdem er Dallas geschickt hatte, um die Hexen zu töten, als es nicht wie geplant gelaufen war, war ich mir sicher, dass sie nichts mit Landon zu tun haben wollten.

Er verstand, doch anstatt zuzustimmen, antwortete er mit einem verschmitzten Lächeln. Er ging zur Tür und warf einen Blick über seine Schulter.

„Meine Nichte hat nächste Woche einen Auftritt. Soll ich zwei Tickets kaufen?"

„Sicher. Sie wird das Geld zu schätzen wissen."

„Wunderbar. Du wirst mein Gast sein?"

„Nein. Du hast gefragt, ob du zwei Tickets kaufen sollst. Ich habe nur gesagt, dass es eine gute Idee wäre. Ich habe nie zugestimmt, mit dir irgendwohin zu gehen."

Er drehte sich mit einer scharfen Bewegung um und kam so nah an mich heran, dass meine Hand reflexartig emporschoss, bereit, mit Magie zu reagieren, doch ich konnte mich rechtzeitig beherrschen.

„Spiel nicht die Schüchterne. Du hast genau gewusst, was ich meine. Lass es zur Feier des erfolgreichen Abschlusses eines weiteren Auftrags zwischen uns sein", schlug er mit seiner tiefen, heiseren Stimme an, die mehr als nur das Ende eines Auftrags, sondern den Beginn von etwas anderem andeutete.

„Vergiss Miss Harps Tüte nicht." Ich drückte sie ihm in die Hand.

„Natürlich dürfen wir unsere neugierige kleine Freundin nicht vergessen. Sie muss zu ihrer Glanzzeit eine ganz tolle Schauspielerin gewesen sein."

Es fühlte sich seltsam an, mit ihm zu lachen.

„Warum fragst du Evelyn nicht, wenn du das bei ihr abgibst? Ich bin sicher, sie würde gerne mitkommen."

Seine Augen glitzerten finster, und ich war mir nicht sicher, ob er es als Herausforderung aufgefasst hatte oder sich einfach weigerte, sich von mir provozieren zu lassen. Mit lächelnden Lippen nahm er die Tüte, ergriff dabei meine Hand und küsste sie sanft. Vielleicht würde mein Knurren dafür sorgen, dass er das nie wieder versuchen würde. Aber wenn man ihn nicht loswerden konnte, indem ich ihm ein Stück Holz in die Brust rammte, war ich mir nicht sicher, was ich dafür tun müsste.

„Dann werde ich Evelyn bitten, nächste Woche für eine Nacht mit mir zu kommen, die sie sicher nicht vergessen wird."

Das wird sie nicht. Es kommt nicht oft vor, dass sie jemanden trifft, der so vollkommen von sich selbst eingenommen ist.

Ich sah zu, wie er sich ihrer Tür näherte, und fragte mich, ob ich gerade meine ältere Nachbarin auf ein Date geschickt hatte. Es wäre eine eigenartige Kombination aus Mai und Dezember, zumal der Mann, der aussah wie Ende dreißig, der Winterliche war.

12

Am Schreibtisch in meinem Büro sah ich mir die Verlängerung meines Mietvertrages an. Es war das erste Mal, dass ich darüber nachdachte, ihn nicht zu verlängern. Nach Landons Besuch am selben Tag war ich mir nicht sicher, ob es seinen Zweck erfüllte, ein Büro auf der anderen Seite der Stadt zu haben. Es sollte die zwielichtigen Gestalten von meinem Zuhause fernhalten, aber es schien, dass ein zweiter Standort es für jeden, der mich treffen wollte, zu einer Herausforderung machte, meine Privatadresse zu finden und einfach dort aufzutauchen.

Ich mochte es, Arbeit und Privatleben zu trennen, wenn auch nur konzeptionell.

Als die Tür geöffnet wurde, blickte ich auf und richtete meinen Blick schnell wieder auf meinen Computer, um die Augen zu verdrehen, und nicht auf die Hexen in Zauberumhang, die gerade hereingekommen waren. Ich konnte nicht die Einzige sein, die ihre Kleiderwahl absurd fand. Sah sonst noch jemand Stacey und Wendy an und fragte sich, was zum Teufel mit ihnen los war?

Ich war mir nicht sicher, was lächerlicher war: eine oder zwei von ihnen in einem Zaubermantel zu sehen.

Sie schwebten mit wehenden Roben in mein Büro, während ich steif blieb, um zu verhindern, dass mein Gesichtsausdruck meine Gedanken verriet.

Ich war überrascht, als Stacey mich kontaktiert hatte, bevor ich die Gelegenheit hatte, sie wegen der Landon-Situation anzurufen. Ich ging davon aus, dass sie wollten, dass ich bei Landon interveniere, von dem ich sicher war, dass er sich trotz meiner Bitte in die Situation einmischen würde.

Er war ein wenig kleinlich, dass er wollte, dass das Land zerstört wurde. Oder vielleicht auch nicht. Er hatte zwei Millionen Dollar für das Amber Crocus bezahlt und hatte jedes Recht, die Erfüllung aller Punkte der Vereinbarung zu verlangen. Vielleicht war die Zerstörung des Landes eine Abschreckungsmaßnahme, obwohl die Entsendung eines Attentäters auf die Hexen hätte ausreichen sollen, um sie zu warnen, jemals wieder zu versuchen, ihn zu erpressen.

„Ihr wolltet mich sehen?", fragte ich und ging auf sie zu. Da ihre Arme steif an ihren Seiten blieben, verzichtete ich darauf, ihnen die Hand anzubieten. Anspannung und das Gefühl bereitliegender Magie schwebten in der Luft. Dass sie beide ihre Zauberstäbe bei sich hatten, machte mich nervös. Anstatt sie zu verspotten, betrachtete ich sie vorsichtig. Staceys Gesicht war entspannt, aber Wendys Gesicht war vor Unbehagen verzerrt.

Sie wechselten einen Blick und schließlich sprach Stacey. „Warum hat jetzt ein Dämon eine Fangprämie auf dich ausgesetzt?"

Sie musste mir den Schock angesehen haben, denn die Anspannung verschwand aus Wendys Gesicht.

„Du weißt nicht warum, oder?"

Ich schüttelte den Kopf; das Einzige, was mir durch den Kopf ging, war Malific. Aber wir waren aneinandergebunden, deshalb wollte sie mich nicht tot sehen, nicht jetzt.

„Er bietet das Black Crest-Grimoire für deine Gefangennahme an. Weißt du, was die meisten Hexen für dieses Buch tun würden?"

Ich hielt einen Moment inne, um nachzudenken. Meine einzige Begegnung mit einem Dämon war während des Besuchs bei Harrison gewesen, als er Dareus zu sich gerufen hatte, damit er ihm half, Informationen über die Male auf meinem Arm zu finden. Das führte später dazu, dass Harrison mich dem Dämon zur Begleichung einer ausstehenden Schuld anbot.

„Sind es alle Dämonen oder einer?"

Wendy nickte. „Er heißt Dareus." Etwas an dem niedergeschlagenen Blick der Frau im Zaubermantel machte mich neugierig.

„Woher weißt du, dass es ein Kopfgeld gibt?", fragte ich und sah sie an.

Fast gleichzeitig pressten sie die Lippen aufeinander, als hätten sie Angst, dass ein Geständnis herauskommen könnte.

„Ihr habt einen Dämon beschworen. Ihr zwei nutzt dunkle Magie", warf ich ihnen vor.

„Nein, überhaupt nicht", platzte eine hochrote Wendy heraus.

Ich wartete auf ihre Erklärung, die sicher mit genug verworrenen Geschichten und Ausreden verflochten sein würde, um mich davon abzulenken, dass sie mit dunkler Magie spielten. Wenn es herauskäme, wäre ihr Ruf dahin. Wendy würde nicht mehr an magischen Kämpfen teilnehmen können, sie würde aus ihrem Zirkel ausgeschlossen, und die meisten Hexen würden keinen Umgang mit ihr pflegen wollen.

Es fühlte sich falsch an, ihren Ruf zu vernichten, da sie mich im Grunde vor dem Kopfgeld gewarnt hatten, aber ich musste wissen, wie tief sie in dunkle Magie verstrickt waren.

Wendy sah trotzig aus. „Nicht jede Magie ist schwarz oder weiß. Es gibt graue Magie. Dämonen kennen sich darin gut aus, und für wenig Geld teilen sie sie. Das Meiste stammt aus dem Black Crest-Grimoire. Die Leute haben Angst, Dämonen zu konsultieren. Aus Angst heraus zu handeln, schränkt einen nur ein", sagte sie. Aus der Vorwärtsbewegung ihres Kiefers und ihrer Haltung schloss ich, dass sie ihre Verteidigung glaubte.

„Deals mit Dämonen zu machen ist auch gefährlich. Vergiss diese Kleinigkeit nicht", erinnerte ich sie. Ihr Argument hatte große Ähnlichkeit mit dem, das Harrison angeführt hatte, um seinen Einsatz dunkler Magie zu rechtfertigen. Bei Bedarf konnte man alles drehen und wenden, bis es als Rechtfertigung ausreichte.

„Was will er von mir?", fragte ich.

„Er scheint zu denken, dass du von Elfen berührt bist. Von den Elfen behütet, was bedeutet, dass du weißt, wo sie sind. Ich dachte, sie wären ausgestorben, aber nachdem er dich kennengelernt hat, glaubt er das nicht."

Sie warf einen verstohlenen Blick auf meine Ohren, genauso, wie ich mir die von Nolan angesehen hatte. Ich kannte nur Hybriden, daher wusste ich nicht, ob die Sache mit den spitzen Ohren Wahrheit oder nur ein Mythos war.

„Er sagte, du habest Male auf deinem Arm und es gäbe Bilder. Er hat uns sogar zu Harrison geschickt." Wendys Gesicht verzog sich vor Abscheu, als sie von der Hexe sprach, die schamlos schwarz Magie einsetzte und Dämonen beschwor.

Ihre Heuchelei war ein Parfum, das mir in die Nase stieg. Meine Gedanken mussten sich auf meinem Gesicht abgezeichnet haben.

„Offensichtlich bin ich anders als er", sagte sie. „Ich praktiziere keine dunkle Magie. Ich versuche mich gelegentlich an grauer."

Ist graue Magie nicht nur eine Kaffeepause von dunkler Magie entfernt? Dann fiel mir ein, dass Cory in der Vergangenheit graue oder gräuliche Magie eingesetzt hatte. Oder vielleicht würde ich sie als undurchsichtig bezeichnen.

„Harrison hat uns das Bild des Mals gezeigt und gesagt, es sei auf deinem Arm."

„Ich habe keine Male."

„Können wir das überprüfen?"

„Natürlich." Ich streckte meine Arme aus und war mir völlig bewusst, dass das Mal, selbst wenn es keine magische Einschränkung war, nur mit Mirra-Feuer oder Ähnlichem sichtbar gemacht werden konnte.

Stacey packte meinen Arm und hielt ihn fest. Wendy streute blauen Staub darüber und flüsterte eine Beschwörung. Höllenfeuer brach aus. Ich heulte vor Schmerz auf, und bevor der Schmerz aufhören konnte, hatte ich mein Faustmesser von der Halskette gerissen, mich auf Wendy gestürzt und es ihr an die Kehle gedrückt. Ich war so nah dran, es hineinzudrücken, als mir Elizabeths Beschreibung von mir einfiel: gewalttätig, stur, bekannt für explosive Wutanfälle. Aber das war gerechtfertigt. Mein Arm pochte und war von ihrer Version eines Mirra gerötet.

Sie spähte hinunter, aber ich war zu nah, als dass sie es hätte sehen können. Wenn sie sich bewegte, konnte sie nur die Spitze meiner Klinge an ihrer Kehle spüren. Angst stand in ihren Augen. Ich konnte sehen, dass sie überlegte, ob sie mit ihrer Magie schneller wäre als ich mit einer Waffe an ihrer Kehle.

„Bitte, tu ihr nicht weh", flüsterte Stacey. Ihren Worten haftete Reue an, aber ich fragte mich, ob das daran lag, dass ich nur ein Augenzwinkern davon entfernt war, Wendy ernsthaft zu verletzen, oder ob Stacey tatsächlich bereute, was sie getan hatten. Die Wut hielt mich fest. Sie war eine Verschmelzung von allem, was passierte, und meine Gefühle waren wie ein Gummiband, das bis zum Zerreißen gespannt worden war. Leider war Wendy diejenige, die es abbekam. Es hätte Malific sein sollen.

Ich ließ sie los. Wendy löste sich von mir und kniff die Augen zusammen. Sie hob ihr Kinn. Hatte sie meine Magie gespürt? Diablerie-Magie? Hatte ich eine magische Ladung abgefeuert?

„Dareus hat uns den Zauber gezeigt, der nötig ist, um es zu bestätigen. Da wir nun wissen, dass das nicht stimmt, werden wir es andere wissen lassen. Es ist gut, dass wir das überprüft haben. Wenn unser Wort gegen seines steht, werden die Leute uns glauben", versicherte Wendy mir und zog sich immer weiter von mir zurück. „Aber das erklärt nicht, warum er dich will. Selbst wenn es eine Lüge ist, warum sollte er eine so große Lüge erzählen? Was hat ihm den Eindruck vermittelt, dass du von Elfen berührt bist?"

Ich zuckte mit den Schultern.

„Ist er dir je begegnet?", fragte Wendy, Skepsis war in ihre Worte und in ihre schmalen Augen eingraviert.

„Harrison hat ihn zu einem Job gerufen, und bevor ihr fragt, ich kann keine Informationen darüber preisgeben."

„Kunde?"

Das geht dich verdammt noch mal nichts an. Was ist das, ein Kreuzverhör?

Stacey kaute auf ihrer Unterlippe. „Harrison hatte das Foto. Warum sollte er sich sowas ausdenken?"

„Er steht in Dareus' Schuld. Er hat versucht, mich als Bezahlung an Dareus zu übergeben. Er würde alles tun und behaupten, um diese Schuld zu begleichen."

Nach mehreren Augenblicken stiller Überlegung schienen sie überzeugt zu sein. Wendy nickte und begann, den Raum zu verlassen, dicht gefolgt von Stacey.

„Von wem hast du dir Magie geliehen?", fragte Stacey mich beiläufig.

„Was?"

„Als du Wendy angegriffen hast, war da ein Funke, bevor du ihn gelöscht hast. Du bist eine Todesmagierin. Von wem leihst du dir Magie, und solltest du so weit von ihm oder ihr entfernt sein?"

„Du irrst dich." Ich zog einen meiner elektrischen Pellets aus der Tasche und ließ ihn fallen. „Du hast das gesehen."

Es wurden zu viele Lügen erzählt. Ich musste diese Hexen von mir fernhalten, und ich durfte nicht vergessen, was ich zu ihnen gesagt hatte, damit ich den Überblick behielt.

Bevor sie gehen konnten, hielt ich sie auf. „Wir müssen die Situation mit Landon besprechen."

Beide erstarrten.

„Was will er jetzt noch? Er hat versucht, uns zu töten. Das hat unsere Schulden mehr als beglichen." Wendy tobte vor Wut, und ihre Bewegungen, mit denen sie jeden weiteren Umgang mit ihm abwies, wurden durch das Schwingen der Ärmel ihres Gewandes noch dramatischer. Über die unnötige Garderobe kam ich nicht hinweg.

„Euch fehlen ein paar Szenen, bevor das Attentat stattfand. Denkt daran, dass ihr ihn um zwei Millionen Dollar erpresst habt, und als er einen Eid verlangt hat, habt ihr nach einem anderen Käufer gesucht. Behauptet nicht, dass ihr unschuldig seid."

Wendy warf mir einen finsteren Blick zu, und meine Zusammenfassung ließ sie die Stirn runzeln. „Es lief nicht wie erwartet. Wir wurden bestohlen. Wir sind hier die Opfer", schnaubte sie.

Okay, Drama-Lama. Es reicht. Sie trug einen Zaubermantel und hatte einen Zauberstab in der Hand. Diesem Unfug musste ein Riegel vorgeschoben werden. Sie konnte nicht darüber hinaus noch eine Drama-Queen sein.

„Seid ihr bereit, das Geld zurückzugeben?"

Allein der Vorschlag schien sie zu empören. Ich wollte nur, dass ein Tag verging, an dem ich mich nicht mit Drama herumschlagen musste.

„Wenn ihr nicht bereit seid, das Geld zurückzugeben, müsst ihr die Bedingungen der Vereinbarung einhalten. Das Land muss zerstört werden."

„Gut, wir machen es morgen", sagte Stacey schulterzuckend.

„Ich werde um zehn mit Cory am Haus sein."

„Wirst du den Zauber ausführen?", fragte Wendy.

Meine Lippen verzogen sich zu einem Grinsen. *So leicht lasse ich mich nicht reinlegen.* „Ich kann nicht. Cory wird es machen."

Als sie rückwärts zur Tür hinausgingen, lag ein kühler Schatten des Unglaubens über ihnen. Aber sie mussten mir nicht glauben, solange sie nicht beweisen konnten, dass ich Magie besaß.

Als sie weg waren, schickte ich Landon eine SMS, in der ich ihn über den Plan informierte. Er rief mich sofort an. Ich leitete den Anruf auf meine Voicemail weiter. Nachdem er noch dreimal angerufen hatte, ging ich törichterweise davon aus, dass es wichtig sei.

„Ja, Landon." Es gelang mir, nicht genervt zu klingen. Tatsächlich klang ich freundlich und überraschte mich und ihn, denn ich hörte es sofort in seiner Stimme.

„Wenn du nicht ein Ausbund der Diplomatie im Umgang mit den Hexen bist! Haben sie Widerstand geleistet?"

Momente wie dieser machten es schwer zu glauben, dass er viel älter war als ich. Aber ich nahm an, dass es viele Jahre gedauert hatte, dieses Maß an Kleinlichkeit zu perfektionieren. „Wolltest du, dass es feindselig ist?", fragte ich.

Ja, das wollte er.

„Natürlich nicht. Ich wäre lieber dabei gewesen, um deutlich zu machen, wie wichtig es ist, dass sie nie wieder versuchen, mich zu erpressen. Ich möchte, dass Elon oder Dallas dich begleiten."

„Nein. Ich werde deine Einschüchterungstaktiken nicht unterstützen. Sie halten die Bedingungen der Vereinbarung ein. Ich schicke dir Fotos als Bestätigung, und der Job ist erledigt. Wir sind fertig."

„Dann sollten wir den Abschluss einer solch unappetitlichen Situation feiern."

„Wie wäre es mit Abendessen um acht?", schlug ich vor.

„Das wäre entzückend. Hast du einen bestimmten Ort im Sinn?"

„Deine Wahl, weil ich nicht die Absicht habe, aufzutauchen. Aber tu so, als wäre ich da. Vielleicht hält dich das davon ab, mich immer wieder einzuladen, mit mir auszugehen."

„Oh, Erin. Was soll ich nur mit dir machen?"

„Nichts. Ich möchte, dass wir nichts tun, okay? Bitte mich nicht noch einmal um ein Date, versuch nicht nochmal, mich zu verführen, und mach mich nicht mehr zum Empfänger deiner fehlgeleiteten Zuneigung. Das Einzige an mir, das dich anzieht, ist, dass ich einmal eine Beziehung mit Grayson hatte. Ich werde nicht deine Trophäe sein, die dein Ego streichelt, verstehst du das?"

Er schwieg lange. „Ich verstehe, dass die Vorstellung, dass ich von dir fasziniert bin, untypisch ist. Schließlich reden wir hier von *mir*. Viele haben das Gefühl, dass sie meiner nicht würdig sind. Ich denke, das musst du hören. Erin, du bist meiner würdig. Verkaufe dich nicht unter Wert. Ich finde dich ansprechend. Mich fasziniert mehr als nur ein hübsches Gesicht. Ich bin von deiner Hartnäckigkeit, deinem starken Willen und deiner Schlagfertigkeit verzaubert." Er atmete verzweifelt aus. „Hör zu, wenn ich sage, du reichst mir, Erin. Lass dich nicht von deinen Unsicherheiten davon abhalten, … nun ja, mich zu genießen", sagte er in einem Ton, der von Arroganz und Selbstgefälligkeit durchtränkt war.

Genieße das, du Arschloch. Ich legte auf, ohne zu antworten, und war bereit, es wieder zu tun, falls er noch einmal anrufen sollte. Aber er schien die Botschaft verstanden zu haben.

13

Wendy und Stacey erwarteten uns mit verachtenden Blicken, als Cory und ich uns ihrem Garten näherten. Landon hatte die Wahrheit gesagt. Sie hatten die Unverschämtheit gehabt, ihn neu anzupflanzen, und als wir ankamen, waren ihre Jeans und Shirts schmutzig, weil sie Pflanzen aus dem Boden gerissen hatten. Wendy warf uns einen scharfen Blick zu, und ich nahm sie ernster, ohne das Drama des Zaubermantels.

„Ich finde immer noch, dass das eine extreme Bedingung ist", blaffte Wendy und hinterließ einen Schmutzfleck auf ihrem Gesicht, als sie mit der Hand darüber wischte.

Als Cory näherkam, um einen Blick darauf zu werfen, was sie aus dem Garten ausgerissen hatten, rollte Stacey die Pflanzen schnell in das nasse Papier, auf das sie sie geworfen hatten.

„Es ist nur Lilithwurzel. Wir verwenden sie in Schlafzaubern und mischen etwas davon in die Kerzen, die wir an die Menschen verkaufen. Wenn es nicht mit einem Zauberspruch aktiviert wird, bewirkt es nichts, aber sie mögen den Geruch. Du weißt, wie sie sind. Wenn sie es von einer Hexe kaufen, glauben sie, dass es magische Eigenschaften hat." Sie zuckte mit den Schultern, nahm die Rolle und legte sie in die große Tüte neben sich.

„Lilithwurzel hat kleine gelbe Zwiebeln." Cory zog die Augenbrauen hoch, und seine Lippen verzogen sich missbilligend. „Das sieht aus wie Willows Dawn", sagte er. „Es gibt Gerüchte, dass es Wandler dazu zwingen kann, zu wandeln." Er schüttelte den Kopf. „Es ist nur ein Gerücht. Wenn ihr einen *Luna Plena* damit macht, habt ihr es nur mit einem wirklich wütenden und niesenden Wandler zu tun. Mehr nicht. Und dann habt ihr ein Problem, sobald sie merken, dass ihr versucht habt, einen Vollmondzauber zu wirken."

Ich machte mir nicht die Mühe hinzuzufügen, dass Wandler jetzt immun gegen Magie waren, sodass der Zauber nicht einmal funktionieren würde.

„Ich weiß. Wir haben nicht vor, irgendwas mit Wandlern zu versuchen", fügte Wendy hastig und mit Nachdruck hinzu. Es hätte genauso gut ein blinkender Pfeil in ihre Richtung sein können, auf dem „Lüge" stand. Ich hatte das Gefühl, die Hexen hofften, etwas anderes auszuhecken, das ihnen das große Geld bescheren würde. Gier würde ihrem Zirkel zum Verhängnis werden. Aber ich hatte das Bedürfnis, zumindest zu versuchen, sie von ihren Plänen mit Asher abzubringen.

„Ihr wollt euch nicht mit den Wandlern anlegen, schon gar nicht mit Asher. Landon hat versucht, euch zu töten", erinnerte ich sie. Ich wollte sagen, was Asher mir über einen anderen Zirkel anvertraut hatte, der das Nordwest-Rudel mit einem Strang Wolfsbane erpresst hatte, der ihnen mehr schadete als die normale Version, aber dann würde ich etwas ausplaudern, das er mir im Vertrauen gesagt hatte. Ich war mir jedoch sicher, dass Asher beim zweiten Mal nicht mehr so gutmütig sein würde.

Es war offensichtlich, dass Wendy dahintersteckte, also hielt ich ihren Blick fest. „Landon ist nachsichtig." *Und verdammt kleinlich*, aber sie wusste das, und ich brauchte es nicht noch einmal zu sagen. „Seine Rache basiert auf kurzfristiger Befriedigung. Seine Vergeltungsmaßnahmen sind schnell und entschlossen. Er ist nicht geduldig. Asher ist anders. Wenn du dich mit dem Nordwest-Rudel anlegst, wird er nicht sofort versuchen, dich zu vernichten. Er lässt sich Zeit."

„Erst wird er den Zirkel auf rechtlichem Weg angreifen und euch finanziell ruinieren. Ich habe gesehen, wie er es getan hat, und es ist nicht schön. Dann wird er sich wirklich an die Arbeit machen, um euch das Leben zur Hölle zu machen. Für euch wird es schrecklich sein, für ihn ist es jedoch nur ein Spiel. Er spielt auf Profiniveau. Ich rate euch, einen Laden zu eröffnen, Liebestränke, Schlafmittel und eure Kräuter, Hexenversionen von Gras und Pilzen zu verkaufen und damit euer Geld zu verdienen. Oder unterrichtet einen Kurs: ‚Magie für Magielose'; Menschen stehen auf dieses Zeug. Viele Zirkel verdienen damit beeindruckend viel Geld. Lasst die Erpressungsversuche. Es wird kein gutes Ende für euch nehmen, das kann ich euch versichern."

Als die Hexen ihre Sachen zusammenpackten, verstreute Erde und Löcher im Garten zurückließen und sich auf den Weg zum Haus machten, wusste ich, dass ich sie nicht überzeugt hatte. Sie würden es auf die harte Tour lernen müssen.

„Ihr könnt durch das Tor rausgehen. Sobald ihr weg seid, werden wir die Schutzzauber wieder errichten", sagte Wendy über die Schulter und schloss die Hintertür.

Mit anderen Worten: Macht euch nicht die Mühe, zurückzukommen oder zu versuchen, mir eine Predigt über Willows Dawn zu halten. Sie mussten sich keine Sorgen um mich machen; wenn es ihnen gelingen würde, Willows Dawn zu verarbeiten, würde ich mit Popcorn in der Hand da sein und beobachten, wie es für sie ausging.

„Ich kann nicht glauben, dass Landon darauf besteht. Sie können einfach woanders einen Garten anlegen", sagte Cory und kniete nieder, um den Zauber auszuführen.

„Weil wir es mit Landon zu tun haben und er seinen Kopf durchsetzen will. Ein trivialer Punkt der Vereinbarung, aber dennoch ein Punkt." Ich schrieb Landon eine SMS, um ihm mitzuteilen, dass wir mit dem Zauber beginnen würden, und zeichnete den Vorgang auf. Magie ergoss sich über den Garten und in den Boden. Ein feuchter Geruch des Todes breitete sich in der Luft aus, bevor die Feuchtigkeit aus dem Boden entwich und sich ein Patina-Glanz darüber legte wie eine Barriere, um sicherzustellen, dass nie wieder etwas daraus wachsen würde. Gerade als ich das Video mit der Nachricht „Fertig" verschickt hatte, hörte ich über mir surrende Helikopterrotoren, nah genug, dass ich Landon in der Passagierkabine sehen konnte. Was für ein Arsch! Als mein Handy vibrierte, zögerte ich, bevor ich antwortete.

„Gut gemacht, Erin", lobte Landon in herablassendem Ton.

Ja. Arschloch.

Ich war mir nicht sicher, was mich mehr anwiderte: seine Kleinlichkeit oder die Geldverschwendung. Ein verdammter Helikopter!

Meine erwachsene Seite drängte mich, zivilisiert und mit Würde damit umzugehen; schließlich war er der amtierende Meister der Stadt. Ich ließ mein Handy sinken, wohl wissend, dass er mich hören könnte, doch für alle Fälle stellte ich ihn auf Lautsprecher. Dann ging ich in den zerstörten Garten. „Siehst du? Alles erledigt", sagte ich und benutzte meinen speziellen Zeigefinger. Nicht den tatsächlichen Zeigefinger, sondern den Mittelfinger, als ich auf die Zerstörung zeigte.

Cory stöhnte. „Liebe Schicksale, sie zeigt dem Vampirboss den Finger." Er rieb sich mit den Händen über das Gesicht, unfähig, meine demonstrative Unreife und Respektlosigkeit mitanzusehen.

„Er ist derjenige, der sich lächerlich macht", stellte ich verärgert fest.

„Nett. Wir sind Kinder auf dem Spielplatz, die Lächerlichkeit mit Lächerlichkeit bekämpfen."

Ich gebe zu, es war kindisch, aber das machte es nicht
weniger befriedigend, den Helikopter davonfliegen zu sehen
und zu wissen, dass Landon wahrscheinlich genauso fertig
mit mir war wie ich mit ihm.

14

Ich hätte es verpasst, wenn ich nicht an meiner Tür stehengeblieben wäre und in meiner Gesäßtasche nach meinem Handy gesucht hätte. Ein Kreis, direkt vor meiner Tür. Ich wich schnell zurück und rief Cory an.

„Was ist das?", fragte ich und drehte die Kamera so um, dass er die blassen Kreidemarkierungen an meiner Haustür sehen konnte.

„Halt das Handy näher dran", befahl er.

Ich tat es und gab ihm eine Minute Zeit, sich alle Sigillen anzusehen, dann drehte ich das Display zu mir um.

Sein Kiefer war so angespannt, dass es schmerzhaft aussah, und seine Augen strahlten vor Wut. „Es ist ein Beschwörungskreis für Dämonen", knurrte er. Seit unserer Begegnung mit Dareus und Harrison hatte Cory es sich zur Aufgabe gemacht, sein Wissen über Dämonen, Beschwörungen und dunkle Magie zu erweitern.

„Warum sollte jemand einen vor meiner Tür legen?"

„Du sagst, dass ein Kopfgeld auf dich ausgesetzt ist."

„Kopfgeld würde ich nicht sagen. Dareus hat angeboten, ihnen das Black Crest-Grimoire zu geben, wenn sie mich ausliefern."

„Was glaubst du ist ein Kopfgeld?"

„Warum hier?"

„Sie rufen ihn herbei, sobald du draußen bist, und er kann dich schnappen."

„Das können sie sich sonst wohin stecken! Ich weigere mich, das so weitergehen zu lassen. Es gibt einen Dämon, mit dem ich eine Unterhaltung führen muss."

„Was meinst du mit Unterhaltung führen?"

„Ich habe genug damit um die Ohren, an Malific gebunden zu sein. Ich habe keine Zeit, mich mit Söldnerhexen auseinanderzusetzen, die mich wegen eines verdammten Buches angreifen. Das muss aufhören, und zwar sofort."

„Und deine Lösung besteht darin, mit Dareus zu sprechen?" Cory klang ungläubig.

„Wenn Reden hilft, dann reden wir. Wenn nicht, muss ich bis zu meiner Ankunft bei dir herausfinden, wie ich einen Dämon töten kann."

„Ja, das klingt wirklich gut durchdacht. Toller Plan. Lass uns mit dem Dämon verhandeln, und wenn das nicht funktioniert, werde ich ihn töten, wie Buffy es macht."

„Wer ist Buffy?"

„Ich werde dich aus meiner Kontaktliste löschen!", knurrte er mit zusammengebissenen Zähnen. Es war zu leicht. So zu tun, als kannte ich Kultserien und -filme nicht, war meine neue Lieblingsbeschäftigung.

„Nein, ich habe keine Ahnung, wer das ist."

„Dann müssen wir das beheben. Scheint, als müssten wir alle Folgen zusammen ansehen. Und das Spin-off *Angel* auch."

Das hatte ich verdient. Als Nächstes wären *Scarface*, *Dirty Dancing* und *Der Pate* dran.

„Ich hole dich in einer halben Stunde ab", sagte ich.

„Gut, dann habe ich Zeit, Maddie anzurufen."

Ich warf ihm einen bösen Blick zu und unterstrich ihn zur Sicherheit noch mit einem Knurren.

„Ich komme nie zu dir durch, wenn du so bist. Vielleicht schafft sie es."

Das kam einer Drohung gleich, dass er es meiner Mutter petzen würde. Madison musste nicht einbezogen werden, wenn es nicht nötig war.

„Wie soll ich damit umgehen?", fragte ich.

„Ich sage nicht, dass du nicht mit Dareus reden solltest, aber überstürzt loszurennen, bereit, einen Dämon zu töten, ist keine gute Idee. Zumal wir nur von einer einzigen Person wissen, die das jemals getan hat, und du weißt, was für ein Mensch das war. Erin, ich möchte nicht, dass das, was passiert, dich verändert."

„Cory, glaubst du ernsthaft, dass ich das alles unverändert überstehen werde?"

„Die Erin, die ich kenne, könnte es."

Er legte auf, und mein Herz schmerzte. Dieser Schlag hatte mich hart getroffen. Er irrte sich. Ich glaubte nicht, dass ich aus dieser Situation unverändert herauskommen würde, egal, wie sehr ich es versuchte. Ich wollte die Person am Ende einfach wiedererkennen.

Ich tätigte noch einen Anruf, Dr. Sumner, und hinterließ eine Nachricht für ihn, dann wischte ich den Kreis weg. Danach stand ich vor meiner Tür und redete so laut, dass es fast an Schreien grenzte. „Du willst das nicht nochmal versuchen. Letzte Warnung. Das eine Mal lasse ich dir durchgehen. Wenn du es wagst, es noch einmal zu versuchen, werde ich dich finden und dafür sorgen, dass du es bereust. Mein Leben ist mehr wert als ein verdammtes Buch!"

***

Als Harrison mein Auto die unbefestigte Straße hinauffahren sah, drehte er sich um und joggte zu seinem Trailer.

Cory schnaubte. „Er erinnert sich an uns."

Wie auch nicht? Cory hatte gefährliche Magie und noch gefährlichere Wut demonstriert. Ohne mein Eingreifen wäre Harrison von Cory getötet worden.

„Harrison, wir wollen nur reden!", rief ich durch die geschlossene Tür.

„Welchen Teil von ‚Komm nie wieder her' hast du nicht verstanden?"

„Ich habe es recht gut verstanden, aber du weißt sicher, dass Dareus ein Kopfgeld auf mich ausgesetzt hat. Er weiß nur durch dich von mir."

„Du hast mich um Hilfe gebeten, und ich habe sie dir gegeben!", bellte er.

„Nein, du hast versucht, mich als Bezahlung auszuliefern. Versuch nicht, die Tatsachen zu verdrehen, um dich besser zu fühlen. Du musst ihn herbeirufen, denn er und ich müssen reden."

„Vergiss es." Harrison atmete schwer, als würde er Möbel bewegen oder in seinem Trailer im Kreis rennen. Es raschelte und knarrte.

„Was macht er?", flüsterte Cory. Die Fensterabdeckung verhinderte, dass wir in den Wohnwagen hineinsehen konnten.

„Harrison, du musst das tun."

„Nein. Verschwinde!"

„Harrison", flehte ich. „Lass uns einen Deal machen. Du schuldest ihm was, oder? Was würde er deiner Meinung nach anstelle einer Person annehmen? Vielleicht kann ich helfen."

„Was machst du?", zischte Cory.

„Verhandeln."

„Klar, dieser Dämonenfreak will einen Menschen. Ich möchte auch hinzufügen, dass wir die Einzelheiten seines Deals nicht kennen und ich mir sicher bin, dass ich sie auch nicht wissen möchte. Was hast du vor? Ihn auf eine Katze runterhandeln?"

„Ich gebe ihm keine Katze. Die sind süß."

„Was genau willst du ihm dann geben?"

„Ich weiß es nicht, aber ich werde etwas finden, wenn ich mit ihm rede."

„Großartig. Du willst den Dämon auffordern, das Kopfgeld zurückzunehmen, dann über die Reduzierung von Harrisons Schulden verhandeln, und dein gut durchdachter Plan besteht darin, zu improvisieren. Toll. Das kann gar nicht schiefgehen. Ein wirklich solider Plan."

Ich grinste ihn an. „Ich kann mich nicht erinnern, dass du so pessimistisch warst", neckte ich. „Wir haben beide Magie, wir schaffen das."

Mein Selbstvertrauen überraschte mich. Im schlimmsten Fall würden wir ganz schnell hier verschwinden. Im besten Fall würde er das Kopfgeld zurücknehmen, und ich konnte verhindern, dass jemand das Haustier oder die Mitbewohnerin eines Dämons wurde. Ich hatte keine Ahnung, warum Dareus einen Menschen wollte. Dämonen waren dafür bekannt, Menschen als Spielzeug zu benutzen und ihre Magie und Zaubersprüche an ihnen zu üben. Aber meistens fanden sie Menschen zu zerbrechlich, und die Entführung von Menschen verringerte die Wahrscheinlichkeit, dass andere Geschäfte mit ihnen machen wollten. Dadurch wurden sie auch zum Ziel von Rache durch Freunde und Familie des Entführten. Hexen und Magier beschworen Dämonen unter dem Vorwand, Wirte zu werden. Wenn der Dämon dann körperlos war, fingen sie ihn in einer Phylaca-Urne ein, wo er blieb, bis jemand bereit war, ihn freizulassen. Was nie passieren würde. Noch nie war ein Dämon einem anderen zu Hilfe gekommen.

Es vergingen mehrere Minuten. Als ich mein Ohr an die Tür drückte, konnte ich eine Bewegung hören. Rauch kroch unter der Tür hervor. Er ging auf und ab und rauchte, was ich als gutes Zeichen wertete. Als Cory so unruhig geworden war, dass er vorschlug, die Tür aufzubrechen, riss Harrison sie auf. Er nahm einen langen Zug von der Zigarette und schnippte sie dann an uns vorbei zur Tür hinaus.

„Ich habe ihn zweimal gerufen, und er hat nicht geantwortet. Es gibt keine Garantien", sagte er und trat zurück, um uns einzulassen. Er behielt Cory aufmerksam im Auge. Er sah gehetzt aus, mit dunklen Ringen unter den Augen und fettigen, strähnigen rotblonden Haaren.

„Versuch's nochmal", schlug ich vor. Da Dareus ein Kopfgeld auf mich ausgesetzt hatte, würde er möglicherweise in der Hoffnung antworten, dass Harrison etwas für ihn hatte.

Harrison stellte seine Möbel um, um in dem beengten Trailer mehr Platz zu schaffen, und zeichnete dann den Kreis. Wir behielten jede seiner Bewegungen sorgfältig im Auge, um sicher zu sein, dass er nichts Dummes versuchte. Dann rezitierte er die Anrufung und ging auf die gegenüberliegende Seite des Trailers. Nichts. Er fluchte leise, trat näher und wiederholte die Beschwörung. Diesmal schaffte er es nicht auf die andere Seite, bevor Dareus auftauchte. Wenn das Ausmaß an Wut und Hass, das in Dareus' Augen aufleuchtete, gegen mich gerichtet gewesen wäre, hätte ich alles getan, um ebenfalls außer Reichweite zu kommen. Harrison zog sich schnell auf die andere Seite des Raumes zurück, drückte seinen Rücken an die Wand und sah aus, als wünschte er, er könnte darin verschwinden.

Dareus' Blick folgte meinen Bewegungen mit der gleichen Vorsicht und Sorge, mit der ich seinen folgte. Der Kreis war intakt, aber er näherte sich gefährlich dem Rand. Es war Absicht; er suchte nach Stellen, an denen er durchlässig war. Da er keine fand, konzentrierte er sich ausschließlich auf mich.

„Du wirst keinen Weg finden, rauszukommen oder mich reinzubekommen", sagte ich.

„Was ist der Zweck dieses Treffens, von Elfen Beschützte?" Seine geschlitzten Schlangenaugen pulsierten vor Aufregung darüber, in der Nähe einer von Elfen Beschützten zu sein. Das war das Ausmaß dessen, was er über mich wusste. Ich hatte ein magisches elbisches Mal, und es reichte ihm, um ein Kopfgeld auf mich auszusetzen.

„Also war es das Mal, das dich dazu gebracht hat, mich zu wollen?", fragte ich, als er sich der Linie näherte, seine Miene wehmütig, als sein Blick von mir über den Raum hinter mir wanderte.

„Mach das Fenster auf!", forderte er Harrison auf. Der Befehl brachte Harrison zum Handeln, und er öffnete schnell alle. Es war nicht nur der Wald, der malerische blaue Himmel, die verführerische Melonenfarbe des untergehenden Mondes – es war Freiheit.

„Du scheinst ein ziemlich leckeres kleines Häppchen zu sein, aber wenn du ein Mal der Elfen trägst, hast du eine Verbindung zu ihnen und Zugang zu ihrer Magie. Es ist so lange her, seit ich eines gesehen habe." Trauer huschte über Dareus' Gesicht, und ich senkte meinen Blick. Ein Dämon würde mir nicht leidtun, und ich war mir ganz sicher, dass ich niemanden bemitleiden würde, der ein Kopfgeld auf mich ausgesetzt hatte. Und mit „leckeres kleines Häppchen" hatte er sich bei mir definitiv auch nicht gerade beliebt gemacht.

„Ich werde dich nicht mit Elfen in Kontakt bringen können. Das Mal begleitet mich seit meiner Geburt." Obwohl ich mir eine gewisse künstlerische Freiheit genommen hatte, war es die Wahrheit. Ich wünschte, ich könnte mit Elfen in Kontakt treten, insbesondere mit Nolan.

Seine hypnotischen, wie die einer Schlange geschlitzten Augen bohrten sich in meine. Ich wandte den Blick ab, nur für den Fall, dass er wie Vampire die Fähigkeit hatte, mich zu zwingen oder mich zu nötigen, die Wahrheit zu sagen.

Von Elfen beschützt. Das bedeutete ihm etwas. Ich verschränkte die Arme und trat näher.

„Lass uns einen Deal machen", sagte ich.

Ein langsames, entspanntes Lächeln breitete sich auf seinem Gesicht aus. „Natürlich. Was ist das Problem?"

„Du nimmst das Kopfgeld zurück."

Das war alles. Ich sprach weder eine Drohung aus noch bot ihm etwas an. Es war eine unverschämte Forderung. Genug, dass Cory schnaubte und es schnell mit einem Husten überspielte, einen Kaugummi aus seiner Tasche zog und ihn sich in den Mund steckte. Es war dreist ohne ein Gegenangebot. Aber ich hatte durch die Arbeit mit den Arroganten, Anspruchsvollen, Reichen und Leuten, die in moralischen Grauzonen lebten, gelernt, dass unverschämte Forderungen manchmal funktionierten. Entweder glaubte der Verhandlungspartner, man hatte etwas im Ärmel, hielt einen für einen unterhaltsamen Rebellen, oder die absurde Forderung machte ihn sprachlos. So oder so, es funktionierte oder es funktionierte nicht.

Aber noch nie hatte jemand den Kopf in den Nacken geworfen und schallend gelacht.

„Hübsch und urkomisch. Wenn das nicht ein Gesamtpaket ist!"

Ich zuckte mit den Schultern. Einen Versuch war es wert. „Wenn du das Kopfgeld zurücknimmst, lebst du."

„Du kannst dir das Kopfgeld gern von mir erkaufen, und bekommst dafür" – sein Finger krümmte sich und löste einen schillernden blauen Lichtstoß aus, bevor ein verwittertes, ledergebundenes Buch zum Vorschein kam – „das Black Crest-Grimoire."

„Wie erkaufen wir das Kopfgeld?", fragte Cory.

Dareus' Lächeln wurde breiter, und er sah Harrison direkt an. „Tötet ihn." Die Farbe wich aus Harrisons Gesicht; er hob abwehrend die Hand, bevor er eine Verteidigungshaltung einnahm.

Verdammt! Wie skrupellos muss man selbst als Monster sein, wenn man jemandem direkt ins Gesicht sieht und versucht, jemand anderen davon zu überzeugen, diese Person zu töten?

„Ich werde einen Weg finden, meine Schuld zu begleichen", versprach Harrison.

Dareus winkte ab. „Ich habe keine Verwendung mehr für dich. Mir wäre es lieber, wenn deine Schuld mit deinem Blut beglichen wird."

„Muss es auf eine bestimmte Art und Weise passieren?", fragte Cory.

Mein Kopf schnellte in Corys Richtung, und ich riss geschockt die Augen auf. *Was zum ...? Warum stellst du diese Fragen? Es gibt keinen Grund für eine Frage-und-Antwort-Runde.*

„Ist es in Ordnung, wenn ich ihn in mundgerechte Stücke zerhacke, oder willst du ihn im Ganzen?", erkundigte Cory sich.

Dareus starrte Cory finster an. „Ich würde es vorziehen, ihn im Ganzen zu bekommen. Die Leute wollen dieses Buch, weil die darin enthaltenen Zaubersprüche mächtig sind und kein anderes Buch mehr Wissen enthält. Dadurch wird die Magie, die du jetzt besitzt, einfach und wirkungslos erscheinen. Du willst Wandler kontrollieren? Dafür gibt es einen Zauberspruch. Schatten werfen? Es wird dir zeigen, wie es geht." Dann wanderten seine Augen zu mir. „Einen elbischen Mirra ausführen? Das ist das Buch, das du brauchst. Klipsen-Schutzzauber umgehen oder andere Übernatürliche zwingen? Dieses Buch verschafft dir Zugang zu Magie, die sonst niemand hat. Und alles, was du tun musst, ist, ihn zu töten."

„Aber wenn wir ihn töten, begleichen wir nicht nur seine Schulden, oder?", fragte ich und übernahm die Fragerunde von Cory. Dareus' Gesicht war unbeeindruckt, aber die Verärgerung in seinen Augen war deutlich zu erkennen.

„Wir töten ihn, der Kreis, der dich einschließt, wird gebrochen, und du bekommst einen Körper. Einen Körper, in dem du einst gewohnt hast und mit dem du eine Verbindung hast."

Ich sah, wie der Zorn von seinen Augen auf sein Gesicht wanderte. „Das ist das Problem damit, Wirt eines Dämons zu sein. Mit jedem Mal wird die Verbindung stärker und stärker, und irgendwann musst du dich nicht mehr an die Vereinbarung halten. Du kannst dir den Körper nehmen. Leute, die sich mit Dämonenmagie beschäftigen, wissen das, weshalb man nicht öfter Wirt desselben Dämons sein sollte, nicht wahr?"

Sein Kinn hob sich trotzig und starrte mich wütend an.

„Ist es meine Schuld, dass der menschliche Körper so zerbrechlich ist, dass wir durch ihn keine Magie wirken können?"

„Du benutzt keine menschlichen Körper", bemerkte ich.

Er winkte ab. „Hexen, Magier, Feen, mit Ausnahme ihrer magischen Fähigkeiten sind ihre Körper genauso zerbrechlich wie die von Menschen."

Sie waren nicht zerbrechlich, nur nicht in der Lage, Dämonenmagie zu beherbergen.

„Du warst aus einem bestimmten Grund hier: um dein Mal zu entfernen" – er beugte sich vor und warf mir einen nachdenklichen Blick zu – „aber das ist nicht mehr nötig, oder?", mutmaßte er. Ich gab ihm keinen Anlass für seine Spekulation, aber durch die Art und Weise, wie seine Augen vor Neugier pulsierten, war ich mir sicher, dass er wusste, dass ich jetzt Magie besaß oder sich zumindest etwas an mir verändert hatte.

In seinem magischen Käfig ging er auf und ab und blätterte durch die Seiten des Zauberbuchs. Er drehte das Buch zu uns um. „*Requiro*, ein archaischer Zauber, ahmt einen elbischen Mirra nach und kann von jedem ausgeführt werden: Feen, Magier, Hexen, vielleicht sogar willensstarken Menschen."

Das war es, was die Menschen in die magische Welt lockte. Die Hoffnung, dass sie die Ausnahme waren, dass irgendwann irgendjemand in ihrer Familiengeschichte eine unerlaubte Affäre mit einer Hexe oder einem Magier gehabt hatte und sie schlummernde Magie besaßen. Magie, die darauf wartete, durch den richtigen Zauber, den Kontakt mit der richtigen Person oder das Trinken der richtigen Kräuter aktiviert zu werden. Ich hatte es noch nicht gesehen. Sogar die „Heilzauber", die Hexen verkauften, waren nicht mehr als ein Placebo, auf das die Menschen hereinfielen.

Als ich näherkam, drehte er das Buch, damit ich mir nichts einprägen konnte.

„Hmm. Was gibt es sonst noch hier?", sagte Dareus. „Zauber zum Auflösen von Bindungen, Liebeszauber, *Aeter*, das ist eine alternative Art des Wyndens. Es ist archaisch, aber manchmal sind die alten Zaubersprüche die besten."

Seine Augen glitzerten mit einer Selbstzufriedenheit, die bestätigte, dass mein Gesichtsausdruck mich verraten hatte. Mein Interesse und meine Neugier waren offensichtlich. Cory lief das Wasser im Mund zusammen angesichts der Möglichkeit der Zauber. Sobald wir allein wären, müsste ich ihn daran erinnern, dass ein mächtiger alter Zauber ein Feenwesen befreit und ihn mit den Wandlern in Konflikt gebracht hatte.

„Was für Bindungen?", fragte ich und achtete darauf, gleichgültig zu klingen.

Er drückte sein Gesicht gegen die durchsichtige Barriere, sein Blick war schelmisch und sein Gesicht viel zu ansprechend für ein so böswilliges Wesen. Sein Blick fiel auf das Messer, das an meiner Hüfte steckte. „Es ist voll von so vielen Zaubersprüchen, ich bin mir sicher, dass es einen gibt, der dir zusagt. Schaut nur, dass der Körper unbeschädigt bleibt. Der Kreis wird aufgelöst, und ihr bekommt das Zauberbuch." Er hatte nicht einmal den Anstand, seine Stimme zu senken. Einfach „Hey, morde ein bisschen für mich. Ja, den Typ. Den direkt hinter dir."

Harrison holte scharf Luft. Dann sprudelten Worte aus ihm heraus, eher ein Fluch als eine Anrufung. Dareus schauderte und verschwand immer wieder, während er darum kämpfte, körperlich zu bleiben.

„Ich bin nicht so schwach, wie du zu glauben scheinst, und ich lass mich nicht so leicht töten." Harrison sprach weitere Zaubersprüche, und Diablerie wehte durch den Raum. Ihr charakteristischer dunkler, feuchter, stechender Geruch nahm mir die Luft. Der Zauber fühlte sich an wie Ruß. Ich konnte immer noch Magie riechen und vermutete, dass es eine meiner Gaben war. Aber da ich jetzt meine eigene Magie besaß, war diese Gabe gedämpft. Nichts konnte den Geruch dunkler Magie dämpfen. Und obwohl sie immer noch erdige Noten mit einem Hauch von Zimt hatte, wie die meisten Hexenzauber, war sie unverwechselbar. Diese hier hatte Nuancen, die nicht ganz richtig waren. Einen leicht ranzigen Unterton. Nicht zu verwechseln mit normaler Magie.

Magie breitete sich um Harrisons Finger aus, als wir uns zu ihm umdrehten.

„Wenn du mich anfasst, werde ich dich töten", verkündete er. Er konzentrierte sich auf Cory, der zu viele Fragen zu seiner Tötung gestellt hatte. Corys Lippen verzogen sich nur zu einem spöttischen Lächeln.

„Glaubst du, er kann das?"

Eine tägliche Portion freundschaftlicher Sticheleien und Anspielungen auf sein ausgeprägtes Ego hatten Corys Arroganz kein bisschen gemindert. Auf einer Arroganzskala von 1 (kaum wahrnehmbar) bis 10, wo die Person mit großer Wahrscheinlichkeit nur sich selbst lieben konnte, war er eine solide 7+. Sein Selbstvertrauen in Sachen Magie lag bei 10. Er wusste, wo seine Schwächen lagen und wie er sie kompensieren konnte. Er wusste, dass er eine der geschicktesten Hexen der Welt war. Selbst mit seinem besseren Verständnis von dunkler Magie war er immer noch zuversichtlich, dass er gewinnen könnte, wenn er von jemandem herausgefordert wurde, der sie ausübte. Das zeigte sich in seiner Körperhaltung, seiner beunruhigenden Ruhe und der Unbeschwertheit seines Lächelns. Ich sah es und Harrison spannte sich darunter an.

„Raus hier! Und kommt nicht noch einmal hierher zurück."

Cory schien damit zufrieden zu sein, Harrison in einem Zustand höchster Alarmbereitschaft zu halten, wobei unregelmäßig Magie um seine Finger flirrte und Anspannung und Angst sein Gesicht verzerrten.

Als ich zur Tür hinausging, folgte Cory mir schließlich. Ich stieß ihm mit dem Ellbogen in den Bauch. „Was zum Teufel sollte das mit den mundgerechten Stücken? Und mir hat auch der ‚Wessen Zauberstab ist größer?'-Wettbewerb mit Harrison nicht gefallen."

„Es war nicht einmal ein Wettbewerb. Meiner ist definitiv größer. Er hat schreckliche Angst vor mir, was zeigt, dass dunkle Magie nicht so mächtig ist, wie die meisten Leute glauben."

Er hatte recht. Dunkle Magie schien einfacher zu sein, verlangte dem Benutzer nicht so viel ab, hatte aber Konsequenzen. Harrison benutzte keine dunkle Magie, um Cory abzuwehren, doch jetzt, wo seine normale Magie verdorben war, hatte alles den Anschein und den Geruch dunkler Magie. Er war zu oft zum Brunnen gegangen, und das hatte seine Magie verändert. Es war eine Warnung, die ich an Stacey und Wendy weitergeben wollte, obwohl ich nicht sicher war, ob sie zuhören würden.

„Und du … deine Verhandlungen eingeschlossen … lassen Sie mich sehen … nichts! Im Ernst, das war ganz schön unverfroren. Hey, Dämon, gib mir dein Zauberbuch. Nein, ich werde auf den Verhandlungsteil der Verhandlungen verzichten, weil das mein Modus Operandi ist." Den letzten Teil sagte er mit einer schlechten Imitation meiner Stimme, mit viel zu viel Kopfneigen und Gestikulieren. „Typisch

Erin." Er zog mich in eine seitliche Umarmung und drückte seine Wange an meinen Kopf.

„Ich will das Black Crest-Grimoire", gab ich zu und stieg ins Auto.

„Glaubst du, es ist besser als das Mystic Souls?"

„Ja, denn soweit ich gesehen habe, war es auf Latein und Englisch. Wir müssten uns nicht auf Auslegungen und Annahmen verlassen. Und ich denke, es könnte eines der wenigen Bücher sein, das alternative Elfenmagie, vielleicht sogar Gegenzauber, enthält. Vielleicht kann ich mich damit von Malific befreien."

„Und was dann?"

„Ich weiß nicht."

Ich konnte seinen Blick auf mir spüren, als ich losfuhr.

„Du weißt es nicht, Erin?", drängte er.

Es war die Wahrheit; ich hatte wirklich keine Ahnung. Es gab immer noch diesen widerwilligen Teil in mir, vielleicht einen primitiven Zustand meines Seins, der an der Überzeugung festhielt, dass Familienmitglieder aus keinem anderen Grund als der familiären Bindung Dinge für die Familie taten. Ein unbegründetes und unvernünftiges Gefühl der Verpflichtung, das man sonst nicht hätte. Und dieses nagende Gefühl machte es mir schwer, mich endgültig dazu zu entschließen, meine Mutter zu töten, obwohl ich glaubte, dass sie die gleichen Vorbehalte nicht hatte.

15

Da immer noch ein Kopfgeld auf mich ausgesetzt war, zögerte ich, bevor ich am Tag nach dem Treffen mit Dareus meine Tür öffnete. Obwohl ich dankbar für die Schutzzauber war, die die Jäger angebracht hatten, um zu verhindern, dass irgendjemand eindrang oder meine Tür als Ausgang für den Schleier nutzte, hielt ich mein Karambit dennoch bereit.

Wegen des beunruhigenden Gefühls näherte ich mich der Tür mit einem Messer in der Hand und warf einen Blick auf meine Kette mit dem Faustmesser. Ich bereitete mich auf das Schlimmste vor. Und dennoch war ich noch nicht bereit dafür, dass es Malific war.

„Hallo Tochter", sagte sie durch die Tür, als ich mich weigerte, sie zu öffnen. Die Verachtung in ihrer Stimme schien nachzuklingen. „Mach deiner Mutter die Tür auf."

„Geh weg!"

„Soll ich dich zwingen, rauszukommen?" In ihrer Stimme war nicht die Spur einer Drohung zu hören. Nur eine einfache Absichtserklärung, und ich wusste, dass sie alles tun würde, um mich dazu zu bringen, genau das zu tun. Ich überlegte, ob ich sie zum Handeln zwingen sollte.

Ihr Kopf neigte sich nach rechts, und mein Herz fühlte sich an, als hätte es aufgehört zu schlagen. Ich konnte nicht genug Luft bekommen. Ich riss die Tür auf, als Malific auf Miss Harp zuging, die wie gewohnt die Tür geöffnet und auf den Flur gespäht hatte, um einen Blick auf meine Besucherin zu erhaschen.

Als sie nur noch etwa einen Schritt von ihr entfernt war, drückte ich die Magie so stark in meine Brust, dass ich gegen die Wand prallte. Mein Rücken protestierte, und der Schmerz lief durch meine Rippen. Der plötzliche Ruck ließ mein Herz stolpern. Entschlossenheit machte es leichter, den Schmerz zu akzeptieren, denn was auch immer mir passierte, passierte auch Malific.

„Gehen Sie in Ihre Wohnung, schließen Sie die Tür ab, und kommen Sie nicht heraus, bis ich es Ihnen sage", befahl ich Miss Harp mit zusammengebissenen Zähnen. Mit großen Augen sah Miss Harp erst mich an, dann Malific und schlug die Tür zu. Magie zerrte an meiner Tür, als Malific versuchte, sich zu befreien. Doch bevor sie das schaffte, ließ ich uns los. Ich rannte zu Miss Harps Tür und errichtete einen Schutzwall. Es war ein einfacher, der nicht viel aushielt, aber wenigstens ein Hindernis darstellte.

Ich drehte mich um, riss das Faustmesser von meiner Kette und hielt sie mir an die Kehle. Ihre emotionslosen Augen richteten sich darauf. Ich wollte Angst sehen; sie verweigerte mir das jedoch.

„Du kannst nicht alle retten", sagte sie. „Und wenn ich eines habe, dann ist es Zeit."

„Wenn du darüber nachdenkst, meine Freunde und Familie zu terrorisieren oder zu töten, wird dir das nichts bringen. Denn in der ständigen Angst zu leben, dass du sie mir wegnehmen könntest, ist kein Leben. Nicht lebenswert. Denk daran: Wenn ich sterbe, stirbst auch du." Ich spannte meinen Körper an und drückte die Klinge gegen meinen Hals, sodass sie den Biss der Klinge spüren konnte.

Ich beobachtete sie aufmerksam, während sie sich mit der neuen Erkenntnis zufriedengab, dass ich es für uns beide beenden würde, um meine Freunde und Familie zu retten.

Wenn es ihr Angst machte oder ihr Anlass zum Nachdenken gab, ließ sie es sich nicht anmerken.

„Du hast recht, was ist das für ein Leben?", sagte sie mit leiser, wehmütiger Stimme. Ein Moment des Ennui, den ich nicht erwartet hatte. Mehrere Sekunden lang dachte ich, wir würden einen existenziellen Moment teilen. „Ich habe keine Armee, meine Macht ist begrenzt, und ich muss mich mit einer undankbaren Tochter herumschlagen. Das ist kein Leben, das ich mir selbst ausgesucht hätte, und schon gar nicht das, das zu mir passt."

Hat diese Frau gerade meine verdammte Rede an sich gerissen und den Spieß umgedreht? Eine Narzisstin und ein Soziopath. Du kannst nicht all diese schrecklichen Dinge sein.

Mein Atem stockte, aber ich blieb ruhig, während sie auf mich zukam und mein Gesicht betrachtete. Es war nicht die Art und Weise, wie es eine Mutter tun würde, mit Wertschätzung für Gemeinsamkeiten und unerschütterlicher Zuneigung. Sie suchte nach mehr. Eine Schwäche, die sie ausnutzen könnte? Ähnlichkeit mit Nolan? Einer Möglichkeit, ihre Verachtung mir gegenüber zu lindern?

„Du musstest sterben, damit ich entkommen konnte. Eine wundersame Leistung, die deinen Wert für mich bewiesen hat."

„Oh, herzlichen Dank. Es ist schön zu wissen, dass ich, deine Tochter, einen Wert für dich habe."

Sie ignorierte meine Bemerkung und sagte: „Vielleicht kannst du dasselbe noch einmal tun. Mir für eine gewisse Zeit die Fähigkeit geben, eine weitere Armee zu erschaffen, und ich verspreche, zu gehen und keine Bedrohung mehr für dich und die deinen zu sein."

Selbst wenn ich ihr glaubte und noch einmal sterben könnte, um ihr für kurze Zeit Macht zu verleihen, würde das nicht ausreichen. Den Immortalis war es immer noch verboten, in den Schleier zurückzukehren, und sie würde alles tun, um den Fluch zu brechen, der sie festhielt.

Malifics durchdringende, kastanienbraune Augen betrachteten mich und schienen mein Schweigen als Nachdenken zu interpretieren. Ihr Blick wanderte über die kantigen Linien meines Gesichts; die Ähnlichkeit unserer Züge rief in ihr nicht einmal ansatzweise etwas Mütterliches hervor. Eher das Gegenteil. Antipathie. Und das nicht nur, weil ich ihre Macht geschwächt hatte.

„Wirst du es tun?", fragte sie.

„Nein."

Sie wusste nicht, dass es unmöglich war, es zu wiederholen, und ich empfand eine gewisse Genugtuung in ihrem Glauben, dass ich in der Lage war, ihr die Wiederherstellung ihrer Macht zu verweigern.

„Betrachte es nicht als einen Kompromiss aus Ethik oder Flehen, sondern als die Begleichung deiner Schuld mir gegenüber."

„Schuld?", schnaubte ich. War sie high?

„Ja, Schuld. Die, die entstanden ist, als ich dir Leben gegeben habe, und die, die du dir aufgeladen hast, als die Jäger meine Armee getötet haben. So oder so, du schuldest mir was."

Was zum Teufel? Trotz allem, was ich über sie wusste, war ich auf dieses Ausmaß an bösartigem Narzissmus, Größenwahn und Anspruchsdenken immer noch nicht vorbereitet.

„Was ist mit *deiner* Schuld *mir* gegenüber? Schließlich bin ich der Grund dafür, dass du frei bist", erinnerte ich sie und entschied mich für eine andere Herangehensweise.

„Für unbeabsichtigte Hilfe kann man weder belohnt werden, noch kann man sie als Währung verwenden. Du warst nur ein Werkzeug. Ein Hammer bekommt keine Anerkennung, wenn der Zimmermann die Arbeit erledigt. Meine

Immortalis haben die Arbeit geleistet, während du nur das getan hast, wozu du geboren wurdest: Sterben."

Wir standen uns gegenüber und starrten einander böse an, während die Sekunden verstrichen. Als sie wieder sprach, war ein Teil der Grobheit verschwunden. „Das ist ein Friedensangebot, das ich nicht noch einmal machen werde. Ich gebe dir die Chance, in einer Situation zu überleben, in der du es sonst nicht tun würdest. Ich schlage vor, dass du es annimmst."

„Ich lehne es ab."

Meine Antwort löste einen wütenden Blitz aus, und sie fletschte die Zähne, als ob sie Reißzähne hätte.

„Weißt du, warum du hier nicht als Sieger hervorgehen wirst?"

„Weil ich kein verrücktes Miststück bin?", schlug ich vor.

Diese Beleidigung brachte ein Lächeln auf ihre Lippen. Sie blickte zu Miss Harps Tür, und ich spannte mich an, bereit, mich selbst mit Magie zu zappen, um sie aufzuhalten. „Weil du Schwächen hast, die ich ausnutzen werde. Ich habe keine."

„Ich halte es nicht für eine Schwäche, menschlich zu sein und Gefühle für andere zu haben."

„Du bist mein Kind. Zur Hälfte eine Erzgottheit, und obwohl du mit Elfenblut beschmutzt bist, entstammst du der stärksten und reinsten Blutlinie. Die Götter der Götter und doch lebst du so. Als Dienerin für andere."

„Das ist eine seltsame Behauptung, wenn man bedenkt, dass ich nur deshalb vor dir stehen kann, ohne dass du versuchst, mich zu töten, weil wir durch Elfenmagie miteinander verbunden sind. Magie, die die allmächtige Malific scheinbar nicht brechen kann. Bin ich also durch Elfenblut beschmutzt oder gestärkt? Im Moment sind wir trotz all meinem glorreichen sogenannten Erzgottheitsblut der Gnade der Elfenmagie ausgeliefert. Du kannst das Loben eigener Größe vielleicht ein *bisschen* runterfahren."

Ihre Augen verdunkelten sich mit dem Versprechen von Gewalt. „*Ich* kann Lebewesen mit magischen Fähigkeiten erschaffen, Krieger, die existieren, um mir zu dienen. Ich habe Götter verbannt. Es brauchte eine Armee, um mich aufzuhalten. Ich habe diejenigen besiegt, die gegen Magie immun sind, und sie dazu gezwungen, in Angst vor mir zu leben.”

Ich zuckte bei ihrer Anspielung auf die Wandler zusammen.

„Du hast sie nicht besiegt. Du hast sie *ermordet*, als sie dem Ruf des Mondes gefolgt sind. Du hast gegen alle Regeln des Krieges verstoßen. Du bist eine Betrügerin. Und du hast es nicht getan, um zu überleben. Du hattest nur einen mörderischen Wutanfall, weil sie es gewagt haben, deine Bitte abzulehnen. Das macht dich nicht zu einer edlen Gottheit, sondern zu einem betrügerischen Feigling”, knurrte ich, genauso wütend wie sie.

„Ich bin kein Feigling, Kind. Ich nutze die Schwächen anderer zu meinem Vorteil. Das nenne ich Strategie. Ich werde am ehesten überleben; ich kann nur von einer Sache getötet werden, und die ist stärker als die fast aller anderen. Niemand sollte meine Bitten jemals ablehnen.”

„Oh, tut mir leid, glaubst du wirklich, dass deine magischen Fähigkeiten dich immun gegen genau die Dinge machen, die jeder tun muss?”

„Ja.” Der Zorn war aus ihrer Stimme verschwunden, und ihre Antwort war ein selbstbewusstes Flüstern. „Dieser dumme, perverse Glaube an Gleichheit ist ignorant. Ich bin eine Erzgottheit. Mein Blut ist stark, meine Magie nahezu grenzenlos. Nein, ich habe nicht das Gefühl, dass ich wie alle anderen behandelt werden sollte, weil ich nicht wie alle anderen bin. Ich sorge dafür, dass niemand etwas anderes glaubt. Ich werde im Schleier herrschen. Vielleicht auch hier. Meine Armee wird aus anderen Göttern bestehen und meine Dienerschaft aus Hexen, Magiern und Wandlern.” Sie fletschte erneut die Zähne. „Ich werde meinen Spaß damit haben, die Elfen zu vernichten. Sobald wir nicht mehr gebunden sind, mein Halbblut-Kind, wirst du die Erste sein."

Ich schnaubte. Ihre Unverfrorenheit war erstaunlich. „Halbblut? Deinetwegen bin ich hier!"

„Genau, aber das war nicht mein Wunsch für dich. Mein Plan war es, dir den Tod zu schenken, um mich zu befreien. Dir einen Zweck zu geben, der weitaus passender ist als das, was du jetzt bist."

Ich schlug sie mit aller Kraft, die ich aufbringen konnte, akzeptierte den Schmerz in meinem Gesicht und überwand ihn, weil mich befriedigte, dass es ihr genauso wehtat. Die kühle Brise ihrer Heilmagie erlaubte keinem von uns, den Schmerz lange zu spüren. Aber es tat gut zu wissen, dass der Schlag wehgetan hatte, wenn auch nur für einen Moment.

Ihr Lachen war freudlos, dunkel und bedrohlich. „Was für ein erbärmliches letztes Aufbäumen von jemandem, dem der Tod bevorsteht. Du hast mein freundliches Angebot abgelehnt. Löse die Bindung zwischen uns, sonst töte ich deine Freunde. Einen nach dem anderen, vor dir." Ihr Blick wanderte wieder zu Miss Harps Tür.

Meine Adoptivmutter hatte mir nie erlaubt, das Wort Hass zu verwenden. Sie konnte es nicht leiden. In ihrer idealistischen Weltanschauung glaubte sie, selbst mit mir als Tochter, die auf dieser grauen Linie balancierte und eine Sucht nach Magie hatte, dass die Menschen „eine große Ablehnung" etwas oder jemandem gegenüber empfinden konnten, aber nie hassten. Sie hatte sich geirrt. Ich *hasste* Malific. Ich hasste sie für ihre lebenslange Gefühllosigkeit, ihre Grausamkeit, ihre Unverschämtheit, ihr Anspruchsdenken. Und ich hasste sie am meisten dafür, dass sie mich dazu zwang, die Person zu werden, die ich sein musste, um sie zu besiegen.

Das Feuer meines Hasses musste mir ins Gesicht geschrieben gewesen sein, denn sie richtete sich auf, und ihr

Gesicht strahlte mit der Freude einer Kriegerin, der ein guter Kampf bevorstand. Und anstatt den Hals einzuziehen, begrüßte sie ihn.

Ich hasste sie.

„Elizabeth hatte recht, was dich angeht", sagte ich. „Ich bin ziemlich intelligent, und das wird ein Nachteil für dich sein."

Sosehr ich es auch wollte, ich war mir nicht sicher, ob ich die Person werden konnte, die ich sein musste, um sie zu besiegen.

Es war, als hätte sie meine Gedanken gelesen. Sie warf einen weiteren Blick auf Miss Harps Tür. „Sie werde ich zuerst töten."

„Denk an das, was ich gesagt habe. Wenn du jemandem wehtust, der mir am Herzen liegt, musst du dir keine Sorgen machen, ob wir je nicht mehr aneinander gebunden sein werden. Ich werde uns beiden den Garaus machen."

Ein langsames Lächeln erschien auf ihren Lippen, und ich fragte mich, ob es eine stillschweigende Vereinbarung oder eine Herausforderung war. Sie wandte sich ab und ging, als wäre ich belanglos.

Ich verachtete sie mit einer abscheulichen Wut, die sich nicht länger in meinem Körper einsperren ließ.

Ich marschierte zu meiner Wohnung, schloss die Tür und ließ die Magie aus mir herausströmen, und als ich fertig war, sah meine Wohnung aus, als hätte in ihr ein Tornado getobt.

16

Das war nicht hilfreich, dachte ich, als ich den Blick über die Trümmer meiner Wohnung schweifen ließ. Ich musste etwas Konstruktiveres tun. Mein Hals schnürte sich zu, und mein Herz klopfte unregelmäßig. Miss Harp hätte verletzt werden können, oder Schlimmeres. Meine Hände waren feucht, als ich mein Handy fand.

„Was ist?", fragte Asher.

„Du musst Miss Harp hier rausholen. Sie an einen sicheren Ort bringen." Ich konnte die Panik in meiner Stimme nicht unterdrücken.

„Okay. Was ist passiert?"

Als ich mich an die Begegnung mit meiner Mutter erinnerte, kamen alle Gefühle – Angst, Wut, Furcht und Abscheu – wieder zum Vorschein.

„Sie wird nicht freiwillig mit mir kommen", sagte er.

„Dann tu alles, was nötig ist, um sie hier wegzubringen. Sie kann nicht hier bleiben."

„Willst du, dass ich sie entführe?", fragte er mit Belustigung und Schock in seiner Stimme. Als ich hörte, wie eine Autotür zufiel und sich die Hintergrundgeräusche veränderten, entspannte sich meine geballte Faust. Meine Nägel hatten halbmondförmige Spuren in meiner Handfläche hinterlassen.

„Nein … na ja … ähm, vielleicht eine weite Auslegung? Aber nur, wenn es nötig ist. Mir wäre es lieber, wenn sie freiwillig geht. Überrede sie. Benutz deinen angeblichen Charme, von dem du ständig redest."

„Ich versichere dir, da ist nichts Angebliches dran", sagte er mit leiser, tiefer, seidenweicher Stimme. „Ich bin in einer Viertelstunde da."

Wenn er zu Hause war, war er mehr als zwanzig Meilen entfernt. „Großartig. Die Polizeiflotte, die dich wegen Geschwindigkeitsüberschreitung verfolgen wird, könnte sich als nützlich erweisen. Vielleicht können sie helfen, sie davon zu überzeugen, zu gehen."

Sein leises Lachen war alles, was ich hörte, bevor das Gespräch endete.

<hr>

„Evelyn." Ich öffnete die Tür einen Spalt, um besser hören zu können, wie Asher versuchte, Miss Harp zu überreden. „Machen Sie die Tür auf", brachte er in einem Ton heraus, der sowohl sanft als auch befehlend war.

„Wirst du versuchen, mich zum Gehen zu bewegen?", bellte sie durch die Tür zurück.

„Wir haben das besprochen, als ich angerufen habe. Evelyn, lassen Sie mich rein!"

„Nicht, wenn ich gehen muss."

„Evelyn, Sie müssen mit mir kommen!"

„Nein, mir geht's gut hier, und ich weigere mich, mich aus meiner Wohnung vertreiben zu lassen."

„Es geht nicht ums Vertreiben. Es geht darum, dafür zu sorgen, dass Sie sicher sind. Wir führen diese Debatte nicht noch einmal. Das ist nicht einmal eine Frage. Sie werden mit mir kommen."

„Und wenn nicht? Was genau willst du tun? Die Tür aufbrechen wie ein Barbar oder so?"

Hörte ich mich so an, wenn ich ihn herausforderte? Ich vermutete, dass ich nicht weit weg war.

„Ja, Evelyn, genau das werde ich tun. Keiner von uns will das, aber wenn Sie die Tür nicht aufmachen, lassen Sie mir nicht viele Möglichkeiten."

Ich wagte gerade noch rechtzeitig einen Blick aus meiner Tür, um zu sehen, wie sie ihre öffnete. „Manchmal kannst du ganz schön herrisch sein", tadelte sie, und dann flog ihr Blick in meine Richtung. Der kalte Vorwurf in ihren Augen veranlasste mich, schnell die Tür zu schließen und mich mit dem Rücken dagegen zu lehnen.

Was zum Teufel? Ich verstecke mich ernsthaft vor einer gereizten Siebzigjährigen?

Ich stieß mich von der Tür ab und ging zu ihrer Wohnung. Ich dachte, Asher würde wahrscheinlich etwas Hilfe brauchen, um sie davon zu überzeugen, ohne Gewalt zu gehen. Zumindest könnte es sie zugänglicher machen, wenn sie die Gelegenheit bekam, mich zu schelten.

Bevor ich eintrat, klopfte ich kurz an die angelehnte Tür und fand Miss Harp mit in die Hüften gestemmten Händen und trotzig zusammengebissenen Zähnen. Ihr Blick wanderte von mir zu dem Stock, der in der Ecke lehnte. Ich war sicherer, als ich sein wollte, dass entweder Asher oder ich, oder vielleicht beide, gleich den Stock zu spüren bekommen würden.

„Evelyn, das steht nicht zur Debatte. Packen Sie eine Tasche!"

Es war der Befehlston. Er wirkte so natürlich, dass es jemandes ganze Kraft erforderte, sich nicht zu unterwerfen. Wandler besaßen keine andere Magie als die, die zum Wandeln nötig war. Ashers Befehl und die Wucht dahinter, von der ich sicher war, dass sie den Angehörigen seines Rudels vorbehalten war, sorgten dafür, dass ich mir auf die

Wange biss, damit ich nicht in meine Wohnung ging und meine eigene Tasche packte. War es ein Zwang, wie bei den Vampiren? Die Unwiderstehlichkeit des Befehls fühlte sich wie subtiler Zwang an. Er verlangte Gehorsam, drängte zur Kapitulation.

Miss Harp wollte nicht kampflos aufgeben, aber Asher würde nicht mit sich streiten lassen. Sie würde nachgeben. Seine Miene war unleserlich, doch seine Haltung war dominant. Sie würde ihren Koffer packen und mit ihm gehen. Keine Frage.

„Sich um seine eigenen Angelegenheiten zu kümmern scheint eine verlorene Kunst zu sein", sagte sie und warf mir einen finsteren Blick zu.

Sie müssen es ja wissen.

Ich war mir nicht sicher, ob sie sich der Scheinheiligkeit ihrer Worte nicht bewusst war oder ob sie sie dreist ignorierte. Was auch immer es war, ich starrte sie mit großen Augen an

„Tut mir leid, was bitte?", stammelte ich und wollte, dass sie es wiederholte, in der Hoffnung, dass sie sich der Heuchelei bewusst wurde.

„Das sollte es auch. Es war nicht an Ihnen, zu petzen." Als sie sich umdrehte, feuerte sie eine Abschiedssalve. „Oder vielleicht doch. Schließlich war die Frau ihretwegen da, nicht meinetwegen."

Sie ging davon, ein selbstbewusster Schwung in ihrem Schritt, weil sie ganz genau wusste, was sie getan hatte.

„Du solltest auch deine Sachen packen, damit wir nicht warten müssen", sagte Asher sachlich und drehte sich zu mir um. Es war kein Befehl oder gar eine Bitte. Eine einfache Feststellung, als hätte ich kein Mitspracherecht. Ich straffte meine Haltung, die Arme vor der Brust verschränkt, die Zähne trotzig aufeinandergebissen. *Verdammt, ich bin Miss Harp Light.* Nur ohne die Jahrzehnte, um die Pose zu perfektionieren.

„Asher, ich weiß zu schätzen …"

„Spar dir die Rede, Erin. Du hattest verdammt Angst, als du angerufen hast. Ich habe es gehört. Wenn ich neben dir stehe, kann ich es spüren. Warum es ihr leicht machen, hierher zurückzukommen und dir wehzutun?"

„Die Gefahr, dass sie mich umbringt, besteht nicht. Wenn sie mir wehtut, leidet sie genauso."

Er kam näher und musterte mich mit einer scharfsinnigen Intensität, die mir das Gefühl gab, als hätte ich meine Geheimnisse preisgegeben.

„Aber sie hat es getan, ohne Rücksicht darauf, oder?"

Ich wandte meinen Blick von ihm ab und beschloss, nicht zu antworten. Er würde die Wahrheit erfahren. Warum unnötigerweise noch mehr Lügen erzählen?

Ich nickte. „Ich denke, sie und ich sind uns einig."

„Hmm. Inwiefern?"

„Ein Waffenstillstand." Ich nahm mir die Freiheit, zu interpretieren, was Malifics Abschiedslächeln bedeutete. Ich beschloss, es als eine stillschweigende Vereinbarung eines Waffenstillstands auszulegen.

„Nichts von dem, was du mir gesagt hast, lässt mich glauben, dass es einen Waffenstillstand gibt. Wenn du wirklich so denken würdest, hättest du mich nicht angerufen, damit ich Evelyn hole." Er kam näher und legte seine Hand auf meine Taille. Wärme strahlte von seiner Berührung aus. „Sei ehrlich zu mir."

„Ich kann mich nirgendwo verkriechen oder verstecken, Asher. Ich muss an einem Ort sein, an dem Nolan oder Elizabeth mit mir Kontakt aufnehmen können." Ich hatte gehofft, dass sie es tun würden. „Wenn das nicht geschieht, muss ich proaktiv einen Weg finden, die Bindung aufzuheben. Ich will sie genauso wenig wie sie", gab ich zu.

Nach einigen Minuten des Nachdenkens nickte er widerstrebend. „Wirst du mich auf dem Laufenden halten? Ich will es sofort wissen, wenn du frei bist." Das war nicht nur Ashers

Selbstvertrauen; das war die Aufforderung eines Mannes mit Hintergedanken.

„Warum?"

„Ich vermute, du hast vor, die Sache einfach zu Ende zu bringen, richtig?"

Mir wurde klar, dass ich nicht viele Möglichkeiten hatte. Ich müsste die Sache zwischen mir und Malific beenden. Und es gab nur einen Weg, das zu tun.

„Wenn du keinen Erfolg hast, sorge ich dafür, dass es kein völliger Misserfolg ist."

Kann ich ein Drittel dieses Selbstvertrauens aufbauen?

„Es ist nicht so leicht –"

„Weil sie eine Göttin ist, wie Mephisto und die anderen, mit denen er sich umgibt?" Sein Grinsen wurde von hochgezogenen Brauen begleitet.

Als ich auf meine Unterlippe biss, wurde mir klar, dass es sinnlos war, es zu leugnen. Aus etwaigen Lügenversuchen würde er mehr Informationen ziehen. „Malific lässt sich nicht leicht töten."

„Das geht schon – mit einer Obitus-Klinge, die aus Praseodym und ein bisschen Silber besteht. Ich vermute, dass es mit jedem Metall gemischt werden kann, um eine Waffe herzustellen. Die Symbole auf der Klinge sind nicht magisch. Sie identifizieren sie lediglich als derartige Waffen."

Mein Mund bildete ein kleines O, als ich die Hand davor hob. Es ließ sich nicht vermeiden, dass ich meine Überraschung zeigte.

Er trat ein paar Schritte zurück, und mir wurde die Kühle im Raum bewusst. Ich vermisste die Wärme seines Körpers.

„Du hast eins, nicht wahr?"

„Ein Schwert." Sein Lächeln verwandelte sich in ein wölfisches Grinsen. „Erin, musst du mich immer noch unterschätzen? Ich bin ein einfallsreicher Mann."

Er mochte einfallsreich sein, aber es würde den Zauber, der auf den Leuten aus dem Schleier lag, nicht außer Kraft setzen. Er würde seine Magie verlieren, wenn er sie tötete. Seine Fähigkeit, sich zu wandeln. Ich musste dafür sorgen, dass ich diejenige war, die Malific aufhielt. Bevor ich ihn daran erinnern konnte, drehte er sich um, da Miss Harp sich näherte. Sie war gereizt, als sie ihr gepacktes Gepäck aus dem Zimmer zog und es vor Asher abstellte, begleitet von einem bösen Blick. Dann marschierte sie zurück in ihr Zimmer und kam mit einem weiteren Stock, der mit hübschen bunten Blumen geschmückt war – schicker als der, den sie normalerweise benutzte – und einem Kleidersack heraus, den sie Asher in die Hand drückte, während sie die ganze Zeit vor sich hin murmelte.

Da sie keinen Stock brauchte, hatte ich keine Ahnung, warum sie zwei hatte. Aber sie würde in Sicherheit sein, und das war meine einzige Sorge.

„Ich habe Pläne für Freitag, und nur weil sie" – sie zeigte auf mich, als wüssten wir nicht, wer das Ziel ihrer Empörung war – „es nicht schafft, die Wohnung zu verlassen, ohne sich Ärger einzuhandeln, heißt das nicht, dass ich sie absagen werde. Ich bin mir sicher, dass das Problem mit den Männern zu tun hat, die neulich zu Besuch waren."

„Wir werden sehen", sagte Asher. Ich verdrehte die Augen und stöhnte, als Asher die schlechteste Antwort gab. War das ein Alpha-Reflex? Ihre Gereiztheit brachte ihn dazu, seine Dominanz demonstrieren zu wollen?

„Wir werden sehen?", keifte Miss Harp zurück.

Jemand ist in Schwierigkeiten.

Sie war direkt auf ihn zugelaufen. „Nein, ich gehe. Ich habe mir ein neues Kleid gekauft und möchte den Abend genießen", sagte sie.

Der Balsam seines ruhigen Selbstvertrauens schien die Temperatur um mehrere Grad zu senken. Das Selbstvertrauen, das einen Raum beherrschte, und diese subtile Warnung, sich nicht mit ihm anzulegen. Bei Interviews war es deutlich zu erkennen, vor allem dann, wenn ein ehrgeiziger und mürrischer Interviewer beschloss, etwas Unhöfliches oder Herabsetzendes über Wandler zu sagen. Ein Blick, der Bände sprach, ihn zum Schweigen brachte und zwang, ihren Kommentar schnell umzuformulieren.

Sogar Miss Harp, die sich offenbar keinen sozialen Normen zu unterwerfen schien, die mir bekannt waren, geriet unter dieser frostigen Stimmung ins Wanken. „Ich bin mir sicher, dass ich sicher sein werde. Erin?" Sie wies mir die Aufgabe zu, ihren Fall zu plädieren.

„Sie hat ein Date", sagte ich. „Um ihre Sicherheit musst du dir keine Sorgen machen."

„Ein Date? Mit wem?"

Das ist ein wirklich schöner Moment für mich. Absolut köstlich. „Landon."

Der Schock ließ sich auf seinem Gesicht nieder, und so sehr er auch versuchte, ihn zu verbergen, blieb er dort hängen. Starr.

Er war sprachlos. Mr. Alpha. Mr. Ich-habe-alles-unter-Kontrolle. Mr. Hör-auf-mich-sonst hatte es tatsächlich die Sprache verschlagen. Mein Leben glich einem Feuer in einem Müllcontainer, aber ich nahm mir einen Moment Zeit, um seine Reaktion zu genießen.

„Sie hat ein Date mit Landon", wiederholte ich. Ich bin noch nie so übermütig gewesen. Es war ein seltsames Gefühl.

„Wa... was?"

Ich stellte mich direkt vor ihn. „Miss Evelyn Harp hat ein Date mit Landon Mikaelson, dem Vampir, dem amtierenden Meister der Stadt." Ich sprach langsam, damit er es sich auf der Zunge zergehen lassen konnte, oder wahrscheinlich eher ich. Nein, definitiv ich, denn sein Schock machte Verwirrung Platz und kehrte schnell wieder zum Schock zurück. „Es ist der Inbegriff einer Mai-/Dezember-Romanze, und er ist der Winterfuchs darin."

Ich war mir nicht sicher, ob neugierige, faltige ältere Damen Landons Herz höher schlagen ließen, ob er meine

Herausforderung angenommen hatte oder einfach nur nett war, doch Miss Harp war am Freitag sein Date, und sie schien sich sehr darauf zu freuen.

Asher fuhr sich mehrmals mit den Händen durchs Haar und zerzauste die kastanienbraunen Wellen.

„Ich habe das Gefühl, dass ich mehr Informationen haben sollte, aber ich will keine", gab er zu.

„Bei ihm wird es ihr gut gehen", versicherte ich ihm. Als ich mich zur Tür zurückbewegte, trat er näher an mich heran und schloss seine Hand um mein Handgelenk.

„Bist du sicher, dass du nicht mit mir kommen willst?", fragte er.

„Ich bin sicher. Aber ich möchte dich um einen Gefallen bitten."

„Natürlich."

„Kannst du zurückkommen, wenn Miss Harp sich eingerichtet hat? Ich muss ein paar Zaubersprüche an dir ausprobieren."

„Zauber wirken bei mir nicht", erinnerte er mich verwirrt.

„Nein, es sind Zaubersprüche, die ich an mir selbst ausführe, aber ich muss testen, ob Wandler sie nicht durchschauen können."

Ich war mir sicher, dass er weitere Erklärungen wollte, doch auch wenn er sie nicht bekam, stimmte er zu.

17

Als Asher zurückkam, erklärte ich ihm die Zaubersprüche, die ich gelernt hatte, ließ aber den Teil, dass ich sie schon mit den Jägern ausprobiert hatte, aus. Während ich ihm einen Überblick verschaffte, neigte er kaum merklich den Kopf, bevor er seine Augen zusammenkniff und mich damit fixierte.

„Was verschweigst du mir?", fragte er.

„Ich bin mir nicht sicher. Ich weiß, dass ich dir gesagt habe, du sollst aufhören, an mir zu riechen, auf Veränderungen in meinem Körper zu lauschen, einschließlich meiner Stimme, und aufhören, mich zur Rede zu stellen, wenn ich eine winzige Notlüge erzähle."

„Du meinst Lüge. Stell es nicht so harmlos hin." Seine Lippen verzogen sich zu einem Lächeln. „Du sagst mir etwas nicht. Was ist es?"

„Nichts."

Er kam näher, bis auf wenige Zentimeter. Ich konnte die Hitze seines Körpers spüren, die warme Brise seines Atems, die über meine Lippen strich. „Sag' es mir", flüsterte er.

„Es gibt nichts zu sagen."

„Ah, dann hat es was mit Mephisto und vielleicht den Männern zu tun, die vor ein paar Tagen hier waren."

„Männer? Sicherlich hat Miss Harp dir ihre Namen gegeben. Sie wird schlampig", neckte ich.

„Kai. Simeon. Clayton." Als ich schwieg, sagte er: „Versuchst du, nicht zu bestätigen, was sie sind, und bist deshalb so angespannt? Etwas stimmt ganz und gar nicht mit dir." Er behielt mich prüfend im Auge. „In dem Moment, als ich dir gesagt habe, dass ich vermute, dass sie Götter sind, hat deine Reaktion es bestätigt. Oder gibt es noch mehr, was du mir nicht sagst?"

Ich behielt einen ausdruckslosen Gesichtsausdruck bei. „Wirst du mir helfen oder nicht? Du musst mir nur sagen, ob du mich während eines Tarnzaubers finden kannst."

Ich schlüpfte aus meinen Schuhen und flüsterte die Worte für den Zauberspruch. Da ich mir Kais Kritik bewusst war, ging ich auf Zehenspitzen auf die andere Seite des Raumes, an eine Stelle außerhalb des zweiten Schlafzimmers, das ich in einen Meditationsraum umgewandelt hatte. Weit genug entfernt, dass er suchen musste, doch ich konnte ihn beobachten. Es war ein gutes Zeichen, dass seine Augen mich nicht verfolgten, als ich mich bewegte. Er schloss die Augen, atmete die Luft ein, ging langsam durch den Raum und kam dann auf mich zu. Ich holte tief Luft und blieb regungslos. Er beugte sich vor und küsste meine Nasenspitze. Dann fand seine Hand meine Taille und blieb darauf liegen.

„Hab' dich", flüsterte er.

„Aber du konntest mich nicht sehen, oder? Als ich mich bewegt habe, hast du mich nicht gesehen?"

Er schüttelte den Kopf. Ich ließ den Zauber fallen.

„Ich habe dich durch deinen Geruch gefunden. Wenn kein Wandler beteiligt ist, findet dich niemand. Wenn einer —"

Er brach ab, und ein paar Augenblicke lang herrschte nachdenkliche Stille, bevor er sich entschuldigte. Ich dachte, sein Handy vibrierte, oder er hätte ein Geräusch gehört. Er war fast zehn Minuten weg, was mir genug Zeit gab, mich auf den *adligatura*-Zauber vorzubereiten.

Als Asher zurückkam, zog er einen kleinen Beutel aus seiner Tasche und legte ihn mir in die Hand. „Menaden. Es ist eine Hybridpflanze. Du wirst keine Zutaten finden, um sie zu replizieren, und ich kenne nur eine Hexe, die es machen kann."

Ich öffnete den Beutel, betrachtete das salbeigrüne Pulver und schnupperte daran.

„Frag nicht nach dem Namen der Hexe, und wenn du jemals herausfindest, wer sie ist, wird sie leugnen, es hergestellt zu haben. Das ist die Vereinbarung, die ich mit ihr habe. Benutze es, und kein Wandler wird dich anhand des Geruchs finden. Du brauchst nicht viel davon. Verteil es auf deinem Körper. Selbst wenn du nicht alles damit erfasst, wird ihre Geruchswahrnehmung so stark beeinträchtigt, dass es selbst für die besten Tracker nahezu unmöglich sein wird, dich aufzuspüren."

Ich lächelte. „Ich werde kein Wort darüber verlieren", versprach ich. Ich drückte seine Hand, bevor ich den Beutel in mein Schlafzimmer brachte. Asher studierte meinen *adligatura*.

„Es dient der Neutralisierung von Magie", erklärte ich. Ich strich mit den Fingern durch meine fliegenden Haare und erklärte, was der Zauber bewirkte und dass ich ihn erfolgreich an Cory und Madison getestet hatte. Ich fühlte mich immer noch verpflichtet, Mephisto nicht zu erwähnen, da ich Ashers Spekulationen nicht weiter untermauern wollte. Und das war alles, was sie im Moment waren, obwohl er glaubte, dass meine Reaktion es bestätigt hatte. Ich zögerte, bevor ich fragte. „Ich weiß ... du hast schon so viel getan ..." Meine Finger spielten nervös mit meinem Pferdeschwanz und dann mit meiner Kette mit dem Faustmesser.

Sorge trat in seine Augen. „Was ist?"

„Ich habe das Gefühl, dass ich im Moment verdammt viel von dir verlange."

Er grunzte amüsiert. „Erin, ich würde gern glauben, dass unsere Beziehung jetzt eine andere ist. Du hast etwas ganz Einzigartiges für mich und mein Rudel getan. Ich stehe in deiner Schuld. Was brauchst du?"

„Ich möchte nicht, dass es hier um Schulden geht. Ich habe etwas richtiggestellt, an dessen Entstehung ich beteiligt war." Technisch gesehen war ich es nicht gewesen, es war Cory, doch ich war per Assoziation verantwortlich und hatte es korrigieren wollen. Und nachdem ich die Angst und Hoffnungslosigkeit in Ashers Gesicht gesehen hatte, hatte ich tun müssen, was ich konnte.

„Okay, keine Schulden. Ich möchte helfen, weil es mir Spaß macht, dir zu helfen", sagte er mit einem schiefen Lächeln.

„Ich würde gern sehen, ob der *adligatura*-Zauber gegen Wandler wirksam ist. Ich würde ihn niemals gegen deine verwenden. Auf keinen Fall. Das ist mein Versprechen an dich, aber Malific hat Wandler aus dem Schleier benutzt und …"

„Keine weiteren Erklärungen nötig", sagte er mit einem Nicken und streifte sein Jackett ab. Er legte es über die Armlehne des Sofas und begann, die Manschetten seiner Ärmel aufzuknöpfen. Als er sein Hemd fast ganz aufgeknöpft hatte, wandte ich meinen Blick von seinen Bauchmuskeln ab und behielt ihn entschlossen auf Höhe seines Gesichts.

Egal, wie oft ich sah, wie natürlich Wandler mit Nacktheit und wahllosem Ausziehen umgingen, es war immer noch schockierend. Wenn man mit bissigen Bemerkungen oder mit Ermahnungen reagierte, erntete man einen ausdruckslosen oder sogar vernichtenden Blick, als ob man derjenige war, der den Fauxpas begeht oder gegen diverse Regeln des Anstands verstieß. Als ob nicht sie diejenigen waren, die alles raushängen ließen und vor einem standen, als wäre das vollkommen normal. Ich habe Asher einmal danach gefragt, und er hat nur gesagt, dass alle nackt geboren werden und es nur wegen der prüden Überzeugungen der Menschen eine große Sache sei. „Der Körper ist nicht sexuell, bis man sich dazu entschließt. Warum sollten wir uns durch das, was andere getan haben, belasten lassen?"

Selbst mit diesem Wissen konnte ich nicht anders. „Was machst du?"

Er zog die Augenbrauen hoch und schmunzelte amüsiert. „Du willst sehen, ob dein Kreis mich daran hindern kann, mich in einen Wolf zu verwandeln, was bedeutet, dass ich versuchen soll, zu wandeln, oder? Du weißt, dass unsere Kleidung zerreißt, wenn wir es tun. Schlägst du vor, dass ich einen Brioni-Anzug zerreiße, weil du meinen nackten Hintern nicht sehen willst? Außerdem ist es ein schöner Anzug. Mitternachtsblau steht mir wirklich gut." Er zwinkerte, dann zog er sein Hemd aus und enthüllte seine wohlgeformte Brust, definierte Bauchmuskeln und Arme. Sein Grinsen schien zu sagen: „Gern geschehen." Er lachte schallend, als ich ihm den Rücken zuwandte.

Ich wiederholte Ashers Feststellung: *Der Körper ist nicht sexuell, bis man sich dazu entschließt. Es ist nur ein Körper.* Aber alles an seinem Körper schrie nach rohem, hemmungslosem, animalischem Sex. Daher war es schwierig, es nur als Körper zu betrachten. Mein Kampf blieb nicht unbemerkt.

„Wenn du fertig bist, stell dich einfach in den Kreis." Ich war immer noch von ihm abgewandt, sagte den Zauberspruch und wartete. Es waren mehrere Minuten vergangen, als mich ein riesiger Wolf anstieß. Einen Wandler zu streicheln, als wären sie Hunde, kam nie gut an, aber aus Gewohnheit strich ich mit der Hand über sein weiches Fell. Reflexartig stieß er einen unheilvollen Laut aus. Ich setzte mich enttäuscht auf den Boden.

„Nun, wenigstens habe ich den Tarnzauber." Es war nicht mein begrenztes Arsenal an Magie, das mich beunruhigte, sondern dass ich das Ausmaß von Malifics Magie oder ihrer Anhänger nicht kannte, falls sie noch welche hatte.

Der Wolf kam näher und legte seinen Kopf in meinen Schoß, und wir verharrten in geselliger Stille so. Es war schwierig, eine Strategie festzulegen, wenn es so viele Unbekannte gab. Nicht nur Malifics Magie war ein Rätsel, sondern auch ihre Verbündeten.

Asher nahm wieder seine menschliche Gestalt an. „Du solltest mit mir kommen, und ich werde Nolan finden oder einen Weg, mit ihm Kontakt aufzunehmen. Ich vertraue nicht darauf, dass sie dir nichts tun wird", sagte er, als er sich wieder anzog.

„Oh, ich bin sicher, dass sie es nochmal versuchen wird. Aber sie kann mir nicht antun, was sie selbst nicht ertragen kann", sagte ich mit gespielter Selbstsicherheit. Malific war eine Sadistin und würde den Schmerz ertragen, wenn sie anderen mehr zufügen konnte. Aber ich durfte mir nicht den Kopf darüber zerbrechen.

Das Maß an Tapferkeit und Selbstsicherheit, das ich demonstrierte, änderte nichts an Ashers besorgtem Gesichtsausdruck.

„Wenn du auch nur darüber nachdenkst, mich wie Miss Harp zu entführen, vergiss es. Sofort. Ich bin nicht so umgänglich wie Miss Harp. Ich beiße." Ich grinste ihn an.

Er bückte sich, bis unsere Augen auf gleicher Höhe waren. „Ich auch", sagte er mit leiser Stimme. Er biss spielerisch in mein Ohrläppchen und sprang außer Reichweite, als ich nach ihm schlug. Er wäre nicht Asher, wenn er nicht etwas tun würde, um mich zu provozieren.

„Pass auf dich auf, Erin." Er drückte meinen Arm, bevor er ging, zögerte aber an der Tür. Er dachte noch einmal an das Entführungsszenario; ich wusste es einfach.

„Du willst mich nicht gegen meinen Willen mitnehmen", warnte ich. „Ich kämpfe mit harten Bandagen, wenn ich muss. Ich trete Männern in den Schritt, schlage Frauen auf die Brüste, bohre Finger in die Augen, ziehe an den Haaren und reiße Extensions heraus. Es wäre kein Spaß, mich in dein Auto zu bringen. Und ich bin immun gegen deinen angeblichen Charme."

Er unterdrückte den animalischen Impuls, der in seinen Augen aufflackerte, und biss auf meine beiläufige Herausforderung hin die Zähne aufeinander. „Ich bin nur einen Anruf entfernt", erinnerte er mich.

18

Nachdem ich am nächsten Morgen aufgewacht war, mein Gesicht gewaschen und meine Zähne geputzt hatte, ging ich in die Küche, um eine dringend benötigte Tasse Kaffee zu kochen. Ich wusste, dass es ein Tag werden würde, der eine große Tasse starken Kaffees erforderte, also holte ich meinen besten dunklen Röstkaffee heraus und brühte eine Kanne auf.

Ich trank einen großen, genussvollen Schluck, ging zu meiner Wohnungstür und öffnete sie, vorbereitet auf das, was mich dort erwarten könnte. Und ich hatte mich nicht geirrt. Der pferdegroße Wolf, den Asher schon einmal geschickt hatte, lag ausgestreckt vor meiner Tür.

„Guten Morgen. Möchtest du einen Kaffee?", fragte ich und hob meine Tasse.

Das riesige Tier nickte, streckte sich aus, bevor es einen kleinen Beutel mit Kordelzug zwischen die Zähne nahm und in meine Wohnung trottete. Er ließ die Tasche fallen und wandelte mit einer flüssigen Bewegung, die mich in Staunen versetzte, egal, wie oft ich sie sah. In einem Moment sah ich einen Wolf an, im nächsten einen Mann. Einen großen, schlanken, *nackten* Mann, der nicht den Anstand besaß, seine

Kronjuwelen zu bedecken oder sich zumindest von mir abzuwenden, bevor er sich streckte und seine menschliche Gestalt annahm.

„Badezimmer?" Seine Stimme war rau und ein überraschend tiefer Bariton.

Ich wandte den Blick ab und zeigte geradeaus. Er streckte sich erneut und rollte seinen Nacken und seine Schultern, um die Verspannungen zu lösen.

Es ist nur ein nackter Körper und hängende Teile. Das ist nicht seltsam. Nein, scheiß drauf. Asher ist im Unrecht. Scham sollte es geben. Scham ist gut. Deck deine runterhängenden Teile ab.

Bevor ich ihn dazu auffordern konnte, bewegte er sich mit der Geschmeidigkeit eines Raubtiers und verschwand im Bad.

Zehn Minuten später tauchte er in Jogginghose und einem weißen T-Shirt wieder auf. Sein rötlich-braunes Haar war zerzaust, seine Haut war zart gebräunt mit einer leichten Röte entlang seiner in Stein gemeißelten Wangen. Die goldbraune Farbe seiner Augen veränderte sich je nach Lichteinfall in verschiedene Brauntöne. Er nickte mir anerkennend zu, als ich ihm eine Tasse Kaffee reichte.

„Zucker? Milch?"

„Nein, schwarz ist gut", sagte er und setzte sich an die Küchentheke. „Köstlich", sagte er nach einem großen Schluck.

„Möchtest du Frühstück?", fragte ich und ging zum Kühlschrank.

„Was?", keuchte er, nachdem er schnell den nächsten Schluck Kaffee hinuntergeschluckt hatte.

„Frühstück? Möchtest du irgendwas?"

Er blinzelte ein paarmal, als würde er mich nicht verstehen. Asher hatte die Fähigkeit dieses Wandlers, vier Sprachen zu sprechen, gepriesen, was beeindruckend war, aber ich begann zu glauben, meine Annahme, dass Englisch seine Muttersprache war, war falsch.

„Ich kann Französisch sprechen?"

„O-kay", sagte er langsam. „Ich auch, aber warum willst du Französisch sprechen? Willst du üben?"

Wir standen nur einen Schritt voneinander entfernt, unsere Gesichter waren ausdruckslos, vermutlich ein gemeinsames Bemühen, dem anderen kein Unbehagen zu bereiten. Aber nach einigen weiteren unbehaglichen Momenten erklärte ich es. „Asher sagt, du sprichst vier Sprachen. Ich kann ein bisschen Spanisch und Latein, aber die meisten Leute sprechen kein Latein. Es kam mir gerade nur so vor, als hättest du ein Problem mit Englisch. Habe ich was missverstanden?"

Daniels herzliches Lachen erfüllte den Raum. Seine Wangen wurden röter, und in seinen gefühlvollen Augen glänzte Belustigung.

„Meine Muttersprache ist Englisch, darüber hinaus spreche ich Französisch, Spanisch und Deutsch."

„Was war das dann für ein Blick?"

„Deine Gastfreundschaft hat mich überrascht", gab er zu. „Schließlich hast du mir befohlen zu verschwinden, als wir uns das erste Mal begegnet sind."

„Wie hätte ich reagieren sollen, wenn ein ungebetener Wolf vor meiner Tür pennt?"

„War ich diesmal gebeten?", fragte er und grinste zwischen zwei Schlucken Kaffee.

„Nein, aber ich habe damit gerechnet. Ich kenne Asher."

„Hmmm", war Daniels Antwort, aber es steckte noch so viel mehr dahinter. Das konnte ich an der Schärfe seiner Augen und dem Schwung seiner Lippen erkennen.

„Was?", fragte ich, holte Speck, Bagels und Eier aus dem Kühlschrank und stellte alles auf die Arbeitsplatte.

Nach einigem Nachdenken zuckte er mit den Schultern. „Nach den Dingen, die ich über dich und deine Eskapaden mit Asher gehört habe, denke ich, dass du ziemlich viel über unseren Alpha weißt. Es scheint dir Spaß zu machen, ihn herauszufordern, und ich vermute, dass er Spaß daran hat, von dir herausgefordert zu werden."

Wollte ich wissen, was er über mich gehört hatte? Ich war mir sicher, dass es nichts anderes war als das, was ich über mich selbst gehört hatte. Und von welchen Eskapaden sprach er? Ich hatte es nicht gut weggesteckt, dass Asher mir den Stein von Salem abgejagt hatte, und zugegebenermaßen hatte ich mich auf kreative Weise revanchiert.

„Du bist die Erin, die mitten in seiner Einfahrt einen Krähenfuß liegen gelassen hat, oder?", fragte er und nahm mir die Mühe ab, diese Entscheidung zu treffen. „Und ich bin ziemlich neugierig, wo du die ‚Du bist ein Arsch'-Luftballons gekauft hast, die du ihm nach Hause und ins Büro geschickt hast."

Errötend wandte ich mich dem Essen zu. „Wie magst du deine Eier?"

„Lass mich die Eier machen." Er sprang vom Stuhl auf und nahm den Karton. Argwöhnisch beobachtete ich, wie er sich durch meine bescheidene Küche bewegte und Salz und Pfeffer aus den Schränken und Käse und Milch aus dem Kühlschrank holte.

Während er arbeitete, beobachtete ich ihn mit zusammengekniffenen Augen.

„Wow, du scheinst wirklich gern Eier zu kochen", sagte ich.

Er warf ein Stück Butter in die Pfanne und biss sich auf die Unterlippe, als fürchtete er, dass das, was ihm auf der Zunge lag, herausrutschen könnte.

„Daniel, warum bist du so begeistert davon, Eier zu kochen?"

Röte kroch über seine hohen Wangenknochen. „Asher hat gesagt, dass ich mir keine Sorgen machen soll, wenn ich Rauch oder was Verbranntes rieche, es liegt an der Art, wie du kochst", gab er leise zu.

„Du hast wohl noch nie was von scharf anbraten gehört?“, schoss ich zur Verteidigung zurück.

„Sicher habe ich das. Aber das passiert absichtlich.“ Er warf mir einen Blick zu, bevor er seine Aufmerksamkeit wieder den Eiern zuwandte, die er gerade schlug. „Ich habe gehört, dass das bei dir nicht der Fall ist und es so etwas wie scharf angebratene Eier nicht gibt. Das wäre verkocht oder verbrannt, und so mag ich meine Eier nicht.“

Ich war zu genervt, um den Anstand zu haben, mich zu schämen. So entstehen Gerüchte. Ich kochte gut genug, um zu überleben, und das war alles, was zählte.

Nachdem das Frühstück zubereitet war, standen Daniel und ich an der Küchentheke und aßen. Ich sah voller Ehrfurcht zu, wie er drei Viertel der neun Rühreier verschlang. Meine Neugier gewann die Überhand.

„Was weißt du sonst noch über mich?“, fragte ich.

Er zuckte mit den Schultern, sein Körper bewegte sich fließend. Anhand seiner sehnigen Statur vermutete ich, dass er es gewohnt war, sich viel zu bewegen, und die Rolle des Wachpostens nicht ideal für ihn war. „Du scheinst den fehlgeleiteten Eindruck zu haben, dass du irgendeine Art von Autorität oder Ähnliches über das Rudel besitzt.“ Er grinste und erinnerte mich daran, wie ich zwei Wandlern befohlen hatte, mir nicht mehr zu folgen. „Es muss dir nicht peinlich sein, wir finden es amüsant.“

Ich wollte die Wandler nicht *amüsieren*, und es kam mir nervig und ein bisschen aufgeblasen vor, auf die Rolle hinzuweisen, die ich bei der Erlangung ihrer magischen Immunität gespielt hatte.

„Es war einen Versuch wert“, sagte ich.

„‚Auf Befehl deines Alphas befehle ich dir, dich zu bewegen.‘“ Daniel lachte schallend, als er seinen leeren Teller zur Spüle trug. „Das hat mich tagelang zum Lachen gebracht.“

Nur weiter so, Daniel. Die Ballonfirma kann Ballons so beschriften, wie ich es will.

Er lehnte sich gegen die Spüle. „Also, was hast du heute vor?"

„Bist du mein Bodyguard für heute?"

Er schüttelte den Kopf. „Ich bin nachts deine Wache. Die Größe meines Wolfs nimmt mir den Großteil der Arbeit ab." Ein Wolf von der Größe eines kleinen Pferdes hatte seine Vorteile. Er hatte definitiv eine abschreckende Wirkung.

Nach meiner Begegnung mit Malific wollte ich meine Eltern sehen. Und es wäre schön, eine Mutter zu sehen, die meinen Tod nicht wollte.

19

Ich klopfte an die Tür des Hauses meiner Eltern. Ich hatte ihnen eine SMS geschickt und erwartete ihre typische Antwort, dass sie nicht auf SMS reagierten und ich anrufen sollte. Ich konnte die Panik nicht unterdrücken, die in mir aufstieg, als sie nicht antworteten. Zuerst die SMS und jetzt die Tür. Ich redete mir gut zu, dass sie in Sicherheit waren. Ich hatte Malific deutlich gemacht, wie wichtig die Sicherheit meiner Familie war, aber ich wusste nicht, ob sie meine Drohung ernst genommen hatte.

Mein zweites Klopfen war viel dringlicher. Als niemand öffnete und nicht gerade begeistert von dem Gedanken, die nackten Körper meiner Eltern noch einmal verschlungen zu finden, flüchtige Blicke auf den schockierend blassen Hintern meines Vaters und die Mädels meiner Mutter zu erhaschen, die auf die Kücheninsel gedrückt waren, benutzte ich meinen Schlüssel und ging hinein.

„Mom? Dad? Ich komme rein." Ich wartete, um ihnen, falls nötig, Zeit zum Anziehen zu geben. „Seid ihr in der Küche? Dahin gehe ich jetzt."

Doch da waren sie nicht. Panik brandete durch mich hindurch. Nachdem ich das Haus durchsucht hatte, schloss ich die Haustür ab und machte mich auf den Weg zum Haus von Madisons Eltern. Bevor ich anklopfen konnte, sah ich Keegans rotbraunen Schopf hinter dem Haus hervor spähen.

„Wir sind hier hinten, Honey", sagte er in demselben sanften väterlichen Ton, den er bei Madison anschlug. Maddie und ich waren so aufgewachsen, als hätten wir zwei Elternpaare, und Keegan betrachtete mich als seine zweite Tochter. Da ich ursprünglich von ihnen großgezogen werden sollte, schloss ich, dass ich es in gewisser Weise tatsächlich war.

Im Garten stand Keegan am Grill, Sophie und meine Mutter saßen nebeneinander und Madison ihnen gegenüber.

Nachdem ich Madison von Malifics Besuch erzählt hatte, musste sie, genau wie ich, das Bedürfnis verspürt haben, nach ihren Eltern zu sehen.

Mein Vater begrüßte mich mit einer seiner Bärenumarmungen. Verglichen mit Keegans breitem Körperbau und seiner Körpergröße von zwei Metern wirkte er klein. Ich zog Keegan immer damit auf, dass er mit seiner Größe, seinem dicken Bart und den rotbraunen Locken wie ein Holzfäller aussah. Keegan war sich seiner Größe bewusst, darum waren seine Umarmungen behutsam. Ein vorsichtiges Drücken, als ob alle aus zerbrechlichem Glas wären.

Unsere spontanen Besuche boten unseren Eltern den perfekten Grund für eine Grillparty. Keegan legte Hähnchen und Steaks auf den Grill. Sophie und meine Mutter bereiteten die Beilagen zu: Salat, Pikliz – ein haitianisches Kohl-Relish, Obstsalat und Desserts und Pommes, alles aus beiden Haushalten zusammengetragen. Ich wünschte, unsere Mütter wären diejenigen, die grillten, denn trotz aller Bemühungen waren unsere Väter nicht gerade Grillmeister. Aber die Beschäftigung am Grill gab Madison und mir Zeit, mit unseren Müttern zu plaudern. Und zwischen den Umarmungen und dem Ablehnen unserer Angebote, zu helfen, fanden sie die Zeit, uns vorzuwerfen, dass wir nicht öfter zu Besuch kamen.

„Wir leben in derselben Stadt, es ist so schade, dass wir euch beide nur einmal im Monat sehen", bemerkte Sophie.

„Und drei, zwei, eins, Schuldgefühle", murmelte Madison. Unsere Mütter sorgten dafür, dass wir wussten, dass wir aufgrund unserer seltenen Besuche nunmehr nur noch Gäste waren. Sie kümmerten sich um das Aufstellen des Tisches und kamen häufig vorbei, um zu lächeln, unsere Wangen zu berühren oder etwas zu uns zu sagen, während Madison und ich leise und heimlich darüber diskutierten, wie viel wir ihnen über Malific erzählen sollten.

Schließlich mussten wir auf SMS zurückgreifen, da Keegan uns immer häufiger unterbrach, um Madison durchs Haar zu streichen oder an einer welligen Haarsträhnen zupfte. Jedes Mal presste er seine Lippen zu einer schmale Linie, doch er widerstand dem Drang, eine Bemerkung zu ihren kürzeren, dunkel gefärbten Locken abzugeben. Als jemand, der stolz darauf war, rothaarig zu sein und Locken zu haben (auch wenn es bestenfalls leichte Wellen waren), schien er mit ihrem neuen Aussehen unzufriedener zu sein als Sophie, deren dichte Korkenzieherlocken direkt für Madisons Wasserfall aus Locken verantwortlich waren. Die sienarote Farbe war definitiv Keegans Beitrag zu ihrem Haar. Weder ihrem Vater noch ihrer Mutter gefiel ihre Entscheidung, sich die Haare zu schneiden und zu färben.

Sie hatte ihre Entscheidung schon oft verteidigen müssen: „Wie eine kupferhäutige Merida auszusehen, trägt wirklich nicht zu meiner Autorität bei. Ich möchte nicht, dass die Leute dauernd an das Lied „Touch the Sky" denken, während ich Befehle gebe." Ihr jugendliches Aussehen und die Tatsache, dass sie die Jüngste Departmentleiterin war, ging mit gewissen Herausforderungen einher. Es führte dazu, dass sie ständig nach Wegen suchte, älter zu wirken und Autorität auszustrahlen.

Während sie mit einem Stapel Teller vorbeiging, blieb Sophie stehen. „Es ist so schön, dich zu sehen. Wie läuft es mit ... Oh, ich fürchte, ich habe seinen Namen vergessen?", fragte Sophie unschuldig.

Madisons Lippen verzogen sich zu einem amüsierten Schmunzeln. Es war eine bewährte und zum Scheitern verurteilte Taktik, aber unsere Mütter staubten sie ab und zu ab und probierten sie aus, um zu sehen, ob sie funktionieren würde.

„Ich gehe gerade mit niemandem aus."

„Hmm", schnaubte meine Mutter. „Ich dachte, da wäre dieser Junge namens Dakota, aber vielleicht warst du das, Erin, und wir haben es nur verwechselt."

Netter Versuch Mutter.

Madison und ich verdrehten genervt die Augen.

„Im Moment datet keine von uns", sagte Madison, während in ihren Augen ein wissendes Flackern aufblitzte. Sophie lächelte uns schuldbewusst an, während meine Mutter ihren unschuldigen Gesichtsausdruck beibehielt.

„Manchmal irren wir uns. Wenn ihr öfter vorbeikommen oder anrufen würdet ..." Meine Mutter ließ die Salve wirken. Und das tat sie. Wenn unsere Eltern nicht in Gefahr gewesen wären, hätte es noch länger gedauert, bis wir vorbeigekommen wären.

Ich fragte mich, ob mein Gesichtsausdruck den von Madison widerspiegelte. Trotz der großen Portion Schuldgefühle, die sie uns geschmeidig einredeten, hatten sie nicht Unrecht. Wir würden uns künftig mehr Mühe geben müssen.

Nachdem unsere Mütter das Gefühl hatten, ihren Standpunkt ausreichend dargelegt zu haben, und uns das Versprechen abgerungen hatten, dass wir uns mindestens einmal im Monat zum Mittagessen treffen würden, nahm das Gespräch seinen natürlichen Fluss. Wir sprachen über Bücher und Fernsehsendungen und wir gingen die langweiligsten Teile unseres Lebens und unserer Arbeit durch. Madison zeigte ihnen abschließend Bilder ihres neuen Bücherregals, das offenbar so schön war, dass es sie das Foto mit unseren Eltern teilte. Mir wurde klar, dass es immer etwas Neues über sie zu lernen gab. Wer hätte gedacht, dass ein Bücherregal genug Material für ein zehnminütiges Gespräch bieten würde?

Nachdem sich unsere Eltern zurückgezogen hatten und am Grill saßen, warf Madison einen Blick über ihre Schulter. „Ich denke, wir sollten es ihnen sagen. Man kann sich nicht schützen, wenn man sich der Risiken nicht bewusst ist", flüsterte sie.

Die Worte blieben mir im Hals stecken und bei dem Gedanken zog sich meine Brust zusammen. Könnten sie sich schützen? Das war das Problem. Madisons Eltern waren Erdfeen, mit derselben Fähigkeit, Magie zu wirken und aus der Erde zu schöpfen, aber im Vergleich zu Göttermagie war das nicht viel.

Mein zustimmendes Nicken wurde unterbrochen, als ich mit pochendem Herzen aufsprang, als Malific um die Ecke des Hauses ging.

Sie winkte und schenkte uns ein strahlendes Lächeln, das keinen Hinweis auf die Gewalt gab, zu der sie fähig war. Ihr entwaffnender Auftritt passte zum sanften Ton ihrer Stimme, als sie einen Gruß rief. Das war nicht die Frau, die an uneingeschränkte Gewalt glaubte, gegen alle Verhaltensregeln verstieß und in Despotismus schwelgte. Es war eine grausame Täuschung.

Die voluminösen Wellen ihres Haares ließen die scharfen Linien ihres Gesichts weicher erscheinen, und die Nuancen von Rot und hellen Brauntönen passten zu ihrer leicht getönten Haut. Sie hatte etwas Verführerisches an sich und ich konnte, wenn auch nur für einen Moment, verstehen, wie Nolan für eine kurze Weile seinen Hass auf sie hatte ignorieren können, um seinen Plan in die Tat umzusetzen.

Sie hatte ihre figurbetonte Kleidung gegen eine Hose und

eine fliederfarben gemusterte Wickelbluse eingetauscht, die perfekt zu ihrem harmlosen Vorstädterauftritt passten. Die Aufmerksamkeit unserer Eltern verlagerte sich von ihr auf uns und auf etwas, das wie unsere alarmierte Überreaktion auf eine freundliche Fremde aussah. Ihr Auftritt mochte freundlich gewesen sein und der hasserfüllte Blick, mit der sie mich normalerweise ansah, war unterdrückt, aber nichts konnte die kalkulierte Art verbergen, mit der sie uns alle musterte.

„Oh." Sie sah unsere Eltern an und richtete dann ihre Aufmerksamkeit wieder auf mich. „Falsche Haus, fürchte ich." Ein sanftes Lächeln huschte über ihre Lippen.

Ich bewegte mich schnell, um mich zwischen sie und meine Familie zu stellen.

„Ich habe nach Kaitlyn Sanders gesucht", sagte sie. Ein bedrohlicher Ausdruck blitzte in ihren Augen auf, und während es meiner Familie vielleicht entgangen war, hatte Madison es ganz offensichtlich bemerkt. Ihre Magie pulsierte, als sie sich neben mich stellte und eine weitere Barriere zwischen Malific und unseren Eltern errichtete.

„Sie ist auf der anderen Straßenseite, zwei Häuser weiter. Lassen Sie es mich Ihnen zeigen", stieß ich mit zusammengebissene Zähne hervor. Sie wartete darauf, dass ich die Führung übernahm, aber ich würde mich nicht bewegen, bis sie vorging. Da ich wusste, dass sie sich wie Mephisto bewegen konnte, würde ich ihr diesen Vorteil nicht geben. Sie sah angenehm zufrieden aus, als sie zum Eingang des Hauses ging. Sie hatte erreicht, was sie gewollt hatte: mich wissen zu lassen, dass sie wusste, wo meine Eltern lebten und wie leicht sie an sie herankommen konnte.

„Sie haben mit alldem nichts zu tun", knurrte ich, als wir vor dem Haus und außer Hörweite waren. „Wenn du ihnen zu nahe kommst –"

Bevor ich meine Drohung aussprechen konnte, stand sie direkt vor mir, ihre Augen glühten vor Feindseligkeit.

„Was? Was willst du tun, Tochter? Mich töten?" Sie trat zurück, ein langsames, krankes Lächeln breitete sich langsam über ihre Lippen aus. „Werden wir es so beenden? Natürlich nicht. Du bist ein Kämpfer und auf geradezu dumme Weise optimistisch, dass du siegen wirst. Ich habe mich noch nicht entschieden, ob ich solch eine idiotische Hartnäckigkeit liebenswert oder nervig finde."

„Ich hoffe, du entscheidest dich, bevor ich dich töte", schoss ich zurück.

Belustigung glitzerte in ihren Augen und für einen kurzen Moment schien ein Anflug von Bewunderung, vielleicht sogar Stolz darin zu liegen. Es war, als versuchte sie, meine Menschlichkeit zu zerstören, bis die Frau, die zurückblieb, ihr ähnlich war.

Mein Blick wanderte zum Auto gegenüber von meinem, und zu dem Wandler darin. Er war auf sie konzentriert. Malifics Gesicht leuchtete auf. Sie rechnete mit Gewalt. Als er aus dem Auto stieg, schüttelte ich den Kopf und er kehrte auf den Fahrersitz zurück.

„Die Wandler hören auf deine Befehle. Beeindruckend." Sie sah zufrieden und begehrenswert aus. Ich überlegte, ob ich sie korrigieren sollte, entschied mich aber dagegen, in der Hoffnung, dass es sich zu meinen Gunsten auswirken könnte.

Sie trat von mir weg und warf einen weiteren Blick auf das Haus, bevor sie ihre Aufmerksamkeit wieder auf mich richtete.

„Ich habe über das nachgedacht, was du gesagt hast, und ich glaube, da ist etwas Wahres dran. Es wird mir nicht nützen, deiner Familie zu schaden. Ich werde sie verschonen. Das ist zwischen uns."

In der Vergangenheit hatte sie nicht wirklich die Neigung gehabt, ihr Wort zu halten. „Wirst du einen Eid darauf leisten?", fragte ich.

„Nein. Wenn ich an jemandem ein Exempel statuieren

muss, werde ich sie mir bis zum Schluss aufheben. Mehr kann ich dir nicht anbieten. Es ist noch zu früh, dich zu brechen." Sie neigte den Kopf und musterte mich. „Elizabeth ist gegangen und hat Nolan mitgenommen. Ich kann sie nicht finden. Selbst wenn ich könnte, wäre ich nicht in der Lage, sie zum Gehorsam zu zwingen."

Ihre blitzartige Bewegung brachte sie so schnell vor mich, dass ich Magie in ihre Brust schleuderte, mich dabei zurückdrängte und noch mehr Abstand zwischen uns schuf. Wut und Ekel flackerten in ihren Augen auf.

Sie verabscheute nicht nur meine Existenz, sondern auch das, was ich für sie repräsentierte. Ihre Schwäche. Nolans Verrat. Und die Grenzen ihrer Macht.

„Nolan empfindet Zuneigung für dich und Elizabeth für ihn." Sie konnte ihre Abneigung für emotionale Schwäche nicht verbergen und sah aus, als hätte sie Galle geschluckt. Sie straffte ihre Schultern. „Finde ihn und nutze diese Gefühle zu deinem Vorteil. Löse unsere Bindung. Tochter, zwing mich nicht zum Handeln. Ich kann eine solche Unverschämtheit nur begrenzte Zeit ertragen. Deine Familie wird dafür bezahlen", schwor sie.

Und damit war sie weg. Sie war davongewyndet und ließ mich auf den leeren Raum starren.

Ich schenkte meinem Wandler-Bodyguard ein schmallippiges, freudloses Lächeln, bevor ich zurück zur Terrasse ging.

Madison kam mir auf halbem Weg mit besorgtem Blick entgegen.

„Wir müssen es ihnen sagen", sagte sie.

Es war keine gute Idee, sie in alles einzuweihen, aber wie viel von der gekürzten Version sollte ich ihnen erzählen?

„Diese Frau hatte sich nicht verirrt, oder?", mutmaßte meine Mutter, als wir unsere Plätze in der Nähe der Feuerstelle eingenommen hatten.

Madison und ich warfen uns vielsagende Blicke zu. Ich

schüttelte den Kopf. Die Sorge meiner beiden Familien machten es unmöglich, ihnen eine bearbeitete Version zu erzählen. Also legte ich die Karten auf den Tisch. Erleichterung und etwas wie Bestätigung huschte über ihre Gesichter, als ich ihnen von Nolans Rolle beim Vorfall berichtete und dass ich niemanden getötet hatte. Die Erkenntnis, dass sie nie gedacht hatten, dass ich es getan hätte, nahm eine Last von mir, von der ich nicht wusste, dass ich sie getragen hatte.

Sie wussten jetzt von Göttern, aber nicht von den Jägern. Dem Schleier. Malific. Nolan. Elizabeth. Wie ich bei Sophie gelandet war, und dass es geplant gewesen war, nachdem Nolan sie mit Madison gesehen hatte. Sophie schien es nicht so verstörend zu finden wie Keegan; Sein finsterer Blick kehrte regelmäßig bei der Erwähnung von Nolans Namen zurück.

Sie wussten jetzt von dem Mirra, der meine Identität als der Rabe enthüllt hatte, und wussten, warum Malific meinen Tod wollte. Ich erlaubte mir ein wenig künstlerische Freiheit, als ich von Malifics schrecklichen Taten erzählte, einschließlich der Tötung ihres Bruders. Sie wussten von der Bindung, Elizabeths Gefühlen mir gegenüber und der Magie, die ich brauchte, um mich zu schützen. Nachdem sie darauf bestanden hatten, den Schleier zu sehen, benutzte ich den Zauber, den ich bei Mephisto verwendet hatte, aber wie ich vermutet hatte, konnten sie ihn, genau wie Madison und Cory, nicht sehen.

Es dauerte fast drei Stunden, bis das Verhör endete, da die meisten Fragen nur Variationen anderer waren. Es wurde schmerzlich deutlich, dass unsere Eltern das Verhör nutzten, um uns festzuhalten, weil sie uns nicht aus den Augen lassen wollten. Es war schwierig, ihnen zu sagen, dass mein Besuch im Haus sie einem größeren Risiko aussetzte.

Ich ließ meinen Umgang mit dem Dämon und das auf mich ausgesetzte Kopfgeld außen vor und versuchte, ihnen so viele Details wie möglich zu liefern, um sie über die

Ernsthaftigkeit der Situation zu informieren, ohne ihnen unnötig Sorgen zu machen. Aber war das überhaupt möglich? Wie konnten sie sich keine Sorgen machen? Ihr Leben hatte sich unwiderruflich verändert, genau wie meines. Das Netz aus Indiskretionen, Lügen und Vorfällen hatte ihnen ein Leben beschert, das nicht nur falsch, sondern manipuliert war.

„Dann war das Malific, deine biologische Mutter?" Sophie schien mit der Frage gerungen zu haben und hatte mehrere Versuche unternommen zu sprechen, bevor sie endlich die Worte gefunden hatte. Es war, als ob sie versuchte, Malifics harmloses Aussehen mit der Bedrohung in Einklang bringen, die sie tatsächlich darstellte.

„Ihr seid nicht in Gefahr", versicherte ich ihr.

„Wir werden Schutzzauber errichten lassen, um zu verhindern, dass Leute in eure Häuser wynden können", sagte Madison. Sie warf mir einen Blick zu und mir wurde klar, dass Mephisto die Häuser unserer Eltern mit den gleichen Schutzzaubern versehen musste, die die Jäger auch bei mir errichtet hatten. Dann ließ sie mich wissen, dass sie Claire, eine der stärksten Hexen in der STF, ihre Häuser auch mit einem Klipsen versehen lassen würde.

Die Vorbereitungen dauerten nicht annähernd so lange, wie wir brauchten, um unsere Eltern davon zu überzeugen, dass wir sicher waren. Abgesehen davon, nach Hause zurückzukehren und unter ihrer ständigen Aufsicht zu bleiben, konnten wir ihnen nicht die Gewissheit geben, die sie brauchten.

Ich stand auf. „Es wird nicht mehr lange dauern", sagte ich. „Sobald wir nicht mehr aneinander gebunden sind, kümmere ich mich um Malific."

„Du meinst, du wirst sie töten", bemerkte meine Mutter und blinzelte heftig, um zu verhindern, dass ihre Tränen über ihre Wangen liefen. Dad legte seine Arme um ihre Schultern und drückte sie an sich. Mein Herz schmerzte angesichts der Blicke, die sie mir zuwarfen. Derselbe Blick wie nach dem Vorfall. Und noch tagelang danach. Es war derselbe Ausdruck, den sie gehabt hatten, als ich darum gekämpft hatte, meine magischen Triebe zu kontrollieren. Sie konnten die Situation nicht ändern, egal wie sehr sie es wollten. Ich hasste es, dafür verantwortlich zu sein, dass sie sich so fühlten.

„Ich werde mich mit Nolan in Verbindung setzen und sie werden die Bindung aufheben", sagte ich und ließ die Frage meiner Mutter unbeantwortet. Die Antwort war klar.

„Nolan? Dein Vater?", fragte mein Dad.

„Du bist mein Vater", korrigierte ich. „Er ist…" Ich konnte keinen passenden Titel für ihn finden. Trotz der eigenwilligen Maßnahmen, die er ergriffen hatte, um sich an Malific zu rächen, und des Dramas, das er mit seiner fehlgeleiteten Vorgehensweise für mich ausgelöst hatte, hatte er am Ende versucht, meine Situation zu verbessern. Mich vor seinem Fehler zu beschützen. Dafür gesorgt, dass ich die Zaubersprüche habe, von denen er glaubte, dass sie mich beschützen könnten. Er war nicht mein Dad, aber er war auch kein Feind.

Ich schüttelte den Kopf. „Keine Sorge, das Thema wird bald erledigt sein."

Als ich gehen wollte, ergriff meine Mutter meinen Arm. Ihr Blick war sanft und flehend und drückte etwas aus, das sie anscheinend nur ungern laut aussprechen wollte.

„Ich werde sie nicht töten", flüsterte ich. Es musste sich wahr angehört haben, denn sie drückte mich und seufzte erleichtert. Ich wollte Malific nicht töten. Trotz meiner Gefühle für sie und wie sehr sie den Tod verdiente, glaubte ich nicht, dass ich es tun könnte. Muttermord musste den Täter verändern, etwas, das ich nicht wollte, obwohl ich absolut sicher war, dass Malific kein Problem damit hätte, mich zu töten.

Madisons und meine Eltern saßen zusammen auf der gegenüberliegenden Seite des Raumes und hoben gelegentlich ihre Köpfe wie Erdmännchen, um Mephisto und die Jäger prüfend zu betrachten. Nach ein paar Momenten stiller Beratung bewegten sie sich wie eine Einheit, unsere Mütter an der Spitze. Clays Lippen verzogen sich zu einem amüsierten Lächeln, Kais Augen flackerten vor Lachen, Simeon kämpfte darum, sein Grinsen zu unterdrücken, und Mephisto schmunzelte nur angesichts der Herde, die sich auf sie zu bewegte.

Da ich an die Dynamik unserer Familie gewohnt war, vergaß ich oft, wie eigenartig sie anderen vorgekommen musste. Vier vorsichtige Augenpaare musterten die Jäger, katalogisierten ihre Gesichter und verfolgten jede noch so kleine Bewegung. Es war nicht klar, ob meine Eltern das Rauschen der Magie spüren konnten, das sie begleitete, aber Sophie und Keegan spürten es auf jeden Fall.

Nachdem sie die Männer in aller Ruhe gemustert hatten, stellte ich sie vor, begann mit Kai, Simeon und Clayton und überließ Mephisto dem Schluss, weil ich wusste, dass es ein Gespräch werden würde.

„Mephisto? Wie Mephistopheles in Faust?", fragte meine Mutter und betrachtete seine granitgraue Hose, sein schwarzes Hemd, sein dunkles Haar und seine Obsidianaugen. Dass er in Geheimnisse gehüllt und eine Vision der Dunkelheit war, tat ihm keinen Gefallen; eine Vision der Dunkelheit, deren Name mit dem Teufel in Verbindung gebracht wurde? Genau.

Er lächelte sie an und nickte. „Das ist nicht mein Geburtsname. Ich habe den Namen gewählt."

Was machst du! Du tust dir keinen Gefallen und verbesserst die Situation nicht.

Die Blicke von Sophie und meiner Mutter wanderten von

ihm zu mir, während sie mich mit ihrem nicht allzu subtilen ‚Was zum Teufel?'-Blick ansahen.

Schulterzuckend sagte ich: „Das ist eine lange Geschichte, aber jetzt müssen wir die Schutzzauber errichten. Wir können das später besprechen."

Mit einem gezwungenen Lächeln auf ihren Gesichtern nickten sie und bewegten sich erneut in einer unbeholfenen Einheit zurück zu ihrem ursprünglichen Standort. Ich war mir ihrer Aufmerksamkeit sehr bewusst, als Mephisto dicht an mich herantrat und sich herunterbeugte, um mir ins Ohr zu flüstern.

„Geht's dir wirklich gut?"

Nein, meine Mutter hat nur gedroht, mir wehzutun.

Mit einem angespannten, freudlosen Lächeln nickte ich.

Mephistos Name hatte meine Familie vielleicht zum Nachdenken gebracht, aber sie starrte mit offenem Mund und voller Ehrfurcht angesichts der aufwändigen Lichtshow, die durch die Magie der Jäger geschaffen wurde, als sie die Schutzzauber errichteten. Die Magie der Götter. Sie vertrieb ihre Angst, und ich hoffte, dass sie nicht zurückkehren würde, sobald ihnen klar wurde, dass die Frau, die mich jagte, eine Erzgottheit war und sogar noch mächtiger als die Jäger.

20

Als ich zu Mephistos Haus fuhr, versuchte ich, meine Enttäuschung zu verbergen. Elizabeths Haus war verschlossen, und es gab Anzeichen dafür, dass sie nicht vorhatte, zurückzukehren. Als ich das ganze Haus durchsucht hatte, hatte ich nur noch zwei simple Zauberbücher im Bücherregal gefunden und daneben einen stiftähnlichen Gegenstand, auf dem Schreibkreide zu sehen war. Ein Hauch von Magie lag in der Luft. Ich vermutete, dass sie damit ihren Abdruck aus dem Haus entfernt hatte. Mit Ausnahme der drei zurückgelassenen Gegenstände schien es, als hätte die Frau in Schwarz nie existiert, und ich fürchtete, dass Elizabeth oder Nolan vielleicht nicht wieder auftauchen würden.

Trotz meiner Unsicherheit hinterließ ich dort, wo Nolan die Zaubersprüche liegengelassen hatte, eine Nachricht mit meiner Nummer und der Frage, ob er Elizabeth davon überzeugen könne, die Bindung aufzuheben. Es war zweifelhaft, ob er sie bekommen würde. Nichts an dem Ort ließ mich glauben, dass sie zurückkehren wollten.

Die einzige Möglichkeit, die mir jetzt blieb, war, eine Alternative zu finden.

Nachdem ich vorhin Mephisto angerufen und gefragt

hatte, ob ich ihn sehen könne, war ich nicht überrascht, als ich feststellte, dass seine Tür offen war, damit ich ohne weitere Anmeldung eintreten konnte. Benton schien entschieden zu haben, dass Türöffner nicht mehr zu seinen Pflichten gehörte. Wir waren in der Do-it-yourself-Zone. Noch weniger überrascht war ich, Benton an seinem Platz zu finden, mit einem Buch in der einen Hand und einer Tasse Kaffee in der anderen. Wann schaffte er es bei all seiner Freizeitbeschäftigung noch zu *druiden*?

„Benton", grüßte ich und blieb an der Tür stehen.

„Erin." Seine Stimme klang leicht vor Belustigung. Er trank einen Schluck von seinem Kaffee, musterte mich wie immer und wartete auf einen abfälligen Kommentar oder eine bissige Bemerkung.

„Es ist immer eine Freude zu sehen, wie Sie den Tag genießen", sagte ich mit zuckersüßer Stimme.

„Es gibt nicht genug Worte, um auszudrücken, wie sehr ich mich freue, dass es Ihnen gefällt." Er trank noch einen Schluck, bevor er die Tasse abstellte und sich wieder seinem Buch zuwandte.

„Recherchieren Sie Zaubersprüche?" Ich war mir vollkommen bewusst, dass er einen neu erschienenen Bestseller-Krimi in Händen hielt.

„Ich wusste nicht, dass Sie kurzsichtig sind. Tut mir leid, das erklärt so viel." Er beugte sich demonstrativ nach vorn, damit ich das Cover sehen konnte, und sein Lächeln wurde breiter, als ich ihn mit finsterem Blick ansah.

Touché. Diese Runde geht an dich.

„Ich werde mir Mephistos Sammlung ansehen", sagte ich. „Ich bin mir sicher, dass Sie sich meiner Situation bewusst sind."

„Ja", antwortete er und blickte vom Buch auf. Die Belustigung war aus seinem Gesichtsausdruck verschwunden, ersetzt durch einen Ausdruck, den ich nicht ganz deuten konnte. Sorge? Nein, es war Bedauern und die Ohnmacht, jemanden in Schwierigkeiten zu sehen und nicht in der Lage zu sein zu helfen.

„Elfenmagie ist nebulös. Ich wünschte, ich könnte mehr tun, um Ihnen zu helfen, Erin", gab er zu. Das erklärte den Klang in Mephistos Stimme, als ich gefragt hatte, ob ich das Mystic Souls sehen könne, denn er wusste, dass darin nichts war, das helfen könnte. Der Wunsch, selbst nachzusehen, war nur ein Hoffnungsschimmer.

„Viel Spaß mit Ihrem Buch", sagte ich ohne jeden Sarkasmus. Die unbehagliche Stille war schwerer zu ertragen, das unheilvolle Gefühl ließ sich nicht abschütteln.

Ich traf Mephisto in seinem Büro, und er begleitete mich in den Raum, in dem sich seine Sammlung befand. Als ich sie wieder sah, verspürte ich ein neues Gefühl der Ehrfurcht vor den vielen Objekten, die er im Laufe der Jahre gesammelt hatte. Unsere Situation war ganz ähnlich. Ich hatte Elfenmagie, aber nicht die Fähigkeit, die Elfenbindung zwischen mir und Malific zu lösen. Mephisto hatte eine beeindruckende Sammlung magischer Gegenstände, das Mystic Souls und göttliche Magie, konnte aber den von Malific gewirkten Zauber, der ihn aus dem Schleier verbannte, nicht rückgängig machen.

Als ich durch den Raum ging und das Mystic Souls las, konnte ich die warme Intensität von Mephistos Augen auf mir spüren.

„Meine Halbgöttin", flüsterte er mit einem heißen, besitzergreifenden Ton, der mich abrupt innehalten ließ. Seine Augen verdunkelten sich zu Obsidianen, als er mich ansah. Als er sich näherte, zog ich mich nicht so zurück, wie ich sollte. Selbst seine sanfteste Berührung erhitzte meinen Arm. „Wonach suchst du?", fragte er.

Ich ließ meine Schultern hängen. Ich hatte alle Zaubersprüche im Mystic Souls, die ich interpretieren konnte, durchgesehen, jeden Gegenstand in Mephistos Sammlung untersucht, war ihre Zwecke und alternativen Zwecke durchgegangen, wenn sie mit einem anderen Gegenstand oder Zauberspruch kombiniert wurden, aber ich hatte nichts gefunden, was das bewirkte, das ich so dringend brauchte: Die Bindung zwischen mir und Malific zu lösen.

„Ich weiß es nicht", gab ich stirnrunzelnd zu. Trotz all der Ideen, die mir durch den Kopf gingen, wurde ich mir seiner schmerzhaft bewusst. Seiner Nähe. Und seiner Hand auf meiner Hüfte.

„Okay. Über welche Zaubersprüche denkst du nach?"

„Ich kann versuchen, einen Schutzzauber einzusetzen, sie einzufangen und dann den Neutralisierungszauber anzuwenden."

„Nur der Omni-Schutzzauber kann sie einsperren, und du hast gesehen, was passiert ist, als du einen um mich gelegt hast. Ich bin einfach hinausspaziert. Würde deine Magie nicht auch neutralisiert werden, wenn ihr miteinander verbunden seid?"

Ich hatte mich das Gleiche gefragt, hoffte aber, dass er einen Workaround anbieten könnte.

„Ein Schutzzauber wird nichts anderes bewirken, als sie wütend zu machen. Sie hat sich selbst in die Hand gestochen, um ihren Standpunkt zu demonstrieren. Denk nicht einen Moment lang, dass sie nicht bereit wäre, Schlimmeres zu tun, wenn es ihr um Rache ginge. Wir brauchen eine dauerhafte Lösung, und ich denke, dass sie Elfenmagie beinhalten muss."

„Elizabeth hat es geschafft, euch alle im Haus einzusperren", erinnerte ich ihn. „Wenn sie dazu in der Lage war, sollte ich in der Lage sein, etwas Ähnliches zu tun. Sie einfangen." Ich seufzte. „Aber es würde nichts ändern." Ich musste mehr tun, als sie nur in eine Falle zu locken und sie einzusperren. Ich musste ihre Fähigkeit ausschalten, mich körperlich zu verletzen.

Er blickte finster drein. „Elfenmagie. Obwohl ich vermute, dass ihre hybride Magie, genau wie deine, es ihr auch ermöglicht, einzigartige Magie zu wirken."

Ja, einzigartig. Ich fragte mich, wie oft sie versucht hatte zu wynden und sich stattdessen in eine Katze verwandelt hatte. Der nutzloseste Trick aller Zeiten. Mephisto hatte meine Vermutung bestätigt. Es würde keinen Workaround geben. Wenn es einen gäbe, wäre es Magie, die Elfenmagie nachahmte.

„Was weißt du über das Black Crest-Grimoire?", fragte ich.

„Das Dämonenbuch?"

„Mir wurde gesagt, es sei ein Zauberbuch."

„Von wem?"

„Von einer Hexe."

„Eine Hexe, die dunkle Magie praktiziert?"

Was ist das, ein Kreuzverhör?

„Sie behauptet, es nicht zu tun, aber ich habe einen Blick darauf geworfen und einen Zauber gesehen, der mit einem Mirra vergleichbar war. Vielleicht gibt es noch andere Zaubersprüche, die mit Elfenmagie vergleichbar sind. Vielleicht sogar einen, der mich befreien könnte."

Mephisto nahm seine Hand von meiner Taille und trat einige Schritte zurück.

„Wie hast du dieses Buch gesehen?" Die Schärfe in seiner Stimme klang genauso missbilligend wie damals, als ich dachte, ich hätte einen Dämon herbeigerufen. Unter der forschenden Intensität seiner dunklen Augen erzählte ich ihm von dem Kopfgeld, das auf mich ausgesetzt war, dem Dämonenkreis, der Beschwörung von Dareus durch Harrison und Dareus' Angebot, dass wir Harrison im Austausch für das Buch töten sollten. Mephisto hörte ruhig zu, doch immer wieder flammten Wut und Frustration auf, als ich den ganzen schmutzigen Deal beschrieb.

Er nagte an seiner Unterlippe. Langsam ließ er sie los, als müsste er seinen Körper zwingen, sich zu entspannen. Er vergrub seine Hände in den Taschen, stellte sich mit seiner schnellen Bewegung an die Wand und musterte mich aus der Ferne.

„Warum hast du das Buch nicht?", fragte er.

„Weil er es mir nur gegeben hätte, wenn ich Harrison ermordet hätte."

Sein Gesichtsausdruck hätte entsetzt sein sollen. Es musste entsetzt sein. Aber er veränderte sich nicht.

„Ich weiß, was Dareus als Gegenleistung für das Buch wollte", sagte er mit beiläufiger Gleichgültigkeit. „Ist Harrison nicht derjenige, der versucht hat, dich einem Dämon zu übergeben?" Es war eigentlich keine Frage, sondern eher eine Begründung seiner Einstellung. Eine Rechtfertigung des Unhaltbaren.

Ich nickte.

„Warum hast du dann das Buch nicht?", fragte er noch einmal. Es war wie eine Wiederholung der Unterhaltung mit Clayton, als er mich daran erinnert hatte, dass ich es nicht mit harmlosen Gartenschlangen, sondern mit giftigen Vipern zu tun hatte. Mephisto, weltgewandt in seinen maßgeschneiderten Anzügen, tadellos geschnittenen Hemden und seinem guten Aussehen, ließ mich das leicht vergessen.

Er überwand die Distanz zwischen uns. Mit dem Daumen strich er über meine Hand, während seine dunklen Augen meine festhielten. Malifics Worte „Gleiches Raubtier, anderes Label" ging mir durch den Kopf.

„Vermisst du es, deine Pflichten im Schleier zu erfüllen?", fragte ich.

Überraschung ersetzte die unheilvolle Intensität, und er sah mich mit neuem Interesse an. Die Art, wie er mich angesehen hatte, bevor der Mirra das Rabenmal auf meinem Arm hinterlassen hatte. Eine beunruhigende Faszination.

„Ja."

Ich wartete darauf, dass er näher darauf einging, aber er tat es nicht. Wir waren beide auf einem Angelausflug. Er versuchte den Grund für meine Frage herauszufinden, und ich wollte mehr über die Jäger wissen, insbesondere über denjenigen, der der Anführer zu sein schien.

„Was vermisst du daran?", fragte ich.

Er verzog die Lippen, und Schalk glitzerte in seinen obsidianfarbenen Augen. Er beugte sich zu mir hinunter und strich sanft mit seinen Lippen über meine. Wärme wehte über sie hinweg. Entschlossen, meine Antwort zu bekommen, weigerte ich mich zu antworten.

Er trat zurück, die Arme vor der Brust verschränkt, während er mich mit einem harten Blick ansah. „Das ist nicht die Frage, die du wirklich stellen willst, oder?"

Ich schüttelte den Kopf.

„Dann stell deine Frage, *meine* Halbgöttin."

Den letzten Teil sagte er mit Andeutungen von Gefühlen, die schwer zu fassen waren: Ehrfurcht, Wertschätzung, Verlockung, Verführung und vielleicht einer Spur Unbehagen.

Ich musterte ihn. „Malific sagte, du wärst gut in deinem Job."

„Und du bist gut in deinem. Der Punkt?"

„Sie sagte, dass du darin überragend warst, nicht, weil du Gerechtigkeit schätzt, sondern weil du die Dominanz genossen hast. Dass du den Nervenkitzel der Jagd und den Ruhm des Tötens genossen hast. Sie hat behauptet, dass du genauso bist wie sie."

Er nickte langsam und ließ die Frage auf sich wirken. „Und du bist gut in den vielen Dingen, die du für mich erledigt hast, weil du eine Diebin bist?"

Genau genommen war ich eine Diebin. Es war oft die letzte Maßnahme. Ich zog es vor, über einen Gegenstand zu verhandeln oder einen anderen zu finden und einen Aufpreis für die Mühe zu verlangen. Aber manchmal war ich eine Diebin, weil ich es sein musste, um den Job zu erfüllen.

„Ich bin keine Diebin, aber ich habe gestohlen. Doch das weißt du."

„Du kämpfst, wenn es nötig ist, oder? Und wenn ich mich nicht irre, bist du stolz darauf, alles zu tun, um zu gewinnen, richtig?"

Ich kämpfte schmutzig. Basta. Wenn es darum ging, entweder mein Leben zu retten oder eine Präsentation meiner Technik auf Turnierniveau zu liefern, flog die Präsentation zum Fenster hinaus, denn es interessierte niemanden, wie schön der Kampf aussah, wenn er danach an meiner Beerdigung teilnehmen musste. Und was den Angreifer anging, war es mir scheißegal, was der von mir dachte.

„Ich kämpfe ums Überleben."

„Ah, erwartest du, dass ich in einer Welt der magischen Elite, der wirklich Starken und Mächtigen, nicht das tue, was zum Überleben notwendig ist?"

„Ja, aber gefällt es dir?"

„Oh, das ist meine Sünde? Die Tatsache, dass ich keine Lust habe, mich töten zu lassen, und dass ich alles tue, was nötig ist, um nicht getötet zu werden?" Er schmunzelte. Er stellte sich absichtlich dumm.

„Nein, macht dir das, was dein Job mit sich bringt, Spaß? Du musst grausam, gewalttätig, moralisch flexibel und unnachgiebig sein. Gefällt dir dieser Teil?"

Magie ging von ihm aus und erinnerte mich daran, wie sie in mir ein Verlangen nach seiner Magie entfacht hatte. Trotz der Entfernung zwischen uns konnte ich seine Magie schätzen und wie sehr sie sich von meiner unterschied, ihre Nuancen und ihre Klarheit im Vergleich zu meiner gemischten Magie.

Ich wusste es zu schätzen, dass er sich Zeit nahm, bevor er meine Fragen beantwortete.

„Ich bevorzuge, nicht zu sterben, und nehme gern Leute fest, die es verdienen. Leute wie deine Mutter –"

„Malific."

„Wie Malific." Er warf mir ein schwaches Lächeln zu. „Soll ich glauben, dass sich etwas zwischen uns geändert hätte, wenn ich die Frage anders beantwortet hätte?"

„Ja, wenn dir das Töten Spaß machen würde, wäre das beunruhigend."

„Sehr wenige Leute haben Spaß an sowas. Aber ja, mir macht die Jagd Spaß. Du bist nicht die Einzige, die den Adrenalinstoß genießt."

Die jüngsten Ereignisse in meinem Leben hatten mich vielleicht davon geheilt.

„Also", flüsterte er, „wir scheinen beide Bedürfnisse zu haben, die nicht erfüllt werden. Was könnten wir tun, um uns abzulenken?"

Bevor ich antworten konnte, stand er vor mir. Seine Lippen senkten sich zu einem harten Kuss auf meine. Er packte meinen Po, während er mich hochhob, dann führte er mich zur Wand und drückte mich dagegen.

„Die Wandler?", keuchte ich und entzog mich dem Kuss.

Ja, der Moment war ruiniert. Ich wurde nicht enttäuscht. Dass ich mit Malific verbunden war, störte Mephisto vielleicht nicht, mich jedoch schon. Ich war wahrscheinlich zu vorsichtig, aber das war mir egal. Es war besser als die unwahrscheinliche Chance, dass sie unseren Kuss spürte oder mehr.

„Was?", seufzte er.

„Die Wandler aus dem Schleier, sie mochten dich nicht. Überhaupt nicht. Warum?" Das hatte mich seit der Begegnung mit ihnen beschäftigt.

Er lachte. „Sie scheinen zu glauben, dass ihre Abneigung mir gegenüber gerechtfertigt ist. Und vielleicht ist sie das auch. Die Wandler hier sind ruhiger. Ich könnte sogar sagen, dass ihnen ihre Anfälligkeit für Magie ein Gefühl der Demut verlieh."

„Du hast Asher und Sherrie kennengelernt, oder?" Demut

gehörte nicht zu den Worten, mit denen ich sie beschreiben würde.

„Ja, er ist viel weniger hochmütig als die Alphas im Schleier. Mit Ausnahme meiner Interaktionen mit Asher, wenn es um dich geht, würde ich sogar sagen, dass sie zahm sind."

„Wandler und zahm kannst du *nie* im selben Satz verwenden." Und niemand, der bei klarem Verstand war, würde so etwas Absurdes auch nur vorschlagen.

„Im Schleier waren Wandler schon immer immun gegen Magie. Sie sind Krieger aus eigenem Recht, und anders als hier wird die Position des Alphas durch echte Dominanz erlangt. Die Vorstellung, dass ein Führungskampf mit Kapitulation eines der Teilnehmer endet, wie es hier der Fall ist, ist für sie absurd." Er ließ meine Füße auf den Boden sinken, ging dann zu den Regalen, schloss die Türen, die ich offengelassen hatte, schloss Schränke ab und richtete magische Gegenstände aus.

Bis die Wandler sich geoutet hatten, war es für sie hier genauso absurd gewesen, nur bis zur Kapitulation zu kämpfen. Aber unter den Blicken der Welt mussten sie sich auf verdaulichere Wege zur Festlegung ihrer Anführer einigen. Anfangs sträubten sie sich gegen die Einmischung anderer in Rudelangelegenheiten, aber ich nahm an, dass es einige Wandler geben musste, die sich über das Ende eines solch barbarischen Brauchs freuten.

„Das erklärt nicht, warum sie dich nicht mögen", beharrte ich.

„Ah", sagte er. „Dann lass mich dir deine Antwort geben." Er klang vielleicht unbesorgt, aber ich konnte die Schwere in seiner Stimme hören. Ich nahm seine ausgestreckte Hand. Der gleichmäßige Rhythmus, mit dem sein Daumen meine Hand streichelte, schien von seinem Unbehagen herzurühren. Was würde ich erfahren?

Ich erwartete, dass wir ins Wohnzimmer, in sein Büro

oder in den unnötigen „Konversationsraum" gingen. Stattdessen führte er mich zu Benton, der sich immer noch an seinem Roman erfreute.

„Du solltest etwas über die Wandler im Schleier erfahren, genauer gesagt über die Canzin-Wandler", sagte er laut genug, dass Benton es hören konnte. Bentons Blick wanderte von seinem Buch zu uns. Dann huschte er über mich hinweg und hinunter zu unseren verbundenen Händen, was eine Grimasse provozierte.

Mephisto führte mich in die Mitte des Raumes. Vom Flur draußen hatte ich immer nur flüchtige Einblicke bekommen, wenn ich versucht hatte, den König der Kleinlichkeit zu überlisten. Obwohl ich jetzt wusste, dass Benton ein Druide war, hatte ich nicht mit einer so umfangreichen Informationssammlung gerechnet. Die Rückwand war ein eingebautes Bücherregal, gefüllt mit Büchern, einige mit verwitterten Buchrücken mit unbekannten Titeln und Sprachen. Neben dem Bücherregal standen große, bequem aussehende Sessel einander gegenüber, dazwischen ein Tisch, auf dem weitere Bücher gestapelt waren. Auf der anderen Seite des Raumes, auf einem großen runden Holztisch, der aussah, als stamme er aus der Kai-Kollektion, standen ein kleiner Kessel und Apothekerzubehör: mit Zutaten gefüllte Gläser, Öle, Mörser und Stößel und ein gelber Notizblock mit Notizen darauf. Der Rest der sichtbaren Wand war aus grobem Kalkstein.

Der Raum hatte eine warme, arbeitssame Atmosphäre. In einer anderen Ecke befand sich eine Küchenzeile. Auf dem Herd stand ein Wasserkessel und auf der Arbeitsplatte eine Chemex-Kaffeemaschine. Direkt neben der Theke stand ein hohes, schlankes Bücherregal, gefüllt mit einer Sammlung zeitgenössischer Belletristik.

„Würdest du ihr von den Canzin-Wandlern erzählen?", fragte Mephisto.

Benton, der gerade etwas trank, erstarrte. Er runzelte die

Stirn, und sein Gesichtsausdruck wurde ernst, als sie einen Blick wechselten.

„Alles?", fragte er.

Mephisto antwortete mit einem knappen Nicken, bevor er den Raum verließ.

„Möchten Sie einen Kaffee?", fragte Benton, als er aufstand. Ich hatte den Eindruck, dass er mir etwas Stärkeres anbieten wollte, was meine Neugier auf die Wandler aus dem Schleier und das, was er mir erzählen würde, nur noch steigerte.

Ich schüttelte den Kopf und setzte mich auf den angebotenen großen Sessel neben dem eingebauten Bücherregal. Benton nahm gegenüber Platz.

„Erzählen Sie mir, was Sie über die Wandler wissen", forderte er mich auf, und sein Gesichtsausdruck wechselte von seinem typisch verspielten, spöttischen, selbstgefälligen Ausdruck zu angespannt und nachdenklich.

Ich erzählte ihm alles, was ich über sie wusste. Dass bis vor Kurzem nur die Wandler im Schleier immun gegen Magie gewesen waren und dass die Wandler hier dank meines Eingreifens jetzt auch immun gegen Magie waren. Ich war mir sicher, dass er das bereits wusste. Ich berichtete, was ich über ihre Fähigkeit wusste, sich freiwillig zu wandeln, dass sie aber trotzdem dem Ruf des Vollmonds folgen mussten. Dass sie erhebliche Kraft und Selbstheilungskräfte besaßen. Dass Silber ihre Heilung beeinträchtigte und Wolfsbane vorübergehend ihre Sinne beeinträchtigte. Dass ihre Magie dominant vererbt wurde, was bedeutete, dass die Fortpflanzung mit einem Wandler garantierte, dass der Nachwuchs ein Wandler sein würde. Ich ließ Miss Harp aus, die undokumentierte Anomalie und die Menaden, die Asher mir gegeben hatte.

Er nickte, lehnte sich in seinem Sessel zurück und legte die Hände übereinander. „Das ist alles wahr. Die Wandler im Schleier sind immun gegen Magie." Er warf mir einen wissenden Blick zu. „Und jetzt gilt das Gleiche auch für die Wandler auf dieser Seite des Schleiers. Die Canzin-Wandler stellten eine Ausnahme dar. Sie waren eine Ausnahme von *allen* Regeln. Sie konnten in Menschengestalt zaubern und waren gegen jede Magie außer ihrer eigenen immun. Es gab ihnen die Fähigkeit, zur Halbform zu wandeln und Magie auszuführen, mit dem Vorteil der Immunität gegen jegliche Magie. Unter den Wandlern galten sie als Götter, und sie glaubten an ihre Unbesiegbarkeit."

Seine Stimme wurde leiser, und seine Augen wurden weicher. Mephisto hatte gesagt, dass nicht alle Teile des Schleiers schön waren, und ich hatte den Eindruck, dass ich gleich Beispiele hören würde.

Benton ging zum Bücherregal und nahm mehrere Bücher heraus. Er blätterte die Seiten durch, hielt inne und reichte mir dann das Buch. „Das sind sie in voller Tiergestalt."

Ich keuchte, bevor ich mir auf die Zunge beißen konnte. Wandler waren größer als ihre natürlichen Gegenstücke, manchmal fast doppelt so groß. Wenn das seltsame Glitzern und die intelligenten Augen nicht verrieten, dass sie Wandler waren, dann ihre Größe. Wandler konnten nicht ohne Weiteres unter natürlichen Tieren leben, da sie aufgrund ihrer Größe auffällig waren. Aber Canzin-Wandler waren riesige Freaks. Daniel, der Wolf, der so groß war wie ein kleines Pferd, wirkte im Vergleich zu den riesigen Canidae und Felidae dieser Wandler zierlich. Sie waren größer als der Schattenwolf und der Amerikanische Gepard, ihre ausge-storbenen Vorfahren.

„Sie sind riesig", sagte ich, betrachtete die Bilder aus verschiedenen Blickwinkeln und stellte mir vor, dass sie unter uns leben könnten. Welchen Eindruck hätte ich vom Schleier, wenn ich diesen Kreaturen begegnen würde anstatt den Wandlern, denen ich begegnet war, und sie feindselig wären?

„Ja, das *waren* sie. Sie sind ausgestorben, die Blutlinie hat geendet", sagte er mit angespannter, leiser Stimme. Als er zittrig Luft einsaugte und langsam wieder ausatmete, nahm ich an, dass das der Spannung dienen sollte, da er gleich die Geschichte ihres Untergangs erzählen würde, bei dem Mephisto sicher eine maßgebliche Rolle gespielt hatte. „Wie viele", fuhr Benton fort, „oder wie Malific, glaubten sie an Gewaltherrschaft. Obwohl Wandler nicht dazu neigen, andere zu unterwerfen, sind sie opportunistisch. Diese kleine Gruppe hat Chaos angerichtet, Kriege verursacht – wenn man das so nennen kann. Hexen, Magier und Feen sind zwar mächtig, aber keine Krieger."

Er gab mir Zeit, diese Informationen zu verarbeiten, und kehrte zu seinem ursprünglichen Platz zurück, um seinen Kaffee zu holen – der kalt sein musste –, trank einen großen Schluck und brachte ihn dann mit zu seinem Platz neben mir.

„Wenn sie Ihrer Mutter begegnet wären, hätten sie sicher ein Bündnis geschlossen, weil sie ein gemeinsames Ziel hatten. Oedeus hat erfolglos versucht, mit ihnen zu verhandeln. Schließlich war es eine Gruppe von hundertdreizehn Mann, die das Ausmaß der Zerstörung einer riesigen Armee anrichteten. Es dauerte nicht lange, bis sie verurteilt und in den Abyssus gebracht werden sollten, wenn auch nur für acht Jahre. Wenn Sie die Zerstörung, die sie angerichtet haben, aus erster Hand gesehen hätten, wären Sie erstaunt gewesen über die recht milde Strafe für ihre Verbrechen. Aber sie sahen das nicht so, und niemand, der geschickt wurde, um sie festzunehmen, kam je zurück."

Er gab mir Zeit, die Berichte in dem Buch zu lesen, das er mir gegeben hatte. Sie wurden durch Skizzen untermalt, die so anschaulich und morbide waren, dass ich sie beiseitelegte.

„Sie waren in der Lage, Götter zu töten!"

„Unsterblichkeit bedeutet nur, dass man nicht aus dem Leben verschwindet. Das bedeutet nicht, dass man unzerstörbar ist und nicht sterben kann. Götter sind allerdings schwer zu töten."

Ich blickte zurück auf die Bilder der Kreaturen und sah sie in einer Halbform an, von der ich angenommen hatte, sie würde einem Zentauren ähneln – halb Mensch, halb Kreatur –, aber in Wirklichkeit ähnelte sie eher einem Minotaurus mit unpassenden menschlichen Armen, Ohren und Nasen an Felidae oder Canidae. Ich konnte mir nicht vorstellen, wie schrecklich es sein musste, damit konfrontiert zu werden und zu wissen, dass es Magie ausüben konnte.

„Schließlich wurden die Jäger hinzugezogen."

„Vier Männer sollten etwas mehr als hundert Wandler festnehmen?"

Ich hatte die Vier im Kampf gesehen, als sie ihre Agilität, Präzision und Gewaltbereitschaft demonstriert hatten. Die lautlose Gnadenlosigkeit, die sie begleitete, konnte man leicht ignorieren, bis man wusste, was sie waren.

Die Teile fügten sich zusammen.

„Es gibt mehr. Aber seit drei Jahrhunderten sind es diese Jäger. Sie hatten die Position am längsten inne und konnten die größten Erfolge vorweisen. Ich denke, man kann sie am besten vergleichen mit dem, was Sie hier als Spezialeinheiten bezeichnen. Normalerweise werden sie hinzugezogen, wenn alle anderen versagt haben. Weshalb Ihre Mutter –"

„Malific."

„Malific wollte, dass sie aus dem Schleier vertrieben werden. Wenn irgendjemand sie hätte fangen können, dann sie."

Es folgte eine unangenehme Stille. Ich nickte und drängte ihn, fortzufahren. Er holte ein weiteres Buch aus dem Regal und legte es vor mir auf den Tisch. „Das ist eine Chronik ihrer Vergehen. Ich möchte nicht ins Detail gehen, weiß aber, dass sie die Konsequenzen verdient haben. Über dreihundert Tote und die Vernichtung zweier Hexenblutlinien und eines Magiers lassen sich ihnen zuschreiben."

Ich überflog die Seiten. Die Geschichten waren gruselig. Ich wollte nichts mehr von Gewalt und Zerstörung lesen. Ich wollte nichts mehr darüber wissen, zu welchen Grausamkeiten andere fähig waren. Jahrelang hatte ich meine Handlungen als fest in der Grauzone von Moral und Ethik verankert betrachtet, aber je mehr ich über die Gräueltaten im Schleier erfuhr, desto heller wurde mein Grau.

„Ich gehe davon aus, dass ihr Aussterben nicht freiwillig passiert ist und die Jäger dafür verantwortlich waren?"

Benton nickte mit stoischer Miene und leerem Blick.

Ich überlegte, ob ich mehr wissen wollte. Das erklärte die unmittelbare Abneigung, die die Schleierwandler Mephisto entgegenbrachten. Er hatte im Wesentlichen ihre Version eines Gottes ermordet und eine mächtige und geachtete Blutlinie beendet. Die Wandler hatten ein unerschütterliches Bündnis untereinander, sodass ihr Hass auf die Jäger so eng miteinander verflochten war, dass er zu einem Teil ihrer Existenz wurde.

„Es ist so lange her, und die Geschichte wurde hundertmal erzählt. Der Held der Geschichte hängt immer von der Seite des Geschichtenerzählers ab. Wenn ein Wandler die Geschichte erzählen würde, wäre Mephisto der Bösewicht."

Benton hatte recht. Wenn diese Geschichte von einem Wandler erzählt würde, würden Mephisto, Kai, Simeon und Clay als bösartige Unholde dargestellt, die eine Blutlinie von Wandlern ausgelöscht hatten, weil ihre magischen und kämpferischen Fähigkeiten ihre übertrafen.

Benton klappte die Bücher zu und saß schweigend da, während ich alles auf mich wirken ließ.

„Was haben die anderen Wandler gemacht? Haben sie einfach die Vernichtung der Canzin-Wandler akzeptiert?"

„Die Macht und Fähigkeiten der Canzins wurde beneidet und von manchen sogar verehrt. Einige Wandler machten mit, aber ohne vergleichbare Fähigkeiten waren sie keine guten Verbündeten. Aber das tat ihrer Bewunderung keinen Abbruch." So sehr ich es auch versuchte, ich konnte meine finstere Miene nicht entspannen, während ich zuhörte. „Im Schleier herrscht ein heikles und kompliziertes Gleichgewicht. Unbezähmbare Magie, Machtgier und das Bedürfnis zu unterwerfen existieren in einem fragilen und volatilen Zustand. Das alles existierte auch hier, aber in so kleinem Maßstab wird es leicht übersehen oder ignoriert. Da ist es anders."

Meine Kehle war trocken, und die Wärme floss aus meinen Fingern, als ich daran dachte, wie ich dort gewesen war und nach Wandlern gesucht hatte. Was mir sonst noch hätte begegnen können. Wie die Leute auf mich reagiert hätten, wenn sie gewusst hätten, wer ich wirklich war.

„Warum erzählen Sie mir das und nicht Mephisto?"

Bentons Lippen verzogen sich zu einem schmalen Strich. Die Emotionen wichen aus seinem Gesicht, und seine Augen waren teilnahmslos. Seine Stimme war ruhig und gemessen. „Genau aus demselben Grund, warum wir immer noch hier sind, obwohl ein einziger Schlag ausreichen würde, und Malific wäre nicht mehr." Er senkte den Blick.

Wenn Malific an jemand anderen gebunden gewesen wäre, wären die Jäger wieder im Schleier. Sie hätten das Leben dieser Person geopfert, um in den Schleier zurückzukehren und die Welt von Malific zu befreien.

Er vermied weiter den Augenkontakt, als er fortfuhr. „Der Laes-Zauber könnte vielleicht aufgehoben werden, wenn wir es versuchen würden." Er holte einen Block von der anderen Seite des Raumes und hielt ihn mir hin. Darauf waren die gleichen Kritzeleien zu sehen, die ich bei Cory gesehen und die ich zuletzt beim Zauberweben notiert hatte. „Wir könnten das an Ihnen ausprobieren. Aber Mephisto lässt nicht zu, dass einer dieser Zauber ausgeführt wird, auch wenn die Gefahr für Sie minimal ist."

Die Verwirrung musste sich auf meinem Gesicht abgezeichnet haben, denn er hatte meine Frage nicht beantwortet. Warum hatte Mephisto mir nichts von den Canzin-Wandlern erzählt?

Mit einem freudlosen Lachen erklärte Benton: „Ich glaube, dass seine Zuneigung zu Ihnen tiefer ist, als wir es uns vorgestellt haben und ihm bewusst war." Ich hasste den Blick, den Benton mir zuwarf, dann schmolz der prüfende und abschätzende Teil dahin. „Ich glaube nicht, dass er Ihr Urteil über ihn für die Dinge, die er getan hat, sehen wollte."

Bentons Blick wurde ernst, und er blickte wieder auf die gewobenen Zaubersprüche. Es waren nicht nur die Jäger, die gehen könnten; er würde es auch tun. Aber Druiden waren Menschen, Gelehrte und magische Ressourcen. Die magische Verbindung mit den Jägern erlaubte Benton wahrscheinlich ein langes Leben. Der erfolglose Versuch, den Laes-Zauber zu brechen, war vermutlich nicht so aufregend wie das Leben, das er früher im Schleier geführt hatte. Ich wollte mir die Zaubersprüche noch einmal ansehen.

„Darf ich?"

Er reichte sie mir, und ich untersuchte sie genauer. Wenn ich das Risiko einschätzen wollte, brauchte ich Zeit, um sie zu studieren.

„Ich würde sie gern mitnehmen oder zumindest eine Kopie machen."

Er dachte so lange darüber nach, dass ich dachte, ich hätte mich vielleicht geirrt, und er war hier nicht unglücklich. Kaffee zu trinken, Bücher zu lesen und gelegentlich eine Tür zu öffnen, war kein schlechter Deal. Vielleicht war er mit dieser Existenz zufrieden.

„Ah, die zweischneidige Klinge von Mephistos Zuneigung. Ich überlasse es ihm, zu entscheiden, ob sie mit Ihnen geteilt werden." Und damit ging er zurück zu seinem Sessel und seinen Büchern und entließ mich im Grunde.

Er wollte es ihm überlassen? Warum traf er Entscheidungen, wenn es sie alle betraf? Noch wichtiger: Warum traf er Entscheidungen für mich?

21

In einen Raum zu stürmen und zu verlangen, dass Mephisto mich nicht daran hindert, an Magie teilzunehmen, die mich möglicherweise töten könnte, war auf vielfache Weise absurd und mit Sicherheit die dümmste Sache überhaupt. Ich erkannte es als das, was es war, konnte aber meinen Stolz nicht zügeln oder mein Gefühl der Autonomie beschneiden lassen. Mein Leben war außer Kontrolle, und ich klammerte mich fest an alles, was mir das Gefühl gab, es im Griff zu haben. Auch wenn es noch so lächerlich war. Und das war, wo ich war. Ich klammerte mich an einen Anschein von Kontrolle über meine Entscheidungen, meine Erinnerungen, meine Vergangenheit, meine magischen Fähigkeiten, meine Identität in der übernatürlichen Welt und sogar darüber, wie ich mich selbst schützen wollte.

Mephisto war in seinem Büro und starrte durch das raumhohe Fenster hinaus. Langsam und bedächtig drehte er sich zu mir um. Nachdem er mich lange angesehen hatte, schmunzelte er und kam langsam auf mich zu. „Ich frage mich oft, ob du einfach unnötig trotzig und auf einzigartige Weise ungestüm bist", überlegte er laut.

Weder noch. Das hört sich nicht gerade nach Komplimenten an.

„Gewebte Zaubersprüche sind niemals präzise, egal wie talentiert der Weber ist. Diejenigen, die sich mit dem Tod befassen, sind noch heikler. Riskant. Ich möchte nicht unter dem Opfer Ihres Lebens in den Schleier zurückkehren", erklärte er.

Er hatte recht, und ich wusste es. Ich nickte und kam mir dumm vor, auch nur eine Minute lang gedacht zu haben, dass das ein Kampf war, den ich kämpfen musste, wenn es doch weitaus wichtigere Dinge gab, um die ich mich kümmern musste. Er musterte mich weiter und schien nach etwas zu suchen. In seinen Augen und seinem Gesichtsausdruck lag eine ungestillte Neugier. Ich wusste, dass er sich fragte, wie ich die Informationen über die Wandler aufgenommen hatte. Ich war mir auch nicht sicher.

Als er sich hinunterbeugte und einen warmen Kuss auf meine Lippen drückte, erwiderte ich ihn, und die Spannung schmolz dahin.

„Ich muss mit Dareus über das Black Crest-Grimoire sprechen", sagte ich.

„Erin."

Ich schloss meine Augen, nicht bereit für eine Debatte.

„Du weißt bereits, was er dafür will."

„Ich werde Harrison dafür nicht töten" – ich lehnte meinen Kopf zurück und sah die Entschlossenheit in seinen Augen – „und du wirst es auch nicht tun."

Ich würde dafür nicht töten, also musste ich den Dämon überlisten. Dämonen waren für ihre Listigkeit bekannt. Die Frage war: Wie überlistete ich einen Betrüger?

Vielleicht müsste ich das nicht.

Einen Dämon auszutricksen wurde zu Plan B oder vielleicht C. Es wäre besser, einen Deal mit ihm auszuhandeln. Bei all den Gegenständen in Mephistos Sammlung und meinen

Verbindungen mussten wir in der Lage sein, das Zauberbuch gegen etwas einzutauschen, das Dareus wollte, solange es nicht ich war oder Harrisons Leiche.

Ich verspürte ein geringes Gefühl der Erleichterung, angesichts der Tatsache, wie schwierig es war, ihn herbeizurufen. Das Problem war nicht, ihn anzurufen, sondern eher, ihn zum Antworten zu bewegen. Wir standen in der Mitte von Mephistos Büro und studierten beide den Dämonenkreis, der seit der Stunde, als Mephisto Dareus herbeigerufen hatte, leer geblieben war. Es bewies, was ich schon lange vermutet hatte: Dämonen mussten nicht antworten, und um einen Dämon zum Antworten zu bewegen, war eine erste Vorstellung erforderlich. Erst dann wurde einem die Möglichkeit eingeräumt, direkt mit ihm in Kontakt zu treten.

Ich warf Mephisto einen Blick zu. Er sah gereizt aus, und ich erkannte den Ausdruck in seinem Gesicht: den gleichen Ausdruck, der immer dann zu sehen war, wenn mächtige Wesen machtlos waren. Er war empört darüber, dass der Dämon seine Beschwörung abgelehnt hatte.

„Vielleicht sollte ich es versuchen."

„Nein", antwortete Mephisto schnell. Beschwörungen waren mit Magie verbunden, und Dämonen wussten, wem sie antworteten. War Mephistos Magie unbekannt, sodass Dareus sich weigerte, darauf zu reagieren, oder umgekehrt? Vielleicht wusste er es zu genau und zögerte, sich damit auseinanderzusetzen. Wenn dem so wäre, würde er auf Elfenmagie reagieren. Das war der Grund, warum er ein Kopfgeld auf mich ausgesetzt hatte. Nach einigen Momenten der Überlegung war klar, dass wir jemanden brauchten, dessen Magie er erkennen und auf den er reagieren würde. Was dazu führte, dass Mephisto Wendy anrief.

Benton begleitete Wendy und Stacey in Mephistos Büro. Ihrer Ankunft ging eine Menge theatralischer Schnörkel voraus. Wendys schwarzer Zauberermantel flatterte wie ein

Umhang, und da wir drinnen waren und kein Wind im Haus wehte, passierte es auf magische Weise. Staceys Mantel hatte keinen solch dramatischen Auftritt. Ich hatte eine Auszeichnung für die Kontrolle meiner Reaktion verdient. Und als ich sah, dass Wendys Zauberstab wie eine Waffe an ihrer Taille hing, schoss mein Blick zur Decke, und ich biss mir auf die Unterlippe, um nicht loszuprusten.

Stacey hielt ihren Zauberstab mit ruhigem Selbstvertrauen in der Hand, das mich nicht so beruhigte, wie es hätte sollen. Etwas an ihr war beunruhigender als an Wendy, aber ich konnte nicht sagen, was es war. Galt in ihrem Fall der Spruch ‚stille Wasser sind tief'? Während Wendy mutig und aggressiv selbstbewusst war und ihr Selbstvertrauen wie eine Krone trug, war Stacey zurückhaltend und besaß eine ruhige Kraft und Wissen. Ich konnte nicht anders, als zu denken, dass sie diejenige war, die man im Auge behalten sollte. Stacey ging auf Mephisto zu und schüttelte ihm die Hand.

„Wir hoffen, dass wir helfen können", sagte sie, und eine leichte Röte stieg ihren Hals und ihre Wangen empor, als er ihre Hand ergriff und sie mit der anderen Hand bedeckte. Er hielt sie lange fest und schenkte ihr ein entwaffnendes Lächeln. Ich kannte den Blick, mit dem sie ihn ansah. Cory nannte ihn in all seiner Unbescheidenheit „vor Hitze erstarrt". Es war kein Ding. Ich weigerte mich, das zu akzeptieren.

Cory hatte diesen Blick oft bekommen und machte Madison und mir schnell klar, dass wir ihn schon so lange kannten, dass uns sein Adonis-Aussehen nicht aus der Fassung brachte. Wir wechselten uns einfach darin ab, ihn darauf hinzuweisen, dass es uns vielleicht auch so erginge, wenn sein Aussehen mit einer gewissen Bescheidenheit einherginge. Ein Hauch von Bescheidenheit war viel wert. War ich gegen Mephisto und seine verführerische Mystik immun geworden? Oder wurden die Hexen von der Andersartigkeit seiner Magie angezogen? Ob er sie jetzt dämpfte oder nicht, sie hatte zweifellos etwas Faszinierendes.

„Sie kennen Erin", sagte Mephisto und kam zu mir, wo ich neben seinem Schreibtisch auf einem Sessel saß. Er lehnte sich dagegen, nahe genug, dass er seine Hand auf meine Schulter legen konnte, und machte Wendy und Stacy damit mehr als klar, dass das, was zwischen uns war, weit über eine berufliche Beziehung hinausging.

„Natürlich." Wendys Blick wurde von seiner Hand auf meiner Schulter angezogen, obwohl sich ihr Gesichtsausdruck nicht veränderte. Es schien, als würde sich Stacey an das doppelte Spiel erinnern, das sie mit dem Amber Crocus zwischen ihm und Landon versucht hatten. Oder vielleicht war es ihr peinlich, dass sie ein falsches Spiel geplant hatten. Waren sie immer noch auf das Grimoire scharf? Aus Wendy würde ich nichts herausbekommen; sie war berechnend und opportunistisch. Stacey war es vielleicht auch, auch wenn es in ihr möglicherweise noch einen Funken Integrität gab. Aber ich würde sie nicht unterschätzen.

„Sie möchten, dass wir Dareus rufen?", fragte Wendy.

„Ja, wir würden gern mit ihm reden."

Sie untersuchte den Kreis in der Mitte des Raumes. „Er kommt nicht?"

Mephisto biss die Zähne zusammen, und ein Anflug von Verärgerung flackerte in seinem Blick auf. Der Blick der machtlosen Mächtigen. „Es ist so, wie ich es Ihnen erklärt habe, als ich angerufen habe."

„Dann sind Sie sich des Beratungshonorars bewusst."

„Ja." Er presste das Wort mit zusammengebissenen Zähnen hervor. Ich erkannte den Unterton in seiner Stimme. Unterdrückte Verärgerung. Ich war während unserer Verhandlungen oft das Ziel dieser Verärgerung gewesen. Mephisto holte sein Handy aus der Tasche und tippte darauf herum, um die Zahlung vorzunehmen.

Wendy und Stacey untersuchten den Kreis. Es war wahrscheinlich dicker als sie es gewohnt waren, aber wir wollten kein Risiko eingehen. Mit Zauberstäben in der Hand zogen sie mit einer schwungvollen Bewegung ihre Mäntel aus, sagten einen Zauberspruch, und der Stoff wehte über den Kreis und hinterließ goldene Sigillen.

„Es ist am besten, vorsichtig mit Dämonen umzugehen", sagte Wendy.

Staceys Mantel kehrte zurück und drapierte sich über ihren ausgestreckten Arm. Sie zog ihn wieder an. Weil Wendy Wendy war und sich keine Gelegenheit entgehen lassen wollte, eine Show zu veranstalten, hob sie ihre Arme in einer theatralischen Bewegung, und ihr Mantel drehte und tanzte wie ein Ballett über ihrem Kopf, bevor er an ihren Armen herunterglitt. Sie strich den Mantel glatt, sobald er angezogen war.

Wendy hatte das letzte Wort des Zauberspruchs noch nicht ausgesprochen, als Dareus mit hochgezogenen Brauen erschien. Sein Gesicht hellte sich auf, als er mich neben ihr stehen sah.

„Wendy." Er sprach sie an, doch sein Blick wanderte immer wieder zu mir, und ein langsames, entspanntes Lächeln breitete sich auf seinen Lippen aus. Mephisto, dessen Arme um meine Taille lagen, zog mich zurück und drückte meinen Rücken an seine Brust. Er grub seine Hände in mein Top.

„Wendy, wie kann ich dir behilflich sein?", fragte Dareus. Und trotz ihrer Behauptung, dass sie nicht viel mit Dämonenmagie zu tun hatte, gab es eine Vertrautheit in ihrer Interaktion, die sehr deutlich das Gegenteil bewies.

„Sie hat dich für mich gerufen. Ich wollte mit dir reden", sagte ich.

„Wie kann ich dir behilflich sein, von Elfen Beschützte?"

„Ich möchte das Black Crest-Grimoire. Was wirst du dafür als Gegenleistung akzeptieren?"

„Das habe ich dir schon gesagt. Es ist nicht verhandelbar und angesichts der Umstände, unter denen wir uns begegnet sind, keine unangemessene Bitte." Er richtete seine Aufmerksamkeit auf Wendy und Stacey. „Und ihr wisst, was ich will, damit ihr es bekommt."

Wenn Dareus sonst nichts war, war er direkt und verdammt unhöflich.

„Welchen Nutzen bringt dir eine Elfe? Es ist die Magie, die du willst, nicht wahr?", fragte Mephisto.

Interessiert näherte sich Dareus der Barriere, die uns trennte, und betrachtete Mephisto lange. Er drückte sich noch näher an die magische Wand und taumelte dann zurück, als hätte sie ihm einen elektrischen Schlag versetzt. Als seine Neugier unbefriedigt blieb, bewegte er sich in die Mitte des Kreises.

„Du bist keine", sagte er. Es schien keine Frage zu sein, und selbst wenn es eine gewesen wäre, schien Mephisto nicht bereit zu sein, darauf zu antworten. „Ihre Magie. Es gibt Gerüchte, dass sie uns außerhalb des Kreises körperlich machen können."

Er würde keinen Körper brauchen.

„Muss es unbedingt Harrison sein, oder reicht irgendjemand?"

Ich drehte mich in Mephistos Armen um und sah ihn finster an. Warum sprachen wir überhaupt darüber? Hatte er irgendwo einen Leichnam herumliegen, den er als Währung in seiner Verhandlung benutzen konnte?

„Ich brauche einen Körper, den ich schon einmal bewohnt habe. Ich kann dir eine Liste geben."

„Wir brauchen keine Liste", sagte ich. Sein Lächeln kehrte zurück, als wäre meine Antwort eine stillschweigende Zusage, ihm Harrison zu liefern. „Es muss etwas anderes sein. Nenn' deinen Preis", drängte ich.

Seine Augen glitzerten, als er sich dem Rand des Kreises näherte und seine Schlitzaugen auf mich gerichtet waren. „Bringt mir Harrison oder eine Elfe", sagte er. Er wandte sich den Hexen zu, und als er sprach, war seine Stimme messerscharf. „Und wenn ihr mich nicht ruft, um das ausgesetzte Kopfgeld einzufordern, ruft mich nicht noch einmal."

Dann war er weg. Dass die Hexen mich nicht ansehen konnten, interpretierte ich als schlechtes Zeichen. Würden ihre Gesichter sie verraten und zeigen, dass sie Pläne schmiedeten oder von Machtgier erfüllt waren?

Sie entfernten schweigend den Kreis und verabschiedeten sich mit einem knappen Winken. Wenn wir weitere Fragen oder Bitten hatten, gaben sie uns keine Gelegenheit, sie auszusprechen.

„Ich vertraue ihnen nicht", gab ich zu, als sie weg waren.

„Mit Ausnahme von Cory würde ich keiner Hexe und keinem Magier vertrauen", sagte Mephisto. „Erin", fuhr er leise in demselben entwaffnenden Tonfall fort, den er zuvor benutzt hatte.

„Ich tausche Harrisons Leben nicht gegen das Zauberbuch ein", stellte ich entschieden fest und ließ keinen Raum für Diskussionen.

Er drückte mir einen keuschen Kuss auf die Wange. Die Last der Situation lag schwer in der Luft, und unsere Uneinigkeit erfüllte den Raum mit Spannung.

„Ich kann diese Situation kontrollieren", sagte ich.

„Kannst du? Denn er wird das Kopfgeld, das er auf dich ausgesetzt hat, nicht zurücknehmen. Wenn nicht Wendy oder Stacey, dann werden andere Hexen die Macht, die das Zauberbuch bietet, mehr schätzen als dein Leben. Nimm ihnen die Wahl und hilf dir dabei selbst."

Die unangenehme Stille hielt an.

„Vielleicht muss ich meine Mutter töten", gab ich zu. Bei diesem Gedanken schoss ein Schmerz durch mich. „Ich will keine Spur von Leichen hinterlassen. Wie würde mich das besser machen als sie?"

Mephistos Stirn lag an meiner, sein warmer Atem strich über meine Haut. Die Andersartigkeit seiner Magie schien mich einzuhüllen, als seine Finger meine berührten. „Der bessere Mensch zu sein ist nicht das Ziel, sondern zu überleben."

Ich zwang mich, mich von ihm zu entfernen, weil ich nicht davon überzeugt war, dass wir nicht die gleichen Schwächen hatten, wenn es umeinander ging. Es fühlte sich an, als würde ich eingelullt, und es erschien mir gar nicht so abstoßend, Dareus zu geben, was er wollte.

Ich atmete mehrmals tief durch und blickte zurück auf die Stelle, an der Dareus gestanden hatte. Es war ernüchternd. „Ich werde mir etwas einfallen lassen, und dabei geht es nicht darum, Harrison zu töten."

Mit einem schwachen Lächeln zuckte Mephisto die Schultern. „Wenn es jemand kann, dann du." Er klang wehmütig, aber nicht zuversichtlich. Dann trat er mir aus dem Weg, als ich zur Tür hinausging.

Ich holte mein Handy aus der Tasche und rief Dr. Sumner an.

22

Am nächsten Tag, bevor ich zu Dr. Sumners Büro ging, winkte ich meinem Wandler-Bodyguard zu, einer täuschend harmlos aussehenden Frau. Ein platinblonder Kurzhaarschnitt lenkte die Aufmerksamkeit des Betrachters auf ihr rundes, blasses Gesicht. Warme, honigfarbene Augen ließen sie unauffällig und sanftmütig wirken. Aber es war nichts Sanftmütiges, Unauffälliges oder Harmloses an der Art und Weise, wie sie sich lautlos bewegte, als sie sich hinter mich stellte und nur ihr Schatten verriet, dass sie da war. Erschrocken zog ich das Messer aus der Scheide an meiner Hüfte und wirbelte herum, um mich zu verteidigen. Sie wehrte den Schlag nur wenige Zentimeter von ihrer Kehle entfernt ab. Mit der anderen Hand packte sie mich am Hals. Wut huschte kurz über ihr Gesicht, bevor sie sie unter Kontrolle bringen konnte.

„Verdammt, neigst du immer dazu, überzureagieren?", zischte sie durch zusammengebissene Zähne.

„Du hast mich erschreckt."

„Und mir in die Kehle zu stechen ist eine angemessene Reaktion für dich?"

„Du hättest im Auto bleiben sollen", fauchte ich und

versuchte, meinen Blick auf die Hand zu richten, die um meinen Hals lag. *Das sieht wirklich scheiße aus.*

Sie ließ mich mit einem scharfen Ausatmen los. „Ich habe beschlossen, dich hineinzubegleiten", erklärte sie.

„Alle anderen bleiben einfach im Auto."

„Das hätte ich auch getan, aber ich muss mir die Beine vertreten. Du fährst schon über eine Stunde durch die Gegend."

Das war ich tatsächlich, in der Hoffnung, dass ich meinen Kopf freibekommen und mir vielleicht ein paar Ideen einfallen würden. Stattdessen hatte die lange Fahrt meine Verzweiflung und Hoffnungslosigkeit nur verstärkt. Ich freute mich wirklich darauf, mit Dr. Sumner zu sprechen.

„Ich brauche keine Eskorte. Ich besuche nur meinen Therapeuten." Ich warf ihr einen Seitenblick zu, als sie sich auf dem Weg zur Tür neben mich schob.

Sie schnaubte genervt. „Ich bin mir ziemlich sicher, dass du das nicht tust, aber ich kann die Pause gebrauchen, und so kann ich Asher versichern, dass du es an dein Ziel geschafft hast, ohne dir auch nur einen Niednagel zuzuziehen."

Ich konnte mir vorstellen, wie eigenartig es für einen Wandler sein musste, jemanden zu beschützen, der nicht zu ihrem Rudel gehörte. Meine Rolle dabei, sie immun gegen Magie zu machen, stieß bei ihnen möglicherweise nicht auf die gleiche Wertschätzung wie bei Asher. Und ich war mir ziemlich sicher, dass einige glaubten, ich hätte im Umgang mit ihrem Alpha die Grenzen von Respekt und Anstand überschritten. Ich fragte mich, ob sie einer dieser Wölfe war.

An der Tür angekommen, drehte ich mich zu ihr um. Ich wollte gerade den Mund aufmachen, als ihr klar wurde, dass ich ihren Namen nicht kannte.

„Scarlett, Scarlett Sullivan." Sie wartete amüsiert darauf, dass ich den Namen erkannte. *Sullivan.*

„Du bist Ashers Schwester?" Ich sah keine Ähnlichkeit, mit Ausnahme der schlanken Statur und Größe. Aber das konnte man von den meisten Wandlern sagen. Asher zeichnete sich durch scharfe Linien und markante Gesichtszüge aus, mit Augen, die vor unerbittlichem Selbstvertrauen, Herausforderung, Schalk und einem Hauch wölfischer Arroganz strahlten.

So viele Emotionen in einem Blick zu vereinen, schien eine größere Anstrengung zu sein, als Scarlett bereit war zu unternehmen. Das verschlagene Lächeln jedoch war ähnlich.

„Cousine." Sie zuckte mit den Schultern. „Ich habe darum gebeten, dich begleiten zu dürfen. Die Neugier war einfach zu groß. Ich musste sehen, was Asher dazu gebracht hat, den Alpha – oder besser den Alphaarsch– raushängen zu lassen."

Ich schnaubte und nahm mir vor, diesen Titel künftig zu benutzen.

„Und du hast mich nicht enttäuscht. Eine Frau, die versucht, mich zu erstechen, nur weil ich hinter ihr auftauche, Asher vulgäre Hassballons schickt und die ihn aus keinem anderen Grund, als dass Dienstag ist oder was auch immer herausfordert, ist für ihn ziemlich en vogue." Sie verdrehte die Augen. Ihre Stimme hatte immer noch eine beiläufige Neutralität, die es schwierig machte, zu ergründen, was sie von mir hielt. Aber ich war ein totaler Fan von ihr.

Als wir an der Tür waren, drehte ich mich zu ihr um. „Du kannst nicht mit reinkommen." Mir war nie ganz klar, welche Grenzen Leute zogen, denen es nichts ausmachte, der Welt ihre privatesten Teile zu zeigen, deshalb wollte ich ihr meine unmissverständlich klarmachen.

Ihre Augenbrauen hoben sich, und ihr Grinsen wurde breiter. „Ich habe keine Lust, in deinen Kopf zu schauen und zu sehen, was dich antreibt", sagte sie und wich zurück. *Vielleicht mag ich sie doch nicht.* Sie lächelte. „Die Wurst ist immer besser, wenn man nicht sieht, wie sie hergestellt wird." *Vielleicht doch Team Scarlett?* Zumindest war sie ein Rätsel, und das war erfrischend. Sie schien mehr als nur einen Spaziergang auf die andere Straßenseite zu brauchen und ging in die entgegengesetzte Richtung, als ich das Gebäude betrat.

Dr. Sumner erwartete mich mit einem schwachen Lächeln. Wie ich vorhergesagt hatte, war sein Nachmittagsstoppelbart jetzt ein kurzgeschorener Bart, der ein paar Nuancen dunkler war als sein Haar. Seine Hipster-Ausstattung bestand aus einer großen runden schwarzen Brille mit Old-School-Appeal. Meine Lippen zuckten. Er ignorierte meinen langen, abschätzenden Blick und schob seine neue Brille auf seiner Nase empor. Ich fragte mich, ob ihm beim Kauf der Monstrosität bewusst gewesen war, dass sie die Aufmerksamkeit auf seine kristallklaren, hellblauen und gefühlvollen Augen lenken würde. Während ich ihn weiter musterte, fuhr er sich mit den Händen durch die Haare, die jetzt länger und ein bisschen struppig waren. Der Bart unterstrich den Look noch. Bei meinem letzten Besuch hatte ich erfahren, dass er Teilzeit an der Uni unterrichtete. Wenn sein neuer Look abschreckend wirken und die Studenten nicht ablenken sollte, war er kläglich gescheitert.

Soll ich ihm sagen, dass nichts davon das Klischee des heißen Professors untergräbt? Nein, die Art und Weise, wie er das Kinn hob und sich in seinem Sessel zurücklehnte, vermittelte den Eindruck, dass er stolz auf seinen neuen Look war und das Gefühl hatte, dass er funktionierte.

„Nette Weste", bemerkte ich und betrachtete das dunkelbraune Kleidungsstück.

„Danke." Es war der fröhlichste Ton, den ich je von ihm gehört hatte. So stolz. In meinem Kopf hörte ich ihn sagen: *Meine Damen und Herren, ignorieren Sie mein Gesicht, und richten Sie Ihre Aufmerksamkeit auf meine ausgesprochen schicke Weste, die zu große Brille und den Bart, der meiner Meinung nach struppig und unattraktiv aussieht.*

Ich konnte diese Blase nicht platzen lassen. Er schien sie wirklich zu brauchen.

„Passt gut zu Ihnen."

Er sah mich argwöhnisch an. Hey, ich hatte es wenigstens versucht.

„Und wie ich sehe, haben Sie sich heute für Atticus-Finch-Cosplay entschieden", neckte ich.

„Atticus Finch?"

„Aus *Wer die Nachtigall stört*."

„Ich weiß, wer er ist, aber während der vielen Male, in denen Sie versucht haben, der Therapie zu entgehen, haben Sie Ihre Abneigung gegen die meisten Filmklassiker sehr deutlich erklärt", bemerkte er, obwohl mein Kommentar offensichtlich seine Stimmung hob. *Ein seltsamer Look, um ihn nachzuahmen, aber okay.*

Ich zuckte mit den Schultern, bevor ich mich auf das Sofa fallen ließ. „Es gibt einige, die ich mag", gab ich zu. „Wie laufen die Vorlesungen?"

„Großartig. Ich glaube, dass sich die Studenten aufgrund meiner Arbeit mit Übernatürlichen für meine Vorlesungen interessieren. Der Kurs war ziemlich schnell voll, und ich wurde gebeten, ihn nächstes Semester wieder zu unterrichten."

„Wegen ihres Wissens über Übernatürliche?"

Er bemerkte den Sarkasmus nicht.

„Darüber diskutieren wir nicht. Schließlich ist es ein Grundkurs in Psychologie. Ich glaube einfach, dass ich deswegen beliebt bin. Menschen sind von dieser Welt fasziniert, und die Tatsache, dass ich in der Vergangenheit mit Übernatürlichen zu tun hatte, reizt sie."

Sicher, es sind die Übernatürlichen, die sie überall sehen können, und nicht der Professor, der den Kurs unterrichtet? Wenn er meint.

„Glauben Sie, dass Ihr Kurs wegen Ihrer Verbindung zur übernatürlichen Welt voll ist? Eine Welt, über die Sie im Unterricht nicht sprechen?"

„Ich bin ein guter Dozent", schoss er zurück.

„Das sind Sie sicher. Aber wie Sie schon betont haben,

handelt es sich um einen Grundkurs. Glauben Sie nicht, dass es der Professor ist, der den Ausschlag gibt?" Mein Lächeln war mehr als eine Andeutung.

Soll ich meine geistige Gesundheit wirklich jemandem anvertrauen, der so offensichtlich ahnungslos ist?

Nachdem er ein paar Augenblicke darüber nachgedacht hatte, was ich gesagt hatte, färbten sich seine Wangen rosig.

„Vielleicht sollten wir anfangen, über Grenzen zu sprechen, Miss Jensen." Sein Blick war hart, aber seiner Stimme fehlte die Strenge.

Während ich in meiner Tasche grub, dankte ich ihm, dass er Zeit für mich hatte.

Er deutete eine Verneigung an, ein Zeichen gespielter Ehrfurcht. „Meine Tür steht immer für Sie offen, Göttin." Der Humor traf seine Augen, obwohl er nicht lächelte.

„Ich dachte, ich wäre eine Halbelfe?"

„Ja. Ich stehe dazu, weil es für mich passend ist, aber für andere hat die Tatsache, dass Sie eine Göttin sind, eine Bedeutung. Wie fühlen Sie sich dabei?"

Zu jedem anderen Zeitpunkt hätte ich vielleicht einen Witz über seine klischeebehaftete Frage gemacht, aber es war eine Frage, die ich erkunden wollte.

Ich holte meinen Flachmann und die beiden Schnapsgläser heraus und stellte sie auf den Tisch. Dr. Sumners verzog missbilligend das Gesicht und warf mir einen strafenden Blick zu.

„Sind wir nicht darüber hinaus, so zu tun, als wären diese Sitzungen auch nur annähernd normal oder angemessen? Ich bin eine Halb-was-auch-immer, die wahrscheinlich ihre Mutter töten muss", sagte ich und goss Tequila in jedes Glas. „Nachdem ich Ihnen alles erzählt habe, was sich in den letzten Tagen ereignet hat, denke ich, dass Sie einen wollen werden."

Ich trank mein Glas auf Ex, entspannte mich auf dem Sofa und begann zu erzählen, ganz ohne Filter, auf eine Art und Weise, wie ich es mit keinem anderen konnte, sprach über meine Ängste, Verletzlichkeit und wahre Gefühle, ohne etwas herunterzuspielen, aus Angst, andere zu beunruhigen. Zu meiner eigenen Überraschung erzählte ich ihm sogar, dass Mephisto und ich mit dem Sex aufgehört hatten, den wir definitiv gehabt hätten.

„Mephisto?" Ich hörte, wie er seine Notizen durchblätterte. „Der Gott?"

Ich nickte.

„Ein Jäger", fügte er hinzu.

Ich bestätigte mit einem weiteren kurzen Nicken.

„Was ist mit dem …" Wieder blätterte er. „Dem Wandler. Der, dem Sie mit seiner Magie geholfen haben."

„Wandler haben nicht wirklich Magie", erinnerte ich ihn.

„Ich weiß, aber Sie haben ihm geholfen, indem Sie dafür gesorgt haben, dass Magie keine Wirkung mehr auf ihn hat. Um eine männliche Fee davon abzuhalten, Magie gegen sie einzusetzen, richtig?"

Dr. Sumner leistete hervorragende Arbeit und blieb trotz des Schwalls neuer und möglicherweise beunruhigender Informationen unbeteiligt und objektiv.

„Ja."

Er drängte mich, weiterzureden. Als ich fertig war, war er blass. Er nahm seine Brille ab, legte sie auf den Tisch und rieb sich mit der Hand den Bart. Auf seinem Gesicht war der Kampf der Gefühle deutlich zu sehen. Seine Augen waren weicher geworden und voller Sympathie, Traurigkeit und Mitgefühl. Ich musste meinen Blick abwenden und zu Boden blicken. Es war der Mitleidsteil, der mich am härtesten traf. Aber ich musste mir alles von der Seele reden.

„Es gibt diesen naiven, lächerlich optimistischen Teil in mir, der glauben möchte, dass ich kein Wegwerfwerkzeug bin, das man nach Lust und Laune entsorgen kann, damit sie mehr Macht bekommt. Es ist kaum zu fassen, dass ich nur ein Hindernis für sie bin, ihren despotischen Traum zu verwirklichen." Der Damm brach, und die Tränen liefen mir über die Wangen. Ich wischte sie nur langsam weg. „Sie ist immer noch meine Mutter, egal wie sehr ich versuche, die Bindung zu trennen. Ich erinnere mich an den Schmerz, den meine Adoptivmutter empfunden hat, als ich damit gerungen habe, dass ich keine Magie besessen habe. Die Trauer in ihrem Gesicht darüber, dass sie es nicht ändern konnte, und die bedingungslose Liebe, die sie und mein Vater für mich empfinden. Und sie hatten nichts damit zu tun, dass es mich gibt. Malific ist der Grund, warum ich hier bin. Es scheint einfach so, als sollte es mehr sein. Eine Art Reue oder Zögern vielleicht, aber das gibt es nicht. Sie würde mich bei der ersten Gelegenheit töten."

Dr. Sumner stand von seinem Platz auf und nahm eine Schachtel Taschentücher vom Tisch. Er schob die Flasche und die Schnapsgläser beiseite und setzte sich direkt vor mich auf den Tisch. Dann reichte er mir die Schachtel. Er brachte einen ungerührten Blick zustande, den ich mehr zu schätzen wusste als Mitleid, als ich mir die Tränen wegwischte.

„Sie fühlen sich unwohl", bemerkte er.

Ich nickte. „Ich bin gerade wie ein Idiot zusammengebrochen."

Seine Lippen verzogen sich zu einem schiefen Lächeln, und er goss ein wenig Tequila in jedes Schnapsglas und reichte mir dann eines. Er trank einen kleinen Schluck, verzog das Gesicht und beugte sich zu mir vor. Leise sagte er: „Warum fühlen Sie sich so?"

„Ich sollte damit klarkommen?"

„Damit klarkommen, herauszufinden, dass Ihre Mutter eine gewalttätige Göttin ist, die Sie nur zur Welt gebracht hat, um aus dem Gefängnis zu entkommen? Eine Frau, die die Absicht hatte, ihre Tochter zu ermorden? Und Sie kommen sich dumm vor, weil Ihnen das wehgetan hat?" Er bewegte die Hand in meine Richtung, überlegte es sich aber anders. Dann legte er sie auf meine, lächelte mich beruhigend an und drückte sanft meine Hand. „Ich habe schon früher mit Übernatürlichen gearbeitet, und Ihre Situation ist einzigartig. Seien Sie nicht zu streng mit sich."

„Ich werde meine Mutter töten müssen. Wie kommt man über sowas hinweg?"

Es war eine Absichtserklärung und eine verzweifelte Bitte um eine Antwort, von der ich wusste, dass er sie mir nicht geben konnte. Ich fühlte mich leer: eine Hülle. Dr. Sumners Miene blieb ausdruckslos, doch während seiner Momente stiller Kontemplation wusste ich, dass er sich mit der Moral der Befürwortung eines Mordes auseinandersetzte. Egal aus welchem Grund, ich hatte ihm gerade mitgeteilt, dass ich einen Mord begehen würde. Es war schwierig, dem Ganzen etwas Poetisches abzugewinnen.

„Sie ist Ihre Mutter. Und alles, was uns über Eltern beigebracht wurde, sagt uns, dass sie uns bedingungslos lieben sollten, aber das ist hier nicht der Fall. Und es hat nichts mit Ihnen zu tun, sondern alles mit ihr."

„Sie ist eine Soziopathin", bemerkte ich.

Er schenkte mir ein knappes Lächeln. „Diese Diagnose kann ich nicht stellen. Ich bin ihr nie begegnet und habe nie mit ihr gesprochen."

„Ich weiß. Aber verlassen Sie sich auf meine Einschätzung. Sie ist eine narzisstische, amoralische, herzlose Soziopathin."

„Was passiert jetzt?", fragte Dr. Sumner. „Wie bringen Sie die Art und Weise, wie Ihre Mutter zu Ihnen stehen sollte, mit der Art und Weise, wie sie tatsächlich denkt, unter einen Hut?"

„Ich glaube nicht, dass ich das jemals schaffen werde. Wenn ich sie töte, werde ich nicht stolz darauf sein, es getan zu haben, denn ich denke, das ist vielleicht das Beste, was ich mir erhoffen kann. Ich darf sie mir nicht als meine Mutter vorstellen, sondern nur als jemanden, der mich umbringen will."

Seltsamerweise war das Eingeständnis, dass ich sie töten würde, seltsam befreiend. Das Gewicht der „Was wäre, wenn"-Frage lastete plötzlich nicht mehr auf meinen Schultern. Es existierte nicht mehr. Es war kein großer Schritt mehr, Malific nicht länger als meine Mutter, sondern als Mörderin zu betrachten.

Da ich einen Themenwechsel brauchte, sagte ich: „Ich habe gelernt, das zu tun."

Ich flüsterte den Zauber und zog meine Hand aus seiner. Die kühle Brise der Magie und ihre begrenzende Präsenz hüllten mich ein. Ich war unsichtbar, und Dr. Sumner starrte mich mit ausdruckslosem Gesichtsausdruck an. Er streckte die Hand aus und berührte mein Gesicht, oder besser gesagt, er rammte mir mit der Hand gegen die Nase und versuchte, sie zu ertasten. Ich zuckte zurück und protestierte: „Au!"

Anstatt beeindruckt zu sein, wirkte er verstört. Ich wusste, dass es nicht an meinem Verschwinden lag, sondern daran, dass ich ihm wieder einmal eine neue Facette der übernatürlichen Welt demonstriert hatte. Meinetwegen hatte er gesehen, wie mich die Immortalis angegriffen hatten, als sie in eine unserer Sitzungen gewyndet waren, und er wusste über Deals mit Dämonen, Elfen, Göttern und den Schleier Bescheid. Trotz all seiner Bemühungen, sich als führender Therapeut für Übernatürliche einen Namen zu machen, erforderte es von ihm nur sehr wenig Geschick, sich als der Ansprechpartner für ausgeflippte Vampire und therapiebedürftige Wandler zu etablieren, denn wenn sie zu viel Aufmerksamkeit in den Medien erregten, dann wäre es nicht Dr. Sumner, der sie wieder auf den richtigen Weg brachte, sondern Landon oder der Alpha ihres Rudels. Er würde das Lob für etwas in Anspruch nehmen, das nicht ausschließlich auf seine Kunst zurückzuführen war. Hier und jetzt bekam er jedoch die ungeschminkte Version der Welt zu Gesicht, die, davon war ich überzeugt, gerade viel von ihrem Charme verloren hatte.

Ich wurde wieder sichtbar, lehnte mich auf dem Sofa zurück, und er kehrte zu seinem Sessel zurück.

Nach einigen Momenten unbehaglicher Stille schloss ich meine Augen.

„Wie fühlen Sie sich?", fragte er aufrichtig.

„Müde", gab ich zu. Das Leben auf Messers Schneide brachte viele unruhige Nächte mit sich. Ich ergab mich der tröstlichen Ruhe, die Dr. Sumners Praxis zu schaffen schien.

<hr>

Ich sprang auf, warf die Decke von mir und sah mich keuchend um. Dr. Sumner saß an seinem Schreibtisch und tippte etwas auf seinem Laptop. Seine Brille war weg, sein Haar war zerzaust und eine Jacke war über den Sessel geworfen, auf dem er normalerweise saß.

„Ich bin eingeschlafen", keuchte ich. „Tut mir leid."

„Keine Sorge. Ich habe sie zugedeckt, meinen Kurs unterrichtet und ein paar Patientennotizen nachgeholt. Allerdings habe ich in zwei Stunden den nächsten Patienten und muss was essen."

„Wie lange habe ich geschlafen?"

Er warf einen Blick auf seine Uhr. „Etwa drei Stunden."

Ich streckte mich und stand auf. Ich konnte mir vorstellen, was Scarlett über jemanden sagen würde, der eine vierstündige Therapiesitzung brauchte.

„Gleiche Zeit nächste Woche?", fragte ich.

Dr. Sumner zog seine Jacke an und ließ seine Brille auf dem Schreibtisch liegen, während er mir aus dem Büro folgte.

„Haben wir eine feste Zeit?", fragte er. Er hatte recht; unsere Beziehung als Therapeut und Patientin war alles andere als typisch. Aber ich war kein typischer Patient.

„Wenn die Zeit passt, sehen wir uns nächste Woche um dieselbe Zeit."

Ich bekam nur einen flüchtigen Blick auf Malifics spöttisches Lächeln, bevor Dr. Sumner von einer magischen Explosion getroffen wurde, die ihn durch die Luft und gegen die Wand auf der anderen Seite des Raumes schleuderte. Er fiel zu Boden. In einem Wimpernschlag war sie neben ihm. Ihre Lippen verzogen sich zu einem grausamen Lächeln, und mein Schrei wurde von seinem übertönt, als die Klinge in ihrer Hand in seine Brust glitt. Sie riss sie heraus und wollte gerade noch einmal zustoßen, als ich eine Kugel aus Magie in sie schoss und uns beide gegen die Wand schleuderte. Ich drückte meine Hand auf meine Brust, und stieß Magie hinein, während ich uns beide am Boden hielt. Ich hatte den Vorteil der Überraschung gehabt. Ich spürte, wie ihre mächtige Magie daran arbeitete, sie zu befreien, wappnete mich gegen den Ansturm und überlegte verzweifelt, wie ich nur meine Elfenmagie nutzen konnte, um sie davon abzuhalten, sich aus meinem magischen Griff zu befreien. Ich sagte die Worte der Zaubersprüche, die Nolan mir gegeben hatte, in der Hoffnung, dass sie mich irgendwie in der Magie verankern würden, aber Malific löste sich aus meinem Halt und schwächte ihn mit jedem Augenblick, der verging.

Bevor sie es ganz schaffte, ließ ich los und rannte zu Dr. Sumner, dessen Mund weit aufgerissen war, während er röchelnd Luft holte und sein Gesicht immer blasser wurde.

„Alles wird gut", versicherte ich ihm, aber meine Stimme war dünn und zitterte, während ich gegen die Tränen ankämpfte. Ich drückte ihn an mich und errichtete einen Schutzschild um uns herum, der Malific daran hinderte, noch einmal an ihn heranzukommen. Um sie herum bildete sich kein Wall. Es schien, dass sich die Bindung auf Angriffsmagie beschränkte und Verteidigungsmagie außen vor ließ, weshalb die Tatsache, dass sie wyndete, keine Wirkung auf mich hatte. Malific kam auf uns zu, das Messer immer noch in der Hand, und starrte wütend auf das Schutzfeld, das ich errichtet hatte.

Ihr unbarmherziger Blick wanderte von mir zu Dr. Sumner. Ihr Lächeln wurde breiter und offenbarte eine Verderbtheit, die keine Vernunft kannte. „Er ist der Erste von vielen", sang sie. „Finde einen Weg, die Bindung zu lösen, oder ich gehe deine Freunde und jeden durch, der jemals auch nur mit dir gesprochen hat, bis –"

„Bis was? Du mich gebrochen hast? Versuch es, und ich nehme dich mit", versprach ich. Was auch immer sich in meinem Gesicht zeigte, ließ sie schlucken. Ihr Lächeln geriet ins Wanken. Sah ich aus wie jemand, der zu weit gedrängt worden war? Dessen letzter Halt in der Menschheit gerissen war? Jemand, dessen Grausamkeit und Blutdurst mit ihr mithalten könnte?

„Du hast versprochen, dass du niemanden verletzen würdest."

„Ich habe gesagt, ich würde deiner Familie nichts tun, aber, Tochter, ich habe das Gefühl, dass es für dich keine Priorität ist, unsere Bindung aufzulösen. Ich muss es zu einer machen."

Von Hass angefachte Wut tobte in mir und ließ mein Herz rasen. Ich wollte das Feld fallen lassen und sie an der Kehle packen. Ihr mein Faustmesser in die Brust rammen. Sie erwürgen. Aber ich konnte nichts davon tun, ohne mir das Gleiche zuzufügen. Ich wusste nicht, wen ich mehr hasste: Elizabeth oder Malific.

Malific ging in die Hocke und untersuchte Dr. Sumner durch den Schutzzauber. „Er wird es nicht schaffen. Das erste Kriegsopfer auf deiner Seite. Wie viele werden ihm folgen?"

Dann war sie weg. Aus dem Büro gewyndet. Erst dann ließ ich zu, dass die Tränen, die ich verzweifelt zurückgehalten hatte, flossen.

Ich knöpfte Dr. Sumners Hemd auf, legte meine Hand auf

ihn und führte einen Heilzauber aus. Die Wunde schloss sich, aber sein Atem war immer noch unregelmäßig, und er war so blass. Als ich meine Finger an seinen Hals drückte, bemerkte ich nur einen schwachen und stotternden Puls.

Fluchend und in Panik holte ich mein Handy aus der Tasche und rief Cory an.

„Cory!"

„Erin, was ist los?"

„Der Zauber funktioniert nicht. Ich glaube, er stirbt! Warum funktioniert er nicht?"

„Erin", sagte er leise mit ruhiger Stimme. „Wer stirbt?"

Ich holte zitternd Luft und atmete langsam aus. „Dr. Sumner. Malific hat ihm ein Messer in die Brust gerammt, und ich habe die Wunde mit Magie geheilt, aber es funktioniert nicht."

„Wo hat sie ihn getroffen?", fragte er und seine beruhigende Stimme wirkte wie ein Balsam gegen meine glutheiße Panik.

„Brust. Er ist blass, kurzatmig, schwacher Puls."

„Sie könnte eine Lunge punktiert oder ein großes Blutgefäß verletzt haben."

„Ich habe einen Heilzauber gewirkt."

„Magie heilt oberflächliche Wunden. Wir können Verletzungen wie Sehnenrisse und Knochenbrüche richten, aber Gefäße können wir nicht heilen." Seine Ruhe schwand. Ich konnte die tiefen Atemzüge hören, die er machte, um die Dringlichkeit in seiner Stimme zu unterdrücken. „Ruf einen Krankenwagen." Er hielt inne. „Oder …"

Er musste den Satz nicht beenden; ich wusste, was er vorschlagen würde. *Ruf einen Vampir an.* Ein paar Sekunden lang überlegte ich, ob ich anstatt Landon Mephisto anrufen sollte. Sie hatten mich von den Toten zurückgeholt, aber ich hatte überlebt, weil es ein magischer Tod gewesen war. Das war hier nicht der Fall. Vampirblut würde ihn heilen. Vampire gaben ihr Blut nicht ohne Weiteres auf und beschützten es wie eine Ressource von unschätzbarem Wert. Die durch die Bitte entstandene Schuld sorgte dafür, dass jemand nie ein zweites Mal darum bat. Und Bitten war keine Garantie. Wenn es nicht so einfach wäre, eine Vene zu öffnen, würden sie oft ablehnen.

Meine Hand zitterte, als ich die Nummer wählte. Es war nicht die Bitte, die mich nervös machte, sondern die mögliche Ablehnung. Vor allem, seit ich Landon bei unserer letzten Begegnung den Mittelfinger gezeigt hatte.

„Erin." Er begrüßte mich nicht mit seiner gewohnten verführerischen Nonchalance und seinem Hochmut. Das war kalte und unverhohlene Feindseligkeit.

„L-Landon, ich brauche deine Hilfe", stammelte ich zwischen zitternden Schluchzern. „Mein Freund wird sterben, wenn du es nicht tust. Könntest du mir bitte helfen?" Ich versuchte, ruhiger zu atmen und das Gefühl der Hilflosigkeit niederzuringen, während ich beobachtete, wie das Heben und Senken von Dr. Sumners Brust flacher und seltener wurde. Sein Gesicht immer blasser wurde. Die Stille am anderen Ende der Leitung war unerträglich. Ich nutzte die Zeit, um in Gedanken die Grundlagen der HLW durchzugehen, da ich mir sicher war, dass ich sie durchführen müsste.

Mehr Stille.

Bitte sag was.

„Wo bist du?" Seine Stimme war immer noch knapp und frostig.

Ich gab ihm die Adresse.

„Gibt es irgendwelche Schutzzauber, die mich davon abhalten, hereinzuwynden?"

„Das glaube ich nicht, aber er ist nicht in der Lage, darauf zu antworten."

„Schon gut, ich werde in ein paar Minuten da sein."

Einen jahrhundertealten Vampir, der wynden konnte, in meiner Kontaktliste zu haben, hatte seine Vorteile, also wartete ich.

23

Meine Aufmerksamkeit wurde auf das Geräusch der sich öffnenden Tür gelenkt. Da ich Angst hatte, Dr. Sumner zu bewegen, legte ich eines der Kissen vom Sofa unter seinen Kopf und die Decke, mit der er zuvor mich zugedeckt hatte, über ihn.

Sein Körper verlor schnell an Wärme, und ich begann, mich zu fragen, ob das Messer mit einem Zauber belegt war.

„Situation?", fragte Landon mit klinisch kühlem Ton, als er die Tür schloss. Es ließ mich ein wenig meiner Hoffnung verlieren. Er klang wie jemand, der ohne große Überlegung Nein sagen würde. Könnte ich ihn zwingen? Ihn zum Bluten zu bringen wäre leicht, aber es würde nicht ausreichen, um Dr. Sumner zu heilen.

„Alles wird gut", versicherte ich Dr. Sumner ins Ohr, nur eine weitere unter vielen Plattitüden und Versprechungen, die ich gemacht hatte, ohne viele Möglichkeiten zu haben, sie wahr werden zu lassen.

„Stichwunde." Ich verschluckte mich an den Worten und konnte mich nicht dazu durchringen zu sagen, dass meine Mutter es getan hatte.

Landon hob lässig das Hemd hoch. „Es gibt keine Stichwunde.“

„Sie wurde geheilt“, sagte ich absichtlich vage.

„Von wem?“

„Von mir“, gab ich zu.

Er sah sich im Raum um, wahrscheinlich nach demjenigen, der mir Magie geliehen hatte. Schließlich wusste Landon nur, dass ich eine Todesmagierin war.

„Und es ist gescheitert?“, fragte er leidenschaftslos, als er aufstand. Ich würde es sogar als gefühllos bezeichnen.

„Ja.“

„Er ist ein Mensch. Ruf einen ihrer Heiler.“

Er bewegte sich in Richtung Tür, und ich rief nach ihm, während Tränen über mein Gesicht liefen. Er könnte meinetwegen sterben. Das konnte ich nicht zulassen.

„Du kannst ihn retten. Ich weiß, dass du es tun wirst.“

Ich wischte die Tränen so schnell weg, wie sie fielen, und versuchte, die nötige Härte für die Verhandlungen aufzubringen.

Landon kam schnell auf mich zu. Er neigte den Kopf und sah mich mit argwöhnischem Interesse an. Er hob mein Kinn, bis sich unsere Blicke trafen. Er betrachtete mich lange; sein Daumen strich über meine Wange und wischte mir die Tränen weg.

„Nun, das geht nicht“, flüsterte er. „Ich will dich nicht so sehen.“

Sein Blick wanderte zu Dr. Sumner und dann zurück zu mir. Seine schwarzen Augen hielten meine mit dunkler Intensität fest, die unterstrich, warum er der Verbindungsmann des Meisters der Stadt war und dass er Menschen und einige übernatürliche Wesen „unterhaltsam“ fand.

„Meine Hilfe hat ihren Preis, Erin. Das weißt du, oder?“

Ich schloss meine Augen und ließ den Gedanken auf mich wirken, dass ich im Begriff war, Landon zu Dank verpflichtet zu sein. Eine Schuld ohne Ablaufdatum.

Er beugte sich noch näher vor. „Die Bezahlung ist nicht verhandelbar. Sind wir uns einig?"

Ich holte zitternd Luft, bevor ich mit einem Nicken antwortete. Mein Hass auf Elizabeth und Malific war so zügellos und unkontrollierbar, dass es ein Waldbrand war, der in mir tobte.

Landon presste seine Lippen zu einer schmalen Linie aufeinander.

„Wenn du jetzt anrufst, können die menschlichen Heiler ihn wahrscheinlich noch retten", sagte er. Es hätte mich einen Moment beunruhigen sollen, dass er so hartnäckig darauf bestand, mir einen Ausweg zu geben.

„Vielleicht, aber du wirst ihn auf jeden Fall wiederherstellen, als wäre er nie verletzt worden. Wenn sie es tun, wird es Narben hinterlassen."

„Also gut, dann sind wir uns einig."

Er behielt mich im Auge, während er sein Handy herausholte. Ich hörte nur leises Gemurmel, als Landon eine Bestellung für Menschen aufgab, auf die gleiche Art und Weise, wie man es tut, wenn man Chicken-Wings mit unterschiedlichen Saucen bestellt. Männlicher Asiate, Alter dreißig bis fünfundvierzig, keine Tätowierungen, lokal. Dunkelhäutige Frau, achtzehn bis fünfundzwanzig Jahre alt, keine Tätowierungen, international. Kaukasische Frau, natürliche Rothaarige, über vierzig, keine Tätowierungen, international. Die detaillierte Bestellung ließ mich darüber nachdenken, ob es -istisch war: klassistisch, rassistisch, sexistisch, chauvinistisch. Aber nein, es war nicht -istisch, nur ... *igitt*.

War einer davon die Vorspeise, ein anderer das Essen und der andere das Dessert?

Als könnte er die Frage in meinem Gesicht lesen, sagte er: „Menschen gibt es in vielen Geschmacksrichtungen. Tätowierungen verfälschen den Geschmack des Blutes. Nach dem hier möchte ich ausreichend gesättigt sein." Er zuckte mit den Schultern.

Doppelt igitt.

Nach seiner Bestellung ließ Landon sich neben Dr. Sumner nieder. Er zog Dr. Sumner auf seinen Schoß, bevor er sich in seinen eigenen Arm biss. Blut strömte hervor und lief über seine blasse Haut. Als Landon seinen Arm an Dr. Sumners Lippen legte, wandte Dr. Sumner den Kopf ab.

„Es wird Sie heilen. Ich weiß, es ist nicht appetitlich" – *oder irgendetwas, das Sie sich schon immer zu erleben gewünscht haben* – „aber es wird Ihr Überleben sichern", versprach ich ihm. Kaum bei Bewusstsein fiel sein Kopf zur Seite, und Landon musste ihn neu positionieren, um ihn in seinem Arm zu halten.

Die Arroganz war verschwunden, die Aura des Überflusses abgelegt. In diesem Moment wirkte Landon fast menschlich. Gütig. Fürsorglich. Wie er Dr. Sumner tröstend streichelte und ihm versicherte, dass es ihm gut gehen würde. Als Dr. Sumner unter Landons kühlem Körper neben ihm zitterte, zog Landon behutsam die Decke höher und brachte ihn in eine bequemere Position.

Es dauerte länger, als ich erwartet hatte. So wie die Geschichten die Heilung durch Vampire darstellten, schien es, als wäre der Verletzte nur wenige Sekunden davon entfernt, die Brücke zu überqueren, und schon nach einem Tropfen Vampirblut war er auf den Beinen und tanzte auf der Straße. Tatsächlich handelte es sich jedoch um eine lange und mühsame Prozedur, bei der Landon regelmäßig innehalten musste, um das Ausmaß der Heilung zu beurteilen, bevor er weitermachte.

Als sich die Bürotür mit einem kräftigen Schwung öffnete, stand ich sofort mit gezogener Waffe davor. Ich entspannte mich, als Scarlett ins Zimmer stürzte. Ihre Fingerknöchel waren blutig, ihr Top zerrissen, ihr Haar zerzaust. Animalische Wildheit leuchtete in ihren Augen, als bereitete sie sich auf einen weiteren Kampf vor. Sie sah sich um und beruhigte sich etwas. Sie neigte den Kopf, während sie scheinbar lauschte.

„Geht's dir gut?", fragte sie.

„Mir geht's gut." Es klang nicht so. Ich klang müde. „Was ist passiert?"

„Als ich zu meinem Auto zurückgekommen bin, hatte ich das Gefühl, dass was nicht stimmt. Ich konnte es nicht genau sagen. Seltsame Magie vielleicht ... Unbehagen in der Luft. Als ich versucht habe, wieder aus meinem Auto auszusteigen, gelang es mir nicht. Die Türen waren verriegelt. Ich habe das Fenster zerbrochen. In dem Moment, als ich das gemacht habe, wurde ich von zwei Männern angegriffen. Magie, aber keine Hexen oder Magier. Definitiv keine Feen." Für mich hatten die Nuancen der Magie immer einen Geruch. Da die Wandler immun waren, wirkte sich Magie nicht mehr auf sie aus, doch jetzt nahmen sie sie anders wahr.

„Haben sie ihre Hände benutzt?" Ich demonstrierte einige der Bewegungen, die ich bei den Immortalis gesehen hatte. Die Jäger hatten alle Immortalis getötet, die sie finden konnten, aber Malific hatte immer noch zwei.

Sie nickte. „Als die Magie bei mir nicht gewirkt hat, haben sie angegriffen und sind dann einfach verschwunden."

Sie waren die Ablenkung.

Sie warf einen Blick in Dr. Sumners Büro und fluchte leise.

„Tut mir leid, dass ich nicht rechtzeitig hier war", sagte sie und runzelte die Stirn, als sie Landon und Dr. Sumner sah.

„Was? Du hättest überhaupt nicht herkommen sollen", sagte ich. „Du musst gehen. Alle Wandler. Ich möchte nicht, dass jemand zu mir nach Hause kommt. Keine Bodyguards mehr." Bevor sie widersprechen konnte, fügte ich hinzu: „Ich meine es ernst. Das ist nicht Ashers Entscheidung; es ist meine. Die Person, die für diesen Angriff verantwortlich ist, wird mir kein Haar krümmen, aber sie wird euch allen wehtun, um ihre Macht zu demonstrieren. Ich kann ihr diese Gelegenheit nicht geben. Bitte."

Ich dachte, sie würde mit der üblichen Antwort „Ich folge den Befehlen meines Alphas" ablehnen. Das tat sie nicht. Stattdessen sagte sie: „Wenn jemand hinter dir her ist, nimm die Hilfe an. Wir sind ein Rudel von Hunderten. Wir können dir helfen."

„Dessen bin ich mir bewusst, und ich weiß es zu schätzen. Aber deine Anwesenheit gibt ihr nur noch mehr Munition, die sie gegen mich einsetzen kann. Du wirst zu einer Schachfigur, und sie wird dich opfern, um mir wehzutun."

Die innere Debatte war ihr anzusehen.

„Wenn Asher ein Problem damit hat, dass du gehst, soll er mich einfach anrufen", seufzte ich. Ich hatte nicht die Kraft, mit Asher zu streiten, aber ich wollte nicht, dass Scarlett sich mit den Konsequenzen meiner Entscheidung auseinandersetzen musste.

Sie schnaubte, und ihr Lachen löste meine Anspannung etwas. Wahrscheinlich kann man nicht den großen bösen Wolf bei jemandem spielen, der gesehen hat, wie deine Mutter dir die Nase geputzt und deine Windel gewechselt hat, was wahrscheinlich der Fall war, da Scarlett älter zu sein schien als Asher. Sie nickte und ging mit souveränem Schritt davon, der mich zuversichtlich machte, dass sie kein Problem mit Asher haben würde.

Eine Stunde später, nachdem er seine übrigen Termine für diesen Tag abgesagt hatte, stand ein rosiger Dr. Sumner da und kochte sich eine Tasse Kaffee. Er bewegte sich mit der Unbeholfenheit eines Kleinkindes, das die Fähigkeiten seiner Gliedmaßen ausprobierte, und schien verblüfft darüber, wie flüssig, schnell und anmutig seine Bewegungen waren. Und geschockt, als ein leichter Zug an der Schublade sie auf den Boden schleuderte.

„Das wird nur etwa eine Stunde lang so sein. Dann werden Sie wieder normal sein", informierte ihn Landons schwache Stimme. Er saß auf dem Sofa, wohin er sich zurückgezogen hatte, nachdem Dr. Sumner vollständig geheilt war, den Kopf an die Rückenlehne gelehnt.

Landon sah erschöpft aus. Dass Vampire sich weigerten, ihr Blut zur Heilung anderer zu verwenden, lag nicht nur daran, dass sie die Ressource horteten, sondern auch daran, welche Auswirkungen es auf sie hatte. Er war verletzlich. Ich ging zu ihm und hob meine Hand an seinen Mund.

„Nein, es sind Leute auf dem Weg."

Ja, das Drei-Gänge-Menü.

Wie gerufen klopfte es an der Bürotür und eine Frau Mitte bis Ende fünfzig führte drei Leute herein.

„Ihre Bestellung", sagte sie in einem Ton, als würde jemand eine Flasche Wein auf den Tisch stellen. Ich überprüfte die Augen der Ankömmlinge. Menschen unter Zwang hatten einen glasigen Blick. Für Vampire war es illegal, Zwänge auszuüben, aber nicht alle hielten sich an die Gesetze. Es hätte Konsequenzen, wenn es jemals entdeckt würde. Wenn ich nicht aus erster Hand gesehen hätte, wie jemand unter Zwang aussah, gab es viele Bücher über Vampire, die eine Beschreibung lieferten. Je älter der Vampir, desto schwieriger war es festzustellen, ob jemand von ihm gezwungen wurde.

Landon sammelte genug Kraft, um seine Mahlzeiten zu begutachten, und zeigte auf eine. „Du wirst der Erste sein." Die Vorspeise, vermutete ich.

„Ich werde eine Stunde brauchen", erklärte Landon, ein implizierter Platzverweis. Er musste es uns nicht zweimal sagen; wir eilten zur Tür hinaus, bevor er seine Reißzähne in seine erste Mahlzeit versenken konnte.

***

„Gleiche Zeit nächste Woche", sagte Dr. Sumner an seinem Auto, das in der Nähe der Haustür geparkt war. Ich war bei ihm geblieben, während er seine Sachen zusammengepackt und sein Büro abgeschlossen hatte, nachdem Landon gegangen war.

Ich schüttelte den Kopf. „Nein, ich werde nicht zurückkommen. Nicht, bis das hier vorbei ist."

„Warum?"

„Warum? Machen Sie Witze? Sie sind fast gestorben."

Er presste seine Lippen zu einer schmalen Linie zusammen, berührte meine Schulter und drückte sie. „Aber Sie haben es nicht zugelassen."

„Ich kann nicht", gab ich zu. Es fühlte sich wie eine Niederlage an, aber sein Leben noch einmal zu riskieren wäre leichtsinnig.

„Sie können und sollten." Woher kamen dieser Optimismus und das Gefühl der Unbesiegbarkeit? Waren es die Reste des Vampirbluts? Er wusste genug über Vampire, um zu wissen, dass er jetzt nicht unsterblich war. „Also gleiche Zeit nächste Woche." Er strahlte, und ich hätte mir so sehr gewünscht, dass sein Optimismus ansteckend wäre, aber dem war nicht so.

Ich nickte ihm zögernd zu, eine dreiste Lüge einer Zusage. Ich hatte nicht die Absicht, zurückzukehren.

24

Ich brauche deine Hilfe, Dad. Es war mir egal, ob die Nachricht so klang, als würde ich mich anbiedern. Die Verzweiflung hatte mir jegliches Ego genommen, und ich brauchte ihn. Cory hatte recht: Wenn ich Nolan egal wäre, hätte er die Zaubersprüche nicht für mich hinterlassen. Ich legte diese Nachricht vor die, die ich zuvor für ihn hinterlassen hatte, und klammerte mich an die winzige Hoffnung, dass er und Elizabeth zurückkommen würden, um die beiden Zauberbücher und die Schreibkreide zu holen. Aber wenn sie von Nutzen oder etwas Besonderes gewesen wären, hätten sie sie dann zurückgelassen? Der Skeptiker in mir fragte sich, ob Nolan überhaupt in der Lage war, mir zu helfen. Elizabeth war stärker und definitiv geschickter mit ihrer Magie als er. Vielleicht brauchte ich sie, aber ich konnte sie nur durch ihn erreichen.

Zum dritten Mal ging ich durch das Haus und hoffte, dass ich etwas übersehen hatte und etwas von Nolan finden würde, womit ich einen Ortungszauber versuchen könnte. Ohne Blut oder Haare war die Erfolgsquote gering. Weniger als ein Prozent.

Hoffnung war kein toller Plan. Ich musste proaktiv sein und mir was anderes einfallen lassen. Aber was?

Ich beschloss, bei Madison zu bleiben, anstatt nach Hause zu gehen. Malific hatte einmal zugeschlagen. Ich war mir fast sicher, dass sie nicht noch einmal zuschlagen würde. Sie hatte ein Argument anbringen wollen – und das hatte sie. Und Madison war in Sicherheit; Ihr war die gleiche Gnade gewährt worden wie meinen Eltern. Es war Cory, um den ich mir Sorgen machte.

Normalerweise kommunizierten Madison und ich über Nachrichten, daher erwartete ich, dass sie besorgt klingen würde, wenn ich anrief. Meine Stimme, die bis zur Unkenntlichkeit heiser war, veranlasste sie dazu, mich mit Fragen zu überschütten, als ich darum bat, bei ihr bleiben zu dürfen, aber sie gab schließlich nach, als ich ihr sagte, dass ich es ihr persönlich sagen würde.

Es dauerte weniger als die geschätzten zwanzig Minuten, um zu ihr nach Hause zu gelangen. Mit meiner Reisetasche in der Hand ging ich ihre Einfahrt hinauf und traf Clayton, der gerade ging. Er blieb stehen. Sein Blick fiel sofort auf mein blutbeflecktes Shirt, dann wanderte er nach oben, um mein Gesicht zu betrachten. Dann drehte er um und folgte mir in Madisons Haus. Ich öffnete die Tür, und der verführerische Duft von geröstetem Knoblauch, Zwiebeln und Hühnchen wehte mir entgegen und erinnerte mich daran, dass ich nichts gegessen hatte. Auf der Küchentheke stand eine Bäckereischachtel.

„Ich habe Abendessen für uns", sagte Madison und drehte sich mit einem beladenen Teller um. Ihre Lippen verzogen sich zu einem angespannten Lächeln, als sie mich neben Clayton stehen sah. Ihr Blick folgte meinem zu der Karaffe mit Wein auf dem Tisch.

Wirklich, Maddie? So willst du es spielen? Ich soll glauben, dass du in zwanzig Minuten ein Huhn für mich gegrillt hast? Ich sprach es nicht aus, aber ich warf ihr einen Blick zu, und sie wusste genau, was er bedeutete.

„Ich denke, wir können doch zu Abend essen", sagte Clayton, ging in die Küche und holte sich einen weiteren Teller, ein Weinglas und Besteck. Er fühlte sich in Madisons Haus sehr wohl und war mit dem Grundriss bestens vertraut.

Ja, wir werden uns darüber unterhalten.

Ein sanftes Leuchten legte sich auf Madisons Wangen und ihren Nasenrücken. Das angespannte Lächeln verwandelte sich in Sorge, als sie mich musterte. Sie goss mir ein halbes Glas Wein ein und brachte es mir.

„Was ist passiert?", fragte sie.

Eigentlich wollte ich nur einen Schluck trinken, aber als ich es absetzte, war das Glas schon leer.

„Ich brauche erst mal eine Dusche, dann erzähle ich dir alles."

Unter der Dusche und in ein Handtuch gehüllt fühlte es sich gut an, nicht auf mein Shirt zu starren, um eine Erinnerung an den Tag zu sehen, den ich gehabt hatte, auch wenn die Dusche nicht so entspannend gewesen war, wie ich mir erhofft hatte. Sie ermöglichte mir nur, Dr. Sumners Beinahe-Tod nicht noch einmal zu durchleben, über die Schulden nachzudenken, die ich mir bei Landon eingehandelt hatte, und mich auf Malifics Bedürfnis zu konzentrieren, mich zu „motivieren", einen Weg zu finden, die Bindung zu lösen. Sie war erfolgreich gewesen. Ich klammerte mich nicht länger an die Sentimentalität einer unausgesprochenen Verpflichtung zwischen Mutter und Tochter.

Ich zog mich an, trocknete meine Haare mit einem Handtuch und band sie zu einem vorzeigbaren Knoten zusammen, bevor ich nach unten ging. Ich stöhnte, als mein Handy klingelte. Nach dem Duschen hatte ich auf das Display geblickt und einen verpassten Videoanruf, einen Anruf und zwei SMS von Asher gesehen. Ich wollte etwas essen, bevor ich mit ihm sprach, aber es sah nicht so aus, als würde das passieren.

„Erin", begrüßte er mich, als ich zurückrief.

„Hi, was geht?" Der halbherzige Versuch, lebhafter zu klingen, als ich mich fühlte, stieß auf Schweigen. Unbehagliche Stille, die fast eine Minute andauerte.

„Geht's dir gut?", fragte Asher schließlich steif.

„Ja", krächzte ich. Das Gespräch war gestelzt. „Wie geht's Miss Harp?"

Er seufzte. „Miss Harp ist Miss Harp. Aber sie gewöhnt sich daran, nicht in ihrer Wohnung zu sein. Sie ist sicherer, wo ich sie habe. Genau wie du es sein wirst."

Seine Behauptung wurde so reibungslos eingefügt, dass ich vollkommen fassungslos war.

„Was?"

„Wie du es sein wirst. Du bist bei Madison, oder? Ich gehe davon aus, dass du eine Reisetasche dabei hast. Bei Bedarf können wir mehr aus deiner Wohnung holen. Ich komme morgen früh vorbei, um dich abzuholen."

Ich sehe, was du tust, du schlauer Wolf.

„Asher", sagte ich sanft warnend oder vielleicht, um ihn zu beruhigen. Er war voll im Alpha-Modus, sein Ton unerbittlich. Eine Erinnerung daran, dass das Asher-versum eine Autokratie war.

„Nein, Erin. Wir haben es auf deine Art versucht, und jemand wäre fast gestorben."

Es war nicht schwer zu vermuten, dass Scarlett, obwohl sie meinen Wunsch respektiert hatte und gegangen war, ihm alles gemeldet hatte.

„Dass ich mich in einem eurer Häuser verkrieche, wird das nicht verhindern. Tatsächlich wird es nur andere in Gefahr bringen", betonte ich. „Nein, ich gehe nirgendwo mit dir hin. Okay? Und du musst auch meinen Wunsch respektieren, dass deine Wandler wegbleiben."

Das tiefe Schweigen auf seiner Seite war schlimmer, als wenn wir über die Angelegenheit diskutiert hätten. Ich wollte nicht debattieren, aber es hätte mir ermöglicht, die Situation einzuschätzen. Sein Schweigen ließ mich im Dunkeln tappen. Was ging ihm durch den Kopf?

„Asher?"

Mehr Stille.

„Sie kann mich nicht töten. Aber sie wird deine Wandler und jeden anderen töten, nur, um ihren Standpunkt klarzumachen. Wenn einer von ihnen meinetwegen stirbt, trage ich diese Last."

„Nein, das werde ich. Es ist keine Last, die du tragen musst. Hast du einen Plan?"

„Noch nicht. Aber am Ende der Nacht werde ich was haben." Ich war mir da nicht so sicher, und in meiner Stimme lag viel mehr Entschlossenheit, als ich fühlte. Es war überzeugend genug. Was zu einer weiteren Welle nachdenklicher Stille führte.

„Asher?"

„Ich bin noch da."

Es war die steife Reaktion eines Mannes, der tief in Gedanken versunken war. Alles fiel auf die Schultern des Alpha. Das war der Nachteil der Position. Das Rudel war dem Alpha gegenüber unerschütterlich treu, aber im Gegenzug gab es die Erwartung, dass er für ihre Sicherheit sorgte. Alles von der finanziellen Sicherheit bis zum Schutz vor körperlichen Schäden. Was mich zu dem Schluss brachte, dass es gut für ihn wäre, nicht noch mehr Verantwortung zu übernehmen.

„Ich habe das im Griff", versicherte ich ihm.

Er schnaubte. „Vergisst du, dass ich es erkennen kann, wenn du mir nicht die Wahrheit sagst?"

„Nein, aber es wäre ziemlich cool, wenn du mich nicht

dauernd darauf aufmerksam machen würdest. Nicht. Jedes. Einzelne. Mal", neckte ich und hoffte, die Spannung zu lösen. Es folgte noch mehr Stille.

„Genieß deinen Abend mit Madison", sagte er. Als ich die Endgültigkeit hörte, sagte ich seinen Namen, bevor er auflegen konnte.

„Wirst du meine Wünsche akzeptieren?"

Er seufzte. „Ich mag es, dich bei mir zu haben, Erin. Und ich bin ein egoistischer Bastard, der alles tut, um dich in der Nähe zu halten."

„Ich weiß nicht, was das bedeutet", gab ich zu.

„Erin, du hast dich mehr als einmal bewährt. Ich habe dich oft unterschätzt. Aber ich bin mir nicht sicher, ob du das allein schaffen kannst."

„Du hast meine Frage nicht beantwortet."

„Ich weiß, weil ich keine Antwort habe." Er legte auf, bevor ich noch etwas sagen konnte.

Großartig. Das Unerwartete war immer schlimmer. Wie sollte ich etwas dagegen tun?

Als ich am Tisch ankam, hatte mich der Tag bereits eingeholt. Ich aß ein paar Bissen, während sie geduldig darauf warteten, dass ich ihnen alles erzählte.

Weder Madison noch Clayton rührten ihr Essen an und schenkten mir ihre ungeteilte Aufmerksamkeit, während ich die Ereignisse des Tages noch einmal erzählte.

„Und Landon ist auf deine Bitte hin gekommen?", fragte Madison mit offenem Mund und die Gabel mit der Kartoffel, die der erste Bissen ihrer Mahlzeit war, schwebte davor.

„Um ehrlich zu sein, hätte ich nicht gedacht, dass er es tun würde", gab ich zu und erzählte ihnen dann zu Ende von der Blutgabe und allem anderen, mit Ausnahme meines Gesprächs mit Asher gerade eben.

Madisons bestürztes Aussehen verwandelte sich in etwas Unverständliches. Sie starrte mich lange an. „Vampire haben Menschen sterben lassen. Ich habe gesehen, wie sie es getan haben. Sie haben keine rechtliche Verpflichtung, worauf sie gern hinweisen, und der Versuch, Druck auf sie auszuüben, dass es sich dabei um eine moralische Verpflichtung handelt, hat nie funktioniert. Ich meine, Landon, der amtierende Meister der Stadt, hat Dr. Sumner gerettet?" Sie schien zwischen Ungläubigkeit und Bewunderung zu schwanken. Endlich schaffte sie es, die Kartoffel in ihren Mund zu schieben, und kaute nachdenklich.

„Haben Elfen Zwangsmagie?", fragte sie Clayton nach einer Minute.

„Nicht, dass ich wüsste. Ich vermute, wenn Elizabeth sie hätte, hätte sie uns gezwungen, Erin zu töten."

Wir schwiegen und aßen weiter. Ich dachte über meine Möglichkeiten nach. Wie konnte ich Malific aufhalten, während wir noch aneinandergebunden waren?

„Vielleicht könnte ich einen Schlafzauber machen oder so. Mich in Stase halten, während ihr Elizabeth findet", schlug ich vor.

„Die halten nur acht Stunden", sagte Madison.

„Würde das bei dir funktionieren? Weil sie bei uns nicht funktionieren", bemerkte Clayton. „Wir haben festgestellt, welche Magie du ausführen kannst, aber wir müssen noch herausfinden, welche Magie bei dir wirkt."

„Ich bin mir nicht sicher, aber es ist nicht so, dass ihr alle gegen Zauber immun seid", erinnerte ich ihn, und der unbeabsichtigte Schlag traf tief: eine Erinnerung an das Laes, das sie aus dem Schleier fernhielt.

„Wenn du mich wieder zum Leben erwecken konntest, muss es einen Weg geben, ... nun, mich nicht am Leben zu lassen."

„Es gibt das *Medul* in den Mystic Souls, bei dem man sich in einem todesähnlichen Zustand befindet. Ich habe es noch nie getan. Ich habe den Sinn eines solchen Zaubers nie gesehen. Ein magisches Koma scheint unpraktisch."

„Kommt mir jetzt gar nicht so unpraktisch vor", sagte ich. „Es ist radikal, aber vielleicht der beste Weg."

„Nein", sagte Madison leise.

Aber ich blieb hartnäckig. „Wenn das gelingt, müsst ihr Elizabeth finden und sie dazu bringen, die Bindung zu lösen."

Madison lehnte den Vorschlag noch einmal ab. Ich wollte nicht, dass sie Clayton davon abhielt, mir mehr darüber zu erzählen, also fragte ich ihn.

„Siehst du irgendwelche Hindernisse dafür? Werden die Immortalis in der Lage sein, den Zauber zu brechen? Oder irgendjemand, der Malific treu ist?"

Madison stand auf. „Macht ihr zwei Witze? Wir führen dieses Gespräch nicht." Wut hallte in ihr, und ihre Augen glitzerten. Ich war mir nicht sicher, ob vor Wut oder Traurigkeit. Sie sah mich direkt an. „Ernsthaft?" Sie nahm ihr Glas, drehte uns den Rücken zu und trank einen großen Schluck daraus. „Clayton, ich muss mit meiner Schwester reden. Würdest du uns für den Abend entschuldigen?"

Er nickte und stand auf, sein Blick wanderte zwischen uns beiden hin und her. Dann blieb er lange auf Madison hängen, als wollte er etwas sagen, doch er entschied sich dagegen.

Nimm mich mit, dachte ich, als er ging. Ich wollte kein „Schwesterngespräch". Mir wäre es lieber, wenn sie ein Pariermesser aus der Schublade holen und versuchen würde, mich auszuweiden. Damit könnte ich umgehen. Aber ein Schwesterngespräch? Ich konnte die Emotionen, den Kummer, die Traurigkeit und die Sorge, die damit einhergingen, nicht abwehren. Sosehr ich auch Vollgas geben und alle Außengeräusche ignorieren wollte, bis ich Erfolg hatte, wurde mir klar, dass ich es auf Kosten derer tat, die sich um mich sorgten.

„Was machst du?", fragte sie und stand jetzt vor mir. Ich

senkte den Blick und war nicht in der Lage, mir ihren gequälten Gesichtsausdruck anzusehen.

„Du hast weder Dr. Sumner noch den zufriedenen Ausdruck auf ihrem Gesicht gesehen. Ich spiele nicht in ihrer Liga." Diese Erkenntnis traf mich hart und zerstörte jede Hoffnung, die ich hatte. „Was für eine Person muss ich werden, um sie zu besiegen? Auf meinem Weg hierher habe ich sogar darüber nachgedacht, Dareus' Bedingung für das Zauberbuch zu erfüllen. Und es gibt keine Garantie dafür, dass es überhaupt helfen könnte. Verstehst du das? Ich habe darüber nachgedacht, jemanden zu töten, um an ein Buch zu kommen, bei dem es keine Garantie gibt, dass es überhaupt hilft. So verzweifelt bin ich."

Madison atmete zitternd ein und dann wieder aus.

„Ich verstehe es. Aber es kommt mir leichtsinnig vor, diesen *Medul*-Zauber auszuprobieren. Cory hat durch den Einsatz eines Zaubers aus dem Mystic Souls eine gefährliche Fee freigelassen, und du denkst darüber nach, einen ungetesteten Zauber auszuprobieren? Tu das nicht. Bitte."

Ich konnte mich ihrer Angst und ihrem Kummer nicht entziehen. Selbst wenn ich es täte, könnte ich ihr das nicht antun.

Ich hatte nicht viele andere Möglichkeiten. Wir könnten versuchen, Malific einzusperren, aber sie könnte mir trotzdem wehtun. Ich würde in ständiger Angst leben und mich fragen, auf welch sadistische Weise sie ihre Rache üben würde.

Es gab nicht viele Möglichkeiten.

Die Erkenntnis, dass Nolan meine einzige Hoffnung war, machte das Schlafen fast unmöglich, und ich wälzte mich hin und her, seit ich im Bett lag. Es klopfte leise an der Tür, bevor Maddie mit einer Tüte Jelly Belly hereinkam. Wenn ich in unserer Kindheit einen besonders schlechten Tag gehabt hatte, an dem es mir nur schwer gelungen war, mein Bedürfnis nach Magie zu beherrschen, war sie zu mir ins Bett gekrochen, und wir hatten eine Tüte gegessen. Was in der Regel dazu führte, dass wir wegen des Zuckers nicht schlafen konnten und die ganze Nacht wach blieben und redeten. Sie öffnete die Tüte, und ich nahm mir eine Handvoll Geleebohnen, die es schafften, mich gleichzeitig wütend zu machen und mir Freude zu bereiten. Wer war das Genie hinter Geleebohnen mit Butterpopcorngeschmack?

Ich wühlte in den Bohnen und sagte: „Also, Abendessen mit Clayton?"

Madison schob sich eine Handvoll Bohnen in den Mund und zuckte dann mit den Schultern.

Ich grinste. „Nur zu, ich kann warten, bis du damit fertig bist, denn du kannst vergessen, dass wir nicht darüber sprechen."

„Es war nur ein Abendessen", sagte sie und täuschte Gleichgültigkeit vor. Und es gelang ihr nicht gut, so zu tun, als sei sie nicht von dem charismatischen Gott fasziniert.

„Erstes Date?"

„Wir haben gestern zu Mittag gegessen, und ich habe ihn vor der Arbeit ein- oder zweimal auf einen Kaffee getroffen."

„Also … nicht das erste Date?", neckte ich. „Ihr datet."

Sie kaute auf ihrer Unterlippe, dann ließ sie sie frei und steckte sich noch ein paar Bohnen in den Mund. „Was ist mit Asher und Mephisto?", erkundigte sie sich in einem transparenten Versuch eines Themenwechsels.

Gut gespielt, Schwester.

Unter dem Seufzer sanken meine Schultern. „Ich weiß nicht." Wenn es um dieses Thema ging, fühlte ich mich ratlos, doch dem war nicht wirklich so. Es war kompliziert. Bei einer oberflächlichen Betrachtung waren sie sich so ähnlich, aber wenn ich mehr betrachtete als nur gutes Aussehen, Geld, Macht und die Gefühle, die sie in mir weckten, berücksichtigte, hätten sie nicht unterschiedlicher sein können.

Sie deutete mein Schweigen als Nachdenklichkeit und sagte: „Dir ist klar, dass es bei Ashers Wunsch, dich zu beschützen, um mehr geht als nur um bloßes Pflichtgefühl. Ich glaube, er hatte schon immer eine Schwäche für dich."

„Ich weiß nicht, ob das stimmt. Bei Asher ist die Sache unklar. Und ich habe mich von Mephistos Magie angezogen gefühlt, aber jetzt, wo ich meine eigene habe, geht die Anziehung, die von ihm ausgeht, weit tiefer."

Madison lachte. „Das ist niemandem entgangen."

Ich verzog das Gesicht. „Asher ist krass, aber auf eine andere Art und Weise. Er kommandiert Hunderte, die ihm blind folgen. Ob es Absicht ist oder nicht, er scheint das von jedem zu erwarten – auch von mir."

„Dir ist bewusst, dass niemand in einem Rudel ihm so blind folgt, wie es den Anschein hat. Sie folgen ihm, weil sie ihm vertrauen. Ansonsten wird er herausgefordert. Ich glaube nicht, dass er seit seiner Ernennung zum Alpha je herausgefordert wurde. Das sagt viel über ihn."

„Er ist dominant", betonte ich. „Warum verteidigst du ihn? Du magst ihn nicht einmal." Madison hatte immer die passenden Worte, um ihn zu beschreiben, und ihre Wahl fiel immer auf Schimpfworte die mit -er oder -loch endeten.

Sie zuckte mit den Schultern. „Ich habe kein Problem mit Asher, dem Mann. Er ist charmant, selbstbewusst, lustig, kultiviert, und wir müssen es zugeben: So arrogant er auch ist, er hat durchaus guten Grund dazu."

Darüber ließ sich streiten.

„Es ist Asher, der Alpha, der alles für sein Rudel tut. Der Alpha, der unsere Gesetze ignoriert, Richtlinien und Beschränkungen umgeht, ohne auch nur eine Geldstrafe zahlen zu müssen, und der einen Tresor voller illegaler magischer Gegenstände besitzt, es aber vermieden hat, damit erwischt zu werden." Sie bemerkte meine Überraschung darüber, dass sie von seinem Tresor wusste, und warf mir ein schiefes Lächeln zu. Ich wusste, dass er den Tresor hatte, aber ich hatte es ihr nie gesagt. „Ich will diesem aalglatten Köter und seinem Anwalt einfach nur das Grinsen aus dem Gesicht wischen."

„Madison, wir sind unter uns. Kein Grund, schüchtern zu sein, sag mir, wie du dich wirklich fühlst", neckte ich. „Warum wischen? Warum nicht schlagen?"

„Wischen ist zehnmal beleidigender. Du sagst im Grunde, dass du es nicht länger ertragen kannst, ihnen ins Gesicht zu sehen. Es ist das perfekte Vorgehen, und kannst du dir vorstellen, es öffentlich zu machen?" Sie küsste die aneinandergelegten Spitzen von Daumen und Zeigefinger, um zu zeigen, wie köstlich sie diese Vorstellung fand. Und als sie mit ihrer leidenschaftlichen Erklärung der Vorzüge des Grinsen-aus-dem-Gesicht-Wischens fertig war, lachte ich. Ob es das Abladen des Ballasts war oder das Lachen, es schien mir etwas Klarheit über Asher zu geben.

„Ich habe das Gefühl, ich werde mich in ihm verlieren", gestand ich. Die Anziehung, die von ihm ausging, ließ sich nicht ignorieren. Seine Berührung hatte nichts Überwältigendes oder Dominierendes. Es war nur eine sanfte Intensität, deren Grad er je nach Bedarf dosieren konnte.

Madisons Lächeln verschwand, und sie musterte mich einen Moment lang. „Verlieren?"

Ich wusste, dass ich es nicht gut erklärt hatte, weil ich es selbst nicht ganz verstand. „Asher ist, na ja ... Asher. Dieses überlebensgroße Individuum, der Alpha, der sich mit dem Kongress trifft, mit Unternehmen, Anwaltsteams." Ich lachte über das Knurren, das ihr die bloße Erwähnung seiner Anwälte entlockte. „Und ein Rudel und eine Welt, die sich um ihn dreht. Mit ihm wäre ich nicht Erin. Ich wäre Ashers Freundin oder die Frau, die er datet. Selbst heute, nachdem ich ihn gebeten habe, sein Rudel zurückzupfeifen, habe ich keine Ahnung, ob er es tun wird. Denn es ist Ashers Wille, der zählt. Und es ist sein Rudel. Seine Loyalität wird ihnen immer gelten. Ich verstehe es, aber ich vermute, dass das zu Problemen führen würde. Und typischerweise neigen Wandler dazu, sich mit anderen Wandlern zu paaren. Könnten wir eine Zukunft haben? Wenn es ernst würde, würde er dann erwarten, dass ich ein Wandler werde?"

Madison knabberte gerade an einer Geleebohne.

„Ich glaube nicht, dass es mit Mephisto besser wäre", fuhr ich fort. „Er ist an den Schleier gebunden. Wird er, sobald er dorthin zurückkehren kann, überhaupt wieder hierher zurückkehren wollen?" Diese Frage beschäftigte auch Clayton. „Manchmal könnte es mit ihm nur körperlich sein." Ich seufzte und ließ den Teil aus, dass das Verlangen, das ich früher nach seiner Magie hatte, jetzt ausschließlich ihm galt.

Ich lehnte mich gegen das Kopfteil zurück und schloss die Augen. Ich verspürte einen Anflug von Schuldgefühlen wegen unseres Gesprächs. Als wären wir in unsere Teenagerjahre zurückgekehrt, in denen die Diskussion über meinen Kampf mit meinen Trieben schnell zu hormonell gefärbten Gesprächen über Jungen übergegangen war. Nur, dass es jetzt um Männer ging.

„Ich glaube nicht, dass eine Liste von Vor- und Nachteilen darüber entscheiden wird, wen man am Ende bekommt. Du wirst es wissen, denn es wird sich richtig anfühlen."

Ich öffnete ein Auge, um sie anzusehen. Hatte sie Dr. Sumners Meisterkurs über Klischees und Plattitüden besucht? Meine Gedanken mussten sich auf meinem Gesicht abgezeichnet haben, denn sie sagte: „Ich weiß, es ist ein Klischee, aber manchmal steckt hinter Klischees eine gute Portion Weisheit."

Ich schenkte ihr ein knappes Lächeln und rutschte in eine liegende Position, und sie tat es auch. In einer Sache hatte ich recht: Es schien nicht so, als würde ich eine Antwort auf die dringenden Fragen in meinem Leben finden, einschließlich der, wie ich mit Malific umgehen sollte.

25

Da ich am nächsten Tag früh losmusste, machte ich mich noch vor Tagesanbruch auf den Heimweg und war überrascht, dass mir niemand folgte, als ich in meinen Apartmentkomplex fuhr. Trotz seiner Abschiedsbemerkungen schien Asher meinen Wunsch zu respektieren. Eine Bitte, die ich jetzt bereute, als ich sah, dass eine Gestalt aus der Tür meines Gebäudes kam und in einen ein paar Meter entfernt geparkten Wagen stieg. Ich war bereit zu wetten, dass sie gerade einen Dämonenbeschwörungskreis vor meiner Tür hinterlassen hatten.

Ich konnte mich nicht entscheiden, was ich beleidigender fand: das Kopfgeld, das auf mich ausgesetzt war, den Mangel an Raffinesse und Einfallsreichtum der sogenannten Kopfgeldjäger oder ihr Niveau. Das war nicht einmal eine Jagd auf B-Team-Level. Offensichtlich war die D-Truppe hier im Einsatz und nutzte faule und einfallslose Taktiken.

Obwohl es eine Amateurstunde war, musste es enden.

Der D-Team-Kopfgeldjäger reagierte nicht auf mein Auto. Ich machte mir keine Illusionen darüber, dass er sich meiner bewusst war. Er passte einfach nicht auf. Ich parkte in der zweiten Reihe, schräg, um einen besseren Blickwinkel zu haben. Selbst nachdem ich aus meinem Auto gestiegen war, meine Iridiummanschette herausgeholt und sie in meiner Gesäßtasche verstaut hatte, damit ich sie leicht erreichen konnte, und eine Knöchelscheide angelegt hatte, hatte die Person immer noch nicht aufgeblickt.

Verdammt, das ist nicht einmal D-Level.

Während ich mich meiner Wohnung näherte, konnte ich den Amateurjäger besser sehen. Als ich auf ihn zu ging, schnellte sein Kopf hoch, was deutlich machte, dass er nicht wusste, dass ich nicht zu Hause gewesen war.

Dieses Maß an Inkompetenz war beleidigend. Mr. Amateur wartete, um mir etwas Vorsprung zu geben, bevor er aus seinem Auto stieg und mir folgte. Zu seiner Version von Unauffälligkeit gehörte, dass er sich hinkniete und so tat, als würde er sich die Schuhe zubinden, während ich ihn über die Schulter ansah. Wirklich? Das Anfängerniveau seiner Beschattungsversuche gab mir die perfekte Gelegenheit, mich zu tarnen.

Nachdem er mich nicht mehr sehen konnte, eilte er am äußeren Eingang vorbei, ein paar Meter von meiner Tür entfernt, und sah sich um. Sein Blick huschte über die Gegend, bevor er mit der Hand durch sein struppiges, dunkelkupferfarbenes Haar fuhr und ein tätowiertes Netz auf seinem Arm freilegte. Er trat zurück, betrachtete meine Tür und überprüfte seinen Kreis. Danach zog er einen Elektroschocker aus der Tasche. Nicht ganz so amateurhaft, wie ich dachte.

Er klopfte an meine Tür.

Der hat Nerven!

Sein Plan bestand offensichtlich darin, an meine Tür zu klopfen und mich zu tasern, sobald ich öffnete. Ich beruhigte mich, bevor ich weiterging, und schlich lautlos auf ihn zu, wobei der schwere Tarnzauber dazu führte, dass ich etwas von meiner normalen Anmut und Bewegungsfreiheit verlor. Um das Geheimnis meiner magischen Fähigkeiten zu wahren und sie weiter als taktischen Vorteil nutzen zu können, ließ ich schnell die Tarnung fallen und stieß ihn gegen die Tür. Sein Gesicht prallte gegen den Türrahmen. Ich drehte den Arm mit dem Elektroschocker hinter ihn, entriss ihm die Waffe und ließ ihn die Behandlung spüren, die er für mich vorgesehen hatte. Ich trat zurück, als er unter dem Strom zu krampfen begann. Er stand immer noch, also zog ich ihm ein Bein weg. Seine Hände schossen in die Höhe, um sich zu verteidigen, und taserte ich ihn erneut.

Er wehrte sich und schlug wild um sich, als er die Iridiummanschette sah. Die Aussicht, keinen Zugang zu seiner Magie zu haben, machte seine Verteidigung noch verzweifelter und panischer. Ein gut platzierter Schlag auf seinen Unterarm hinderte ihn daran, mich mit Angriffsmagie zu bewerfen. Ich nutzte meinen Positionsvorteil, rollte ihn zur Seite und schloss die Iridiummanschette um seinen rechten Arm. Ich legte den Taser neben mich und holte mein Messer aus der Scheide. Dann zog ich ihn auf die Beine, brachte ein paar Zentimeter zwischen uns und nahm mit gezücktem Messer eine Verteidigungshaltung ein.

Er warf weiterhin einen Blick auf den Eingang, der zum Parkplatz führte.

„Du wirst es nie schaffen. Ich bin nah genug dran, um ohne große Anstrengung zuschlagen zu können. Ich habe nicht vor, dir wehzutun, aber wir müssen uns unterhalten."

Überraschung und Verwirrung standen ihm ins Gesicht geschrieben; er hatte mich offensichtlich unterschätzt. Was mich in meiner Entscheidung bestärkte, meine magischen Fähigkeiten so lange wie möglich geheim zu halten.

„Unterhalten?"

Ich nickte mit dem Kinn zu der Stelle, wo er stehen sollte, damit ich meine Tür aufschließen konnte. Er zappelte.

„Du hast versucht, mich einem Dämon auszuliefern. Wenn du mich dazu zwingst, dich zu jagen, werde ich mich an deine Absichten erinnern, und ich garantiere dir, dass du für längere Zeit nirgendwohin laufen wirst." Ich kniff meine Augen zusammen, als ich ihn ansah.

Seine großen, ängstlichen Augen folgten dem Messer, als das Licht darauf traf und es glitzerte. Er nickte, betrat meine Wohnung und setzte sich auf den Stuhl, auf den ich deutete. Ich hob den Taser vom Boden auf und zeigte ihn ihm demonstrativ, bevor ich mich vor ihm auf den Tisch setzte.

Sein widerspenstiges Haar verdeckte ständig sein Auge, und er zappelte nervös, während er es zurückstrich.

„Dein Name?"

Er presste die Lippen zu einer trotzigen Linie aufeinander und warf mir als Antwort einen bösen Blick zu.

„Ich werde die Informationen bekommen. Du hast entweder einen Geldbeutel mit deinem Ausweis bei dir oder in deinem Auto. Es liegt an dir, wie schmerzlos das hier abläuft. Ich werde dich so lange damit zappen" – ich hob den Elektroschocker – „bis du mir deinen Namen nennst oder mir langweilig genug wird, um nachzusehen, ob du einen Ausweis in deinem Auto hast. Wenn er in deinem Auto ist, werde ich die Fensterscheiben einschlagen. Meine letzten paar Tage waren wirklich scheiße. Machthungrige Arschlöcher haben entschieden, dass das Black Crest-Grimoire mehr wert ist als mein Leben." Ich zuckte mit den Schultern. „Du musst dich entscheiden, ob du das Ventil für all diese aufgestaute Wut sein willst."

„Trace", sagte er.

„Zeig mir deinen Ausweis", forderte ich. Mit einem finsteren Blick griff er in seine Tasche und zeigte mir seinen Führerschein. Ich notierte mir auch seine Adresse. „Welchem Zirkel gehörst du an?"

Seine Nackenmuskeln spannten sich an. Er sprang auf. Ich zog ihm die Beine unter dem Körper weg, bevor er auch nur einen Schritt machen konnte. Er fiel auf die Seite. Ich ging neben ihm in die Hocke und drückte ihm das Messer an die Kehle.

„Ts. Ts. Du bist nicht im Namen des Zirkels hier, oder?"
Ich wartete nicht auf seine Antwort. Das Messer bohrte sich
tiefer in seine Haut, Blut rann seinen Hals hinunter, Angst
stand ihm ins Gesicht geschrieben. „Dein Zirkel weiß nicht,
dass du dunkle Magie praktizierst, oder?"

Die meisten Hexen würden es wegen der damit verbundenen Stigmatisierung nicht freiwillig zugeben, und einige
Hexenzirkel duldeten es überhaupt nicht und betrachteten es
als Grund für den Rauswurf. Aber einige nannten es graue
Magie, um ihre Versuche zu rechtfertigen. Technisch gesehen, solange niemand starb, fiel es auf die andere Seite der
dunklen Magie.

„Ich praktiziere keine dunkle Magie", knurrte er mit
zusammengebissenen Zähnen.

„Du willst mich einem Dämon übergeben. Im Gegensatz
zu dem, was du dir eingeredet hast, bist du auf der dunklen
Seite. Weißt du, was er von mir will?", fragte ich und drückte
die Klinge erneut gegen seinen Hals. Seine blasse Haut verlor
noch mehr Farbe. „Genau. Du weißt es nicht. Deine Magie
mag vielleicht nicht dunkel sein, aber in dem Moment, in
dem du entschieden hast, dass ein Buch wichtiger ist als ein
Leben, wurden deine Absichten so schwarz wie Ruß. Es ist
mir egal, ob du dunkle Magie praktizierst oder nicht. Meiner
Meinung nach bist du verdammt dunkel."

Ich atmete tief durch, um mich zu beruhigen, und redu-
zierte den Druck, den ich auf das Messer ausgeübt hatte, aus
Angst, dass die Wut in mir die Oberhand gewinnen würde.
„Ich sage dir, was du tun wirst. Verbreite die Nachricht. Lass
jeden, der auch nur darüber nachdenkt, mich im Austausch
für das Black Crest-Grimoire an einen Dämon auszuliefern,
wissen, dass er, wenn er mir nachgeht, nicht zurückkommen
wird. Das ist keine Drohung, das ist ein Versprechen."

„Wie soll ich das machen?", keuchte er.

„Beruf ein Meeting ein, geh von Tür zu Tür, schalt das
Bat-Signal ein, es ist mir wirklich egal. Du musst dafür

sorgen, dass sie es verstehen, denn dein Leben ist mein Pfand dafür."

Sein Blick war scharf, seine Angst war spürbar, als ich mich aufrichtete und ihm erlaubte, aufzustehen. Er berührte mit der Hand seinen Hals, wo das Messer eine kleine Wunde hinterlassen hatte. Sein Blick wanderte zur Klinge meines Messers und seinem Blut daran.

„Du musst das wegwischen", verlangte er.

„Wenn ich das tue, wie soll ich dich finden?"

Ich nahm eine kampfbereite Position ein, als seine Haltung feindselig wurde. „Du kannst es gern versuchen, aber denk daran, deine Magie ist gehemmt. Glaubst du wirklich, dass du eine Chance hast?"

Ich bin nicht nur ein besserer Kämpfer, es wird mir auch große Freude bereiten, dich in die Schranken zu weisen, nur um meinen Standpunkt zu verdeutlichen.

„Ich werde deine Nachricht verbreiten, aber ich kann keine Garantien geben."

„Es wird ziemlich unglücklich für dich sein, wenn du es nicht tust", erwiderte ich. Auf dem Weg zur Tür hielt ich das Messer auf ihn gerichtet, während ich nach den Schlüsseln für die Iridiummanschette suchte.

Ich öffnete Mephisto, der gerade anklopfen wollte, die Tür. Er betrachtete mich einen Moment lang, das Messer, die Manschette am Arm der Hexe, den Dämonenkreis an meiner Tür und kam zu dem richtigen Schluss. Rohe und ungezügelte Wut huschte über sein Gesicht. Trace sah es, bevor Mephisto es verbergen konnte. Er richtete sich trotzig auf, straffte die Schultern und streckte das Kinn vor.

Ich schenkte Mephisto, wie ich hoffte, ein entwaffnendes Lächeln und wartete darauf, dass die Bedrohung nachließ. In seiner dunklen Kleidung sah er aus wie der personifizierte Tod. Seine obsidianschwarzen Augen leuchteten vor kaum verhohlener Wut und Gewalt. Er entspannte sich etwas und steckte seine Hand in die

Tasche, als ich die Manschette von Traces Handgelenk entfernte.

„Denk daran, was wir besprochen haben", erinnerte ich ihn. Er antwortete mit einem kurzen Nicken und ging an Mephisto vorbei.

Trace war nicht schnell genug. Die magische Kugel traf die Tür und nicht mich, das eigentliche Ziel, und die zweite Kugel verfehlte Mephisto um Längen. Sie sauste an ihm vorbei durch den Hintereingang. Ich konnte seinen Weg nicht verfolgen, weil meine Aufmerksamkeit zu Mephisto schoss, der sich so schnell bewegte, dass ich es fast nicht sehen konnte. Er packte Trace und riss ihn zurück an seine Brust. Seine Hand legte sich um Traces Kiefer und positionierte ihn so, dass ein einziger Ruck reichen würde, um ihm das Genick zu brechen. Und als ob das noch nicht genug wäre, würde das Netz, das Mephisto um Traces Brust legte, ihm den Atem nehmen.

Ich atmete mehrmals langsam durch und versuchte, meine Welt, die sich um mich drehte, dazu zu bewegen, sich langsamer zu drehen. Ich hatte nicht die Kraft, Mephisto davon abzubringen, obwohl ich wusste, dass ich es tun sollte. Ich begegnete Mephistos fragendem Blick. Er wartete darauf, dass ich ihm den Befehl gab, ihn freizulassen oder die Arbeit zu Ende zu bringen.

Sag Mephisto, er soll ihn freilassen, befahl ich mir. *Sag es.*

Aber ich tat es nicht. Die Worte weigerten sich, sich zu bilden. Trace krallte erfolglos nach Mephistos Hand. Ich wusste, dass ich es verhindern musste. Ich musste. Aber ich konnte die Worte nicht herausbringen.

Sag es.

Ich brachte kein Wort heraus. Ich schüttelte nur den Kopf. Mephisto flüsterte Trace etwas ins Ohr und stieß ihn weg. Trace stolperte zurück und stellte einen großen Abstand zwischen sich und Mephisto her, seine Hand so positioniert, dass sie Angriffszauber ausführen könnte, ohne zu ahnen, dass sie Mephisto nichts anhaben würden. Vor ihm stand ein Mann, der ein Rudel mächtiger Wandler dezimiert hatte, und alles, von seiner angespannten, geballten Kraft über seine lautlosen Bewegungen bis hin zur kontrollierten Tödlichkeit einer Viper, die nur darauf wartete, zuzuschlagen, war ihm anzusehen. Trace schien zu viel Angst zu haben, ihm den Rücken zu kehren, also wich er langsam zurück und rannte, sobald er auf dem Parkplatz war, zu seinem Auto.

„Was hast du zu ihm gesagt?", fragte ich Mephisto und drehte mich um, um die Tür zu schließen, sobald wir in der Wohnung waren. Er hielt mich auf, deutete mit der Hand auf die Tür und entfernte den Dämonenkreis. Er war weniger vorsichtig als sonst, wenn es darum ging, seine Macht und magischen Fähigkeiten zu demonstrieren. Lag es daran, dass er damit rechnete, bald zu gehen?

„Was hast du zu ihm gesagt?", fragte ich noch einmal, als die Tür geschlossen war.

„Dass deine Anwesenheit das Einzige war, das seinen Tod verhindert hat."

„Okay, das war direkt aus einem Mafiafilm. Warum hast du ihm nicht einfach den Todeskuss gegeben, wie in *Der Pate*?"

Cory wäre so stolz auf mein Filmwissen gewesen.

„Weil meine Küsse nur dem Vergnügen dienen." Er kam auf mich zu, als wollte er mir das und noch viel mehr zeigen, aber er tat es nicht. Obwohl ich meinen Kopf erwartungsvoll zu ihm hob, strich er nur mit seinem Daumen sanft und ohne Eile über meine Unterlippe.

Er machte keine Anstalten, mich zu küssen. Ich hätte seine Zurückhaltung schätzen sollen. Ich brauchte sie, denn so wie sein Blick über mich schweifte, schrumpfte meine von Sekunde zu Sekunde. Ich schätzte den Abstand, den er zwischen uns schuf, als er sich auf das Sofa setzte. Er verschränkte die Hände hinter dem Kopf und sagte: „Mir wurde mitgeteilt, dass du darüber nachdenkst, *Medul* zu versuchen."

Wirklich? Dir wurde „mitgeteilt". Ich wette, Clayton konnte dich nicht schnell genug kontaktieren. „Hey, M, du musst dir diese lächerliche Idee anhören, die Erin hatte. Sie will Medul versuchen, aber Madison hat nichts von dieser Dummheit wissen wollen und es gleich im Keim erstickt."

Ich nickte.

„Es ist kein sicherer Zauberspruch, Erin. Du machst dich verwundbar, und selbst wenn du einen Schutzzauber um dich legst, kann jemand zu dir durchkommen. Deine Mutter –"

„Malific."

„Malific hat vielleicht ihre Verbündeten, aber es gibt auch Leute, die ihren Tod wollen. Der einfachste Weg, das zu tun, ist durch dich. Und du musst auch andere Dinge berücksichtigen. Es müssen Pläne etabliert sein, damit es dir während deiner Zeit in diesem Zustand gut geht." Er seufzte, die Frustration stand ihm ins Gesicht geschrieben.

„Das ist keine Option mehr", sagte ich. Seine starre Miene entspannte sich. „Ich werde mir das Black Crest-Grimoire besorgen, einen Weg finden, mich von Malific zu befreien, und sie dann töten."

Er hätte meine Behauptung vielleicht als leeres Geschwätz auffassen können, und einiges davon könnte es auch gewesen sein, aber es war ein Entschluss.

Seine Augenbraue hob sich wissend und ohne Urteil.

Warum verurteilst du mich nicht?

„Ich denke, das ist ein guter strategischer Schachzug", sagte er.

„Ich werde Harrison nicht töten. Nicht nur aus Prinzip. Wegen Dareus habe ich drittklassige Möchtegern-Kopfgeldjäger, die hinter mir her sind. Er wird nicht dafür belohnt, dass er ein Kopfgeld ausgesetzt hat. Ich werde ihm glauben machen, dass er mich im Austausch für das Buch als vorübergehenden Wirt bekommt. Ich werde ihn davon überzeugen, dass er, da ich unter dem Schutz der Elfen stehe, eine bessere Chance hat, hier draußen in meinem Körper eine Elfe zu finden, als darauf zu warten, dass sie kommen, um mich zu schützen."

„Wie willst du das machen?", fragte er, seine Stimme war so neutral und unleserlich wie sein Gesicht.

„Mit einer Phylaca-Urne. Ich werde es zu einer meiner Bedingungen machen, dass er mir zuerst das Buch gibt – oder Cory oder Madison. Sobald es in unserem Besitz ist, bekommt er einen schönen Aufenthalt in der Urne, anstatt meinen Körper zu seinem Zuhause zu machen." Obwohl ich nicht viel Feedback von Mephisto bekam, wusste ich, dass es eine gute Idee war. Das Zauberbuch wäre kein Zahlungsmittel mehr; es wäre in meinem Besitz. Damit wäre das Kopfgeld, das er auf mich ausgesetzt hatte, dahin. Es war ein kompletter Sieg.

„Wird er für alle Ewigkeit dortbleiben? Denn wenn nicht, hast du einen Feind, und es ist ziemlich schwierig, einen Dämon zu töten."

„Wie muss der Schleier sein, wenn jemandem zu erlauben, zu leben, oder ihn zu töten die einzigen Optionen sind? Es gibt Hunderte andere Möglichkeiten."

Sein strenger Blick erinnerte mich daran, dass er es gewohnt war, mit Wesen zu arbeiten, die weitaus gefährlicher und mächtiger waren als diejenigen auf dieser Seite des Schleiers. Aus diesem Grund war es wahrscheinlich nicht unangemessen zu glauben, dass Malific in einer anderen Liga spielte als ich. Es war ihr gelungen, die Jäger hierher zu verbannen, und es bedurfte einer Gruppe von Hexen und Göttern, um sie wegzusperren. Ich verdrängte den Gedanken und weigerte mich, mich von Angst und Unsicherheit lähmen zu lassen.

„Ich weiß, dass es mehr Möglichkeiten gibt als nur Leben und Tod – wegsperren geht auch. Was genau das ist, was du vorhast. Sei nur darauf vorbereitet, ihn für immer dort einzusperren, und auf die Konsequenzen, falls ihm die Flucht gelingt."

Er wäre nicht körperlich, wie sollte er also entkommen? Dann dachte ich an die Leute, die ihn beherbergt und ihm eine Verbindung zu ihm gegeben hatten. Würde er ihnen ein Signal schicken können? Und wenn, würden sie einen Weg finden, ihn freizulassen? Ich kannte die Antwort. Wenn sie sich damit die Schuld eines mächtigen Dämons sichern könnten, würden sie es ohne zu zögern tun.

Ich wollte nicht zulassen, dass meine Pläne dadurch entgleisten. „Ich muss dafür sorgen, dass er nicht entkommt und mit niemandem kommunizieren kann, der je sein Wirt war. Ich brauche also eine Phylaca-Urne, und ich muss sie verstärken, um die Kommunikation zu verhindern. Ich muss die volle Kontrolle über die Situation haben."

Mephisto lächelte. „Ausgezeichnet, meine Halbgöttin. Wo willst du anfangen?"

Ich holte mein Handy aus der Tasche und blätterte durch die Bilder, die ich vom Drachenhort gemacht hatte, den ich bei einem Auftrag entdeckt hatte. Nach dem Auftrag hatte ich eine schwache, angespannte Beziehung zu ihnen aufgebaut, insbesondere zu der Hexe, die das Sagen hatte, aber dennoch waren sie eine Ressource.

Während ich durch die Bilder scrollte, hörte ich Mephistos Gespräch mit Benton, in dem er um alle Informationen bat, die er über die Sicherung einer Phylaca-Urne und die Verhinderung der Kommunikation eines Dämons mit früheren Wirten hatte. Als ich gefunden hatte, wonach ich suchte, ging ich in mein Schlafzimmer und rief Maddox an, den nettesten des Diebestrios, das aus zwei Drachenwandlern und einer zickigen Hexe bestand. Die Abneigung der Hexe mir gegenüber war berechtigt. Schließlich bin ich mit einem Magier, einem Wandler und einer Hexe durch ihren

Schutzzauber gestürmt, um Gegenstände zurückzuholen, die sie während eines Pokerspiels gestohlen hatten.

„Was?", blaffte Lexi, die Hexe.

Ich warf einen Blick auf das Display. Ich hatte definitiv Maddox angerufen und nicht die Nummer des Wegwerfhandys, die sie mir nach unserer ersten geschäftlichen Transaktion gegeben hatten.

„Ich würde gern mit Maddox sprechen."

„Nein. Er findet dich vielleicht amüsant, aber ich nicht", schnaubte sie. „Auf welche Art Wesen wird ein Dämonen-Kopfgeld ausgesetzt?" Das war viel zu urteilend für eine gewöhnliche Diebin.

„Habe ich irgendwas verpasst? Du stielst zum Zeitvertreib. Nicht einmal aus einem bestimmten Grund, sondern nur, um Dinge zu horten. Du bist ein Gauner. Also kannst du die herablassende Nummer schön stecken lassen."

Maddox hatte mir geraten, nett zu Lexi zu sein, weil sie sie zwingen könnte, den Kontakt zu mir abzubrechen. Ich wollte, aber das Ausmaß ihrer Heuchelei war schwer zu ignorieren.

„Sie sind Drachen. Der Drang zu horten ist ihnen angeboren", antwortete sie. „Warum bitten wir sie nicht einfach, nicht zu atmen?"

„Nun, und ich bin eine Erin!", fuhr ich sie an. Die Stille war erwartet. Meine Antwort war schlichtweg eine Katastrophe und hatte für das Gespräch keine Relevanz, aber wenn sie mit Bullshit anfing, konnte ich das auch. Drachen horteten; das war allgemein bekannt. Normalerweise sammelten sie magische Gegenstände, Gold und oft billigen Nippes, der sie verlockte. Doch der Schatz dieser Diebe bestand aus teuren Spirituosen, hochwertiger Elektronik und Schmuck. Sie waren nicht nur Drachen, die taten, was Drachen taten; sie waren Diebe und hatten eine Hexe als Partnerin.

„Was hast du gemacht?", platzte sie heraus.

„Du hast mich kennengelernt, oder? Ist es nicht plausibel, dass ich einen Dämon provoziert habe und er deshalb ein Kopfgeld auf mich ausgesetzt hat? Wenn sie eine Freikarte für ihre Diebstähle bekommen, weil sie Drachen sind, steht mir dann nicht auch eine zu?"

Sie lachte unerwartet, und es schien, als hätte sich dadurch das Blatt zu meinen Gunsten gewendet, also akzeptierte ich es. „Du bist unerträglich, aber zumindest bist du dir dessen bewusst."

Schau, kleine Hexe, ich habe das Recht mich zu beleidigen, du nicht. Ich biss die Zähne zusammen und schluckte meine Antwort herunter. Nach einigen Momenten der Stille sprach jemand anderes.

„Erin." Maddox' Stimme war lebhaft und freundlich und ein scharfer Kontrast zu Lexis. Ich hatte die Gunst des jüngeren der beiden Drachenwandler erlangt, nachdem ich ihm eine Glanin-Klaue geschenkt hatte, anstatt sie zu aktivieren und ihm Silber zu injizieren, was ihn am Wandeln gehindert hätte.

„Maddox, es tut gut, mit dir zu reden."

Er antwortete nicht sofort, aber ich konnte hören, wie er gegen das Mikrofon atmete und wie er sich bewegte. „Ist es das, oder bist du nur froh, dass Lexi nicht mehr dran ist?", neckte er.

„Beides."

„Was kann ich für dich tun?"

„Ich brauche eine Phylaca-Urne."

„Du hast also wirklich ein Dämonenproblem? Dahinter muss eine Geschichte stecken."

„Ja, eine sehr lange Geschichte."

„Ich habe Zeit. Vielleicht können wir es beim Abendessen im Kelsey's besprechen", schlug er vor und erinnerte mich daran, dass ich ihn dorthin eingeladen hatte. Bevor ich antworten konnte, kam Mephisto in mein Schlafzimmer, eine Hand am Türrahmen, während er darauf wartete, dass ich auflegte.

„Wir gehen auf jeden Fall ins Kelsey's, aber wir müssen das planen, damit ich einen Tisch reservieren kann." Es war eine gute Ausrede, obwohl ich wusste, dass das Restaurant, um den Anschein von Exklusivität zu erwecken, weniger Tische reservieren ließ, als tatsächlich vorhanden waren. „Außerdem hat ein Dämon ein Kopfgeld auf mich ausgesetzt. Es wäre vielleicht besser, wenn du Abstand halten würdest."

Er lachte, ein lebhafter, tiefer Ton, der so ganz anders war als der schlechtgelaunte Typ, der er gewesen war, als wir uns das erste Mal begegnet waren. „Du bekommst deine Urne. Ich muss das Honorar mit meinem Bruder besprechen. Ich werde es dir per SMS schicken."

Ich wollte ihn daran erinnern, dass ich ihm eine Reservierung in einem der exklusivsten Restaurants der Stadt besorgen würde, aber er hatte schon aufgelegt, bevor ich es tun konnte. Sie wussten, dass ich verzweifelt war, also freute ich mich nicht auf die SMS.

„Du hast ein Date vereinbart?" Mephistos Augenbraue bewegte sich langsam in die Höhe, und ich sah, wie er die Zähne zusammenpresste.

„Kein Date. Nur ein Abendessen, weil ich versprochen habe, ihm eine Reservierung im Kelsey's zu besorgen."

„Eine Reservierung?" Er schien überrascht zu sein, dass das überhaupt nötig war, was bedeutete, dass er wahrscheinlich auf der Liste der privilegierten Gäste stand.

„Wir Normalsterblichen müssen den Reservierungsgöttern zu Füßen kriechen, um Zugang zu bekommen", scherzte ich. Aufgrund meiner früheren Kontakte mit der Besitzerin Victoria wurde ich bevorzugt behandelt, solange ich so tat, als wäre ihr Haustier, der Schneeleopard, ein entzückendes Kätzchen und kein Spitzenräuber.

„Du bist keine Normalsterbliche, meine Halbgöttin."

Meine Gedanken wandten sich dem zu, was Madison über die Rückkehr der Jäger in den Schleier gesagt hatte, und meine Stimmung wurde düster.

„Du hast ein gutes Leben hier. Wirst du, wenn du wieder im Schleier bist, Dinge von hier vermissen?"

Der nachdenkliche Moment dauerte länger als ich erwartet hatte. Während der Stille kam er näher.

„Die Annehmlichkeiten, die ich hier habe, habe ich auch im Schleier genossen. Für die wenigen Dinge, die es dort nicht gibt, gibt es Ersatz, oft besser. Außer einem."

In seinem Kuss war keinerlei Zurückhaltung. Er war heiß, hungrig und allesverzehrend, sodass ich keuchte, als er sich zurückzog. Seine Augen verdunkelten sich vor Verlangen, und als seine Finger unter mein Shirt glitten und meine Haut streichelten, wurde die Temperatur im Raum unerträglich heiß. In diesem Moment schien die Bindung zwischen mir und Malific belanglos zu sein. Ich wollte ihn.

Gerettet durch den Ping einer SMS trat ich einen Schritt zurück, um mein Handy von der Kommode zu nehmen. Ich sah ihn an.

„Was passiert, wenn du in den Schleier zurückkehrst? Wirst du zu Besuch hierher zurückkommen?"

Sein Gesicht verriet nichts. Ich wünschte, es wäre so gewesen, damit ich mich darauf hätte vorbereiten können, es laut zu hören.

„Du solltest dir die Nachricht ansehen. Es ist wichtig, dass du die Urne bekommst."

Mit Mühe löste ich meinen Blick von ihm. Sein Ausweichen schmerzte.

Die SMS von Maddox mit dem Preis für die Urne war der Eimer kaltes Wasser, den ich brauchte.

Ich runzelte die Stirn, als ich den hohen vierstelligen Betrag sah. *Nun, damit kannst du das Abendessen im Kelsey's vergessen. Du kannst dieses Geld benutzen, um jemanden zu bestechen, damit sie dir einen Tisch geben.*

Mephisto verließ mein Zimmer, bevor ich ihn weiter befragen konnte, und ließ mich mit der Überlegung zurück, ob es besser war, wenn ich es nicht wusste.

26

Wenn man einen Druiden in seinem Leben hatte, war es viel effizienter. Als ich die Phylaca-Urne von Maddox bekam, hatte Benton einen gewobenen Zauber erschaffen, der einem Neutralisierungszauber ähnelte. Zwanzig Minuten nach dem Erwerb der Urne war sie mit einem Zauber versehen worden, um Dareus daran zu hindern, mit seinen früheren Wirten zu kommunizieren. Ich musste es allein aktivieren, sobald er darin eingesperrt war.

Jetzt musste Cory nur noch Dareus beschwören, doch anstatt Dämonen zu beschwören, entschied er, dass es besser sei, sich an die Wand zu lehnen und mich und Madison, die eine widerstrebende Verbündete war, finster anzusehen.

„Ich soll einen Dämon beschwören?", fragte er schließlich entnervt.

„Zum dritten Mal, ja", antwortete ich und massierte meine schmerzenden Schläfen.

„Und du hast vor, dich als Wirt anzubieten?" Er wischte sich mit der Hand über sein Gesicht, bevor er sich von der Wand abstieß und anfing, im Raum auf- und abzugehen.

„Ja, aber dafür ist die Urne da. Sie ist verzaubert. Sobald wir das Buch haben und Dareus aus dem Dämonenkreis entlassen haben, damit er meinen Körper benutzen kann, wird Madison ihn in der Urne einfangen." Ich lächelte ihn beruhigend an, als sich seine Nackenmuskeln anspannten und er die Kiefer zusammenpresste. „Wenn er rauskommt, wird er körperlich sein und das Grimoire haben. Er wird dir das Buch übergeben, bevor er körperlich wird, um mich als Wirt zu nutzen. Wir müssen ihn in der Urne einsperren, bevor er mich erwischt." Ich sah ihn eindringlich an. „Sobald ich die Verpflichtung eingehe, bin ich daran gebunden. Er muss eingefangen werden, bevor er zu mir kommt."

Cory drehte sich um und starrte Madison an. „Und du bist mit diesem Wahnsinn einverstanden?"

Scheinbar nicht in der Lage, es laut auszusprechen, nickte sie nur – wenn man es überhaupt als Nicken bezeichnen konnte. Ihr Kopf bewegte sich kaum.

Cory kam zu mir und begann, meine Pupillen zu überprüfen. „Ich will alles. Das Oxy, dein Gras und wahrscheinlich auch den ganzen Alkohol."

„Ich bin auf nichts und das schon seit Wochen nicht mehr."

„Was? Du hast den ,*Lasst uns einen Dämon austricksen*'-Plan also ohne den Einfluss von Drogen oder Alkohol ausgeheckt? Das war eine nüchterne, klare Entscheidung?"

Liebe bedeutet nicht, jemandem, der es wirklich verdient hat, keinen Tritt in den Schritt zu versetzen. So sieht persönliches Wachstum aus.

„Ich habe nicht die Absicht, ihn zu beherbergen. Wir werden ihn in eine Falle locken."

„Ja, nachdem du eine Blutvereinbarung getroffen hast, genau das zu tun. Und der Erfolg hängt davon ab, dass wir ihn in der Urne einfangen, bevor er dich erreichen kann. Es gibt so viele Dinge, die bei diesem Plan schiefgehen können." Er seufzte verzweifelt. „Ich stimme dafür, dass ein Gott und ein Wandler beteiligt sind. Hol dein Handy."

„Das können wir nicht. Dareus hatte Angst vor Mephisto

und hat nicht geantwortet, als er ihn gerufen hat. Glaubst du nicht, dass er misstrauisch werden wird, wenn ein Wandler dabei ist? Was sollte ich ihm sagen, warum er da ist?"

Cory zuckte mit den Schultern und lächelte mich knapp an. „Sag' ihm, dass er dein vom Gericht bestellter Vormund ist. Nachdem ich diesen Plan gehört habe, scheint das vernünftig."

Mein finsterer Blick trug nicht dazu bei, seine angespannte Miene zu lockern.

„Cory, du musst das machen", beschwor ich ihn. „Ich kann ihn nicht herbeirufen, weil er meine Magie spüren und vielleicht sogar herausfinden könnte, dass ich Elfenmagie habe." Mit Corys Zögern hatte ich nicht gerechnet. „Komm schon, ich habe nicht viele Möglichkeiten. Es wird klappen."

„Und wenn nicht?"

„Es wird." Egal wie zuversichtlich ich klang, es würde seine Zweifel nicht beseitigen. Das war eine Situation, in der ich meine Unsicherheit verbergen musste, weil Madison und Cory mehr als genug davon für uns alle hatten.

„Okay, aber sobald ich das Gefühl habe, dass irgendwas schiefgeht, beende ich es."

Ich stimmte zu. Was er sagte, war nett, aber wenn das hier schiefging, gab es kein Halten mehr. Nachdem ich die Vereinbarung getroffen hatte, war ich daran gebunden, und der einzige Ausweg bestand darin, Dareus in der Urne einzufangen.

Cory versuchte, den Dämon zweimal zu rufen, ohne dass er reagierte. Madison und Cory sahen erleichtert aus. Ich war es nicht.

„Versuch es nochmal."

„Was, denkst du, er hat zuvor nicht reagiert, weil er zu sehr damit beschäftigt war, *Game of Thrones* zu schauen?", fragte Cory.

„Was ist das?"

Er starrte mich böse an. „Ich. Will. Die. Scheidung."

„Wie läuft eine Scheidung zwischen uns ab? Werde ich nicht länger verpflichtet sein, dir zu sagen, wie großartig und talentiert du bist? Denn das würde mir viel Zeit sparen. Wirst du deine Instagram-Storys über deine Trainingseinheiten verstecken? Ohne die wäre mein Leben einfach nicht dasselbe. Schließlich besteht der Höhepunkt meines Tages darin, dich im Fitnessstudio bei etwas zu sehen, das man nur als Kettlebell-Sex bezeichnen kann. Ich bin mir sicher, dass Alex ziemlich eifersüchtig auf sie ist", schnaubte ich und machte ein säuerliches Gesicht. „Versichere mir bitte, dass du trotz unserer Scheidung hin und wieder vorbeischauen wirst, um mich daran zu erinnern, dass ich unordentlich bin und nicht kochen kann. Im Ernst, diese Kritiken geben mir Leben. Wer würde ohne unsere Freundschaftsehe meine Wochenenden in Beschlag nehmen und mich dazu nötigen, mich von Leuten visuell attackieren zu lassen, die herumhüpfen und ihre Hüften kreisen lassen, weil sie einen Fuß locker haben?"

„Es ist *Footloose* und ein Klassiker!"

„Ist es das? Das wurde in einer Zeit vor Facebook, Instagram und Netflix gefilmt. Könnte es sein, dass die Unterhaltungslatte ziemlich niedrig war?"

Das Zucken seiner Augen ist neu. Ich sollte wahrscheinlich aufhören.

Seine gerümpfte Nase ließ ihn wie ein genervtes Kind aussehen. „Das ist genug von dir, Frau. Lass uns einen Dämon beschwören." Die Anspannung um seine Augen hatte sich etwas gelöst, aber er war immer noch nicht ganz bei der Sache. Er blinzelte. „Denn danach sehen wir uns *Footloose* an."

Ja, das Karma hat mir gerade den Mittelfinger gezeigt.

Vielleicht hatte Dareus tatsächlich *Game of Thrones* geschaut, weil er schnell auf die dritte Einladung reagierte. Sein Blick landete auf Cory, musterte ihn mit einem Anflug von Überraschung, dann wanderte sein Blick zu mir, dann zu Madison, die strategisch vor dem Beistelltisch positioniert war, auf dem die Urne stand. Er durfte sie nicht sehen, sie musste jedoch leicht zugänglich sein. Sobald Dareus den Kreis verließ, musste sie zwischen uns beide gestellt werden, um ihn abzufangen. Wenn irgendein Teil seiner körperlichen Form mit mir in Kontakt käme, wäre die Urne nutzlos. Sie würden ihn nicht aus mir herausholen können.

„Das ist eine interessante Wendung. Du hast mich gerufen, Hexe?", fragte er, während er sich immer noch im Raum umsah, und die Enttäuschung auf seinem Gesicht machte deutlich, dass er damit gerechnet hatte, Harrisons Leiche oder mich sediert oder gefesselt und bereit zur Übergabe an ihn vorzufinden. „Du hast nicht, was ich verlangt habe, deshalb bin ich ziemlich neugierig, warum ich hier bin."

„Er hat dich für mich gerufen", sagte ich. „Ich würde gern einen Deal mit dir abschließen."

„Ich höre?", sagte er, näherte sich dem Rand des Kreises und musterte mich mit unverhohlener Sehnsucht. „Und der wäre, von Elfen Beschützte?"

„Mich."

Eine Mischung aus Gefühlen huschte über sein Gesicht: laszive Absicht, unverhohlene Faszination, Argwohn und vorsichtige Erregung. Ich wandte meinen Blick von dem hypnotischen Blinzeln seiner Augen ab und richtete den Blick auf das Grimoire neben ihm.

„Ich bekomme dich", wiederholte er.

Ich nickte.

„Warum?"

„Ich will das Black Crest-Grimoire." Ich hielt meine Stimme ruhig und hoffte, dass er meine Verzweiflung nicht hören konnte.

Der Argwohn blieb bestehen, während er uns weiter beobachtete. Seine Aufmerksamkeit richtete sich auf Madison. Er neigte den Kopf und sah sie an, als wäre sie ein Rätsel.

„Du wolltest mich in der Hoffnung, eine Elfe zu finden,

nicht wahr? Du brauchst einen Wirt. Wenn es sie gibt, hast du die Möglichkeit, eine zu finden."

Ich riskierte einen Blick in seine Augen, um zu sehen, ob ein Teil des Misstrauens verschwunden war, blieb aber vorsichtig und sah nie zu lange in die hypnotisierenden Schlitze.

„Das reizt mich. Aber soll ich glauben, dass es dir recht ist, mir dabei zu helfen, körperlich zu werden und unter euch zu existieren?"

„Überhaupt nicht. Ich hoffe, du findest keine", sagte ich wahrheitsgemäß.

Corys Augen weiteten sich angesichts meiner Aufrichtigkeit, und Madison warf mir ein schmales, ungläubiges Lächeln zu, aber Dareus schien meine unverblümte Ehrlichkeit zu schätzen. Die harte Wahrheit war notwendig. Dareus war nicht naiv genug zu glauben, dass ich plötzlich sein Fürsprecher geworden sei. Er musste glauben, dass mein Eigennutzen an erster Stelle stand. Eine Lektion, die ich aus der Arbeit mit meinen Kunden gelernt hatte, war, dass einem umso mehr vertraut wurde, je eigennütziger man wahrgenommen wurde. Sie verstanden Habsucht, Machtgier und Egoismus.

„Ich will das Grimoire und dass du das Kopfgeld zurücknimmst. Ich bin nicht bereit, Harrison dafür zu töten. Nimm mein Angebot an, und es ist eine Win-win-Situation für mich, ohne dass ich einen Mord begehen muss."

Sein Mund verzog sich finster, als er mich ansah. „Du bist bei weitem nicht so nihilistisch, wie man mir glauben machen wollte", sagte er schließlich, bevor er schweigend nachdachte. Er drückte das Grimoire an seine Brust, und ich lenkte mich davon ab, es anzustarren, indem ich noch ein paar Zentimeter zurückwich. Je weiter ich weg war, desto einfacher würde es sein, den Zauber zu beschwören und ihn in der Urne einzufangen.

„Ihr fühlt euch nicht bedroht von der Aussicht, dass ich

einen Weg finde, unter euch zu leben?", fragte Dareus mit hochgezogener Augenbraue.

„Du bist nur einer. Egal, wie mächtig du bist, du wirst der Supernatural Task Force oder den Verbündeten, die sie rekrutieren, um dich festzunehmen, nicht gewachsen sein. Wenn du zu einer Bedrohung wirst, wird es nicht lange dauern."

„Wie lange gibst du mir?"

„Einen Tag?"

Er warf schallend lachend den Kopf in den Nacken. „Du amüsierst mich. Für das Grimoire erwarte ich nicht weniger als einen Monat. Wie du bereits gesagt hast, wird es schwierig sein, eine Elfe zu finden. Ich brauche Zeit."

Einen Versuch war es wert.

„Eine Woche."

„Ich glaube, ich habe meine Meinung geändert. Deine Dreistigkeit ist nicht amüsant, sondern nervig."

Ein Monat, ein Jahr, ein Jahrhundert, es spielte keine Rolle, da ich nicht die Absicht hatte, die Vereinbarung zu erfüllen.

Ich nickte. „Also gut. Einen Monat."

Er trat näher, drückte das Grimoire an seine Brust und grinste, als ich mich darauf konzentrierte. Meine Sehnsucht gefiel ihm.

„Nun, das ist ein Angebot, das ich nicht ablehnen kann." Sein Lächeln wurde breiter. „Sobald der Handel abgeschlossen ist, musst du den Kreis öffnen", wies er Cory an. Er sah mich an. „Es ist nicht vollständig, bis du zustimmst. Du musst *Gavale Bradish* sagen, Erin Katherine Jensen."

Ich war mir nicht sicher, was beunruhigender war: dass er meinen vollständigen Namen kannte oder wie einfach es war, Wirt eines Dämons zu werden.

„Näher!", befahl Dareus.

Ich versuchte, genug Abstand zu ihm zu halten, um Madison Zeit zu geben, die Urne zu nehmen und den Zauber zu beschwören und ihn gefangenzunehmen. Ich machte ein paar kleine Schritte auf ihn zu. Sein Kopf schnellte plötzlich in Madisons Richtung, und Wut glühte in seinen Schlitzaugen.

Ich versuchte, den plötzlichen Stimmungsumschwung zu verstehen. Hatte er die Urne gesehen? War mein Zögern, mich zu bewegen, ein Hinweis auf Verrat? Um seine Vorsicht zu zerstreuen, trat ich näher an den Kreis heran.

„Komm näher, Fee!", verlangte er. Als Madison sich nicht bewegte, schnaubte er. Die ganze Kraft seiner Wut richtete sich auf mich.

„Ich lehne dein Angebot ab", zischte er.

Er ging im Kreis herum und suchte den Raum ab. Von Zeit zu Zeit schnellte sein Kopf in meine Richtung, seine Augen pulsierten und brodelten vor Wut. Ich ging schnell Ideen durch, um eine Situation zu retten, die sich immer weiter zuspitzte.

Er war unverhohlen feindselig und misstrauisch. „Ich sehe die Urne nicht, aber ich vermute, dass sie in der Nähe ist." Wieder sah er Madison an, die von seiner Anschuldigung vollkommen unberührt zu sein schien.

„Wenn du das Angebot ablehnst, bekommst du nie wieder eine Gelegenheit", warnte ich ihn.

Ich sah eine Sehnsucht in seinem Gesicht, die mir Hoffnung machte. Er sah mich finster an, und seine Zischlaute passten zu seinen Schlangenaugen. „Du musst dir keine Sorgen machen. Dein Versuch, mich zu hintergehen, wird unvergessen bleiben, von Elfen Beschützte." Seine Gestalt wurde zu einer durchsichtigen Wolke. Ich stürzte mich auf den Kreis und hoffte, das Buch zu packen, bevor er verschwinden konnte, aber Corys Arme schlossen sich um meine Taille, und er zog mich zurück. Dareus' spöttisches Lachen hielt noch lange nach seinem Verschwinden an.

Ich sank gegen Corys Brust.

„Was zur Hölle ist gerade passiert?", fragte Madison, die

immer noch auf ihrem ursprünglichen Platz stand, als erwartete sie Dareus' Rückkehr. „Er kann die Urne nicht gesehen haben."

„Ich glaube nicht, dass es nötig war. Er war übermäßig vorsichtig. Wenn er mich kennt, war er wahrscheinlich schon misstrauisch." Meine graue Vergangenheit verschaffte mir Glaubwürdigkeit bei Leuten, die mich anheuern wollten, doch sie ließ Raum für Zweifel. In dieser Situation hatte es mir geschadet.

Nachdem wir den Kreis entfernt hatten, lastete schweres Schweigen auf uns, und die unausgesprochene Frage blieb: Was jetzt?

27

Verzweiflung und Hoffnungslosigkeit machten die Pläne, die ich mir ausdachte, immer gefährlicher und irrationaler. Ich hatte noch einmal über die Idee nachgedacht, *Medul* zu machen oder einen anderen Dämon zu finden, der vielleicht in der Lage wäre, Dareus das Grimoire wegzunehmen. In den letzten drei Tagen hatte ich Ortungszauber ausgeführt, in der Hoffnung, eine andere Elfe aufzuspüren, die die Bindung aufheben könnte.

Mein Hass auf Elizabeths Lösung wuchs im gleichen Tempo wie meine Verzweiflung. Und ich hatte keinerlei Geduld mit irgendjemandem. Als ich also in die Einfahrt zu meiner Wohnung einbog und River vor meinem Gebäude parkte, war ich bereit, ihm ohne Umschweife zu sagen, er möge sich zur Hölle scheren, und ihm ganz genaue Anweisungen zu geben, wie er das anstellen sollte. Es lag mir auf der Zunge, als er auf mich zukam, sobald ich aus dem Auto stieg. Er trug seine triumphierende Selbstgefälligkeit wie einen gut geschnittenen Anzug, als er mir sein Abzeichen zeigte.

„Erin Jensen, Sie sind wegen Mordes an Harrison Meadows verhaftet."

„Wie bitte?", stotterte ich, als er mir Handschellen anlegte. Galle stieg mir in die Kehle. So viele Gedanken schossen mir durch den Kopf. Harrison war tot. Jemand besaß das Black Crest-Grimoire. Standen diese Ereignisse im Zusammenhang miteinander oder war es Zufall? War Dareus im Besitz von Harrisons Leichnam?

„Erin Jensen, Sie werden wegen Mordes an Harrison Meadows verhaftet." In seiner Stimme lag eine Spur dunkler Freude, während er mir meine Rechte vorlas. Als er den Stahl um mein Handgelenk legte, kamen die Erinnerungen an meine erste Verhaftung hoch. Ich war nicht für dieses Verbrechen verantwortlich gewesen, doch die Schuldgefühle und eine verschwommene Erinnerung an diesen Tag waren geblieben. Bei diesem Verbrechen wusste ich, dass ich es nicht getan hatte. Ich konnte es nicht getan haben.

Ich blieb stehen, als er versuchte, mich in den hinteren Teil seines Autos zu schieben. „Rufen Sie Madison an", forderte ich. „Das muss von der STF gehandhabt werden."

Er schnaubte. „Ich bin mir sicher, dass Ihnen das gefallen würde. Axios-Gesetz", sagte er, während er grober an mir zog, damit ich mich bewegte und er mich auf den Rücksitz setzen konnte.

War ich so sehr mit meinen eigenen Problemen beschäftigt gewesen, dass ich die Verabschiedung des Axios-Gesetzentwurfs verpasst hatte? Seitdem die Übernatürlichen sich geoutet hatten, gab es einen anhaltenden Streit darüber, wie mit Verbrechen umgegangen werden sollte. Die Polizei war verpflichtet, einen Großteil der Verbrechen aufzuklären, aber wenn Übernatürliche im Spiel waren, waren die meisten Cops froh, wenn die Supernatural Task Force sich darum kümmerte. Und dasselbe galt auch für die STF, wenn es um Menschen ging. Es gab ein stillschweigendes Protokoll, nichts war gesetzlich verankert. Eine kleine Gruppe von Menschen wollte die Organisationen fusionieren. Es war ein Thema, über das jahrelang debattiert, gestritten und geklagt worden war, wobei die STF anführte, dass Menschen nicht dafür ausgerüstet waren, mit übernatürlichen Verbrechen umzugehen und dass die Kombination eines STF-Officers mit einem Menschen den STF-Officer benachteiligen und beide gefährden würde.

Die übernatürliche Gemeinschaft überwachte sich selbst: die Wandler durch ihren Alpha, die Vampirfamilien durch ihren Meister, die Konsortien durch den Obermagier und die Zirkel durch ihren Ältesten. Die Menschen würden niemals Einblick in das komplizierte Netzwerk oder die stillschweigenden Vereinbarungen und Teile unserer Welt bekommen, die ihnen absichtlich verborgen blieben.

Niemand begriff wirklich, wie schwach der Faden war, der es uns ermöglichte, mit den Menschen parallel zu existieren. Es war ein Faden, der schnell reißen würde, wenn man Menschen der unedierten, ungeschminkten Version der übernatürlichen Welt aussetzte. Es war reine Hybris, dass die Menschen glaubten, sie könnten uns besser regulieren. Am Ende würde es ein politischer Alptraum epischen Ausmaßes werden, vielleicht sogar ein Bürgerkrieg, und River, getrieben von Ärger und Böswilligkeit, war nicht in der Lage, das zu erkennen.

Auf der Wache saß ich im Verhörraum und starrte ihn an, ohne auch nur eine Spur von Zweifel oder Unsicherheit zu zeigen. Ich schwieg, während er Fragen stellte.

„Zeugen haben Sie mehrmals bei Harrison Meadows zu Hause gesehen. Und ich weiß aus zuverlässiger Quelle, dass Ihre Interaktionen feindselig waren."

Ich presste meine Lippen zu einer dünnen Linie zusammen und verwehrte ihm die Möglichkeit, irgendetwas, was ich sagte, gegen mich zu verwenden, selbst wenn es darum ginge, meine Unschuld zu beteuern.

Er entspannte sich in seinem Stuhl, seine finstere Miene machte einem gelassenen Lächeln Platz, obwohl sich seine

Augen vor mürrischer Böswilligkeit verdunkelten, als er mich ansah.

„Glauben Sie wirklich, dass Sie zweimal damit durchkommen? Sie sind eine Todesmagierin und geben aus einer Laune heraus Ihren Impulsen nach. Was ist passiert? Wollte er seine Magie zurück, und Sie haben sich geweigert? Was haben Sie mit der Leiche gemacht?" Nach mehreren langen Momenten des Schweigens beugte er sich vor. „Erin", sagte er leise, „ich weiß, dass es schwer ist. Ich habe gehört, dass es wie eine Sucht ist, und wenn Sie gestehen, werden sie es wie eine behandeln. Ich kann Ihnen die Hilfe besorgen, die Sie brauchen."

„Oh, Sie wollen die Rolle des guten *und* des bösen Cops spielen? Das ist eine ziemlich anspruchsvolle Aufgabe. Fürs Protokoll: Sie sollten an Ihrem guten Cop arbeiten. Sie sind nicht einmal als erträglicher Cop glaubwürdig", erwiderte ich.

Er biss sich auf die Lippe.

Ich starrte ihn an. „Wenn Sie fertig sind, würde ich gern eine Beschwerde einreichen. Glauben Sie, Sie können mir dabei helfen?"

„Sie sind so arrogant, nicht wahr? Einmal mit einem Mord davongekommen, und jetzt glauben Sie, Sie sind unantastbar. Nein, damit kommen Sie nicht zweimal durch."

Der Vorwurf in seinem finsteren Blick ging mir auf die Nerven. Ich wollte erklären, dass mir beide Verbrechen zu Unrecht vorgeworfen wurden, aber selbst, wenn ich ihm Beweise hätte vorlegen können, würde er mir nicht glauben. In seinen Augen war ich ein Mörder, der nie für seine Verbrechen bezahlt hatte. Ich hatte das Gesetz umgangen.

Es wurde immer schwieriger, den Teil von mir zum Schweigen zu bringen, der ihn überzeugen wollte, dass ich besser war als ein mörderischer Bösewicht und stärker als meine Zaubersucht. Ich wollte mich verteidigen und ihm sagen, dass ich kein Verlangen mehr spürte, weil ich meine eigene Magie hatte. Es war nutzlos; ich würde seine Meinung nie ändern, und River war der Letzte, von dem ich wollte, dass er über meine Herkunft und meine magischen Fähigkeiten wusste.

„Was können Sie mit der Magie machen? Ich war schon immer neugierig." In seinem Ton war mehr Spott als Neugier.

„Die STF bietet viele Kurse an, in denen sie über ‚unseresgleichen' lernen können", schoss ich zurück. „Und Google ist Ihr Freund. Ich schlage vor, dass Sie es benutzen."

Als ein Funke Belustigung über sein Gesicht huschte, bereute ich, dass ich mich von ihm hatte provozieren lassen.

Sei einfach still, Erin.

„Ich sage nichts, bis ein Anwalt anwesend ist."

Es war eine gute Idee, einen Anwalt zu haben, vor allem angesichts der Jobs, die ich angenommen, und der Leute, für die ich gearbeitet hatte. Ich wurde öfter *festgehalten*, als irgendjemand bereitwillig zugeben würde. Manchmal bekam ich eine Geldstrafe auferlegt, manchmal wurde ich nur befragt. Ich bekam ein schlechtes Gewissen, wenn ich daran dachte, wie oft Madison eingegriffen hatte, um mir aus der Patsche zu helfen. Ich hatte regelmäßig sie anstatt eines Anwalts angerufen. Sobald sie davon erfuhr, griff sie ein, und sei es nur, um den richtigen Anwalt zu finden. Ich seufzte innerlich. Ein Verhörraum war definitiv nicht der richtige Ort für eine existenzielle Krise und schon gar nicht der optimale Zeitpunkt. Doch hier hatte ich eine Erleuchtung und empfand tiefes Bedauern darüber, dass ich eine solche Last für sie war.

Es klopfte an der Tür. River kniff die Augen zusammen, und ich setzte mich aufrechter. Da ich Madison erwartete, war ich überrascht, als eine andere Beamtin hereinkam. Ihre sanfteren Gesichtszüge und ihr entwaffnendes Lächeln ließen sie weniger streitlustig wirken als River. Ich war mir sicher, dass das ihre Absicht war. Ich bemerkte, dass ich mich entspannen wollte.

Sie brachte eine Flasche Wasser, Kaffee und eine Tüte Chips mit und stellte sie vor mir ab. Als River ging, setzte sie sich auf seinen Stuhl. Sie holte ein paar Päckchen Kaffeeweißer und Zucker aus ihrer Jackentasche und schob sie zu mir herüber. Sie bot mir an, die Handschellen zu lockern, falls sie unbequem wären, und erklärte ihre Enttäuschung darüber, dass sie sie aus Protokollgründen nicht abnehmen konnte.

„Sie haben keinen Hunger", sagte sie, nachdem mehrere Augenblicke vergangen waren und das Einzige, was ich geschafft hatte, war, Zucker in meinen Kaffee zu geben und einen Schluck aus der Wasserflasche zu trinken. „Rivers Persönlichkeit kann ein bisschen abstoßend sein", gab sie zu und beugte sich dann vor. „Und er mag manchmal wie ein Arsch rüberkommen, aber das liegt an seinem Engagement für Gerechtigkeit. Ich erfinde keine Ausflüchte für ihn, ich erkläre nur."

Das war einfach beleidigend. Glaubte sie wirklich, ich würde auf diese Version eines guten Cops reinfallen? Mit großer Anstrengung gelang es mir, das drohende Schmunzeln niederzuringen, und mein Blick blieb fest nach vorn gerichtet, anstatt die Augen zu verdrehen. Sogar die Empörung behielt ich an der kurzen Leine. Stattdessen trank ich einfach noch einmal einen großen, langsamen Schluck Wasser.

„Ich kenne andere Übernatürliche, aber Todesmagier sind immer noch ein Rätsel. Sie sind in der Lage, Magie von anderen zu leihen, indem sie sie in den Zustand des Todes versetzen?"

Mein Kopf bewegte sich kaum zu einem Nicken.

„Interessant." Sie schenkte mir ein weiteres, warmes Lächeln. „Sobald man die Magie zurückgibt, erwachen sie wieder zum Leben, oder?"

Ich nickte noch einmal lustlos. „Sie sind nicht tot, nur in einem Zwischenzustand.“

„Ich glaube, ich erinnere mich, gehört zu haben, dass, wenn man es nicht tut, die Person … nun ja, so bleibt, nicht wahr?“ Sie sagte es mit einer gespielten Schüchternheit, als ob sie nichts von dem *Vorfall* wüsste und sich nicht gut mit Todesmagiern auskannte.

„Verkaufen Sie sich nicht unter Wert. Sie haben ein ausgeprägtes Wissen über Todesmagier.“

„Soweit ich weiß, fühlen sich manche Leute dazu hingezogen, ihre Magie mit einem Todesmagier zu teilen, und zwar aus demselben Grund, aus dem andere gern Vampire von sich trinken lassen.“

Das brachte ihr nur ein Schulterzucken ein.

„Basierend auf unseren Interviews schien es, als hätte Harrison eine Vorliebe dafür, dem Tod ein Schnippchen zu schlagen. Die Euphorie, die manche dadurch verspüren. Für einen Adrenalinkick vielleicht? Oder ist es beruhigender, eher wie eine Dosis Melatonin?“

„Ich weiß es nicht. Ich kann niemandem Magie ausleihen“, erklärte ich. „Ich habe keine Magie.“

„Sie haben jetzt Magie“, sagte sie mit einem stolzen Glanz in ihren Augen, als ob sie glaubte, sie hätte mir erfolgreich eine Falle gestellt.

„Nun, ich würde hoffen, dass River, wenn er glaubte, ich hätte Magie, mir mehr als nur diese Handschellen anlegen würde.“

„Sie sind aus Silber.“

„Das wäre angemessen, wenn ich ein Wandler wäre.“

Verwirrung huschte über ihr Gesicht. Liebes Schicksal, wie sollten sie die Übernatürlichen kontrollieren, wenn sie nicht einmal die Grundlagen beherrschen?

„Silber wirkt gegen Wandler.“ Der leere, verwirrte Blick löste in mir ein wenig Mitleid mit ihr aus.

„Bei Magiern muss man Iridium verwenden. Wenn Sie

vorhaben, das Axios-Gesetz durchzusetzen, sind das grundlegende Informationen, die Sie kennen sollten", schalt ich sie.

„Axios-Gesetz?"

„Ja. Deshalb bin ich doch wohl hier und nicht bei der STF."

Verärgerung huschte über ihr Gesicht, bevor sie einen Ausdruck fand, der beinahe teilnahmslos aussah, doch ihre zuvor warmen Augen hatten jetzt einen scharfen Ausdruck.

„Erzählen Sie mir von Ihrer Beziehung zu Harrison. Was hat Ihre Auseinandersetzungen ausgelöst?"

„Erzählen Sie mir von Axios, warum Sie mich so seltsam angesehen haben, als ich es als Gesetz bezeichnet habe. Wenn dem nicht so ist und es immer noch ein Entwurf und kein Gesetz ist, warum wurde ich dann nicht an die STF übergeben?"

Sie schluckte und ignorierte meine Frage. „Was für eine Beziehung war es? Geschäftlich, freundschaftlich, intim?"

„Welche Beziehung haben Sie und River zur Wahrheit? Schwach, hin und wieder turbulent oder nicht existent?" Ich gab mir keine Mühe, meine Verärgerung zu verbergen.

„Miss Jensen, werden Sie meine Frage beantworten?" Die Frustration ließ sie ihre Lippen zu einer sehr schmalen Linie zusammenpressen.

„Vielleicht, aber es hängt von Ihrer Beziehung zur Wahrheit ab. Wenn Sie keine haben, spielt die Antwort keine Rolle, weil Sie sich einfach die Geschichte ausdenken werden, die Ihnen gefällt."

Ihr Gesicht war hart, ihre Augen bohrten sich wie Dolche in meine, und es war deutlich zu erkennen, dass sie bei Bedarf leicht den bösen Cop spielen konnte. Sie wusste, dass ihre kleine Show vorbei war; ihre sympathische Maske war verrutscht, und die Illusion, ich könnte ungezwungen mit ihr reden, war verschwunden. Sie zwang sich zu einem halbwegs angenehmen Blick, der jedoch zu starr war, um tröstlich zu wirken.

„Lassen Sie mich Ihnen noch einen Kaffee holen. Ich bin mir sicher, dass Ihrer mittlerweile kalt ist." Sie nahm ihn und ging. River kehrte nicht sofort zurück. Ich ging davon aus, dass sie ihn informieren würde.

Als Rivers den Raum mit selbstbewusster Miene betrat, beunruhigte mich das. War es gespielt oder aufrichtig? Und das Grinsekatze-Lächeln verspottete mich mit der Möglichkeit, dass er vernichtende Beweise hatte.

„Es gibt einen Zeugen, der sagt, dass Sie gesehen wurden, wie Sie Harrisons Trailer verlassen haben. Sein Blut war überall und Ihre Fingerabdrücke auch. Was haben Sie mit ihm gemacht, Erin?"

Ich biss die Zähne zusammen.

„Haben Sie seine Magie genommen? Haben Sie es mit Gewalt getan? Das passiert, wenn jemand wie Sie sich Magie leiht und die Person stirbt. Aber Sie können eine Zeit lang von der Magie Gebrauch machen, nicht wahr?"

Bevor ich über eine Antwort nachdenken konnte, klopfte jemand an, und ein Mann in einem tadellos geschnittenen dunkelblauen Anzug, einer Seidenkrawatte und italienischen Lederschuhen, der eine Selbstsicherheit ausstrahlte, die einen dazu bringen konnte, den Kopf einzuziehen, kam herein. Sein schwarzes Haar war kurz geschnitten, und seine goldene Haut hatte ein Strahlen, von dem ich nicht sicher war, ob es genetisch bedingt oder von der Sonnenbank war.

Das Lächeln, das er aufblitzen ließ, schien teurer zu sein als sein Anzug. Es war von der Sorte, die oft mit einem hohen drei- oder vierstelligen Stundensatz einherging. Ich wusste, wer er war, bevor er sich vorstellte: Van Hudson von Hudson & Parker LLP. Ich hatte Madison mit zusammengebissenen Zähnen seinen Namen und den Namen der Kanzlei sagen hören, gefolgt von einer Reihe von vierbuchstabigen Worten und Variationen ihrer Abneigung für Wandler und ihre nervtötenden Anwälte. Ich sah den Top-Anwalt an, dessen Gesicht Madison einschlagen wollte.

Rivers Gesicht hatte einen seltsamen Rotton angenommen. Er konnte seinen bösen Blick nicht unterdrücken, aber es schien auch nicht so, als würde er sich große Mühe geben.

„Normalerweise sehen wir Sie hier nicht", sagte er. „Ich habe gerade von den Leuten der Supernatural Task Force von Ihren Possen gehört."

„Ich würde gerne glauben, dass ich viel mehr als nur Possen zu bieten habe. Aber wenn wir gerade von Possen sprechen, was versuchen Sie hier abzuziehen? Sie fällt unter die Gerichtsbarkeit der STF. Die STF sollten sie befragen, nicht Sie. Ich habe Madison Calloway angerufen, um sie zu informieren. Stört es Sie, wenn ich mit meiner Klientin spreche, während wir auf ihre Antwort warten?"

Bevor River aufstehen konnte, öffnete der Anwalt die Tür und gab den Blick auf ein weiteres bekanntes Gesicht frei: Ava. Ich hatte sie während einer Vertragsverhandlung mit Mephisto kennengelernt. Sie und die zierliche Frau neben ihr trugen ähnliche dunkelgraue Designer-Hosenanzüge. Avas pfirsichfarbene Bluse harmonierte mit ihrer umbrabraunen Haut. Die grafitgraue Bluse, die die andere Frau trug, bildete einen hübschen Kontrast zu ihrer milchweißen Haut und den leicht geröteten Wangen. Avas kurzes Haar mit dem asymmetrischen Pony war modern, aber ihre Manierismen und ihr Aussehen waren ein Anachronismus; sie gehörte ganz klar in die Zwanzigerjahre. Doch die Frau neben ihr, mit dem straffen, tiefen Haarknoten, den strengen haselnussbraunen Augen und dem ernsten Blick, der mich meine Schultern aus Angst, gerügt zu werden, ein wenig straffen ließ, war genau dort, wo sie hingehörte. In einem Revier, um ihren Mandanten zu verteidigen.

„Ava Charleston und Mallory Kane von Turner & Brenham."

Rivers Nasenflügel blähten sich, als er die Namen hörte, doch ich war mir nicht sicher, ob es die Anwältinnen oder die Kanzlei waren, die die Reaktion auslösten. Was auch immer es war, er war alles andere als erfreut.

Wessen Anwalt sollte ich nutzen: die von Mephisto oder den von Asher? Wenn ich mich entscheiden müsste, wollte ich Mallory: Der Hunger in ihren Augen, die auf River gerichtet waren, deutete darauf hin, dass sie ihn gleich zum Frühstück verspeisen würde. Dem Blick nach zu urteilen, den er ihr zuwarf, hatte er das auch erkannt.

Mir wurde keine Möglichkeit gelassen, zu wählen. Von meinem Stuhl aus sah ich durch die halb geöffnete Tür, wie Madison wie ein Kategorie 5-Hurricane durch das Revier stürmte. Ein Stirnrunzeln und ein eisiger Blick, scharf wie eine Klinge, brachte die Leute dazu, ihr aus dem Weg zu gehen, als sie auf den Vernehmungsraum zuging. Sogar die Anwälte blinzelten und machten Platz, damit sie hineingehen konnte.

Sie klatschte River ein Dokument gegen die Brust. „Nehmen Sie ihr die Handschellen ab." Er war zu beschäftigt damit, zu lesen, was sie ihm gegeben hatte. „Der Fall Harrison gehört der STF. Sie hätten sich nie einmischen sollen, und sagen Sie mir nicht, dass es Ihre Pflicht sei, Nachforschungen anzustellen. Ein Anruf genügt, und wir hätten uns darum gekümmert." Der ruhige Klang von Madisons Stimme schien River noch mehr zu verunsichern. Wahrscheinlich war ihm aufgrund früherer Begegnungen mit ihr bewusst, dass das nur der Anfang war. Je ruhiger sie wirkte, desto zorniger war sie, denn das bedeutete, dass sie nicht emotional, sondern kalkuliert handeln würde.

Sie holte tief Luft und atmete dann langsam aus. „Was haben Sie gedacht, was passieren würde, River? Sie haben keine Leiche und haben eine Verhaftung vorgenommen, mit einem Haftbefehl, der, wie ich betonen muss, von Ihrem *Verbindungsbruder* unterzeichnet wurde, und zwar auf Grundlage einer anonymen Quelle und einer Erklärung, dass

Harrison seit drei Tagen vermisst wird. Eine Erklärung von einem Bekannten von ihm, der nicht regelmäßig mit ihm spricht und Ihnen nur erzählt hat, wann er das letzte Mal von ihm gehört hat. Harrison ist auf Social Media nicht aktiv, daher hätte selbst eine schnelle Überprüfung seiner Interaktionen nicht genug Informationen geliefert, um ihn als vermisst oder gar tot zu erklären."

Die Adern an Rivers Hals waren geschwollen, sein Gesicht war gerötet, und er bemühte sich, genauso herausfordernd und unnachgiebig auszusehen wie sie. Es gelang ihm nicht einmal ansatzweise.

„An welchem Punkt werden Sie das Streben nach Gerechtigkeit über Ihre persönliche Abneigung gegen Erin stellen?", fragte Madison. „Wenn Sie sich nur einen Moment Zeit genommen hätten, Logik anzuwenden und Ihre Ressourcen einzusetzen, würden Sie jetzt nicht wie ein inkompetenter Idiot dastehen. Sie haben sich uns zum Feind gemacht, obwohl wir es offensichtlich nicht sind. Eine Hexe oder ein Magier mit Nekromagie hätte Ihnen sagen können, ob in seinem Trailer jemand gestorben ist. Sogar die Verwendung eines *necrosi* könnte feststellen, ob jemand gestorben ist. Ein Wandler hätte bei der Suche helfen können." Sie drehte sich zu mir um. „Warum hast du nicht verlangt, der STF übergeben zu werden?"

„Sie haben mich unter der Autorität dieses Axios-Gesetzes verhaftet", sagte ich zu ihr, wohl wissend, dass River sich Freiheiten mit der Wahrheit herausgenommen hatte. Wem versuchte ich was vorzumachen? Er hatte dreist gelogen, und das wusste nicht nur Madison, sondern auch die Anwälte, die sein unethisches Verhalten sicherlich zur Kenntnis nehmen würden. Bei der Polizei könnte er damit durchkommen, aber bei Madison und der STF sicher nicht.

Madison gab ihm nicht einmal die Möglichkeit, etwas dagegen zu sagen. „Axios-Gesetzesentwurf", sagte sie kühl und mit einem abweisenden Lächeln. Diese Situation würde wahrscheinlich als weiteres Beispiel für die Mängel und Schattenseiten herangezogen werden, die unweigerlich folgen würden, falls der Entwurf zum Gesetz wurde.

Sobald mir die Handschellen abgenommen worden waren, dachte ich, sie würde mir zumindest pro forma Handschellen anlegen, um mich aus dem Polizeigewahrsam in das der STF zu überstellen. Sie tat es nicht und sah River herausfordernd an, während sie mir bedeutete, ihr zu folgen. Sie warf Van ein obligatorisches Lächeln zu. Es war angespannt und etwas knapp, sodass man es kaum als solches bezeichnen konnte. Er erwiderte es, wobei die beiden ihre gegenseitige Abneigung und ihren Respekt zum Ausdruck brachten.

Als wir durch das Revier gingen, bildeten die Leute eine Gasse, um uns durchzulassen, was bestätigte, dass Madison niemand war, den viele als Feind haben wollten. River war nicht weit hinter uns und folgte uns, bis wir das Gebäude verließen und von allen weg waren. Seine Wut war offensichtlich: Die Haut war gerötet, die Augen wild und die Fäuste fest an seinen Seiten geballt. Verschwunden war die charismatische Beherrschtheit, die ihn zu seinem wohlbekannten Wunsch nach einer politischen Karriere katapultiert haben könnte.

„Es ist nur eine Frage der Zeit, bis die Leiche gefunden wird. Und dann was? Sehen Sie sich den Bericht an! Sie war mehr als einmal bei ihm. Es war nicht nur ein anonymer Tipp, dass sie dort war. Er hat um sein Leben gefürchtet und es seinem Kumpel erzählt. Hatte er vor Erin Angst? Ich gehe davon aus, dass es so war. Wann werden Sie aufhören, Ihre Karriere und Ihren Ruf für sie aufs Spiel zu setzen? Wann wird sie zur Rechenschaft gezogen?"

„Es ist nicht mein Ruf und meine Karriere, um die Sie sich Sorgen machen müssen. Wenn das hier vorbei ist, bin ich ziemlich zuversichtlich, dass ich meinen Job immer noch haben werde." Madison machte sich nicht die Mühe, den Gedankengang fortzusetzen. Die Worte hallten bedrohlich nach und mit ihnen nicht die Leere einer Drohung, sondern eher die Verpflichtung eines Schwurs.

28

Anstatt die Brücke zu nehmen, die das STF mit den Polizeigebäuden verband, begleitete mich Madison auf den Parkplatz, wo Cory in seinem Auto wartete.

„Habt ihr Beweise dafür, dass ich es nicht getan habe?", fragte ich, sobald wir weit weg von den Gebäuden und irgendwelchen Beobachtern waren.

„Die Wandler haben gesagt, dass dein Geruch da war, aber verblasst, was beweist, dass du seit Tagen nicht dort gewesen bist. Darüber hinaus gab es drei wahrnehmbare Gerüche, aber wir konnten nur Dareus und Harrison identifizieren." Madison runzelte die Stirn. „Ich musste deine Wohnung ohne Erlaubnis betreten, aber ..." Ihr Blick war ironisch und entschuldigend für das Eindringen in meine Privatsphäre. Sie hatte keine Ahnung, wie wenig es mich interessierte. Sie war wahrscheinlich besorgt, weil die Wohnung unordentlich war; etwas, das ihr schlaflose Nächte bereiten würde, mir jedoch egal war. Ich hatte kein Problem damit, jemanden zu bitten, über den Wäschehaufen am Boden zu steigen. Und ich würde mich nicht für die Spüle voller Geschirr oder die Krümel- oder Popcornspur von der

Küche ins Wohnzimmer entschuldigen. Wenn jemand glaubt, es kommentieren zu müssen, zeige ich demjenigen, wo mein Staubsauger steht oder die Spülmaschine und lade sie ein, meine Wäsche zu waschen.

„Tut mir leid, ich habe Beweise gebraucht, um gegen River vorzugehen", erklärte sie. Sie atmete hörbar aus. Es entspannte sie, als hätte sie den Atem angehalten.

„Ich schätze, Harrison ist tot, und diese dritte Person hat Dareus' Bedingung erfüllt, und jetzt hat er oder sie das Black Crest-Grimoire."

Sie fuhr sich mit den Händen durchs Haar und entspannte sich in einem Seufzer. „Wir hatten einen Magier am Tatort, und er hat keinen Tod dort feststellen können. Er ist der Beste der vier, die wir im Department haben", sagte sie. „Ich kann nicht bestätigen, dass Harrison tot ist. Ich weiß nur, dass kürzlich drei Leute im Raum waren: Harrison, Dareus und ein Unbekannter." Sie drückte meinen Arm und blickte hinter mich. „Kümmere dich um deine Situation, und ich werde diese Sache genauer untersuchen."

Meine Situation?

Ihre Lippen verzogen sich zu einem schiefen Lächeln. Ich drehte mich um, folgte ihrem Blick und stöhnte.

Meine Situation war Asher, der an seinem Auto lehnte, das er hinter dem von Cory geparkt hatte.

„Hi", begrüßte ich ihn mit gerunzelter Stirn. Es war eher eine Frage als eine Begrüßung. „Was machst du hier?"

„Dafür sorgen, dass du an einen sicheren Ort kommst", sagte er. „Ich habe deine Reisetasche. Ich bin mir nicht sicher, was du da drin hast, und habe auch nicht nachgesehen. Ich bin davon ausgegangen, dass du, da die Tasche in deinem Auto war, genug für ein paar Tage da drin hast. Wenn nicht, kann ich jemanden zu deiner Wohnung schicken, um mehr zu holen." Er öffnete die Autotür.

Dieses Maß an unerschütterlichem Selbstvertrauen und

Bestimmtheit sollte jemand in Flaschen abfüllen. Er hatte eine Menge davon und könnte ein Vermögen machen.

Als ich mich nicht rührte, drückte er seine Hand auf meinen unteren Rücken.

„Was?", brachte ich heraus. „Sicherer Ort?"

„Ja, es wird wahrscheinlich besser sein, wenn du bei mir bleibst. Ich habe eine Hütte, eine Wohnung und ein weiteres Haus, von denen ich weiß, dass niemand dich dort finden wird. Ich werde Wachen aufstellen, um deine Sicherheit zu gewährleisten."

„Asher, nein." *Böser Wolfie. Sehr böser Wolfie.*

Er warf mir einen Blick zu, und mein meisterhafter, stählerner Blick und mein Eigensinn waren seinem nicht gewachsen.

Ashers überhebliche und unbeugsame Persönlichkeit wurde einzig und allein von seinem Bedürfnis, mich zu beschützen, bestimmt, doch obwohl ich den Grund kannte, machte mich seine Erwartung, dass ich nachgeben würde, trotzig.

Gerade als ich anfangen wollte zu diskutieren, begriff ich, was er gesagt hatte. Mir blieb der Mund offen stehen. Was zum Teufel? „Du hast meine Klamotten dabei? Du bist in mein Auto eingebrochen!"

„Eingebrochen klingt so rechtswidrig. Ich habe nur die Reisetasche geholt, die du im Kofferraum deines Autos aufbewahrst."

Ich schloss die Augen, zählte und hoffte, dass meine Wut nachgelassen haben würde, wenn ich zehn erreichte. Dem Alpha am helllichten Tag vor dem Polizeirevier das Knie in die Kronjuwelen zu rammen sah nicht gut aus.

„Ich bin nicht dein Rudel. Ich schätze alles, was du tust. Denk nie, dass ich das nicht tue, aber so funktioniert das nicht bei mir. Deine Wünsche haben *nicht* Vorrang vor meinen. Ich gehe nach Hause."

Er hörte zu, und sein Kiefer spannte sich an und entspannte sich, während ich sprach. Das war wie von einem Fisch verlangen, nicht zu schwimmen, von einem Vogel, nicht zu fliegen, von einem Menschen, nicht zu atmen. Er befeuchtete seine Lippen, und seine Haltung wurde steif angesichts der Möglichkeit eines Zugeständnisses. Es störte ihn.

Wusste er, wie er das ausschalten und einfach ein normaler Mann sein konnte, der sich an anderen Leuten orientierte, oder war das einfach, wer er war? Es dauerte länger, als ich erwartet hatte, bis er etwas durchgekaut hatte, das eigentlich kein Thema sein sollte.

„Bist du fertig?" Sein Ton war sanft, aber entschlossen.

Ich richtete meinen Blick auf Cory, der seinen Hals reckte, um uns zu beobachten.

„Asher", sagte ich bestimmt, „ich weiß es zu schätzen, dass du deinen Anwalt geschickt hast." Ich machte mir nicht einmal die Mühe zu fragen, woher er wusste, dass ich dort war. Es würde mich nicht überraschen, wenn er Augen und Ohren bei der Polizei und der STF hätte.

„Du wärst nie verhaftet worden, wenn du bei mir zu Hause gewesen wärst", betonte er.

Vielleicht traf das auch auf die STF zu, wo meine Verhaftung nicht zu einer Fülle an Anfragen und Beschwerden geführt hätte. Seine Anwälte machten den Umgang mit Wandlern zu einer nervigen Angelegenheit, sodass Verhaftungen nur vorgenommen wurden, wenn es absolut notwendig war. Ich war mir nicht sicher, ob das gleiche Maß an Vorsicht auch von der Polizei praktiziert worden wäre.

„Asher."

„Erin."

„Was gibt es da zu überdenken? Du musst meine Wünsche akzeptieren. Ich gehe nach Hause. Gib mir meine Tasche, und wir reden später." Ich war stolz auf meine Geduld; ein

Tritt in den Schritt war mein erster Impuls, und ich hatte ihn unterdrückt und war stattdessen diplomatischer vorgegangen.

„Das gefällt mir nicht", gab er schließlich zu.

Ich nickte verständnisvoll. Er mochte es nicht, und so schwierig es für ihn auch war, das zuzugeben, er hatte es getan.

Er ging zu seinem Kofferraum, öffnete ihn, holte meine Reisetasche heraus und gab sie mir. Ich hängte sie über meine Schulter, versprach, ihn später anzurufen, und wollte ihm einen Kuss auf die Wange drücken, doch als ich mich vorbeugte, strich ich sanft über seine Lippen. Er zog mich näher, eine warme Hand auf meinem Rücken, die andere wiegte meinen Kopf und ließ seine Finger in mein Haar gleiten. Seine Lippen, die sich gegen meine drückten, waren ein heißer Strom der Lust, als sich unsere Zungen streichelten.

Alle Alarmglocken schrillten und warnten mich, aufzuhören. Ohne ihnen Beachtung zu schenken, glitt meine Tasche von meiner Schulter auf den Boden, und ich packte eine Handvoll seines Hemdes und zog ihn noch näher an mich heran. Seine Zunge glitt träge über meine Unterlippe, als wir uns voneinander lösten. Ich wandte den Blick von ihm ab und widmete viel zu viel Aufmerksamkeit dem Aufheben meiner Tasche, um die Zeit zu nutzen, um meine Gedanken zu ordnen. Als ich mich aufrichtete, begegneten sich unsere Blicke wieder und keiner von uns wollte ihn abwenden. Schließlich sah ich zu Cory hinüber. Selbst aus dieser Entfernung konnte ich sehen, dass sein Mund offenstand und seine Augen weit aufgerissen waren.

„Ich ruf' dich später an, okay?", versprach ich Asher, wobei ich eine Hand am Riemen meiner Tasche hielt und die andere an meiner Seite, um zu verhindern, dass ich meinen Mund berührte, wo ich noch den Geschmack seiner Lippen und die Hitze seiner Zunge spüren konnte.

Ich warf meine Tasche auf den Rücksitz von Corys Auto und stieg schnell auf den Beifahrersitz.

„Was zum Teufel, Erin!"

„Ich weiß", stöhnte ich und drückte meinen Kopf gegen das Armaturenbrett. Die Kühle fühlte sich gut auf meinem geröteten Gesicht an. Ich hatte mich nicht nur auf einen heißen Kuss mit dem Alpha des Nordwest-Rudels eingelassen, sondern hatte es auch noch vor der Polizeiwache getan, wo jeder es sehen konnte, und ich schaffte es nicht einmal, mich umzusehen, um mir ein Bild davon zu machen, wer uns gesehen hatte. War es wichtig? Was könnte ich tun? Meine Augen schließen und anfangen, herumzustolpern, als wäre ich in Trance oder so, und so tun, als wären meine Handlungen nicht meine eigenen?

„Also", sagte Cory langsam, bevor er losfuhr. Ich konnte Ashers Blick auf mir spüren, erwiderte ihn jedoch nicht. „Du hat gerade einen Lauf von schlechten Ideen, also sollen wir im Zoo vorbeischauen, damit du einen Bären anstupsen kannst?"

„Es sollte nur ein Kuss auf die Wange sein", gab ich mit einem weiteren Stöhnen zu.

„Hmmm. Kuss auf die Wange. Der ging daneben! Alles, was du hättest tun müssen, war, dich ein bisschen weiter nach rechts oder links zu bewegen, und schon wäre alles in Ordnung gewesen. Die Wangen befinden sich an den Seiten des Gesichts. Ich dachte, ich müsste euch beide mit meiner Flasche Wasser übergießen."

„Ja", hauchte ich und war mir vollkommen bewusst, dass ich gerade alles nur exponentiell komplizierter gemacht hatte. Ich runzelte die Stirn.

Cory streckte die Hand über die Mittelkonsole und tätschelte mein Bein. „Erzähl mir, was mit River passiert ist."

Es war eine dringend benötigte Ablenkung von diesem Kuss. Ich erzählte Cory alles, doch Gedanken an Asher drängten sich immer wieder in den Vordergrund, als ich darüber nachdachte, wie eine Beziehung zu ihm aussehen würde.

Als ich fertig war, kaute Cory auf seiner Unterlippe. „Ich glaube, Harrison ist tot."

„Oder einfach vermisst", schlug ich wenig überzeugend vor.

„Ich wette auf tot. Jetzt müssen wir herausfinden, wer es getan hat. Da ich schon beim Wetten bin, würde ich alles auf Wendy setzen."

Ich sah ihn überrascht an. „Wendy?"

„Ich glaube, wir haben sie unterschätzt. Sie ist machthungrig und lässt sich nicht so leicht abschrecken. Sie hat die Vampire erpresst, schon vergessen? Und selbst nachdem sie bei diesem Fiasko beinahe draufgegangen wäre, hat sie die feste Absicht, was mit dem Willows Dawn zu tun. Ich weiß nicht, ob sie auch vorhat, die Wandler zu erpressen oder auf dem Schwarzmarkt was zu verkaufen, das gegen sie verwendet werden kann. Sie ist diejenige, die wir im Auge behalten müssen."

Er hatte nicht Unrecht, aber ich wollte sicher sein, bevor ich sie beschuldigte, und das sagte ich Cory. Ich nahm mir vor, Madison eine Nachricht zu schicken.

„Was machen wir als Nächstes?", fragte Cory und fuhr auf den Parkplatz meines Gebäudes, während ich den Rest der Pommes aus dem Drive-in aß.

„Vielleicht" – ich verzog das Gesicht und bereitete mich auf seine Reaktion vor – „sollten wir Dareus rufen."

„Oh, du wolltest also wirklich in den Zoo gehen und den Bären stupsen. Dann schnall dich an, dein Wunsch ist mir Befehl."

„Es ist nicht so lächerlich, wie es klingt. Er könnte erscheinen. Dann wüssten wir wenigstens, dass er niemanden dazu gebracht hat, Harrison zu töten."

„Wir werden einfach so tun, als hätte er unseren Plan, ihn in eine Phylaca-Urne zu sperren, nicht bemerkt?"

Ich zuckte mit den Schultern. „Verzweiflung macht Leute nachsichtiger, als man oft erwartet."

„Es ist eine schreckliche Idee. Es wäre klüger, zu Wendy zu gehen."

„Wenn wir es tun und sie das Grimoire nicht hat, wird es Chaos geben, und jeder in der Gemeinschaft wird versuchen, herauszufinden, wer es hat. Und wenn wir sie beschuldigen und uns irren, wird sie nie wieder ein Wort mit uns reden wollen. Was passiert, wenn wir sie oder den Lunar Marked-Zirkel irgendwann brauchen?"

Cory dachte über mein Argument nach und stimmte mit einem widerstrebenden Seufzer zu. „Warum lassen wir Madison nicht daran arbeiten, okay? Zumindest für einen Tag. Sie hat mehr Ressourcen. Ich weiß, dass du nicht gerne untätig rumsitzt, aber ich glaube, wenn wir uns jetzt einmischen, könnte alles noch schlimmer werden."

Er folgte mir in meine Wohnung, während er eine SMS tippte. Anhand des Lächelns auf seinem Gesicht wusste ich, dass der Empfänger Alex war.

„Du hast was vor", sagte ich.

„Das haben wir, aber ich sage ab, damit ich heute Nacht bei dir bleiben kann."

Ich nahm ihm sein Handy ab und hoffte, dass er die SMS noch nicht abgeschickt hatte. „Das wirst du nicht. Geh. Mir geht's gut. Ich habe Schutzzauber. Selbst wenn Dareus immer noch ein Kopfgeld auf mich ausgesetzt hat, bin ich sicher, dass niemand bereit ist, das Risiko einzugehen, herzukommen. Ich habe Magie und jede Menge Waffen. Mir wird nichts passieren. Und ich glaube, dass ich mir eine Weile keine Sorgen um River machen muss. Madison hat ihn zu Tode erschreckt."

„Ja, sie ist persönlich vorbeigekommen und hat mich gebeten, ihr zum Revier zu folgen, um dich abzuholen. Sie hat alles selbst in die Hand genommen und nicht lange gefackelt. Auf eine verdrehte Art und Weise war das irgendwie heiß."

„Igitt. Auf eine *wirklich* verdrehte Art und Weise. Lass uns so tun, als hättest du das gerade nicht gesagt", sagte ich und gab ihm sein Handy zurück. „Geh zu deinem Date, du Spinner."

„Danke. Sie zeigen *The Room* im Landmark Kino." Auf dem Weg zur Tür blieb er einen Moment nachdenklich stehen. „*The Room* ist dieser absurd geschmacklose Film, ich glaube, du –"

„Nein, danke!", sagte ich, bevor er eine Einladung für einen Videoabend aussprechen konnte.

Grinsend schüttelte er den Kopf. „Du solltest wirklich die Grenzen deiner Komfortzone erkunden."

„Das tue ich, aber nicht mit absurd-geschmacklosen Filmen oder ‚Klassikern'." Letzteres betonte ich durch eine Anführungszeichengebärde, weil ich überzeugt war, dass er dieses Wort genauso wie „Kultklassiker" eher großzügig verwendete.

„Ich gehe." Er blickte auf sein Handy. „Bitte schick mir stündlich eine SMS, damit ich weiß, dass es dir gut geht, und auch direkt, bevor du schlafen gehst", befahl er.

„Nein."

Er schnaubte. „Erin."

„Du bist lächerlich. Ich schreibe dir vor dem Schlafengehen eine SMS und morgen, wenn ich aufgewacht bin. Und komm nach dem Film nicht mit Alex hierher, um abzuhängen."

Dass Cory und ich uns so gut kannten, hatte auch seine Nachteile. Ich konnte seine Gedanken aus seinem Gesichtsausdruck, der Form seines Mundes und sogar der Bewegung seiner Lippen ableiten.

„Das ist die Persönlichkeit, die manche Männer ins Schwärmen bringt?", fragte er neckend.

„Ich bin niedlich", stellte ich fest.

„Ja, und wie können wir das und dein Sexkätzchengesicht vergessen?" Seine Augen verdrehten sich, und seine Lippen verzogen sich zu einer Reaktion, die wie ein Flehmen aussah. Ich öffnete die Tür und stieß ihn spielerisch hinaus, nur um Mephisto nur wenige Zentimeter davor zu finden.

„Hi", grüßte er, als Corys und mein Gesicht ausdruckslos wurden. Dem unterdrückten, amüsierten Blick von Mephisto nach zu urteilen, war mein Gesicht wahrscheinlich nicht ausdruckslos, sondern eher das eines Kaninchens vor der Schlange.

Ich brachte eine Begrüßung zustande und ignorierte dabei die Blicke, die Cory ihm über die Schulter zuwarf, als er ging.

Mephisto ging an mir vorbei und blieb stehen, als ich mich aufs Sofa fallen ließ.

„Wie ich höre, hattest du heute ausreichenden rechtlichen Beistand", sagte er schließlich, wobei sein ruhiger Ton seine Gefühle genauso gut verbarg wie sein Gesichtsausdruck.

„Ja, danke, dass du Ava und Mallory geschickt hast. Wenn ich eine Wahl hätte treffen müssen, wäre es Mallory gewesen", gab ich zu.

Das schien ihm zu gefallen, denn in seinen schwarzen Augen flackerte etwas auf. „Willst du mir erzählen, was passiert ist?"

Nachdem ich Cory die Geschichte schon erzählt hatte, war es leichter, sie Mephisto noch einmal zu erzählen, da ich Antworten auf alle Fragen, die Cory gestellt hatte, einbauen konnte. Mephisto hörte zu und ließ seinen Blick gelegentlich nachdenklich zu Boden wandern. Als sich unsere Blicke wieder trafen, waren seine so tief wie ein Abgrund.

„Bedauerst du, dass du nicht das Notwendige getan hast, um das Grimoire zu bekommen?", fragte er. Die Frage sprach Bände. Er glaubte, dass Harrison getötet worden war und der oder die Verantwortliche jetzt im Besitz des Grimoires war.

Ich schüttelte den Kopf und fand es schwierig zu fragen, was ich den Mann fragen musste, der versucht hatte, mich davon zu überzeugen, Dareus' Bedingung zu erfüllen. Mein Mund fühlte sich an wie die Sahara. Meine Kehle fühlte sich wund an, und die Frage kam in einem rauen Flüstern heraus. „Hast du ihn getötet?"

Er bewegte sich schnell, bis er direkt vor mir stand. Sein stählernes Auftreten erinnerte mich an seine Rolle im Schleier. Ich fand etwas Trost in dem Wissen, dass Harrison wahrscheinlich einen schnellen Tod hatte. Mephisto setzte sich auf den Tisch, beugte sich vor und hielt meinen Blick mit voller Intensität fest. Er dachte nur wenige Augenblicke lang nach, aber es schien sich Stunden hinzuziehen.

„Würde es deine Einstellung zu mir ändern, wenn ich etwas Grausames für dich getan hätte?"

Ich hatte keine Antwort darauf. Ich biss mir auf die Unterlippe und versuchte, die Komplexität der Situation zu navigieren. Wenn Harrison tot wäre und nicht ich, sondern Mephisto sein Blut an den Händen hatte, sollte ich dann das Ergebnis des Deals akzeptieren und das Grimoire benutzen?

„Hast du?", fragte ich in einem Ton, der voller Unsicherheit war. Alles war nur Spekulation, bis er es bestätigte. Ich brauchte eine Bestätigung.

„Nein, aber nur, weil ich deiner Bitte nachgekommen bin. Aber ich glaube nicht, dass es in deinem besten Interesse war, das zu tun."

Ich atmete auf, ließ mich auf das Sofa zurückfallen und schloss die Augen. „Vielleicht hast du recht", gab ich zu. Aber ich konnte mich nicht von Was-wäre-wenns belasten lassen.

Ich öffnete die Augen, als ich seine Anwesenheit nur wenige Zentimeter von mir entfernt spürte. Seine Arme schlossen sich um mich. Dann ließ er einen Arm sinken, legte die Hand an mein Kinn und zog seinen Daumen träge über meine Unterlippe. „Darf ich eine Frage stellen?"

Ich nickte. Sein versteinerter Gesichtsausdruck gab mir das Gefühl, beschützt zu sein.

„Dein Kuss mit dem Alpha heute, welchen Zweck hatte er? Mir eine Botschaft zu schicken?" Sein leises, heiseres Flüstern war einnehmend und ganz und gar nicht zufrieden. Seine Magie, Präsenz und Intensität überwältigten den Raum, den wir teilten.

„Ich brauche ein bisschen Raum", sagte ich. Als er zu seinem Platz am Tisch zurückgekehrt war, fühlte sich die Luft weder weniger dick an, noch ließ das Gefühl, dass er zu nah war, nach. Sein durchdringender Blick verlangte nach Antworten. Antworten, die ich nicht hatte.

Ich benetzte meine Lippen, und sein Blick fiel auf sie. „Ich habe nicht versucht, irgendjemandem eine Botschaft zu schicken", sagte ich. „Es war ein Unfall."

„Ah, ich kann nicht zählen, wie oft ich versehentlich jemanden geküsst habe." Es sollte ein Scherz sein, die Belustigung, die in seinen Augen leuchtete, war der Beweis dafür, aber es war nicht in seinem Ton, der rau und lau war. „Ich will dich auf jede erdenkliche Weise, und ob du dich entscheidest, den Alpha der Werwölfe oder jemand anderen zu küssen, es zögert nur das Unvermeidliche heraus. Wir werden zusammen sein."

„Aber du hasst Malific, und das zu Recht. Wie kannst du ihre Tochter wollen?" War das ein verdrehter Fetisch?

Er holte langsam Luft. „Ich will Erin Katherine Jensen." Er schenkte mir ein schiefes Lächeln. „Meine Halbgöttin. Es hat mit nichts anderem zu tun, als dass du du bist."

Das Schweigen tickte langsam vor sich hin, während er nach einem Zeichen dafür suchte, dass ich es akzeptiert hatte oder ihm glaubte. Schließlich nickte ich.

„Du hattest einen interessanten Tag", sagte er. Er verzog das Gesicht, aber ich hatte mehr interessante Tage gehabt, als ich zählen konnte. Ich brauchte dringend eine Auszeit von all dem „Interessanten" in meinem Leben.

Er stand auf und streckte mir seine Hand entgegen. Ich ergriff sie und stand ebenfalls auf. „Schlafen wäre gut", sagte er und führte mich in mein Zimmer. Es war noch nicht ganz neun, aber ich hatte nichts dagegen, zu schlafen. Ein langer, erholsamer Schlaf, wenn das möglich wäre, würde mir vielleicht einen klareren Ausblick verschaffen.

Ich ging zu meinem Schlafzimmer, Mephisto zur Wohnungstür.

„Bleib", sagte ich, bevor er sie erreichte. Es dauerte so lange, bis er reagierte, dass ich dachte, er würde Nein sagen. Nachdem er gesehen hatte, wie ich Asher geküsst hatte, wäre es verständlich.

Er nickte.

Mein Schlafzimmer könnte in eine Ecke des Gästezimmers passen, in dem ich in seinem Haus übernachtet habe. Das französische Bett ließ das Zimmer noch kleiner erscheinen. Nachdem ich geduscht, ein Tanktop und Shorts angezogen und mir die Zähne geputzt hatte, kroch ich ins Bett.

Er knöpfte langsam sein Hemd auf, bevor er es über den Stuhl hängte und das T-Shirt darunter auszog, wodurch Hügel und Täler definierter Muskeln, straffer Bauchmuskeln und seiner definierten Brust und Arme zum Vorschein kamen. Dann zog er seine Hose aus. Ich wandte meinen Blick von seiner Erregung ab, doch nicht, bevor ich einen Blick auf seine wohlgeformten Beine und seinen Po erhaschen konnte. Er schlüpfte zu mir ins Bett, und ich rollte mich auf die Seite. Er schmiegte sich eng an mich und vergrub sein Gesicht in meiner Halsbeuge. Hitze leckte meine Haut, als er flüsterte.

„Ich bleibe, bis du einschläfst", sagte er, bevor er mein Nachttischlicht ausschaltete.

Ich drehte mich zu ihm um. Seine Augen verschmolzen mit der Dunkelheit.

„Okay", bestätigte ich, hielt seinen schwarzen Blick fest,

während meine Augen flatterten, um gegen den Schlaf anzu-
kämpfen.

Sein tiefes Lachen erfüllte den Raum. „Meine Halbgöttin,
selbst dem Schlaf versuchst du zu trotzen." Er küsste mich
sanft auf die Stirn, legte seinen Arm um mich und senkte
sein Kinn auf meinen Kopf. „Unbestreitbar Erin", seufzte er
leise.

Ich wollte, dass meine Augen offen blieben, aber schließlich gab ich den Kampf auf.

29

Wie er angekündigt hatte, war Mephisto verschwunden, als ich aufwachte und spürte, dass seine Wärme fehlte. Ich hörte, wie eine SMS auf meinem Handy pingte, dann vibrierte es.

„Erin, vor deiner Tür steht ein Bär von einem Wolf", informierte mich Cory, sobald ich mich meldete. Ich verdrehte die Augen und kroch aus dem Bett.

„Das ist Daniel. Ich denke, er ist eher wie ein Pferd. Groß und schlank und nicht breit und massig." Ich war nicht überrascht, dass mein Beschützer zurückgekehrt war.

„Wirklich? Das ist unsere Diskussion: Welchem überdimensioniertem Tier ähnelt er?"

Ich lachte, bevor ich mich wieder aufs Bett fallen ließ. „Sag ihm einfach, er soll sich bewegen. Und dann benutz deinen Schlüssel. Ich gehe duschen."

„Ich habe ihm gesagt, er soll sich bewegen, da ist er aufgestanden. Verdammt, Erin, er ist …"

„Er ist ein Wolf aus dem Mackenzie Valley", erklärte ich. „Sie sind groß." Obwohl Daniel selbst nach diesen Maßstäben riesig war.

„Er lässt mich nicht vorbei. Als ich es versucht habe, hat er mich zurückgestoßen und mir dann seine Menschenfresser gezeigt. Auf meiner Erin-Bingokarte stand kein Kampf gegen einen Bärenwolf. Ein Dämon, ja. Eine Apokalypse verhindern? Wie könnte ich das nicht? Dich aus dem Gefängnis holen? Natürlich habe ich meinen Plan parat. Aber nicht gegen einen Bärenwolf kämpfen."

„Wandler fressen keine Menschen." Es gab keine Beweise dafür, aber es war möglich, wie bei jedem anderen fleischfressenden Tier.

„Die meisten tun das nicht, aber dieser hier könnte definitiv einen heißen Typen im Ganzen verschlingen."

„Es konnte nicht nur ein ‚Mann' sein. Es musste ein ‚heißer Typ' sein."

„Ich habe die Regeln nicht gemacht, ich halte mich nur daran. Es ist nicht meine Schuld, dass ich wie eine Köstlichkeit aussehe."

„Eine bescheidene noch dazu. Wag es nicht, deine wichtigste Eigenschaft zu vergessen."

Ich rollte mich vom Bett und ging in den Flur. „Daniel, lass Cory rein", sagte ich aus ein paar Metern Entfernung und wusste, dass er mich hören konnte. Ein paar Minuten später hörte ich Corys Klopfen. Ich öffnete und steckte meinen Kopf hinaus. „Daniel, du kannst gern auf einen Kaffee und was zu essen reinkommen, wenn du möchtest." Dann schlurfte ich zurück in mein Schlafzimmer und ließ mich mit dem Gesicht voraus aufs Bett fallen, Cory nicht allzu weit hinter mir, bevor der Wolf, der einen Sportrucksack mit Kordelzug zwischen den Zähnen trug, beschloss, sich zu wandeln.

„Das ist dein Plan für den Tag? Einen Wandlerfreak in deiner Wohnung herumlungern lassen, während du mit dem Gesicht nach unten im Bett liegst?"

„Ich weiß nicht, was ich als Nächstes tun soll", gab ich zu, und Hilflosigkeit schlich sich in meine Stimme.

„Du wirst aufstehen, duschen, deine Haare waschen, dir um Himmels willen ein- oder zweimal mit einer Bürste durch die Haare fahren. Okay" – er fuhr mit der Hand hindurch – „vielleicht zehnmal, dann wirst du dir deinen nächsten Schritt überlegen, denn du bist Erin. Egal wie unverantwortlich, schlecht durchdacht und wahrscheinlich gefährlich deine Pläne sind, du bist du und sorgst dafür, dass sie funktionieren."

Es musste eine wirklich dunkle Zeit sein, wenn Cory mein Verhalten ermutigte. Er passte komfortabel in die Rolle des Neinsagers; es war schwer, ihn als Cheerleader zu sehen. Er versetzte mir einen Klaps auf den Po.

„Steh auf und bereite dich darauf vor, das auf eine Weise zu erledigen, wie nur Erin es kann."

Ich rappelte mich stöhnend aus dem Bett auf und machte mich auf den Weg ins Bad.

***

Als ich geduscht und angezogen zurückkam und mein gekämmtes Haar zu einem praktischen Pferdeschwanz zusammengebunden hatte, saß Cory auf meinem Bett und starrte auf sein Handy.

„Ich habe heute Morgen mit Madison gesprochen und die STF hat versucht, Dareus zu rufen, aber ohne Erfolg", sagte er.

Wie sollte sie rechtfertigen, dass ihr Team in meinem Namen etwas so Gefährliches tat? Auch wenn es sich um einen Mord handelte, also würde es ihr beruflich vielleicht nicht schaden. Diese Rationalisierung konnte die Welle der Schuldgefühle, die mich durchströmte, nicht verhindern.

„Die Nekromagie ist immer noch nicht schlüssig", fügte er hinzu.

„Wenn ein Dämon seinen Körper benutzt, ist es nicht registrierbar", bemerkte ich.

Ich begann, im Raum auf- und abzugehen. Corys Blick folgte mir, sein wehmütiger Blick machte mir das Denken schwer. Ich atmete den Kaffeeduft ein, der durch die Wohnung wehte, und gab auf. Ich brauchte eine Pause. Und Koffein.

„Kaffee. Ich brauche Kaffee", sagte ich zu Cory und ging in die Küche.

Daniel stand mit zerzausten Haaren, einem leicht zerknitterten T-Shirt und locker sitzenden Jeans, die tief auf seinen Hüften hingen, in meiner Küche. Er sah aus, als gehörte er in einen Kaffeewerbespot. Bei seinen beiden Besuchen hatte er sich in meiner Küche ziemlich wohlgefühlt. Ich nahm die angebotene Tasse Kaffee und trank einen Schluck. Mein ungeladener Gast hatte ausgezeichneten Kaffee gekocht.

„Du hast nicht viele Gewürze, und deine Äpfel sahen ein bisschen verdächtig aus, aber ich habe versucht, was daraus zu machen." Er schob einen Teller in meine Richtung. Apfelkompott, Toast und Rührei. Der Geruch von Zimt stieg vom Teller auf.

„Ich hatte Zimt?"

Er lachte. „Ja, hinten im Schrank, ungeöffnet."

Madison hatte mir einen Korb voller Gewürze geschenkt und damit auf ihre weniger subtile Art zum Ausdruck gebracht, dass ich sie unbedingt verwenden sollte. Ich hatte immer noch keine Ahnung, wann ich Ingwer, Paprika oder Kreuzkümmel verwenden sollte. Ich hatte den Verdacht, dass die meisten Leute eine Prise davon ins Essen streuten, nur um zu sagen, dass sie es benutzt hatten.

„Danke für das Frühstück", sagte ich zu Daniel und biss in den Toast. „Du kannst das Geschirr einfach stehen lassen, wenn du gehst. Ich übernehme den Abwasch."

Wenn sein amüsiertes Grinsen ein Hinweis darauf war, wusste er, was ich tat, und es würde nicht funktionieren. Direkt zu sein war das Einzige, was funktionieren würde.

„Daniel", begann ich, „Asher und ich hatten diese Diskussion schon mehr als einmal. Ich kann hier keine Wandler haben."

Seine Lippen verzogen sich zu einer schmalen Linie, nicht aus Trotz, sondern aus der Unfähigkeit heraus, meine Bitte über die seines Alphas zu stellen.

„Soll ich sehen, ob ich Harrison aufspüren kann?"

Zumindest tat er nicht so, als hätte er mein Gespräch mit Cory nicht belauscht.

Ich lehnte ab. Er würde nichts finden, was die STF nicht schon gefunden hätte. Da ich Corys Warnung beachtete, war es ratsam, mich vom Tatort fernzuhalten und Madison diesen Teil zu überlassen. Ich musste meinen Tag damit verbringen, meinen Vater zu finden.

Das Notizbuch. Ich sprang auf und ging in mein Schlafzimmer, um das Notizbuch zu holen, das Nolan für mich zurückgelassen hatte. Sein Geruch könnte immer noch daran haften.

Bevor ich zurück in die Küche gehen konnte, hielt mich ein Klopfen an der Tür mitten im Schritt auf.

Mein Herz pochte, und mir stockte der Atem, als ich Nolans Gesicht in meinem Spion sah. Erleichtert riss ich die Tür auf, stürzte mich auf ihn und riss ihn in eine Umarmung. Peinlich berührt stolperte ich zurück, und meine Hände schossen an meinen Mund.

„Tut mir leid", quiekte ich durch meine Hände.

Er lächelte angesichts der unerwarteten Demonstration meiner Zuneigung, doch als er die Wohnung betrat, verschwand es, und ich ging voraus, um etwas Abstand zwischen uns zu wahren.

„Das muss es nicht", sagte er. „Ich bin derjenige, dem es leidtun sollte. Ich bin hergekommen, sobald ich deine Nachrichten bekommen habe."

Cory wirkte erleichtert und Daniel verwirrt. Ich konnte nicht das Gespräch führen, das ich führen musste, wenn Daniel anwesend war.

Ich ging zu ihm. „Daniel, das steht jetzt nicht zur Debatte, du musst gehen. Bitte."

Er sah mich, Nolan und Cory mit nachdenklicher Miene an und nickte dann. Er ging. Dass er ging, war für Elizabeth das Zeichen zu erscheinen. Ihr verächtlicher Gesichtsausdruck blieb trotz des oberflächlichen Lächelns, das ich ihr zur Begrüßung zuwarf, bestehen.

„Du hast die Zaubersprüche bekommen", flüsterte Nolan leise, nur für meine Ohren.

Ich nickte. Mit geübter Leichtigkeit führte ich den Tarnzauber aus. Stolz erhellte sein Gesicht und blieb bestehen, als ich den Zauber mit der gleichen Geschicklichkeit fallen ließ.

„Sie scheint ausreichend geschützt zu sein. Warum sind wir hier?", sagte Elizabeth wenig freundlich.

Nolan warf ihr einen scharfen Blick zu und sagte: „Weil sie ihren Vater gebeten hat, zu ihr zu kommen."

„Ich kann nicht an Malific gebunden bleiben", sagte ich und versuchte, Elizabeth zur Vernunft zu bringen. „Sie rächt sich und" – ich erinnerte mich an den Vorfall mit dem Messer – „Schmerz schreckt sie nicht ab." Es macht ihr nichts aus zu leiden, wenn ich dadurch auch leide."

Nolan schauderte. „Sie hat jedes Mitgefühl und jede Zurückhaltung, die ich habe, erschöpft. Wenn du jemals die Chance bekommst, sie zu töten, tu es. Kein Gefängnis, keine Stase. Tod."

Ich nickte.

„Hast du einen Plan?", fragte er.

Abgesehen von Suchen und Eliminieren? Nein.

„Elizabeth!" Nolan rief seine Schwester mit einem Befehlston. Sie trug ihr typisches schwarzes viktorianisches Kleid. Es bildete einen scharfen Kontrast zur Schlichtheit von Nolans hellgrünem Hemd, Khakihose und Slippern. Kajalumrandete Augen rollten in meine Richtung. Über der dunkelblauen Bluse mit dem hohen Kragen hob sie hochmütig und trotzig ihr Kinn. Der halbe Petticoat war nicht so dramatisch wie andere, die ich bei ihr gesehen hatte. Sie schlurfte weiter in meine Wohnung hinein, als wäre jeder Schritt eine Beleidigung für sie.

„Ich will, dass du Malific kontaktierst und ein Treffen mit ihr vereinbarst, damit du die Bindung aufheben kannst", wies Nolan sie an. Er sah sie mit einer Sanftheit an, die die Kühle seines Befehls Lügen strafte.

„Bruder, die Quelle der Sympathie und des Mitgefühls für deine dummen Bestrebungen geht zur Neige. Irgendwann musst du dich von deiner Vergangenheit lösen. Akzeptiere die Niederlage und komm darüber hinweg. Ich habe Malific verwundbar gemacht und getan, was ich konnte, um die Situation, dass sie frei ist, zu mildern und *es* gleichzeitig" – sie warf einen messerscharfen Blick in meine Richtung – „am Leben zu halten. Wie viel muss ich noch für diese fruchtlose Mission geben?"

„Ich verlange nur eines. Heb die Bindung auf."

„Es ist die einzige Schwachstelle, die sie hat. Sobald sie aufgehoben ist, wird sie das Ding töten, das du angeblich beschützen willst."

„Hör auf, so über mich zu reden. Ich bin weder ein *es* noch ein verdammtes *Ding!*" Mir platzte langsam der Kragen.

Sie kam näher, ihr Blick war eiskalt. „Du bist Malifics Tochter. Ich habe keine höhere Meinung von dir als von ihr. Sollte ihre Schöpfung Besseres verdienen? Ich werde dich nicht vermenschlichen, wenn du von einem Monster geboren wurdest. Ein Produkt eines Monsters ist nichts anderes als eine Erweiterung davon."

„Sie ist auch mein Kind", bemerkte Nolan.

„Ruß, der auf Schnee fällt, wird nicht weiß, sondern beschmutzt den Schnee", antwortete sie.

Ich war mir ziemlich sicher, dass sie nicht geneigt sein würde, die Bindung aufzuheben, wenn ich ihr in den Arsch trat, doch ich brannte darauf, es zu tun. Konnte sie noch schlechter von mir denken, als sie es ohnehin schon tat? Warum also nicht was tun, wobei ich mich besser fühlte?

„Genug!" Nolans Stimme donnerte durch die Wohnung. „Du kannst ihr nicht die Schuld zuschieben. Du kannst sie nicht zum Ziel deines Hasses auf Malific machen. Sie ist für Malifics Taten genauso wenig verantwortlich wie für ihre Geburt. Es war meine Dummheit." Seine Stimme wurde gegen Ende weicher, seine Worte leiser, als wollte er sich entschuldigen. Es erklären. Er drehte sich zu ihr um. „Angetrieben von meinem Bedürfnis nach Rache habe ich zugelassen, dass es mich hart gemacht hat. Mich geblendet hat. Erin ist diejenige, die die Konsequenzen trägt. Ich bin schuld daran. Wenn du jemanden angreifen willst, dann mich." Er berührte Elizabeths Arm. „Ich versuche, wiedergutzumachen, dass du das Bedürfnis verspürst, einzugreifen – ich bin mir nicht sicher, ob ich sonst noch was tun kann."

„Was du sonst noch tun kannst? Halte dein Versprechen mir gegenüber ein", sagte sie.

Als ich den schmerzerfüllten Ausdruck auf ihrem Gesicht sah, wandte ich mich ab. Er nagte an meiner Feindseligkeit. Meinem Hass. Er verkomplizierte meine Gefühle. Ich wollte sie nicht mögen, weil sie ein bösartiges Biest war, das mich ohne Grund hasste und mein Mitleid nicht verdient hatte. Aber sie war eine Schwester, die ihren Bruder liebte. Auf ihre Art versuchte sie, ihn zu beschützen. Ihre gut gemeinten Handlungen machten sie oft zur Verursacherin katastrophaler Situationen. Wo Präzision gefragt war, setzte sie grobe Gewalt ein.

„Nachdem du mir gesagt hast, dass du sie an Malific gebunden hast, bin ich mit dir gegangen." Er schüttelte den Kopf. „Es ist der Gipfel der Grausamkeit, dass du ihre Sicherheit als Währung benutzt."

„Währung?", zischte sie wütend. „Ich habe sie nur wirksam eingesetzt. Wir sollten weggehen und endlich leben. Doch du bist zurückgekommen." Tränen stiegen ihr in die

Augen. „Du hast es versprochen. Ich habe meinen Teil der Abmachung eingehalten. Wie einfach wäre es, sie zu töten und gleichzeitig Malific zu vernichten. Aber ich habe dir mein Wort gegeben, ihr Leben zu schützen, und das habe ich getan."

„Und es war auch für mich mit einem hohen Preis verbunden. Du hast mich dazu gebracht, mich von ihr fernzuhalten." Er seufzte. „Ich hätte nicht zustimmen sollen, meine Tochter als Preis für deine Hilfe im Stich zu lassen."

„Im Stich zu lassen?", schrie sie. „Das hast du nicht! Ich habe nur darum gebeten, dass wir weitermachen, weggehen und unser Leben leben." Sie schloss die Augen. „Ich wusste von den Zaubersprüchen, die du ihr hinterlassen hast, aber ich habe sie dort gelassen, damit sie sie finden kann, in der Hoffnung, dass es dir den Schlussstrich geben würde, den du gebraucht hast. Ich bin weder naiv oder dumm genug zu glauben, dass du zurückgehen wolltest, um Bücher zu holen, die für dich nicht relevant waren, und einen Schreibstock. Du musstest wissen, dass sie die Zauber hatte. Ich wollte, dass du diesen Schlussstrich bekommst, weil ich dachte, es würde ausreichen, um das irrationale Bedürfnis zu befriedigen, über Malifics Tochter zu wachen. Wenn ich so grausam wäre, wie du dir eingeredet hast, dass ich es bin, hätte ich dich eingesperrt, bis du zur Besinnung gekommen wärst. Das habe ich nicht getan."

Unbeeindruckt von ihren Worten konterte er: „Du hast mich daran gehindert, meine Tochter zu sehen."

Sie deutete mit dem Finger auf mich. „Sie ist nicht deine Tochter auf die Art und Weise, wie du sie darzustellen versuchst. Sie ist das Ergebnis eines gescheiterten strategischen Manövers. Du hättest weggehen können. Sie ist in der Lage, auf sich selbst aufzupassen. Wir sind vor Malific geschützt. Ich habe Erin beschützt." Sie schauderte, als sie meinen Namen benutzte. Ich nahm an, dass sie es vorgezogen hätte, mich weiter als „*es*" zu bezeichnen. Mich zu entmenschlichen machte sie zum Monster, nicht mich.

Sie hatte mich nicht beschützt – oder vielleicht war ihr nicht klar, wie sadistisch Malific wirklich war. Bereit, sich selbst zu verletzen, um mich zu verletzen. Von ihrer Macht getrieben trug auch Elizabeth Scheuklappen.

Ich berührte Nolans Hand, und er blickte auf unsere Hände herab. „Danke", flüsterte ich. Es war nicht nur für die Zaubersprüche, die er hinterlassen hatte; Nolan versuchte, ein ungeheuerliches Unrecht wiedergutzumachen.

Elizabeth musterte uns mit dem Wissen, dass wir kommuniziert hatten. Wir hatten eine undurchsichtige Verbindung.

„Triff Arrangements, Malific zu treffen, um die Bindung aufzuheben", befahl Nolan mit geduldiger Stimme.

Nach einigen Augenblicken des Nachdenkens sah Elizabeth ihn mit derselben unnachgiebigen Kälte an, die sie sonst für mich reserviert hatte.

„Nein."

„Wir haben das besprochen. Du wirst das für mich tun. Für sie."

„Ich schulde Malifics Tochter nichts."

„Was ist mit mir?", flüsterte er. „Verdiene ich deine Hilfe nicht?"

Sie presste ihre Lippen aufeinander, und es schien ihr schwerzufallen, die richtigen Worte zu finden. Sie schüttelte den Kopf.

Er sah niedergeschlagen aus, und ich beobachtete den Austausch zwischen ihnen. Da ich ihre Worte nicht verstehen konnte, musste ich mich auf ihre nonverbale Kommunikation verlassen, die zwischen Wut, Trauer, Frustration und Verzweiflung schwankte. Madison und ich hatten als Kinder einige Streitereien und als Erwachsene ein paar Meinungsverschiedenheiten gehabt, aber ich konnte mich nicht erinnern, dass wir je einen Streit hatten, bei dem es eine derartige emotionale Achterbahnfahrt gegeben hatte.

Nolan sagte etwas, das sie zusammenzucken ließ, als hätte er sie geohrfeigt. Mit glitzernden Augen blinzelte sie mehrmals und unterdrückte die Tränen.

„Ich werde das für dich tun, aber sei dir darüber im Klaren, dass du mit dem, was du getan hast, leben musst. Du beanspruchst sie als jemanden, der dir am Herzen liegen sollte, also musst du ihren Tod akzeptieren, der zweifellos folgen wird, und die Zerstörung und Verwüstung, die Malific anrichten wird, sobald sie ihre volle Kraft ausschöpfen kann. Hast du nicht genug Ballast?"

Nolan wischte sich mit der Hand über das Gesicht, was deutlich machte, dass sie sich nicht oft stritten und es ihn sehr belastete. Er schloss die Augen, atmete mehrmals tief durch und lächelte schwach.

„Tu bitte einfach, worum ich dich gebeten habe." Dass er sich von ihr abwandte, signalisierte, dass die Diskussion beendet war.

Er zog etwas aus seiner Tasche, und seine Miene hellte sich auf, als er es mir zeigte. Es war ein Handy. Etwas, das alle hatten, begeisterte ihn. Ich ging davon aus, dass er normalerweise keins benutzte, da er sich stark auf Magie verließ und ziemlich weltfremd zu sein schien, was diese Welt anging.

„Du kannst mich jederzeit kontaktieren", sagte er.

Ich nahm es aus seiner Hand, gab meine Nummer ein und fügte mich als Kontakt hinzu. *Tochter.* Er lächelte über den Eintrag, bevor er es wieder in die Tasche steckte. Elizabeth ging nicht so, wie ich es erwartet hatte. War sie als seine Beschützerin oder seine Aufseherin oder eine verzerrte Kombination davon hier?

Unbelastet von seinem Streit mit seiner Schwester, konzentrierte Nolan sich auf mich und bat mich, ihm meine Zauberarbeit zu zeigen. Ich kam der Bitte schnell nach.

30

Vielleicht passte es, dass Elizabeth unser Treffen mit Malific in derselben Hütte mitten im Nirgendwo arrangiert hatte, in der sie uns aneinander gebunden hatte. Nolan, Elizabeth und ich betraten den Schuppen nur wenige Minuten, bevor Malific eintraf. Sie trug ihr Schwert in der Scheide auf ihrem Rücken und unheilvolle Magie ging wie ein dichter Nebel von ihr aus. Sobald unsere Bindung aufgehoben war, würde sie beides gegen mich verwenden.

Grausame Augen fielen auf Nolan. Er begegnete ihnen mit dem gleichen Maß an Hass, doch weil er durch einen Schwur geschützt war, konnte sie ihren Gefühlen nicht freien Lauf lassen.

Die schiere Abscheu voreinander machte es schwer zu glauben, dass sie es geschafft hatten, sie lange genug zu ignorieren, um Sex zu haben. War es ihre Art zu kuscheln, einander mit Blicken anzustarren, die so scharf wie Dolche waren, während der bloße Gedanke, einander zu berühren, sie vor Ekel schaudern ließ? Oder war alles bis zu diesem Ausmaß gegoren?

„Nolan." Sie presste seinen Namen mit zusammengebissenen Zähnen hervor, als wäre er ein Fluch.

Er quittierte sie mit einem knappen Nicken. Ich war überrascht, wie viel sanfter ihre Augen geworden waren, als sie mich endlich ansah.

„Tochter." Dem Wort wohnte nicht die übliche Verachtung inne, die daher kam, dass ich die Verkörperung ihrer eingeschränkten Macht war. Ich würde sogar sagen, dass es warm und einladend klang. Ich war nicht dumm genug zu glauben, dass sie sich tatsächlich so fühlte. Ich war ein Mittel zum Zweck, mehr nicht. Und ich wusste, dass sie die Absicht hatte, dieses Ziel zu erreichen. Es war das Einzige, was uns verband.

Dies war der Ort, an dem sie sterben würde. Falls ich scheiterte, standen Mephisto und die anderen Jäger als Backup zur Verfügung. Meine Rolle in einem Hinterhalt verunsicherte mich, aber viele Alternativen blieben mir nicht. Malific musste aufgehalten werden. Ihr Tod würde den Laes-Zauber beenden und den Jägern die Möglichkeit geben, in den Schleier zurückzukehren, und es würde mir ermöglichen, in mein Leben zurückzukehren, ohne mir Sorgen darüber machen zu müssen, dass sie versuchen würde, mich oder meine Freunde zu töten, und wie ich ihrer Schreckensherrschaft ein Ende setzen könnte.

„Waffen", verlangte Elizabeth, während sie vor Malific stand und ihr wieder in die Augen sah.

„Noch nicht", sagte Malific, zog ein Messer von ihrer Taille und marschierte aus dem Schuppen.

Wir eilten hinter ihr her, und mein Herz pochte, als sie meinen Plan B entdeckte.

Ihre Augen glitzerten vor Hybris, und sie umklammerte die Klinge fest.

„Jäger, zeigt euch. Ich weiß, dass ihr hier seid."

Versteckt zwischen den Bäumen, lauernd, waren sie getarnt, aber nichts konnte die Aura der Gewalt in der Luft verbergen.

„Sie hat menschliche Schwächen. *Wir* sind aus demselben

Holz geschnitzt. Ihr wisst, dass ich den Schmerz ertragen kann, sie jedoch nicht. Zeigt euch, oder ich zwinge euch.“

Ich war mir nicht sicher, warum eine hohe Schmerztoleranz Grund zum Prahlen war, aber sie schien ziemlich stolz darauf zu sein.

Mephisto war der Erste, der sich zu erkennen gab. Sein Gesichtsausdruck verriet die aggressive Wut und die Verachtung, die er ihr entgegenbrachte. Seine Gefühle waren so intensiv, dass er kurzzeitig die Kontrolle über seinen Glamourzauber verlor. Er schimmerte und gab uns einen seltenen, flüchtigen Blick auf sein normales Aussehen. Das Schwert in der Hand, alles, von der Anspannung in seinem Kiefer, seinem finsteren, arktischen Blick bis hin zu seiner Kampfhaltung, zeigte seinen Wunsch, sie zu vernichten. Die Aura von Gewaltbereitschaft ging von Mephisto und den anderen aus, die aus ihren Verstecken gekommen waren und sie umzingelten. Ihre Wut richtete sich gegen die Frau, die sie aus dem Schleier verbannt und ihnen das Leben und die Aufgabe genommen hatte, die ihnen anvertraut worden war.

Mein Körper verspannte sich, als ich versuchte, mich auf den Schmerz vorzubereiten, den Malific verursachte, als sie das Messer an ihren Hals drückte. Mephisto kniff die Augen zusammen. Selbst im Profil konnte ich sehen, dass ihr Lächeln breiter wurde und sie genoss, dass sie vor seinem Zorn sicher war. Sie blickte über die Schulter zu mir und richtete ihre Aufmerksamkeit dann wieder auf Mephisto, dessen Sorge offensichtlich war. Als ich meinen Hals berührte, spürte ich Blut. Ich straffte meine Schultern und strahlte eine Zuversicht aus, von der ich hoffe, dass sie ihn trösten würde. Malific *würde* mir wehtun, da war ich mir sicher, aber sie konnte mich nicht töten. Noch nicht.

„Ich werde dich töten“, versprach Mephisto. Die Ruhe in seiner Stimme ließ mich erschauern.

Sie richtete ihren Blick auf Simeon, nach rechts, dann auf

Clayton und dann fast im Kreis zu Kai, der nur wenige Meter von ihr entfernt stand.

Sie schien von Mephistos Drohung eher amüsiert als verunsichert und kicherte. „Ihr scheint euch selbst zu vergessen und eure Vergangenheit verklärt zu sehen. Habt ihr eure Feinde vergessen? Sie haben euch nicht vergessen."

Mephisto bewegte sich mit übernatürlicher Geschwindigkeit und wirbelte herum. Sein Schwert traf das Messer, das ein Mann, der sich mit derselben Geschwindigkeit bewegte, auf ihn geschleudert hatte. Abgelenkt von den Messern, die in schneller Folge auf ihn geworfen wurden, konnte Mephisto dem magischen Schlag nicht entgehen, der in seine Brust schoss und ihn gegen den Baum schleuderte, der nur einen halben Meter entfernt war. Ein weiterer Blitz traf seinen Kopf und ließ ihn gegen den Baum krachen.

Ich keuchte und wollte gerade auf ihn zulaufen, als er mich mit einem Kopfschütteln aufhielt.

„Erin, ich glaube wirklich, dass du falsches Selbstvertrauen besitzt, wenn du glaubst, dass du mehr als nur eine Ablenkung wärst, wenn du eingreifen würdest."

Wäre ich das? Von diesem Gedanken wie angewurzelt, konnte ich nicht gehen. Als Malific in den Schuppen zurückkehrte, überlegte ich, ob ich ihr folgen sollte.

Ich dachte immer noch darüber nach, als das Licht, das durch die Bäume fiel, von opalglitzernden Flügeln verdunkelt wurde. Feuerbälle wurden von einem zornig aussehenden Mann mit ähnlichen seraphischen Gesichtszügen auf Kai geschleudert. Er war fast so blass wie die Spitzen seiner Flügel. Ich dachte, das Leuchten seiner Augen käme vom Feuer, das er warf, doch dem war nicht so; in seinen Augen loderte ein orangefarbenes Feuer.

Gezielte Feuerstöße hüllten Kai für einen Moment ein, und ich hielt den Atem an. Ich versuchte es mit einem Elementarzauber, der Wind herbeirief, aber nicht mehr als eine sanfte Brise erzeugte. Ich glaubte nicht, dass es an mir lag oder dass Kais Flügel wie die eines Phönix aus den Flammen auftauchten. Ein Hauch von Dunkelheit zog über uns hinweg, als Wellen der Magie von Clayton ausgingen und graue Wolken am Himmel aufzogen. Donner grollte, und Platzregen peitschte auf die Erde, löschte das Feuer und machte den Feuerwerfer machtlos.

Meine Haare klebten an meiner Kopfhaut und ich konnte kaum sehen, wie Kai auf den Mann mit den Opalflügeln zustürmte und ihn zurückstieß. Ich konnte den Blick nicht abwenden, befürchtete aber, dass ich nur noch wenige Augenblicke davon entfernt war, sie zu Boden stürzen zu sehen. Meine Aufmerksamkeit wurde durch das Aufeinanderprallen von Stahl auf Stahl und das Surren von Simeon, der gegen eine Frau mit einem Säbel kämpfte, abgelenkt. Es herrschte vollkommenes Chaos aus Magie und Kampf. Während Malific mit gespannter Wertschätzung zusah, riss ich ihr das Messer aus der Hand und machte mich auf den Weg ins Gefecht, während ich abwägte, wo ich hineinpassen würde.

Als ich mir das Wasser aus dem Gesicht wischte, konnte ich gerade erkennen, wie Körper aufeinanderprallten, Magie gewirkt wurde und brutale Gewalt tobte, die mich schaudern ließ.

Malific zog mich zu sich. „Keine Sorge, Tochter, sie sind nur eine Ablenkung. Ich gebe dir mein Wort, die Jäger werden tun, was sie am besten können. Ich wollte nur, dass sie sich nicht langweilen."

Sie war ein verdammtes Monster. Das waren keine Verbündeten, wie ich gedacht hatte, oder vielleicht waren sie es. Für sie waren sie nicht mehr als Schausteller, die sie opferte, um die Jäger zu beschäftigen. Ich riss mich von ihr los.

„Fass mich nicht an!"

„Willst du mir die Schuld geben? Bin ich für ihr Können, für ihre Arroganz verantwortlich? Ich habe ihnen gegeben, was sie wollten: eine Chance auf Rache. Ich habe mir keine Illusionen darüber gemacht, dass die Zeit, die die Jäger außerhalb des Schleiers verbracht haben, ihre Fähigkeiten geschwächt oder ihren Durst nach Gewalt gestillt haben könnte."

Sie genoss die Erkenntnis, dass das, was sie über sie sagte, die Wahrheit war. Als der Regen nachließ, konnte ich sehen, wie sie sich im Kampf bewegten. Die flüssige Kunstfertigkeit ihres Schwertkampfes war nicht mit dem vergleichbar, was ich gesehen hatte, als sie gegen die Immortalis gekämpft hatten. Das hier war gewalttätig, roh und grandios. Als das Klirren von Metall auf Metall erklang und starke Magie die Luft vibrieren ließ, wurde mir klar, dass die maßgeschneiderten Anzüge, das erstklassige Essen und die weltlichen Genüsse ein Deckmantel der Täuschung waren, den die Jäger gerade einfach so abgelegt hatten.

Da war nichts Entspanntes daran, wie Clayton seine Klinge schwang und zwei Angreifer abwehrte. Die feine Freundlichkeit des Tierflüsterers war nur noch eine Erinnerung, als Simeon ohne das geringste Zögern seinen Gegner traf und Kai auf die Flügel seines fliegenden Angreifers einschlug und ihn zum Rückzug und zum Abstieg zwang. Es war nur eine Frage der Zeit, bis er abstürzen würde. Ich war mir nicht sicher, ob er durch den Aufprall sterben würde, doch die Gewalt, die ihn nach der Landung erwartete, würde ihn sicherlich töten.

„Dasselbe Raubtier, anderes Label, Erin", sagte Malific, als ob ich daran erinnert werden müsste.

Meine Sorge, dass die Jäger verletzt werden könnten, ließ nach, doch das Ausmaß der Gewalt blieb, als ich Malific zurück in den Schuppen folgte und meine Aufmerksamkeit auf das Schwert in der Scheide auf ihrem Rücken gerichtet war. Eine Obitus-Klinge. Ein gut platzierter Schlag, und ich könnte ihre Schreckensherrschaft stoppen, bevor sie begann.

Aber solange wir aneinandergebunden waren, würde

auch ich sterben. Ich war nicht bereit, dieses Opfer zu bringen.

Als ob sie meine Gedanken lesen könnte, spähte sie über ihre Schulter und lächelte mich böse an.

Wir waren furchtbar nett zueinander für zwei Frauen, die wussten, dass sie in wenigen Minuten versuchen würden, einander umzubringen.

Mein Leben war schlimmer als eine griechische Tragödie.

Als wir den Schuppen betraten, verlangte Elizabeth noch einmal unsere Waffen.

Ich reichte ihr Kais Dolch mit der Obitus-Klinge, die ich an meiner Taille trug, und das Messer, das an mein Bein geschnallt war. Mein zweischneidiges Messer bewahrte ich in der leicht zu öffnenden Umhängetasche auf, aus der ich es schnell herausholen konnte, aber es war nicht sichtbar. Elizabeth blickte finster auf die Tasche, als ich es nicht übergab. Als sie wartend vor mir stehenblieb, reichte ich es ihr. Anstatt mich noch einmal aufzufordern, nahm sie das Faustmesser, das an meiner Kette hing.

„Du bist die Tochter deiner Mutter", spie sie, bevor sie die Waffen ein paar Meter entfernt ablegte, sodass sie mit einem schnellen Ausfallschritt leicht zurückzuholen waren.

Sie richtete die gleiche Bitte an Malific, die mit zusammengepressten Lippen das Messer aus der Scheide an ihrem Gürtel, eine Manschette von ihrem Handgelenk, in der ein Faustmesser versteckt war, und eine weitere Klinge aus einer Scheide an ihrem Knöchel übergab. Ihre Waffen wurden fast in gleicher Entfernung platziert.

Elizabeth trat zurück und warf uns beiden einen abschätzenden Blick zu. Ihr Gesichtsausdruck verriet, dass sie über unsere Absichten Bescheid wusste. Sobald wir nicht mehr verbunden waren, würde nur eine von uns diesen Ort verlassen. Ich war mir sicher, dass sie sich in einer schmutzigen und verdrehten moralischen Gymnastik dazu beglückwünschte, verhindert zu haben, dass das in ihrer Gegenwart

– und noch wichtiger in der von Nolan – geschah. Sie waren geschützt; sie hatte ihr Ziel erreicht.

„Du hast meine Waffen, aber was glaubst du, wie das wohl enden wird, Nolan?", fragte Malific. „Du hast ihr vorübergehend das Leben gerettet. Ob heute, morgen oder in wenigen Tagen, sie wird den Zweck erfüllen, für den sie geboren wurde. Du wirst nicht als Sieger hervorgehen." Dann richtete sie ihre Aufmerksamkeit auf Elizabeth. „Dein Eindruck von meiner Tochter ist falsch. Wir haben nur sehr wenig gemein. Sie mag Gewalt genießen, aber sie hält sich zurück." Ihr Gesichtsausdruck verriet dieselbe selbstsichere Böswilligkeit wie damals, als sie sich das Messer in die Hand gerammt oder als sie versucht hatte, Dr. Sumner zu töten. „Solche Probleme habe ich nicht."

„Natürlich nicht", sagte Elizabeth eisig.

Elizabeth zog ein Stück Papier aus ihrer Tasche und reichte es mir. „Sobald das Blut vergossen wurde, musst du die Worte genau so sagen, wie sie geschrieben stehen. Ich werde den Zauber vollenden, um die Bindung aufzuheben, und dann …" Sie ließ den Teil über den dysfunktionalen und kranken Käfigkampf aus, der alldem folgen würde.

Nach einer kurzen, leisen Anrufung erwachte zunächst die Schlange, die sich um Elizabeths Arm geschlungen hatte, löste sich von ihr und biss Malific, wobei sie eine Blutspur hinterließ. Elizabeth ging auf mich zu, und die Schlange tat dasselbe. Es war nicht der Biss, der wehtat, sondern das Kratzen ihres Giftzahns über meine Haut. Es fühlte sich ganz anders an als ein Vampirbiss. Doch es erfüllte seinen Zweck – selbst, wenn ein Messer dasselbe bewirkt hätte – und wahrscheinlich weniger schmerzhaft. Ich war mir sicher, dass das der Punkt war.

Elizabeth wich zurück, bis sie direkt neben Nolan stand. Sie ergriff seine Hand. Er riss an ihrer Hand, und sie reagierte scharf.

„Wir haben das besprochen. Ich löse die Bindung, und du kommst mit mir. Sonst gibt es keinen Deal, Bruder."

Sein Ausdruck hilfloser Verzweiflung machte es schwer, ihn anzusehen. Nolan schloss die Augen. Seine Schultern sackten herunter. Er war vor Rachedurst blind gewesen, und meine Geburt war das Ergebnis. Sein Versuch, mich zu beschützen, hatte mich ins Stygian gebracht und dazu geführt, dass ich mein Leben voller Schuldgefühle wegen eines Mordes hatte leben müssen, den ich nicht begangen hatte. Und jetzt bestand er auf die Aufhebung einer Bindung, die seine Schwester geschaffen hatte, doch er würde nicht da sein, um zu sehen, ob ich gegen eine unberechenbar mächtige, grausame und sadistische Göttin überleben würde.

Ich straffte meine Schultern und richtete mich auf, zeigte mehr Selbstvertrauen, als ich besaß, und warf ihm einen beruhigenden Blick zu, als sich Elizabeths Hand wie ein Schraubstock um seine schloss. Das Geflecht der Bindungen begann zu reißen, die Spannung ließ nach, bis nur noch das Ziehen eines kaum wahrnehmbaren Glieds übrig war.

Dann riss es auch, und Elizabeth flüsterte Nolan etwas ins Ohr. Er sank mit einem dumpfen Geräusch zu Boden. Im Schlaf hob und senkte sich seine Brust. Elizabeth ging neben ihm in die Hocke, rieb einen Stein in ihrer Hand, bevor sie einen weiteren Zauberspruch aufsagte und mit ihm verschwand. Sie warf nicht einen einzigen Blick in meine Richtung.

Ich hechtete zur Seite und entging der magischen Kugel, die Malific auf mich schleuderte. Sie schlug wie eine Kanonenkugel in den Boden ein, riss das Holz auf und schleuderte Splitter durch den Raum. Ich rollte mich ab, was dazu führte, dass zwei weitere mich verfehlten und ich nur wenige Zentimeter von der Klinge entfernt landete. Ich konnte es nicht riskieren, den Blick von ihr abzuwenden.

Angriffsmagie kostete viel Kraft, und die meisten Anwender konnten sie nicht lange aufbringen. Fünfzehn

Minuten aggressiver Angriffsmagie erschöpften jemanden leicht so weit, dass er danach normalerweise nicht einmal einfache Zaubersprüche wirken konnte. Als das Sperrfeuer der magischen Kanonenkugeln nachließ, schnappte ich mir mit einem kalkulierten Sprung Kais geliehene Klinge, presste meinen Körper gegen die Wand und wirkte den Tarnzauber.

Malific wich zurück und sah sich um. Angst und Zweifel huschten über ihr Gesicht. Meine Magie war nicht nur für mich, sondern auch für sie eine Anomalie. Sie konnte wynden, aber könnte ich das? Sie hatte keine Ahnung, dass jeder Versuch meinerseits damit endete, dass ich mich in eine Katze verwandelte.

„Ich weiß, dass du hier bist, Tochter", sang sie mit süßlicher Stimme.

Das wusste sie nicht.

Ihre Bewegungen waren vorsichtig und kalkuliert, als sie sich rückwärts in Richtung ihrer Waffen bewegte. Bei jedem Schritt, den sie machte, machte ich zwei lautlose Schritte, um den Abstand zwischen uns zu verringern, doch vorsichtig genug, um die Sperrholzsplitter des zerstörten Bodens zu umgehen.

Ich blieb stehen, als sie stehen blieb und fluchte innerlich, als sie die Bewegung eines Holzsplitters bemerkte, der verrutschte, als ich vorbeiging. Das schnelle Feuer der Magie traf meinen Arm und brachte mich aus dem Gleichgewicht. Da ich das Überraschungsmoment nicht mehr zu meinem Vorteil nutzen konnte, ließ ich den Zauber fallen und feuerte zurück, traf sie in die Brust und schleuderte sie mit dem Rücken gegen die Wand. Meine Magie diente als taktischer Vorteil; ihre zur Zerstörung. Ich konnte ihr weder die Oberhand noch den Abstand erlauben, um noch mehr zu zaubern.

Ich stürzte mich auf sie und warf sie zu Boden. Der Kopfstoß gegen ihre Nase schockierte sie; Tränen traten ihr in die Augen. Sie konnte Schmerzen ertragen, war aber nicht immun gegen deren Auswirkungen. Der Schlag, den sie mir in die Seite versetzte, löste in mir einen gleißenden Schmerz aus. Es war kein menschlicher Treffer; davon hatte ich reichlich erlebt. Magie. Es musste Magie sein. Ich atmete tief durch. Es war schmerzhaft, aber ich glaubte nicht, dass meine Rippen gebrochen waren. Sie stieß mich von sich, meine Klinge verfehlte sie nur knapp. Ich brauchte einen Todesstoß.

Sie bewegte sich mit derselben Geschwindigkeit wie die Jäger und war mit dem Schwert in der Hand in der Nähe ihrer Waffen. Sie warf einen Blick auf ihren Arm und suchte nach Verletzungen. Wut loderte in ihr auf, dass sie beinahe von einer Obitus-Klinge verletzt worden wäre, die ihre Heilungsversuche verhindern würde.

Ein Messer gegen ein Schwert bedeutete für mich ein Nachteil. Ich brauchte sie näher. Aber ein Messer konnte mit einer Hand benutzt werden, wohingegen sie eine magische Verstärkung benötigte, um ihr Schwert mit einer führen zu können, und sie wäre nicht in der Lage, offensive Magie zu wirken. Ein Dilemma, dessen sie sich bewusst sein musste. Offensive war die beste Taktik, und ich stürzte mich mit aller Kraft hinein. Den ersten magischen Schlag nutzte ich als Ablenkung und schickte sie nach rechts, mit dem zweiten nach links, dann machte ich einen Satz nach vorn, einen weiteren Beinahe-Treffer, doch auf ihren Arm. Ich brauchte mehr verletzliche Bereiche. Sie schwang ihr Schwert. Ich ließ mich zu Boden fallen, als ich auf ihr Bein einschlug und versuchte, sie damit zu verlangsamen. Sie hatte einen taktischen Vorteil, weil sie sich viel schneller bewegen konnte als ich. Bewegungen, die dazu führten, dass meine Angriffe ins Leere gingen.

Sie schlug mir das Messer aus der Hand. Ich rollte gerade noch rechtzeitig ab, um den magischen Hieben zu entgehen. Als ich mich verteidigen musste, verhüllte ich mich. Was als Verteidigung nicht ausreichte. Schmutz, Trümmer und gesplittertes Sperrholz machten es mir unter ihrer scharfen

Aufmerksamkeit zu schwer, mich unbemerkt im Raum zu bewegen.

Aber es gab mir eine kleine Atempause, einen Moment zum Nachdenken. Wie tötet man eine Göttin, wenn sie so wenige Schwachstellen und zu viele Vorteile hat? Als ich mich im Raum umsah, sah ich, wo Kais Klinge gelandet war. Sollte ich einen Heilzauber wagen, mich um meine Wunden kümmern und versuchen, es zum Dolch zu schaffen? Jede Waffe konnte mich verletzen, nicht nur die Obitus-Klinge.

Ich zeigte mich schnell und schickte eine magische Kugel zur Wand, wohin ihre Aufmerksamkeit folgte. Ich stürzte mich auf das Messer, musste aber feststellen, dass ihre Klinge nur wenige Zentimeter von der Stelle, an die der Dolch gefallen war, gezogen war. Ein Schlag, und ich war Geschichte.

Keiner von uns bewegte sich. Diese Sekunde wurde zu einem unbestimmten Zeitraum. Sie hielt inne. Und sie schien von der Pause geschockt zu sein. Ich rammte meine Faust in ihre Seite und landete eine weitere in ihrer Niere. Sie stolperte zurück.

Es waren nicht nur die Treffer, die ich landete. Sie hatte gezögert. Dieser Moment der Menschlichkeit hatte sie erschreckt und verblüfft, und das zeigte sich auch in ihrem Gesicht. Ich war mir nicht sicher, ob es von Dauer sein würde. Ich stürzte mich auf den Dolch. Sie reagierte schneller. Magie traf ihn, und ich sprang gerade rechtzeitig zurück. Ich wich dem zweiten Schlag aus und zog mich rückwärts zur Wand zurück. Magie tanzte um ihre Finger, bevor sie zur Tür rannte, die Magie in die entgegengesetzte Richtung von mir freisetzte und die Tür und den Mann dahinter traf: Mephisto.

Er wurde mit derselben Wucht zurückgeschleudert, mit der sie den Holzboden in Sägemehl verwandelt hatte. Ich schluckte meinen Schrei herunter. Mir war bewusst, dass es

unwahrscheinlich war, dass ich einen solchen Treffer überleben würde, doch ich hoffte, dass er es getan hatte.

Ich nutzte den Augenblick der Ablenkung und hechtete
nach der Klinge, packte sie und rannte in blinder Wut auf sie
zu. Sie war weg, doch Mephisto stand mit gezogenem
Schwert vor mir, zum Schlag bereit. Rücken an Rücken
stehend, sahen wir uns um und warteten auf ihre Rückkehr.
In der Hoffnung, dass sie zurückkommen würde.

Doch das tat sie nicht.

Obwohl ich Malific nicht losgeworden war, wertete ich
das dennoch als Sieg. Ich war nicht mehr an sie gebunden
und lebte.

„Bist du verletzt?", fragte Mephisto, steckte sein Schwert
in die Scheide und suchte mich nach Verletzungen ab.

Ich zuckte zusammen, als er meine Seite berührte. Sie
hatte mir nicht die Rippen gebrochen, aber jetzt, da mein
Adrenalinpegel zu sinken begann, tat es höllisch weh. Ich
atmete scharf ein, als er seine Hand auf die Verletzung legte
und die Kühle seiner Magie den Schmerz linderte, bis er
verschwunden war. Als er sich an mich lehnte, waren seine
Lippen sanft und beruhigend, als sie meine berührten.

„Du bist okay." Seine Stimme klang erleichtert.

„Wo sind die anderen?"

„Sie hinterlassen den Wald so, wie er war", erklärte er. Es
bedurfte keiner weiteren Ausführungen, und es klang viel
besser als „Sie entsorgen die Leichen".

Wir blieben äußerst wachsam, als ich meine Waffen und
die, die Malific zurückgelassen hatte, einsammelte, bevor ich
den Schuppen verließ. Mephisto behielt den Bereich links
von uns im Auge, ich rechts, und wir suchten weiter die
Gegend ab, während wir zum Auto gingen.

„Sie hat damit gerechnet, dass ihr hier seid", bemerkte ich.

Er nickte. „Unsere Anonymität diente nicht nur unserem
Überleben hier, sondern auch, um Vergeltungsmaßnahmen

zu verhindern." Er runzelte die Stirn, aber nicht nur aus Unmut; er vermisste eindeutig den Schleier.

Ich dachte so intensiv über Malifics Zögern nach, dass ich nicht antwortete.

Er hielt inne. „Was ist, Erin?"

„Sie hat gezögert", platzte es aus mir heraus, und obwohl meiner Bemerkung viel Kontext fehlte, verzogen sich Mephistos Lippen. „Sie war im Vorteil. Sie hätte mich töten können, aber sie hat gezögert."

Es folgte eine lange Pause, bevor er sprach. Seine Worte waren sorgfältig gewählt. „Vielleicht. Aber Erin, ich bitte dich dringend, dich nicht von ihrem flüchtigen Moment der Menschlichkeit täuschen zu lassen. Auch wenn es dich hoffen lässt, dass sie dein Leben schätzt, wird sie diese Schwäche zu ihrem Vorteil nutzen."

Seine Worte waren die kalte Dusche Realität, die ich von jemandem brauchte, der sie besser kannte, als ich es jemals tun würde. Ich nickte und ging weiter, blieb aber abrupt stehen, als ich mein Auto sah. Es sah aus, als wäre es in eine Massenkarambolage verwickelt gewesen. Die Front war zerschmettert, und die Seiten waren eingedrückt. Das Heck war nicht mehr. Mein Auto war in einem Wutanfall zerstört worden.

Ihr kurzer Moment der Menschlichkeit hatte seinen Preis gehabt, und das war er.

„Ich glaube, ich brauche ein neues Auto."

Banalität war alles, wozu ich in der Lage war. Denn alles andere würde dazu führen, dass ich außer Kontrolle geriet, und das war das Letzte, was ich brauchte. Der Umgang mit Malific erforderte einen kühlen Kopf.

Ich akzeptierte, dass das das Ergebnis dessen war, was auch immer in diesem Moment des Zögerns passiert war. Alles, was zwischen mir und ihr existierte. Zerstörung.

31

Ein schiefes Lächeln hatte sich auf Mephistos Lippen gelegt, als er zusah, wie ich über die Kleidung grübelte, die ich auf mein Bett geworfen hatte. Zwei Tage war ich nun schon bei ihm, und zugegebenermaßen hatte ich es genossen. Unsere nächtlichen Aktivitäten, die sich auch über einen Großteil des Tages erstreckten, waren schön, besonders mit einem Gott, der die letzten Jahrhunderte damit verbracht hatte, seine Fertigkeiten zu perfektionieren. Seine Medienwand, die einen Blick auf das Haus bot, war ein Trost. Ich besuchte sie gelegentlich und erwartete, dass Malific versuchen würde, das Anwesen zu stürmen. Aber die Menge an Magie, die nötig war, um seine Schutzzauber und Vorkehrungen zu brechen, würde ihre Anwesenheit ankündigen, bevor die Kameras es taten.

Anstatt meinem ersten Impuls nachzugeben, nach Malific zu suchen, übte ich meine Magie und trainierte mit Mephisto. Die Elfenmagie, die ich gelernt hatte, war stark, aber als ich mich daran erinnerte, dass Elizabeth mehrmals verschwunden war, fragte ich mich, ob es eine alternative Methode zum Wynden gab. Aber sie hatte diesen Stein bei sich. Ohne einen gründlichen Blick darauf geworfen zu haben, konnte ich ihn in keinem der Bücher in Mephistos und Bentons Bibliothek identifizieren.

Ich unternahm mehrere erfolglose Versuche, bei denen ich Zaubersprüche benutzte, die ich gewoben hatte, und verschiedene Steine ausprobierte, die sich unter Mephistos magischen Gegenständen befanden. Wynden war eine magische Fähigkeit, die fast jeder begehrte und die nur wenige besaßen. Vampire konnten es, wenn die Person, die sie gezeugt hatte, die Fähigkeit hatte. Unter den Jägern konnte es nur Mephisto. Ein paar Hexen und Magier konnten es auch mit einem magischen Booster, was mich zu der Annahme veranlasste, dass es eine Kombination aus Blutlinie und magischer Stärke war. Da Malific und Elizabeth es konnten, ging ich davon aus, dass ich es auch können sollte.

Die erhöhte Geschwindigkeit hatte sich nicht weiterentwickelt, und zu meiner Überraschung reagierten die Zauber, die ich versuchte nicht auf meine Drohung, ihnen den Hintern aufzureißen. Tarnung gehörte zu meinem Repertoire an Verteidigungsmagie; ich war entschlossen, dem Wynden hinzuzufügen.

Ich verbrachte die ersten Stunden des Morgens damit, mein neues Handy einzurichten und Cory und Madison die vollständige Version der Aufhebung der Bindung zu erklären, meine Wahrnehmung ihres Zögerns und ihre Vergeltung: die Zerstörung meines Autos. Als ich meine Rückruf- und SMS-Runden abschloss, antwortete ich auf Ashers drei SMS mit einer kurzen, direkten Antwort und ließ ihn wissen, dass es mir gut ging. Ich konnte diesen Tag nicht noch einmal wiederkäuen.

Den Rest des Tages verbrachten wir mit dem Versuch zu wynden, und Mephisto amüsierte sich immer mehr darüber, dass ich mich bei jedem Versuch in eine Katze verwandelte. Erst, als er mit einer wirklich wütenden Katze zu tun bekam, die in Erwägung zog, ihn eine Katzenkrallenumarmung spüren zu lassen, schlug er vor, dass wir in meine Wohnung gehen und Kleider für mich holen sollten.

„Du solltest genug für mindestens zwei Wochen einpacken", schlug er vor, während ich ein paar Kleidungsstücke in einen kleinen Koffer warf.

„Zwei Wochen?" Im Auto hatte er gesagt, ein paar Tage. Ein paar Tage bedeuteten drei – höchstens eine Woche. Würden aus den zwei Wochen irgendwann drei werden? Ein Monat? Wann würde es von einem klugen strategischen Manöver zu verkriechen aus Angst werden?

In meine Gedanken vertieft hatte ich nicht bemerkt, dass Mephisto neben mir stand. Er wartete, bis ich ihn ansah.

„Wenn du etwas als einen Akt der Feigheit betrachtest, wirst du dich genau so fühlen. Dich zu schützen, deine magischen Fähigkeiten zu verbessern, deine Ressourcen zu erkunden und dir einen Moment Zeit zu nehmen, um einen Plan auszuarbeiten und dich neu aufzustellen, ist genau das: eine kluge Strategie und nichts sonst."

Meine wenig effiziente Antwort an Asher vorhin: „Mir geht's gut. Ich ruf' dich später an" – war nicht genug und war bis zur Beleidigung prägnant, und das spiegelte sich beredt in Ashers Gesicht wider, als er Mephisto und mich mit meinem Koffer im Schlepptau beim Verlassen meiner Wohnung überraschte.

Ein versteinerter Gesichtsausdruck, intensive, kalte Augen, die wie ein Laser auf mich gerichtet waren, und ein schmerzhaft angespannter Kiefer. „Eine SMS, Erin", presste er mit zusammengebissenen Zähnen hervor. In seinem Zorn waren Spuren von Angst. Mephisto behielt Asher aufmerksam im Auge, der ihn mit einem einfachen Blick abwies. „Wirklich?"

„Ich weiß, es war eine vollkommen unzureichende Reaktion." Ich ließ meine Schultern hängen. Asher brauchte und verdiente mehr. Ich gab Mephisto meinen Koffer und sagte: „Ich brauche einen Moment."

Mephisto rührte sich nicht, sein Blick war genauso hart und wild wie der von Asher, kalt und abweisend. Ugh. Ein Testosteron-Weitpissen. Ich hatte nie das Temperament oder die Geduld, eine testosterongeladene Situation zu entschärfen. Mein erster Impuls war, alle Beteiligten mit Eiswürfeln zu bewerfen. Schließlich war das eine Form von Wasser. Aber alle Beteiligten mit gefrorenem Wasser zu bewerfen, würde das Gegenteil von Abkühlung bewirken.

Nein, ich wollte nichts davon wissen.

„Ich brauche bitte einen Moment, um mit Asher zu reden." Mein Ton ließ keinen Raum für Diskussionen. „Asher?"

Ich deutete mit dem Kinn zur Tür, eine Einladung und keine Herausforderung. Der Umgang mit Wandlern war nervig, mit einem Alpha war es sogar noch schlimmer. Es war ein Eiertanz zwischen standhaft zu sein und gleichzeitig nichts zu tun oder zu sagen, was als Herausforderung empfunden werden könnte. Meistens war ich nicht so vorsichtig, aber dies war eine Situation, die mit Vorsicht gehandhabt werden musste. Um es richtig zu machen, war Diplomatie erforderlich.

Er nickte und folgte mir in die Wohnung.

„Du hast Besseres verdient", gab ich zu, als wir drinnen waren.

Ashers scharfer Blick folgte jeder meiner Bewegungen, bis ich ein paar Schritte vor ihm stehen blieb.

„Ich bin nicht mehr an meine Mutter gebunden", sagte ich.

„Das habe ich deiner informativen SMS ‚Mir geht's gut, wir unterhalten uns später' entnommen." Mit finsterer Miene fuhr er sich mit den Händen durchs Haar. Sein Ton war frostig. „Du bist nicht allein gegangen, oder?", fragte er, seine raue Stimme wurde sanfter und wärmer.

Ich schüttelte den Kopf. „Du weißt sicher, dass mein Vater

auch dort war." Ich gab mich nicht der Illusion hin, dass Daniel nicht umfassend debrieft worden war.

Er bestätigte es mit einem Nicken.

Nachdem ich Asher eine kurze Zusammenfassung des Streits zwischen Nolan und Elizabeth gegeben hatte, rieb er mit seinen Händen über den Stoppelbart an seinem Kinn. Sein finsterer Blick hatte sich entspannt. „Lass sie in ihrem Hass schwelgen. Es hat nichts mit dir zu tun. Sie steht einer scheinbar co-abhängigen Beziehung im Weg. Du wirst niemals ihre Zuneigung gewinnen", tröstete er mich.

Ich wusste das, aber Elizabeths Hass würde meinen Zugang zu und meine Interaktionen mit Nolan beeinträchtigen. Ich wollte Nolan in meinem Leben haben, und solange sie mich dafür hasste, dass ich existierte, weil ich Malifics Tochter war, würde sie ein Hindernis darstellen.

Nachdem ich noch einmal alles erzählt hatte, was sich mit Malific und der Lösung der Bindung zugetragen hatte, war Ashers Gesicht voller Mitgefühl und Sorge.

Das Schweigen zwischen uns wurde von seinem Seufzer unterbrochen. „Warum hast du mich nicht gebeten, mitzukommen, Erin?"

Es wurde immer schwieriger, vertrauliche Informationen zu umgehen. Asher vermutete, dass Mephisto und die Jäger Götter waren, aber es war nicht an mir, das zu bestätigen. Wie könnte ich, ohne Asher diese Informationen zu geben, erklären, dass Mephisto einen langjährigen Konflikt mit Malific hatte und eine Rechnung begleichen wollte? Er war schon in die Sache verstrickt und seine Beteiligung würde ihn nicht zum Feind von Malific machen. Asher schon. Trotz der übernatürlichen Geschwindigkeit der Wandler, ihrer Fähigkeit, mühelos zu ihrem Tier zu wechseln, und ihrer magischen Immunität war es immer noch fraglich, ob sie einem Gott gewachsen waren.

Es dauerte länger als erwartet, die Informationen durchzugehen und zu entscheiden, was kein Vertrauensbruch war.

„Es ist okay", sagte Asher leise. „Ich weiß es zu schätzen, dass du wahrst, was du über mein Rudel weißt, deshalb kann ich dich nicht bitten, zu verraten, was auch immer ihm wichtig ist." Seine Stimme wurde fester, als er Mephisto erwähnte. Auch wenn mir die Veränderung in seiner Stimme entgangen wäre, die Grimasse war nicht zu übersehen.

„Ich werde ein paar Tage bei Mephisto bleiben", teilte ich ihm mit.

Seine Lippen verzogen sich zu einem freudlosen Lächeln. „Du neigst dazu, meine Beobachtungsgabe zu unterschätzen, nicht wahr?"

Es musste sich anfühlen, als würde man ein Pflaster abreißen. Bring es einfach hinter dich. *Ich schlafe mit ihm und möchte sehen, wohin das führt.* Sobald es ausgesprochen war, wäre es eine Ablehnung von Asher. Was würde dann passieren? Ich war unser Geplänkel und unseren lockeren Umgang gewohnt – selbst bei feindseligen Meinungsverschiedenheiten hatten wir nie dieses angespannte Schweigen gehabt.

Als ich die richtigen Worte fand, wollte ich es gerade aussprechen, als Asher sagte: „Du riechst nach ihm. Dein Duft und seiner sind miteinander vermischt. Deiner ist praktisch nicht von seinem zu unterscheiden." Seine Stimme war ruhig, sein Gesicht ausdruckslos. Die schwere, spannungsgeladene Stille verging. Er warf einen Blick auf seine Uhr.

„Ich sollte gehen", sagte er und wich zurück.

Ich hob meinen Blick, um seinem zu begegnen. „Ich wünschte, wir könnten wieder so werden, wie wir waren", gab ich zu.

„Welcher Teil? Der, dass du Straftaten begehst als Vergeltung dafür, dass ich es vor dir zum Salemstein geschafft habe? Dass du vulgäre Luftballons schickst? Willkürlich die Reifen meines Autos mit Krähenfüßen zerstörst? Oder dem STF falsche Informationen gegeben hast, dass ich im Besitz illegaler magischer Gegenstände bin?"

„Erstens waren es im schlimmsten Fall geringfügige

Vergehen. Zweitens waren es keine falschen Informationen. Du bist im Besitz illegaler magischer Gegenstände."

Seine Lippen zuckten. „Beweis es. Sie haben in meinem Besitz nichts Illegales gefunden."

„Ich war in deinem Tresorraum!"

„Und?", sagte er. „Die Beweislast liegt immer noch bei dir."

Dieser Typ!

„Das und noch viel mehr hast du verdient. Wir waren vielleicht keine Freunde, aber wir hatten gegenseitigen beruflichen Respekt und, wie ich dachte, eine aufkeimende Freundschaft, und du hast geschummelt, um den Salemstein in deinen Besitz zu bringen", sagte ich.

Er dachte über meine Worte nach und sagte dann: „Definiere geschummelt."

„Ich soll Schummeln definieren? Glaubst du, ich bin ein wandelndes Wörterbuch? Du weißt verdammt gut, was Schummeln ist. Verstoß gegen die Verhaltensregeln zum eigenen Vorteil."

Seine Miene entspannte sich. „Aber es gab keine Verhaltensregeln, Erin. Und ich habe nie geschummelt." Wenn es darum ging, sein Rudel zu schützen, gab es keine Regeln. Er ließ sich von einem zielstrebigen Motiv leiten und entschuldigte sich nicht dafür, dass er seine Rolle als Alpha erfüllte.

Ich zuckte mit den Schultern. „Vielleicht hast du recht, aber es hat das Gefühl des Verrats nicht weniger schmerzhaft gemacht", gestand ich.

Er nickte. „Okay. Es war nie meine Absicht, dir dieses Gefühl zu vermitteln." Das kam aus seinem Mund einer Entschuldigung so viel näher, als ich erwartet hatte.

Das unbehagliche Schweigen wurde langsam ermüdend. Etwas musste sich ändern, um zu unserem symbiotischen Zustand zurückzukehren, aber ich hatte keine Ahnung, was.

Asher sagte schließlich: „Erin, das ändert nichts zwischen uns."

„Doch."

Er verzog das Gesicht. „Nicht das. Du hast deine Wahl getroffen. Ich respektiere deine Wünsche immer."

„Was? Nein. Nein, das tust du nicht. Ich sage, du sollst deine Wandler nicht schicken, und doch tust du es. Ich sage, du sollst dich aus Situationen heraushalten, und du steckst deine kleine Schnauze mittenrein."

„Na ja, nicht diese Dinge." Er grinste.

„Ich verstehe deine Regeln nicht, Asher."

„Genau. Weil es *meine* Regeln sind", schoss er zurück. „Erin, ich mag es, dich um mich zu haben. Lebendig und sicher. Was auch immer mit dir und Mephisto passiert, ändert nichts an der Tatsache, dass ich da bin, wenn du mich brauchst."

Ich nickte. Er beugte sich vor, hielt abrupt inne und biss die Zähne zusammen. Ich wollte ihm meine Wange zudrehen, umarmte ihn aber stattdessen. Es war eine lange und besonders hölzerne Umarmung, aber trotzdem hatte sich etwas geändert. Die Unbeschwertheit zwischen uns schien wiederhergestellt oder war zumindest weniger spannungsgeladen.

„Also …" Ich lächelte und löste mich aus seinem Griff und seinen Händen, die auf meinem unteren Rücken geruht hatten. „Alphaloch? Eine liebevolle Bezeichnung oder was?"

Er stöhnte und verdrehte die Augen. „Scarlett", brummte er mit einer Mischung aus Zuneigung und Verärgerung.

„Ich bin ein Fan von ihr", gab ich zu.

„Evelyn auch. Sie sind schnell Freunde geworden und gehen mir beide auf den Sack", beklagte er sich.

„Hoffentlich wird die Situation mit Malific bald gelöst, und Evelyn wird dir weniger auf die Nerven gehen."

Asher schenkte mir ein angespanntes Lächeln, bevor er den Kopf schüttelte. „Sie wird nicht hierher zurückkehren."

„Weiß sie das auch?" Es strömte mit überraschender Heftigkeit aus mir heraus, wie Wasser aus einem gebrochenen Damm. Es war nicht nur ihr Fehlen, auch wenn ich nicht vollständig auf eine neue Welt ohne Miss Harp vorbereitet war. Da sich alles so schnell veränderte, klammerte ich mich wieder einmal an die ausgefransten Ranken, die mein altes Leben zusammenhielten. Dann da war Miss Harp. Es war nicht fair von ihm, ihr diese Entscheidung abzunehmen. Und jemand wie sie würde es nicht zu schätzen wissen und hätte definitiv kein Problem damit, es ihm zu sagen.

Asher antwortete nicht. Ich vermutete, dass er ähnliche Überlegungen anstellte wie ich zuvor, was die Offenlegung von Mephistos Informationen anging.

„Trotz meiner Beziehung zu Mephisto werde ich, was auch immer du mir im Vertrauen sagst, nicht verraten", versprach ich.

Der Gebrauch des Begriffs ‚Beziehung' löste ein Stirnrunzeln aus. „Das willst du glauben."

„Weil es die Wahrheit ist. Asher, du kannst mir vertrauen." Ich nahm seine Hand und drückte sie beruhigend. Auch wenn ich mich moralisch nicht verpflichtet fühlte, seine Geheimnisse zu bewahren, würde mich der Selbsterhaltungstrieb dazu motivieren, denn Verrat am Rudel würde trotz Ashers Gefühlen für mich schnelle und möglicherweise tödliche Vergeltung nach sich ziehen. Es ging über den Streit hinaus, den ich mit Asher über den Salemstein hatte. Wenn ich sein Vertrauen enttäuschte und sein Rudel in Gefahr brachte, wäre er gezwungen, etwas zu unternehmen.

Er starrte auf meine Hand auf seiner und atmete dann aus, nachdem er mehrere Sekunden lang darüber nachgedacht hatte. „Vor zwei Tagen hatte ich die Gelegenheit zu beobachten, wie Evelyn auf den Vollmond reagiert. Sie ist vielleicht nicht gezwungen, zu wandeln, aber auch wenn sie nicht wandelt, wirkt er sich auf sie aus. Sie war so müde, dass sie sich kaum bewegen konnte. Sie war nicht so klar wie sonst. Und ich konnte ihr Leid spüren. Es ging stundenlang so." Da er in seine Wolfsgestalt gezwungen wurde, konnte er nichts tun, um ihr zu helfen.

Seine Finger zerzausten sein Haar, als sie durch seine dicken Wellen strichen. „Zuerst dachte ich, es sei eine Evolution, eine deutlich verbesserte Anpassung, die uns zugutekommen würde, wenn wir unser Bedürfnis, bei Vollmond zu wandeln, überwinden würden. Aber es scheint ein Defekt oder eine Art Mutation zu sein. Das muss untersucht werden, und ich muss herausfinden, ob es noch andere wie sie gibt. Ich möchte, dass sie auf Veränderungen oder weitere Nebenwirkungen überwacht wird. Wenn sie bleibt, wo sie ist, kann ich sie besser im Auge behalten, und sie ist zufrieden mit ihrer Unterbringung."

„Oh." Mehr fiel mir nicht ein.

„Als Katzenwandlerin sollte Sherrie die Rolle ihres Beschützers zufallen, aber ich fühle mich für Miss Harp verantwortlich. Ich muss herausfinden, was sie zu dem gemacht hat, was sie ist, und einen Weg finden, dass sie bei Vollmond nicht leiden muss."

„Hat sich die streitsüchtige, sture alte Frau in dein Herz gedrängt?"

Er zuckte mit den Schultern und richtete seinen funkelnden Blick auf mich. „Ich scheine eine Persönlichkeitspräferenz zu haben."

„Hast du schon jemanden gefunden, der sie studieren könnte?", fragte ich.

„Ich gehe gerade ein paar Leute durch. Es muss jemand sein, der sich gut mit Wissenschaft *und* Magie auskennt", gab er stirnrunzelnd zu. Das war schwierig, denn Wissenschaft war objektiver als Magie, die ziemlich nebulös war. Ich war der lebende Beweis dafür, was geschah, wenn sich verschiedene Magien vermischten, und Evelyn war ein Beweis dafür, dass nichts definitiv war. Die vorherrschende Annahme war, dass eine Frau, wenn sie ein Kind mit einem Wandler hatte, einen Wandler zur Welt brachte, der bei Vollmond seine Tiergestalt annahm. Bislang hatte nichts das verhindert.

Es fiel Asher schwer, seine Sorge zu verbergen. Er blickte erneut auf seine Uhr. „Ich sollte gehen, ich habe ein Meeting."

Ich folgte ihm zur Tür. An der Schwelle blieb er stehen und drehte sich zu mir um, sodass er nur noch um Haaresbreite zwischen uns blieb. Die Wärme seines unnatürlich heißen Körpers hüllte mich ein.

Ich drehte meinen Kopf und bot meine Wange an. Er drückte einen sanften, keuschen Kuss darauf und schuf schnell einige Zentimeter Abstand zwischen uns, bevor er zu seinem Auto ging und stehen blieb, um Mephisto anzusehen, der in seinem eigenen Auto saß. Sie tauschten einen Blick. Er war nicht feindselig genug, dass ich sie mit Eiswürfeln bewerfen wollte, aber der Testosteronpegel war so widerlich hoch, dass es mich einen Moment lang nervte.

„Ich glaube nicht, dass der Alpha und ich bald Freunde sein werden", bemerkte Mephisto, als ich ins Auto stieg.

„Du dachtest, du hättest eine Chance darauf, nachdem er gedroht hat, dein Haus zu stürmen, um mich zu holen?", fragte ich ungläubig und erinnerte ihn daran, dass Asher darauf bestanden hatte, nach mir zu sehen, nachdem ich nach meiner tödlichen Verletzung verschwunden war.

Seine Lippen verzogen sich zu einem Grinsen. „Vielleicht nicht", sagte er und legte seine Hand auf meinen Oberschenkel.

32

Ich ignorierte Corys Blick und stieg schnell in sein Auto, als er vor Mephistos Haus anhielt.

„Warum habe ich das Gefühl, bei einer Flucht zu helfen?"

In den fünf Tagen, die ich bei Mephisto verbracht hatte, hatte er mich immer wieder daran erinnert, dass es „Strategiearbeit" sei, bei ihm zu bleiben, was in Ordnung gewesen wäre, wenn ich den Morgen nicht damit verbracht hätte, in einem geheizten Pool zu schwimmen oder gemütlich Bücher zu lesen, während ich darüber nachdachte, wie seltsam beruhigend es war, einem Okapi beim Grasen zuzusehen.

Heute war es noch schwieriger geworden, mich auf die Strategietheorie einzulassen, als ich in der Küche saß und zusah, wie Isley, Mephistos Koch, der für sein ausgezeichnetes Essen bekannt gewesen war, mir Gyros zubereitete. Ich musste etwas tun, das darüber hinausging.

„Ja, ich entfliehe dem Land der Privatköche, geheizten Pools, Wasserfallduschen, einer faszinierenden Bibliothek mit einem Druiden und einem Bett mit Laken, die mir das Gefühl geben, in Wolken gewickelt zu sein", schoss ich zurück.

„Jetzt will ich bleiben." Er strahlte. „Vergiss nicht, was sich sonst noch im Bett um dich wickelt. Hallo." Er grinste immer noch.

Ich starrte ihn böse an. „Auf die Bemerkung wäre ich nicht stolz. Ich flüchte nicht. Ich kann einfach nicht untätig sein. Seit der Begegnung mit Malific sind sechs Tage vergangen. Ich habe das Gefühl, ich verstecke mich."

Wenn ich mich nicht versteckte, dann hatte Mephisto mich in eine Art Schutzprogramm aufgenommen. Mit ihm zu trainieren und meine Magie zu üben war nicht genug. Ich musste wissen, ob Harrison tot war. Wenn ja, musste ich den Täter und die Person finden, die jetzt im Besitz des Black Crest-Grimoire war. Eine Mitfahragentur zu benutzen, um die Harrison/Dareus-Situation zu untersuchen, würde den Fahrer gefährden.

Cory sah mich so lange an, dass ich mir Sorgen machte, dass er nicht auf die Straße achtete. „Was solltest du deiner Meinung nach tun? Nach Malific suchen?"

„Das macht Mephisto. Er geht jeden Tag für einen Kampf gekleidet raus."

„Findest du das schlimm?"

Ich dachte immer wieder an Malifics Zögern und daran, dass Mephisto davon überzeugt war, dass es nicht noch einmal passieren würde, wenn es wirklich eine kurze gedankliche Entgleisung gewesen war. Der Funke Hoffnung in mir, der unbedingt glauben wollte, dass sie mich nicht töten wollte, wollte nicht erlöschen. Ich musste mich damit abfinden, dass die Frau, die mich zur Welt gebracht hatte, nicht einmal ansatzweise dieselben Gefühle hatte wie die Frau, die mich ihrer besten Freundin gegeben hatte, oder meine Mutter, die mich großgezogen hatte.

„Ich denke ständig an ihr Zögern. Ich weiß, dass es dumm ist, aber ich habe gesehen, wie Mephisto sie angesehen hat. Er will ihren Tod." Er wollte derjenige sein, der es tat. Nachdem ich Elizabeths und Malifics Hass gespürt hatte, kannte ich den Ausdruck, und was ich auf Mephistos Gesicht sah, war mehr als das. Es war tief verwurzelt. Wutentbrannt. Ein Bedürfnis nach Vergeltung.

„Ich chauffiere dich auf diesem kleinen Abenteuer, weil sie nach ihrem Mikrokampf mit warmen und wohligen Gefühlen so wütend war, dass sie dein Auto geschrottet hat. Wenn Mephisto die Welt von ihr befreien kann, gut. Denn du hättest leicht wie das Auto enden können." Cory klang müde vor Sorge. „Er kennt sie schon länger, also denke ich, dass du dich auf seine Einschätzung von ihr verlassen kannst. Mephisto versucht, sie zu finden, bevor sie dich findet."

„Nein, er versucht, sie zu finden, damit er nach Hause gehen kann."

Cory achtete überhaupt nicht auf die Straße. Als er es bemerkte, fuhr er auf den Parkplatz eines Starbucks. „Sprich mit mir", drängte er.

„Es gibt nicht wirklich was zu besprechen." Aber ich begann, die Schmerzen der Leere zu spüren, unter der ich leiden würde, wenn Mephisto weg war. Es war nicht klug für mich, so viel Zeit mit ihm zu verbringen, wissend, dass er, sobald er konnte, in den Schleier zurückkehren würde. Dann würden wir von täglichen Treffen zu einer Fernbeziehung übergehen. Könnte etwas so Frisches das überleben?

„Ich weiß, dass meine Sicherheit ein Teil der Gleichung ist, aber du warst nicht da, als er angegriffen wurde. Er war so lebendig, wie ich ihn nie zuvor gesehen habe. Er war von der Gewalt begeistert. Ich glaube nicht, dass es an der Gewalt selbst liegt oder an Machthunger, es ist sein Lebenszweck. Alles, was er seit seiner Vertreibung aus dem Schleier getan hat, war, damit sie zurückkehren können. Er hat sich als Hauptakteur bei der Suche nach magischen Objekten etabliert und kennt die Schlüsselpersonen in der übernatürlichen Welt. Das alles diente einem Zweck: der Rückkehr in den Schleier."

Cory runzelte die Stirn, schwieg aber. Ich war mir sicher, dass er das Dilemma in meiner Stimme hören konnte. Ich versuchte nicht, es zu verbergen. Er kannte mich zu gut und vermutete sicher, dass hinter dem, was ich gesagt hatte, mehr steckte.

„Selbst wenn er zurückgeht, wird er dich immer noch sehen. Ich bin mir sicher, dass das kein Problem sein wird", sagte Cory entschlossen. Unsere Rollen hatten sich im Laufe der Wochen so sehr verändert. Er war Mr. Optimismus, wo er Mr. Schwarzmaler gewesen war. Er nannte es Pragmatismus, aber oft war es mit einer großen Prise Pessimismus verpackt.

Je näher wir unserem Ziel kamen, desto besorgter wirkte Cory. Willkommen zurück, Mr. Schwarzmaler. „Was willst du erreichen?", fragte er und bog in die lange, unbefestigte Straße ein, die zu Harrisons Trailer führte.

„Bestätigung. Madison untersucht die Sache noch, kann aber keine offizielle Ermittlung fortsetzen, da es keine Beweise dafür gibt, dass es nicht Harrison ist."

Wenn ich ein Geständnis darüber bekommen könnte, wer das Grimoire hatte, wäre das auch großartig.

„Was wollt ihr?", blaffte Harrison. Seine Augen waren dieselben wie die von Harrison, sein Haar immer noch struppig und ungewaschen, und er besaß Harrisons übliche genervte Ausstrahlung. Er richtete sogar das gleiche Maß an Abscheu gegen Cory. Ich sah immer wieder in seine Augen und hoffte, dass sie sich zu den seltsamen Schlangenschlitzen verändern würden, die ich von Dareus gewohnt war. Die Augen galten als Fenster zur Seele. Aber das könnte eine Art Glamourzauber sein.

Ich musterte ihn so lange, bis ich mich unbehaglich fühlte, und erntete einen vernichtenden Blick von ihm.

„Welchen Teil davon, dass ihr nicht zurückkommen sollt, habt ihr nicht verstanden?"

Jetzt zweifelte ich daran, dass das Dareus war. Seine

Haltung, seine Abneigung gegenüber Cory und seine kühle Geringschätzung für mich spiegelten die von Harrison wider. Cory warf mir einen Seitenblick zu.

„Ich möchte dir helfen", sagte ich zu Harrison.

Er schnaubte. „Du hast mich nicht getötet, also könnte ich das wohl Hilfe nennen." Sein Blick wanderte zu Cory. „Aber du hast es versucht."

Ich hatte ein ungutes Gefühl. Das war keine Bestätigung dafür, dass es Dareus war, sondern eher eine Bestätigung von Harrisons Geschichte. Er war weg gewesen, und jetzt war er zurück.

„Dareus will deinen Tod. Es ist nur eine Frage der Zeit, bis er ein Kopfgeld auf dich aussetzt, so wie er es mit mir gemacht hat. Noch gibt es kein offizielles Kopfgeld. Vielleicht können wir zusammenarbeiten."

Er öffnete die Tür weiter, bat uns aber nicht hereinzukommen. Er verschränkte die Arme vor der Brust und sagte: „Was hast du vor?"

„Wir nehmen ihn gefangen." Ich erklärte den Plan, ähnlich dem, den ich mit Cory und Madison versucht hatte, als ich Dareus meinen Körper als Wirt angeboten hatte. Cory und ich beobachteten seine Antwort aufmerksam. So wütend Dareus gewesen war, als er es bemerkt hatte, war es unmöglich, dass er nicht darauf reagieren würde, wenn wir den Plan noch einmal versuchten. Alles, was wir von Harrison bekamen, war ein träges Nicken, während er zuhörte.

„Wenn es schiefgeht, gebe ich ihm nur einen weiteren Grund, meinen Tod zu wollen", sagte er, und sein Blick wurde selbstgefällig. „Es ist immer noch ein Kopfgeld auf dich ausgesetzt. Es ist nicht klug, ein Bündnis mit dir einzugehen. Ich werde es allein versuchen. Nach allem, was ich gehört habe, haben deine kleinen Drohungen gegen die Hexen sie nur motiviert, dich zu fangen."

Er schloss die Tür, und Cory und ich sahen einander an.

„Ist es Dareus?", fragte Cory. Ich zuckte mit den Schultern.

Der Besuch hatte mich nicht weitergebracht. Das Einzige, was ich herausgefunden hatte, war, dass es Leute gab, die sehr motiviert waren, das Kopfgeld zu verdienen. Und das war das Letzte, was ich brauchte.

33

Das Fazit von gestern war, dass ich weder bewiesen noch widerlegt hatte, dass Dareus Harrisons Körper bewohnte und andere „motiviert" waren, das Kopfgeld zu verdienen. Malific schien nicht aktiv zu versuchen, mich zu töten. Oder zumindest hatte sie seit der Zerstörung meines Autos keinen neuen Versuch unternommen.

Mephisto und ich befanden uns in einer Pattsituation: Er wollte ausgehen, und ich wollte den Abend damit verbringen, einen Weg zu finden, sicher zu sagen, wer in Harrisons Körper steckte, und, wenn nötig, zu tun, was ich bei Trace versäumt hatte, und sicherzustellen, dass, wer auch immer darüber nachdachte, das Kopfgeld zu verdienen, wusste, dass es ein fataler Fehler sein könnte. Ich hatte nicht die Energie, ein Blatt vor den Mund zu nehmen: „Wenn du versuchst, mich einem Dämon zu übergeben, werde ich dich töten. Basta." Hart, aber Leute, die bereit waren, mich einem Dämon zu übergeben, verdienten weder mein Mitgefühl noch meine Nachsicht. Diese Erklärung löste bei Mephisto einen Blick aus, der eine seltsame Mischung aus Bewunderung, Zustimmung und Erregung war.

Ich hatte den größten Teil des Tages mit Benton

verbracht und versucht, einen Zauberspruch zu weben oder einen Trank zu finden, der mir verraten würde, wer in Harrisons Körper war. Das würde das weitere Vorgehen bestimmen. Wenn es Harrison war, war das Kopfgeld immer noch auf mich ausgesetzt; wenn nicht, musste ich herausfinden, wer jetzt das Black Crest-Grimoire in seinem Besitz hatte.

Mephisto grinste und berührte mich beruhigend. „Es ist nur ein Abend, Erin."

Mein cremefarbenes, figurbetontes Minikleid mit breiten Trägern und einem Netzeinsatz am Rücken, das große Teile meines Rückens freiließ, war ein starker Kontrast zu Mephistos dunkelgrauem Hemd und der schwarzen Hose. Mein glatter, hoher Pferdeschwanz war eher funktional als modisch, obwohl der Style meinem Gesicht schmeichelte und die Aufmerksamkeit auf meine stark umrandeten Augen und mit Mascara geschminkten Wimpern lenkte. Sein Blick blieb auf meinen pfirsichglänzenden Lippen hängen, wanderte über die Kurve meines Halses und die einfache silberne Halskette, die ich trug, und dann wanderte er meine Beine hinunter zu den fast bequemen acht Zentimeter hohen Absätzen.

„Du siehst wunderschön aus", sagte er, bevor er auf das Sofa zeigte. „Bitte setz dich."

Mit skeptisch zusammengekniffenen Augen ließ ich mich auf das Sofa fallen. Er kniete vor mir nieder, seine Berührungen waren sanft, während seine Hände über meine nackten Schenkel, meine Beine und zu meinen Füßen strichen, wo er mir die Schuhe auszog. Er drehte sie um und zog die Klinge heraus, die im Absatz steckte. Seine Lippen verzogen sich zu einem angespannten, missbilligenden Lächeln. Ich hatte unangemessen viel Geld für Schuhe mit einem verstecktem Fach für ein Messer bezahlt. Ich weigerte, mich, mich dafür zu schämen.

Guter Versuch, Satan. Dieses Mal nicht.

„Was?", fragte ich.

„Das Revel ist sicher. Ich kenne den Besitzer. Es hat einen Schutzzauber, damit niemand hineinwynden kann." Zum dritten Mal in dieser Nacht schien er verärgert zu sein. „Wenn du dich nicht entspannen kannst und es dir nicht gefällt, gehen wir wieder."

Ich machte mir nicht nur Sorgen wegen des Wyndens, sondern auch, dass jemand dort Magie einsetzen könnte. Malific schien kein Problem damit gehabt zu haben, mich in einem Raum voller Leute zu attackieren und jeden anzugreifen, der versuchte, sie aufzuhalten. Mephisto war anderer Meinung.

„Clay, Simeon und Kai werden auch da sein", erinnerte er mich.

„Das wird eine große Hilfe sein. Kai wird von einem schön gezimmerten Tisch abgelenkt, und Simeon freundet sich vielleicht mit einer streunenden Katze an und vergisst, dass wir überhaupt existieren. Wir sind also auf Clay angewiesen, und er wird sich mehr darauf konzentrieren, sicherzustellen, dass wir einander nicht zu nahe kommen – nur zum Spaß." Mephisto kämpfte gegen sein Lachen an, aber seine Lippen zuckten. „Du weißt, dass ich recht habe!", verteidigte ich mich.

Er beugte sich zu mir hinunter. Seine Nasenspitze strich über meine, seine Hände legten sich um meine Taille, und sein Atem war warm, als er über meine Lippen strich. „Du brauchst das, Erin. Du hast ununterbrochen mit Malific zu tun gehabt. Geh raus, tanz, hör tolle Musik und trink was."

Ich hatte Musik und Getränke in meiner Wohnung und bei ihm zu Hause. Zusammen mit der Möglichkeit, tollen Sex mit einem Gott zu haben. Ich hatte Spaß. Aber er hatte recht; ich brauchte eine Atempause, ein bisschen Normalität.

Ich nickte, nahm ihm meine Schuhe ab, schlüpfte hinein und stand auf. Amüsiert verzog er seine Lippen, als ich meine kleine Handtasche fester umklammerte, als sein Blick darauf fiel.

Er drückte mir einen Kuss auf die Lippen. „Und wo wir schon dabei sind" – er starrte demonstrativ auf meine Handtasche – „muss ich sie kontrollieren?" Er trat zurück und sah mich mit einem vorwurfsvollen Blick an. „Sie suchen nach Waffen."

„Was für ein zwielichtiges, heruntergekommenes Etablissement macht sowas?"

Als einer der beliebtesten Clubs der Stadt war das Revel alles andere als heruntergekommen und zwielichtig. Ich hätte es nie gewagt, dorthin zu gehen, denn wenn man nicht zum Who-is-Who der Stadt gehörte, musste man in einer Schlange warten, die oft so lang war, dass sie den Eingang des nahegelegenen Restaurants blockierte. Da ich definitiv nicht zur ersten Gruppe gehörte und kein Interesse daran hatte, Teil der zweiten zu sein, hatte ich nie den Versuch unternommen, reinzukommen.

„Also gut." Ich nahm die Waffen aus meiner Handtasche.

„Schuhe?", fragte er mit hochgezogener Augenbraue.

„Schuhe bleiben. Aber ich bringe Ersatz mit, für den Fall, dass sie das Messer entdecken. Nicht, dass ich glaube, dass sie es finden werden."

„Ich habe es gefunden."

Und? Willst du einen Pokal dafür? Aber ich behielt meinen Kommentar für mich, setzte ein nachgiebiges falsches Lächeln auf und holte mir ein anderes Paar Schuhe.

Das Revel war so, wie ich es erwartet hatte. Es stank nach nobler Exklusivität, von den zwei Tanzflächen, dem exklusiven Bereich und den in Designeranzügen gekleideten Sicherheitskräften, die unauffällig im ganzen Raum verteilt waren. Die Musik wurde von einem DJ gespielt, der genauso lebendig und unterhaltsam war wie seine Musik. In drei Ecken des großen Raums befanden sich Bars, und Kellner wechselten zwischen den Bars und dem VIP-Bereich hin und her.

Mephisto führte mich zum anderen Ende des Clubs, während ich ihn unnötig selbstgefällig ansah.

„Ich hab's dir gesagt", sagte ich.

„Natürlich haben sie nicht darauf geachtet. Es ist nicht typisch, dass jemand ein Messer in seinem Schuh versteckt", schoss er zurück, nahm meine Hand und führte mich zu einem kleinen, versteckten Bereich des Clubs, den ich beim ersten Umsehen übersehen hatte. Wir kamen an Kai vorbei, dessen Aussehen mich zweimal hinsehen ließ. Er lehnte an der Bar, einen Drink in der Hand, und trug eine klassisch geschnittene Hose und ein eng anliegendes dunkelgrünes Hemd, das seinen Körperbau erkennen ließ, den jemand hatte, der einen Großteil seiner Zeit damit verbrachte, Dinge zu bauen. Es blieb der Frau neben ihm nicht verborgen, die jedes Mal, wenn sie sich vorbeugte, um mit ihm zu sprechen, besitzergreifend die Hand auf ihn legte. Sein Blick gehörte eindeutig in die Kategorie „höflich interessiert".

Ich suchte nach Simeon und erwartete, dass er sich mit einem Opossum oder so etwas unterhielt. Aber er saß in einer Ecke und kümmerte sich nicht darum, dass er in seinem dunkelblauen Henley und den dunklen Jeans underdressed war, umgeben von Leuten, die die Gesellschaft der zweibeinigen Tiere genossen.

Wir gingen an die Bar. Nach einem Drink entspannte ich mich etwas, dachte aber immer noch, ich sollte mit Benton in der Bibliothek sein. Oder Harrison verhören.

„Erin", lockte Mephisto, „heute Abend habe einfach Spaß. Dann werden wir jede wache Stunde darauf verwenden, Harrison zu entlarven und das Grimoire zu besorgen."

Das Einzige, worüber ich zuversichtlich war, war, dass er

das Grimoire bekommen würde. Er wollte es genauso sehr wie ich.

„Was passiert, wenn du in den Schleier zurückkehren kannst?" Da. Endlich hatte ich die Frage gestellt, über die ich mir tagelang den Kopf zerbrochen hatte.

Er nippte an seinem Drink, während er über seine Antwort nachdachte, und hielt seinen Blick auf mich gerichtet.

„Ich fasse wieder Fuß. Ich war so lange weg, dass ich mir sicher bin, dass es noch viel zu tun gibt. Ich habe keine Ahnung, wo ich anfangen soll. Ich wurde nach Oedeus' Tod so schnell verbannt, dass ich nicht weiß, was mich dort erwartet", gab er nachdenklich zu.

„Du weißt, was hier ist. Vielleicht sollte das hier dein Zuhause sein."

Ein schiefes Lächeln huschte über sein Gesicht. „Ich hatte nie Angst vor dem Unbekannten und habe mich auch nie davon abschrecken lassen", sagte er.

Als ich den Blick auf mein Getränk senkte, wurde mir klar, dass die Rückkehr in sein altes Leben ihn verzehren könnte.

Er legte einen Finger unter mein Kinn und hob es, bis ich seinem Blick begegnete. „Es gibt genug von mir für beide Welten. Und in dieser hier bist du." Er küsste mich, bevor er meine Hand nahm und auf eine Ecke im Club zeigte, in der es nicht so voll war.

Madison war da, in einem figurbetonten schwarzen Kleid mit herzförmigem Ausschnitt, betont durch eine Y-Halskette. Clayton schien besonders an ihrer Halskette interessiert zu sein. Sie tanzten oder schienen es zu tun, wenn ihnen gelegentlich einfiel, sich zur Musik zu bewegen. In den wenigen Augenblicken, in denen ich sie beobachtete, schienen sie auf einer Wellenlänge zu sein, redeten, sein Arm um ihre Taille und ihre Gesichter nah beieinander. Der

Drang, das lästige fünfte Rad am Wagen zu spielen, war schwer zu unterdrücken.

Mit einiger Anstrengung und Mephistos Hand, die sich um meine Taille legte und mich in die richtige Richtung zog, bewegten wir uns zu unserem ursprünglichen Ziel, weg von der Menge. Die Musik war immer noch zu hören, etwas gedämpfter, um Gespräche zu ermöglichen, aber laut genug, dass man beim Tanzen auf der Tanzfläche nicht albern aussah.

Er hatte recht, und schließlich ergab ich mich der Nacht. Die Musik war mitreißend, und die aufgestauten Frustrationen und Sorgen hatten sich in Energie manifestiert, die ich zum Tanzen nutzte. Eine halbe Stunde später tanzte ich immer noch, schüttelte das Drama der letzten Wochen ab und genoss eine sorgenfreie Nacht. Zu Claytons Ärger borgte ich Madison aus, um wirklich zu tanzen und nicht das zu tun, was sie und Clayton auf der Tanzfläche getan hatten. Madison machte deutlich, dass sie das Nichttanzen mit Clayton bevorzugte.

„Hey! Unhöflich", gab ich zurück, nachdem sie neckend gefragt hatte: „Also, wie lange muss ich das machen, bevor du das Gefühl hast, dass du die nötige Schwesterzeit mit mir verbracht hast?" Fünfzehn Minuten später tauschte sie mich gegen Clayton ein.

Ich lockte Kai von seiner Verehrerin weg und konnte einen Tanz mit ihm aushandeln. Mir wurde klar, dass er mir einen widerwillig höflich interessierten Blick zuwarf. Seine erdgebundene, fließende Anmut machte das Tanzen mit ihm zu einem Vergnügen.

Schließlich zog ich mich dorthin zurück, wo ich Mephisto zurückgelassen hatte. Ich stand da, ließ den Blick durch den Raum schweifen und beobachtete die Leute, als eine dunkelhaarige Frau, gekleidet in ein langes cremefarbenes Kleid im Stil einer griechischen Göttin mit dramatischen Stoffdrapierungen und Trägern, die ihre wohlgeformten Arme betonten, in meine Blickachse lief. Bei jedem Schritt glitten lange, straffe Beine aus den Schlitzen des Kleides. Ihr strenges Lächeln wurde weicher, als sie näher kam.

Malific.

Misstrauisch suchte ich den Raum ab und versuchte herauszufinden, wer in der Menge ihre Verbündeten waren und wer nur Gäste waren, die Spaß hatten. Mit einer Mischung aus Menschen und Übernatürlichen mischte sich der Duft der Magie mit dem der Jäger, auch wenn sie ihre dämpften. Als sie näher kam, hielt ich eine Hand bereit, um mich bei Bedarf mit Magie zu verteidigen, und die andere, um mich physisch zu verteidigen. Das schien sie zu entzücken, und ihr Lächeln wurde zu wilder Ausgelassenheit.

Sie blickte an mir vorbei und hob eine Augenbraue. Sie schüttelte den Kopf, und ich wusste, dass sie Mephisto warnte.

„Ich komme in Frieden", flüsterte sie. Dann sah sie sich nach den anderen um und formte dabei dieselben Worte mit ihren Lippen. Aus der Entfernung konnten sie sie nicht hören, aber ihre granatroten Lippen waren gut zu lesen. Malifics Blick wanderte über alle im Raum. Sie ließ keinen Zweifel an dem, was ihre Augen und ihre Miene ausdrückten. Wenn sie sich nicht fernhielten, würde sie die Umstehenden töten. Ich wagte es nicht zu riskieren, den Blick von ihr abzuwenden, um nach den anderen zu sehen, aber sie mussten gehorcht haben, denn sie schien erfreut, als sie ihre Aufmerksamkeit wieder auf mich richtete.

„Du siehst wunderschön aus, Tochter", sagte sie. Sie straffte ihre Haltung, hob den Kopf, streckte ihren Hals und nahm eine Pose ein, bei der ihr Bein aus ihrem Kleid herausrutschen konnte. Voluminöse Wellen umrahmten ihr Gesicht, aber die Ähnlichkeiten unserer Züge – ovales Gesicht, eckige Wangenknochen und spitze, schmale Nase – waren nicht zu übersehen. Erwartete sie, dass ich ihr ein

Kompliment machte? *Du kannst kein Soziopath und ein Narzisst sein. Entscheide dich für eins davon.*

Als ich das Kompliment nicht erwiderte, änderte sie ihre Haltung und schluckte jeden Zentimeter Abstand zwischen uns.

„Ich gebe zu, Tochter, ich bin ziemlich beeindruckt von deinen Allianzen." Sie war nicht beeindruckt; Neid strahlte in Wellen von ihr aus. „Bist du die Königin oder Freundin der Wandler?"

Hatte sie ihre Tage, seit unsere Bindung gelöst worden war, mit dem Versuch verbracht, meinen Einfluss und meine Bündnisse zu ergründen? Bevor ich antworten konnte, wanderte ihr Blick zu den Jägern, dann betrachtete sie Mephisto lange, bevor sie sich wieder mir zuwandte. „Der Schutz, den die Jäger dir bieten, ist mit nichts zu vergleichen, was ich je gesehen habe. Und du scheinst eine besondere Beziehung zu den Vampiren zu haben. Allein diese Dinge haben bewiesen, dass ich, wenn die Situation anders wäre, wollen würde, dass du lebst, weil du eine würdige Gegnerin bist. Eine, die mich herausfordern würde."

Würdige Gegnerin? Bitch, ich bin deine Tochter.

Anstatt meine Gedanken in Worte zu fassen, ließ ich den beleidigenden Teil weg und sagte nur: „Du bist meine Mutter." Konnte ich zu dem Teil von ihr durchdringen, der gezögert hatte und der mich für den Bruchteil eines Augenblicks nicht hatte töten wollen?

„Ja. Das bin ich." Ihr angenehmes Lächeln verschwand. „Ist es mütterlich, dass es mir schwerfällt, dich zu töten?", überlegte sie laut. Ein Anflug von Stolz und Bewusstsein strahlte in ihrem Gesicht. Es war definitiv nicht Selbsterkenntnis, denn dann hätte sie bemerkt, wie verrückt sie klang.

Hol noch nicht den Champagner raus und kauf keine Kekse, liebe Mutter. Dass du nicht versuchst, deine Tochter zu töten, macht dich noch lange nicht zur Mutter des Jahres.

„Mütterlich." Sie schien in Gedanken mit dem Wort zu spielen, wiederholte es mehrmals und überlegte, ob es genießbar war.

Verdammt, wie hoch ist dein Wert auf der Skala der Persönlichkeitsstörungen?

Ein Moment der Erkenntnis traf mich. Das war der Grund, aus dem es mir schwerfiel, den Plan, sie zu töten, zu akzeptieren. Die Angst, dass ich sie werden könnte. Dieses beunruhigende Gefühl, zu wissen, wo ich stehe, wie das Verlangen nach Magie mich auf die gleiche Weise verzehrt hatte wie sie das nach Macht. Ich wollte nicht sie sein. Und nicht riskieren, sie zu werden. Ich bemühte mich nicht, meine Gefühle zu verbergen, und spürte, wie Abscheu sich über mein Gesicht schlich.

„Deine Jäger haben gestern den Rest meiner Armee getötet", informierte sie mich mit angespannter Stimme. Wut flammte in ihren Augen auf, bevor sie sich legte. Das könnte einer der Gründe gewesen sein, warum wir hier waren. Die Jäger hatten die Leute vernichtet, die sie zur Ablenkung benutzt hatte, und jetzt waren die beiden letzten Immortalis verschwunden. Ihre Augen leuchteten mit dem gleichen rachsüchtigen Ausdruck wie die von Mephisto, als er sie zum ersten Mal angesehen hatte. Wie würde sie sich rächen?

Ihr Eingeständnis mütterlicher Gefühle reichte nicht aus, um mein Vertrauen zu gewinnen, und ich konnte nicht riskieren, Mephisto oder die anderen anzusehen, um ihre Mienen zu lesen und mehr Einsicht zu gewinnen.

„Darf ich dir einen Rat geben, Tochter?" Malifics Stimme war so leise, dass ich mich vorbeugen musste, um sie zu hören.

„Ist es, um nicht so ein Leben zu führen, dass sich die Leute verbünden, um dich einzusperren? Wenn ja, würde ich das nicht als Ratschlag bezeichnen, sondern eher als Grundprinzip der Menschlichkeit."

Ihre Lippen verzogen sich zu dem Anflug eines Lächelns,

als sie meine Hand ergriff und sie drückte. „Mach dir niemals einen Dämon zum Feind", riet sie.

Der Stich in meinen Finger geschah unerwartet. Als ich auf meine Hand hinunterblickte, sah ich nur ein paar Tropfen Blut an der scharfen Spitze des Rings, den sie trug. Seltsame, unbestreitbar dunkle Magie legte sich um mich, mein linker Arm schmerzte, und die Beschwörung des Zaubers kam mir so deutlich vor Augen, dass ich nicht sicher war, ob es daran lag, dass ich damit verbunden war, oder dass die Musik leiser geworden war. Dareus' Stimme war deutlich in meinem Ohr zu hören, aber ich konnte ihn nicht sehen.

Verzweifelt sah ich mich um, mein Blick huschte durch den großen Raum, bis er auf Harrison fiel. In seiner Hand hielt er einen eigenartig geformten aquamarinblauen Gegenstand. Da Mephisto hinter mir war, war es Kai, dessen Blick darauf fiel. Mit angespanntem Gesicht versuchte er, sich darauf zuzubewegen. Verwirrung breitete sich auf seinem Gesicht aus, als er seine Finger spreizte. Magie sprühte aus ihnen, aber er war immer noch unbewegt.

Das Brennen in meinem Arm hielt an, und dunkle Zufriedenheit breitete sich auf Malifics Gesicht aus. Sie wedelte mit der Hand. Ich hörte sofort ein Poltern und Krachen. Leute schreien und fluchen. Körper kollidierten, und hinter mir brach Chaos aus, das ich ignorieren musste.

Ich stürzte mich auf Malific, prallte jedoch gegen eine Wand. Ich senkte den Blick und stellte fest, dass ich in einem Kreis eingeschlossen war. Dunkle Magie – Dämonenmagie – strich durch die Luft. Ich ließ mich zu Boden fallen, leerte meine Handtasche heraus, nahm meinen Eyeliner und zeichnete schnell die Sigillen für den neutralisierenden Zauber, in der Hoffnung, dass der Zauber enden würde, wenn ich ihn um mich herum beschwören könnte. Ich kritzelte sie aus meiner Erinnerung an die Nachricht, die Nolan für mich hinterlassen hatte. Während ich meine Aufmerksamkeit aufteilte, beobachtete ich, wie Kai sich abmühte, zu Dareus zu gelangen, suchte den Raum nach Clayton und Simeon ab, die möglicherweise ebenfalls eingeschränkt waren, und arbeitete an den Sigillen. Mein Arm schmerzte, als würde jemand mit einem heißen Schürhaken Worte hinein-schnitzen.

Als ich die Hälfte der Sigillen geschrieben hatte, wurde Malifics triumphierender Blick durch etwas ersetzt, das schwer zu identifizieren war.

„Wage es nicht!", kreischte sie. Wilde Augen wanderten von mir zu Dareus.

Ich schrieb weiter und bewegte mich im Kreis, aber es war Malifics Schrei, der mich innehalten ließ. Ihr unver-kennbarer entsetzter Blick. Bevor ich die Puzzleteile zusam-mensetzen konnte, wurde ich in die Dunkelheit gezogen, und mein Atem strömte aus mir heraus. Als die Dunkelheit nachließ und mein Atem sich wieder normalisierte, stand ich auf und fand mich in einem Dämonenkreis in Harrisons Wohnwagen wieder.

Harrisons Gestalt vor mir blinzelte und enthüllte Dareus' schlitzartige Augen, die er mir bei unserem Besuch am Tag zuvor verwehrt hatte. Dareus hielt immer noch das eigenar-tige blaue Objekt in der Hand und beobachtete mich wie ein Präparat unter einem Mikroskop. Ich bemühte mich, meine Panik und Wut nicht zu zeigen. Meine Weigerung tat seinem selbstgefälligen Gesichtsausdruck keinen Abbruch.

„Du hast keine Ahnung, wie sehr ich mich dir gestern offenbaren wollte", schnaubte er. „Du hältst dich für so schlau. Als du mich mit deinem Verrat verspottet hast, wollte ich dir das Genick brechen. Aber ich habe es nicht getan, weil ich wusste, dass dieser Moment so viel süßer sein würde."

Ich folgte seinem Blick zu dem Mal an meinem Arm, das nicht mehr pochte.

„Du bist von Dämonen gezeichnet", sagte er.

Ich stürzte mich auf ihn, wurde aber zurückgeschleudert und gezwungen, im Kreis zu bleiben. Er ließ den seltsam aussehenden Gegenstand neben sich fallen und nahm sich einen Stuhl. Er stellte ihn vor mich und blätterte in dem Grimoire, das er vom Tisch in der Mitte des Raumes genommen hatte.

Er schnaubte. „Es hätte dir gehören können. Meine Bedingung war so einfach."

„Du wolltest, dass ich jemanden ermorde."

„Ja, einen Mann. Malific hatte damit kein Problem. Sie schien enttäuscht zu sein, dass es nur einer war. Ich vermute, dass wir es hier nicht mit ‚Wie die Mutter so die Tochter' zu tun haben. Vielleicht gibt es aber auch die eine oder andere Ähnlichkeit. Ihr haltet euch beide für betrügerische kleine Füchse, die jeden ausmanövrieren können. Du hast versucht, mich in einer Phylaca-Urne einzusperren, und sie hat versprochen, mir eine Elfe zu bringen, etwas, das sie nicht zu liefern gedachte. Alles, was ich tun musste, war dieser kleine Zauber. Er drehte das Buch zu mir um, und ich überflog die Seite. Es schien ein weiterer Bindungszauber zu sein, doch nicht an eine Person, sondern an ein Objekt.

„Das Laes." Das war der Gegenstand, den er gerade fallengelassen hatte, als wäre er unbedeutend. Das Ding, das die Jäger auf dieser Seite des Schleiers festhielt. Genau der Gegenstand, der in der Schatulle aufbewahrt wurde, die ich für Mephisto finden sollte. „Du wolltest mich an das Laes binden. Mich zu töten hätte das Laes zerstört."

Es war nicht Malifics falsche Behauptung, sie hätte einen mütterlichen Instinkt. Es war Rache bis zum Schluss. Was waren die Jäger bereit zu tun, um in den Schleier zurückzukehren? Würden sie Mephistos Willen ignorieren? Würden sie mich töten? Die internen Streitigkeiten hatten bereits für Probleme gesorgt. Etwas würde auf der Strecke bleiben. Ich wusste, dass Mephisto mein Leben genug schätzte, um auf dieser Seite des Schleiers zu bleiben, aber ich hatte nicht das

Gefühl, dass die anderen bereit waren, dieses Opfer zu bringen.

„Du wirst es nicht tun, oder?"

Er schüttelte den Kopf.

„Mach niemals einen Deal mit einem Dämon. Sie werden immer versuchen, einen Weg zu finden, ihr Wort zu brechen", zitierte ich die vorherrschende Meinung.

„Ich habe mein Wort nicht gebrochen. Ich besitze so etwas wie Ehre. Ich habe gesagt, dass die Person, die Harrison getötet hat, das Grimoire bekommen würde. Und ich habe vor, das einzuhalten."

Ich wusste, dass ich aufgehört hatte zu atmen, weil mir schwindelig wurde und meine Sicht verschwamm, als Elizabeth aus dem Schatten trat und ihm das Buch abnahm. Sie machte sich nicht einmal die Mühe, es auf magische Art und Weise zu zerstören.

„Ich werde niemandem Zugang zu unserer Magie oder irgendwelchen Zaubersprüchen erlauben, die sie nachahmen", verkündete sie mit zusammengebissenen Zähnen. Sie warf das Black Crest-Grimoire auf einen Haufen Müll, flüsterte einen Zauberspruch und zündete es an.

„Harrisons Körper ist immer noch zu menschlich für mich und schränkt meine Magie ein. Ich will meinen Körper hier haben, und deine Mutter kann keine Elfe liefern", erklärte Dareus mir und lächelte Elizabeth an, die abgelenkt schien, als sie das brennende Grimoire beobachtete.

„Aber ich kann", flüsterte Elizabeth leise. „Nolan hat angefangen mit seinem dummen Ziel. Es ging schief. Wo er keinen Erfolg hatte, werde ich Erfolg haben. Die Jäger wollen zurück in den Schleier, und ich bin in der Lage, es ihnen zu ermöglichen."

Sie hob das Laes auf. Ich erinnerte mich an Kais Gesicht, daran, wie er versucht hatte, durch eine undurchdringliche Barriere zu gelangen. Ich hatte sie Malific zugeschrieben, obwohl ich hätte wissen müssen, dass die Einzigen, die einen

Jäger einsperren konnten, Elfen waren. Mein Blick wanderte zu der Schlange um ihren Arm, die sie während des Zaubers zum Lösen der Bindung benutzt hatte. Sie hatte unser Blut genommen und ihr die Möglichkeit gegeben, uns jederzeit zu finden. Während wir uns darauf konzentriert hatten, unsere Bindung zu lösen, hatte Elizabeth ihren nächsten Schritt geplant.

„Madison und Cory werden mich finden." Und ich hoffte, dass Mephisto und die anderen sich der Suche anschließen würden.

„Werden sie?" Ihr Blick fiel auf das Dämonenmal an meinem Arm. „Dämonen müssen beschworen werden. Weißt du, wie man auf eine Beschwörung antwortet, Erin?"

Ich warf ihr und Dareus einen bösen Blick zu, angewidert von ihren triumphierenden Blicken.

Elizabeth schnaubte. „Du und deine Mutter habt einiges gemein. Euer Selbstvertrauen ist übertrieben bis zur Arroganz. Ich werde die Einzige sein, die dich rufen kann, und ich habe nicht die Absicht, es jemals zu tun. Mein Versprechen an meinen Bruder bleibt davon unberührt. Ich habe dafür gesorgt, dass es dir gut geht und du deinen beabsichtigten Zweck erfüllst. Malific bezahlt für das, was sie uns angetan hat. Da du noch am Leben bist, wird sie nie wieder über die magischen Fähigkeiten verfügen, die sie einmal hatte. Wie schon gesagt, bin ich die Gerechtigkeit und das Gleichgewicht, die in einer Welt benötigt werden, in der es Magie gibt."

Sie flüsterte den Zauber, und mein Magen zog sich zusammen. Ich krallte ins Nichts und versuchte mit aller Kraft, mich nicht von dem magischen Sog mitreißen zu lassen, der an mir zerrte.

„Nein", zischte ich mit zusammengebissenen Zähnen. „Nolan wird dir das nie verzeihen."

„Er wird es nie erfahren. Du hast bekommen, was du wolltest: Du bist nicht mehr an Malific gebunden. Ich bezweifle, dass er erwartet, dass du noch mehr von ihm wollen würdest. Ich habe meinen Zweck dir gegenüber erfüllt. Jetzt erfüllst du deinen für uns. Lebewohl, Erin."

Bleib.

Ich zwang meinen Körper, sich nicht aus dem Kreis reißen zu lassen und nicht auf Magie zu reagieren, die nicht von Natur aus mir gehörte, sondern das Ergebnis eines verdammten Mals war. Meine Magie musste stärker sein. Ich klammerte mich an den Halt, versuchte mit aller Kraft, zu bleiben, und rief einen Zauber nach dem anderen, ohne Erfolg.

Das Letzte, was ich sah, bevor ich weggerissen wurde, war, dass Elizabeth mit offensichtlicher Befriedigung meinen Kampf beobachtete – mein Verlangen, geerdet zu bleiben, meine Weigerung, mich wegreißen zu werden, und ihre Magie, die meine überwältigte. Mein Leben hatte sich wieder einmal verändert. Ich trug nicht mehr das Mal eines Raben, sondern jetzt das eines Dämons.

Vielen Dank, dass Sie Shadowmark aus den vielen Titeln ausgewählt haben, die Ihnen zur Auswahl stehen. Mein Ziel ist es, eine fesselnde Welt, faszinierende Charaktere und eine interessante Erfahrung für Sie zu schaffen. Ich hoffe, das ist mir gelungen. Rezensionen sind für Autoren sehr wichtig und helfen anderen Lesern, unsere Bücher zu entdecken. Bitte nehmen Sie sich einen Moment Zeit, um eine Bewertung abzugeben. Ich würde gerne Ihre Meinung zu diesem Buch erfahren. Egal, ob Sie ein paar Sätze oder mehrere Absätze schreiben, ich weiß Ihre Bewertung zu schätzen.

Um Benachrichtigungen über neue Cover, Werbeaktionen, Updates und Neuerscheinungen zu erhalten, melden Sie sich bitte für meine mckenziehunter.com/Mailingliste.de.